剑啸江湖

沧浪客/著

云南出版集团　云南人民出版社

图书在版编目（CIP）数据

一剑平江湖 / 沧浪客著. — 昆明 ： 云南人民出版社, 2021.7
ISBN 978-7-222-20167-5

Ⅰ. ①一… Ⅱ. ①沧… Ⅲ. ①长篇小说－中国－当代
Ⅳ. ①I247.5

中国版本图书馆CIP数据核字(2021)第088792号

项目策划：沈阳市和平区立心侠图书文化传播工作室
责任编辑：苏映华
助理编辑：梁明青
创意设计：李乐乐　熊小熊
责任校对：张艳琼
责任印制：窦雪松

YIJIAN PING JIANGHU
一剑平江湖
沧浪客/著

出　版　云南出版集团　云南人民出版社
发　行　云南人民出版社
社　址　昆明市环城西路609号
邮　编　650034
网　址　www.ynpph.com.cn
E-mail　ynrms@sina.com
开　本　720mm×1010mm　1/16
印　张　22.75
字　数　358千
印　数　5000册
版　次　2021年7月第1版第1次印刷
印　刷　云南出版印刷集团有限责任公司国方分公司
书　号　ISBN 978-7-222-20167-5
定　价　59.00元

如需购买图书、反馈意见，请与我社联系
总编室：0871-64109126　发行部：0871-64108507　审校部：0871-64164626　印制部：0871-64191534

云南人民出版社微信公众号

第一回

一

天高，云淡。太阳火辣辣的，将山野烧烤得一片荒凉。只有几只知了在焦黄枯干的树上没命地叫唤。你会觉得这儿除了知了简直就没有生命。

然而山坳里突然飘出了一个少年。远远地看，你会觉得这少年太过羸弱，羸弱得简直没有一丝重量，如果这时候刮起风，哪怕是一缕微风，都会将他吹得无影无踪。少年在山坳上轻飘飘地走着。他飘到一个山洞前，洞口没什么掩饰，几棵矮小的野树，一块平淡无奇的石头。少年停下来之后，并不探视四周，他放下了手上提着的两只桶。

桶！赫然是两只铁桶。两只锈迹斑斑的铁桶，桶里盛满了水。看上去每个桶至少有一二百斤！水上浮着一二十个红的绿的桃子。桃子很小，一看就知是野生的，在任何山坳里都可以采集得到。再看那少年，你不禁感到惊讶。那两只桶真是他提上来的吗？凭他那弱不禁风的身体，任何一只桶都会将他压趴下的。这一点不会没有人相信，他实在太瘦弱了。他弯下腰，将头伸进一只桶里去喝水。一口气喝了半桶！更奇的是他喝了水，像是一切都理所当然，什么也没发生。他弯下腰，一手拎一只桶，轻飘飘地走进山洞。

山洞里只有两张石头床，一张床上已经躺着一个人，从他的背影上可以看出那是一位老者。另一张床上放着一块条石，大约是用来当枕头的。地上有许多桃核，整个洞里弥漫着一种野果气味。除此之外别无他物。

少年将一只桶放在空床旁，将另一只桶提到躺着老者的石床旁放下。他看了老者一眼，然后说“水”。他的声音里没有任何感情色彩。老者没有动，少年将老者翻过身来。

老者的左胸上赫然深深地插着一把剑！剑是松纹剑！木剑！老者面若金纸，看上去像是早已气绝多时。

奇怪的是那少年面对老者，像是什么也没发生，他的脸甚是平和。“水”，少年人又说了一句，声音依然是平平淡淡的。然后少年就走过去躺在那张空着的石床上，一会儿他就呼呼入睡了。

这时候我们才发现这少年的脸有些特别。但特别在什么地方，你却无论如何也说不出来。他的整个身躯瘦弱而匀称，他的腿蜷缩着，像个婴儿！如果说他那张脸特别的话，那就是像一个婴儿，平和，纯洁。甚至他的鼾声也像是婴儿的。山洞里渐渐暗了下来，知了也不再叫了。除了少年婴儿般的鼾声，大地一片沉静。少年翻过身，甚至不睁开眼睛，就将头伸进旁边的那只桶里，一口气将剩下的半桶水喝完，然后又翻过身呼呼睡去。

又过了很久。躺在另一张床上的老者也将头伸进自己的桶里一口气将水喝去半桶！然后老者将插在自己左胸的松纹剑拔了出来。松纹剑有二尺来长！奇怪的是剑身上一丝儿血也没有。老者顺手将剑放在身旁，坐起身来看着熟睡的少年，微微地笑了。他的笑非常平和。

然后他走到少年身边，用食指飞快地在少年身上点了一下。少年纹丝不动。老者将少年翻过身，将右掌按在少年的背上。渐渐地，少年的脸变得通红，而老者的头顶开始冒出氤氲白雾。良久，山洞里开始有了一丝亮光。老者收掌喘息，之后，又用左手食指在少年身上点了一下。

少年翻过身来，坐起，用手揉了揉眼睛，长长地打了个呵欠。发现老者坐在自己身旁，少年微觉奇怪。

老者走回自己的石床旁坐下，将头伸进桶里，一口气喝完剩下的半桶水，少年没说什么，他下床提起床边的桶，又去提老者旁边的桶。老者按住少年的手说：“不用去了。”少年放下桶，微感诧异。“坐到这儿来。”老者说，用手指了指自己旁边。少年依言坐下。

“老僧道悟。”老者说。“老僧道悟。”少年说。老者笑了笑，说：“我叫道悟。”［笔者按：道悟是八世纪时唐代的一位大禅师，传说有一位年轻弟子从他学禅。他侍奉师父很久，却从未受到什么特别的教益。一日他问师父：“某自到来，不蒙指示心要？”禅师说：“自汝来到，吾未尝不指示心要。”弟子说：“何处指示？”禅师说：“汝擎茶来，吾为汝接。汝行食来，吾为汝受。汝和南（行礼）时，吾便低首。何处不指示心要？”弟子听后低头思索良久。这时禅师又说：“见则直下便见，拟思即差。”这使弟子当下开解。——参见《五灯会元》卷七。“天皇悟禅师法嗣，龙潭崇信禅师”。——然道悟一介禅家大道，实与武学无关，不可轻信小说，本书乃虚构耳。］

少年于是说：“你是道悟。”“然，”老者说，“你叫独孤樵。”“独孤樵？”少年道。“独孤樵是你的名字。”老者道。少年道：“名字是什么？”老者道：“名字就是你。”少年道：“我即是名，名即是我。我即非名，非名即我。独孤樵即我名，我即独孤樵。独孤樵非我名，我非独孤樵，此名不要也罢。”老者颔首道：“那由得你罢，然待你入俗界却需有我有名。”少年道：“俗界？”老者道：“就是人间。”少年道：“人间？去人间何为？”老者道：“寻你父母。”少年道：“父母？寻父母何用？”老者道：“凡人之出，自有父母，无父母即无我。是故人言，无知父母，罪莫大焉。况吾将逝，你自当寻父母去。”少年默默不言。

老者道：“十八年前，我于路旁见你，携到此处，直至今日。汝今十八岁矣。汝为何人，我一概不知，但知人必有父母。我今日将逝，故将此物与你。”老者从胸前掏出一片写有血字的黄布，递给少年，道：“此物自你身上所得，必为你父母所留。你凭此物找寻父母，切不可轻易示人。切记！”

少年默默收好，心里突然涌起一阵莫名其妙的情绪，既酸且苦，但这种情绪转瞬即逝。老者道：“此剑随我数十年，如今我将逝去，也一并与你。你可以去了。”少年道：“到哪儿去？”老者道：“到该去的地方去。”少年低头良久，然后抬起头来，微微笑道：“我明白了。”老者也笑笑：“当留则留，当去则去，去即是留，留即是去。你不必再回来了。”

少年一言不发，微微一笑，拿起松纹木剑径自起身而去。老者于是仰身倒在床上，微笑着合上双眼。一代大道，就此仙逝。一切复归自然，仍旧只有知了在这不为人知的山坳上拼命叫唤。

二

少年在原野上独行。他就是独孤樵。有一些奇怪的感觉弄得他有些惶然。他就是他，少年想，为何他却叫道悟？我即是我，少年想，为何我叫独孤樵？这一切都叫他茫然，甚至让他觉得好笑，他叫独孤樵弄得他感到好笑。他说他将逝去，这也使少年觉得好笑。

还在他很小的时候，他就见过老者将剑插在胸上，那时候他感到恐惧和惊慌，就大声地哭了起来。但后来他不再为此惊慌了。一切都有定数，老者告诉他，已经发生和将要发生的一切都是天数使然，人不可为此惊慌。于是他豁然开朗，但老者从来没叫他离开过！“当留则留，当去则去。去即是留，留即是去。”少年心中猛然一震，老者刚才所说的这几句话顿时在他耳前轰响。

他颓然坐下，一会儿竟大汗淋漓。他静静地坐着，任凭五颜六色的金星在脑海闪回，直到复归空明一片，他才微微一笑，起身大步离去。橘黄的原野上，偶尔有一两朵黄色小花。灌木丛后有两只小动物，茫然地发现眼前飘过一个影子，似乎是人，又似乎不是。它们知道人是最危险的，但也知道人最笨拙，绝不可能像一道影子似的一掠而过。但那影子却是活生生的一个人！这个人就是独孤樵。

这时候独孤樵已经到了一片田野旁。田野里有一些和他一样的人在劳作。他感到非常奇怪，居然会有如此整齐的稻子长在一起。在他所住的山坳里偶尔也会有一两株稻子，上面结着的稻米可以吃，这他知道。但那稻米并不如此饱满，且少。他想去捋一些来尝尝是否一样。他走进田里。

一个农夫发现了他。他看着他们，心里涌起一种从未有过的亲近感，就微微一笑。一个农夫也微笑着问他："小哥儿，你从哪儿来？"他愣了一下，然后说："你是问我吗？"农夫们全都笑了起来，虽然没有一丝恶意，让他觉得亲切，但他还是觉得有些尴尬。"我从来处来。"他说。"从来处来？"一个农夫哈哈大笑，"他说他从来处来。"他的脸涨得通红，他不知道他们笑他什么。我是从来处来的嘛，他想。

"咦？"一个农夫突然发现了他背着的松纹木剑，因而问道，"小兄弟你也是练武功的吗？""武功？"他说，"什么叫武功？""你不是练武的？""不是。"他又认认真真地想了想，觉得在山洞中那老者从未对他说过武功二字，因此又说，"我不是练武功的。""那你背着剑干什么？""是他给我的。""他？他是谁？""他就是他嘛。""他就是他？哈哈哈哈，他总该有一个名字吧。""噢，"他突然想起临出山洞时老人告诉过他叫道悟，便说，"他叫道悟。""道悟？没听说过，他是个和尚吧？""什么是和尚？""和尚就是光头，不吃肉。""那他不是和尚，他吃肉的，有时候我们吃兔子。他有头发。"他边想边说，"他肯定不是和尚。""不是和尚怎么取个像和尚一样的名字，这真是怪事。""名字是可有可无的。"他认认真真地说，农夫们又哈哈大笑起来。

他觉得有些委屈，这些人老是笑他。名字本来就是可有可无的嘛，他想。但他觉得这些人很可爱。"那你叫什么名字？"一个农夫问他。"我？我叫独孤樵。"他说。他突然为自己也有个名字感到高兴。这时候那个问他话的农夫突然说，"哟，时候不早了，大伙儿快干活吧。独孤小兄弟，咱们今天得把这些活干完，你忙去吧。""我忙？"独孤樵说，"我不忙呀？""但我们得开始干活了。"又转向别的人，"大家伙干活吧。"农夫们开始分散干活去了。

独孤樵看他们只是把混长在稻子里的杂草拔出来，就走到问他话的那个农夫身边，说："这就是干活吗？""嗯。"农夫说。"那我也会，"独孤樵说，"我可以和你们一起干活吗？"农夫抬起头看了看，见独孤樵一副生怕被拒绝的神色，就说："好，你干吧，等收工后我和田二管家说说，请他给你半天的工钱。”“工钱？什么是工钱？”独孤樵不解地问。“什么叫工钱？嗯——”那农夫发现这个问题他也说不清楚，就说，“等会儿你就知道了，咱们干活吧。”

一会儿之后，所有农夫就都不约而同地直起腰来，目瞪口呆地看着独孤樵了。这哪儿是干活，简直就是玩耍。只见他两只手随便乱抓，眼睛看也不看。几乎脚不沾地的在田里飞跑，只一会儿，整块田便都让他跑遍了，田埂上整齐地堆着一堆堆杂草、稗子！

他来到问他话的那农夫身边，说：“活干完了。”他一脸的稚气，那神情就好像是刚玩了一桩很有趣儿的游戏似的。“你，你？！——”那农夫简直不相信这是真的，一句话也说不出来。“我干活，”独孤樵快乐地说，突然发现大家都看着他，便不解地说，“我干得不对吗？”“唔，”那农夫支支吾吾了一阵，然后看看其他人，然后说，“今天的活儿干完了，大家回去吧。独孤小兄弟，你也和我们一起去吧。”“哎。”独孤樵高兴地说，他发现自己很愿意和这些人在一起。

一伙人悄无声息地走着。独孤樵发现大家都不说话，甚觉奇怪，就问那农夫：“咱们是去领工钱吗？”“唔。”那农夫说。“工钱是什么？”他又问。那农夫没回话，只是闷头走路。独孤樵觉得很委屈，他不知道自己到底做错了什么。

这是一个有百来户人家的村落。一切都让独孤樵觉得新奇。村路上有牛，有羊，有狗，有鸡，正悠闲自得地觅食，他们一行人走过时，它们也不惊惶逃窜。小幢小幢的房子顶上有炊烟冒出。一些小孩子从房子里跑出来拉着他们队伍中一两个人的手，叽叽喳喳地笑闹，并且用奇怪的目光注视独孤樵。独孤樵朝孩子们笑。他的笑纯洁无瑕，便有孩子也来拉他的手，但立即又被大人叫了回去。于是孩子们使用奇怪的目光打量他。他还是对他们微笑。

三

他们走到一幢巨大的房子前。确实，这房子的巨大让独孤樵觉得不解：人干吗要住那样大的房子呢？房子是用石头和红砖盖起来的，房顶上的瓦片还锃亮如金。朱红大门前卧着一对石狮子。石狮子下有几级石梯。

石梯下摆着一张桌子，桌子后有个六十来岁的老人在为一些显然也是农夫的人分发一小块一小块银白色的东西。独孤樵想那一定是工钱，但他不知道那工钱到底拿来做什么。见他们走过来，那个六十来岁的老人抬起头来说："玉柱，你们的活干完了吗？""回田二管家，活都干完了。"先前问独孤樵话的那农夫低首回答。"好，都过来领工钱吧。"他们便走过去。独孤樵非常好奇，他想知道那个叫田二管家的人分发的东西到底是什么。

但玉柱却抢先走到田二管家前，附在他耳旁轻声地不知说些什么，边说还边用眼瞟独孤樵。田二管家也面露诧异，不时看独孤樵一眼。独孤樵觉得有些不安。

这时田二管家站起来，叫身边一个年轻人代他分发工钱，然后走到独孤樵身边，说："独孤小兄弟，你随我入内。""干什么？"独孤樵说。田二管家看了看他的眼睛，微微一笑说："我有话问你。""好吧。"独孤樵说。"请。"田二管家一拱手说。独孤樵不知该怎样回答，便举步率先而入。他们走进一个大厅，田二管家让独孤樵坐下。一个使女过来，盈盈道："二管家有何吩咐？"田二管家道："奉茶。"使女道："是。"少顷使女端上茶来，放在独孤樵面前，道："公子请用茶。""噢，噢。"独孤樵说。使女出去之后，独孤樵端着茶杯，不知如何是好。田二管家诧异地望着他，说："公子请喝茶。""喝吗？"独孤樵说，望着田二管家。田二管家适才听了玉柱所说独孤樵在田里的行动，不知此时对方是无知还是故意玩弄他。

田二管家细细打量，发现他不是故意作弄的样子，因此道："请喝。"独孤樵于是一口就将那杯茶喝干，然后顺手将杯子丢在地上。砰的一声，杯子摔得粉碎！独孤樵却依旧像什么也没发生，只好奇地打量大厅四周。田二管家骤然变色，冷冷道：“独孤少爷此行有何贵干，可以说了。”“贵干？”独孤樵转过头来，见对方脸色难看，因而略显不安，连忙说：“不，没有，没有贵干。”

这分明是成心捉弄。田二管家想，因此脸色更加难看，沉声说：“明人面前不说暗话，公子爷如果觉得在下不够分量，在下可请连大总管出来与你说话。”“连大总管？”独孤樵诧异地说：“你不是这儿的家人吗？”田二管家哼了一声。但独孤樵并没注意到田二管家的表情。他此时浑身被一种莫名其妙的杀气笼罩着。这种突然感觉到的杀气使他觉得不安。他闭上眼睛，脑海里突然感到在大厅的左上角上多了一个带着很重杀气的人。

“你在那儿干什么？”独孤樵闭着眼睛，轻轻地说。“你说什么？”田二管家道。“我知道你在大厅的左上角，你大概是想杀什么人吧？”独孤樵依旧是闭着眼睛，喃喃地说。他的声音并不大，但藏在大厅左角横梁上的那个黑衣蒙面人却觉得好像有数十口铜钟在他耳畔同时轰响，那声音弄得他痛苦不堪，几欲滚落下来。直到田二管家的声音传来，黑衣蒙面人才觉耳畔轰鸣也已消失。

“朋友，下来吧！”刚才田二管家听清独孤樵所说的话，往左上角一瞟，才发现那儿真藏有一个人。于是大喝了一声，顺手将右手玩弄着的茶杯盖往梁上打去。“田老儿，要暗算大爷，你还差得远。”伴随着这声音，一柄匕首叮的一声插在田二管家面前的桌子上，那黑衣蒙面人却大笑着消逝了。

独孤樵睁开眼睛。此时笼罩着他的那阵杀气已经消失。他不明白为何一把带着纸条的匕首会将田二管家吓得大惊失色。“喂，那纸条上写的是什么？”独孤樵好奇地问。“哦，”田二管家转过身来，见独孤樵正巴巴地看着他，那天真未凿的神情使田二管家实在摸不清来路，因此支吾着说：“哦，没什么。刚才小兄弟传声示警，田归林就此谢过。”“田归林，”独孤樵说，“你是田归林吗？”“小兄弟听过贱名吗？”田二管家试探地问。“不，没有听说过。”“那小兄弟为何有此一问？”“我是觉得怪，为什么你们每个人都有个名字。”“好说、好说。”田归林带笑不笑地说。“小兄弟请稍候，待老朽去将此条传给敝主人。”“该去你就去嘛。”独孤樵说。田归林哼了一声，举步而出。

独孤樵甚感奇怪，他不明白田归林干吗要哼那么一声，当然，如果他知道铁算子田归林这几个字二十年前在江湖上如何响亮，他就不会感到奇怪了。田归林急匆匆地走近一朱红小屋前，站在门口的那个精壮大汉挡住了他。“田二管家有何急事吗？”精壮大汉问道。“请速将此物转交主公，就说田归林立等回话。”田归林将那纸条递给左首那大汉，大汉急转入内。

少顷，一个年约七旬的黄袍老者从屋内走出，说：“田兄请进来说话。”又对身后的精壮大汉吩咐道：“速请连大总管过来说话。”“是”！精壮大汉急奔而去。

田归林随黄袍老者步入小屋。屋内仅有一床一桌一椅，甚为简陋。床上堆着许多经书，井然有序，桌上放着那张纸条！黄袍老者颓然坐在椅子上。

田归林道：“主公——”黄袍老者摇摇手，长叹一声道：“她终于找上门来了。”这时门外传来匆匆的脚步声，一个六十多岁的青衣老者急步赶入。“主公相召有何急事？”声音粗壮雄浑，一听便知是个憨直老人。

黄袍老者没说什么，只将桌上的纸条递过来：“连兄请看。”青袍老者接过来一看，只见纸条上写着：“限尔今日三更携那贱人之头来见，否则柳家寨将片瓦不留也。”未具名，只在下端画着一张树叶。

四

吱的一声，青袍老者一把将那纸片撕成两半，大声喝道：“主公，和她拼了！别人怕她木叶卢若娴，我连城虎却从没怕过她。咱们躲了她二十年，没想她欺人太甚，倒找上门来了，我倒要瞧瞧她那一把贱骨头能有多少斤两！”

突然一个夜枭般的声音不知从哪儿传来："连城虎，就凭这几句话你就死定了。"连城虎大声道："卢若娴，有本事你站出来当面说清，我雷音掌连城虎要是怕了你，也就不用再在这世上混了。"那声音道："哼，要死也不忙在这一时。柳逸仙听着，这二十年老身在江湖上四处探听，没想到你却当了缩头乌龟。限你在今夜三更前提那贱人的头来见我，与我回木叶山去，否则，哼！"

黄袍老者道："都二十年了，当时是我一念之差，难道到如今你还不放过我吗？"那声音道："放过你，休想！咱们今夜三更见！"

"唉——"黄袍老者长叹一声。"主公，咱们和她拼了！"连城虎大声道。"算了，咱们不是她的对手。"黄袍老者道。"那，主公，咱们——？"田归林小心翼翼地问。"你二人跟随柳某这么多年，从今而后别再叫我主公了，如果看得起我白马书生柳逸仙，就叫我一声大哥。"黄袍老者说。"主公！"田归林和连城虎同时道，"那万万不可！""唉，既看不起柳某，二位自去吧。"连城虎和田归林相互对视了一眼，突然双双跪下，同声道："大哥在上，请受兄弟一拜！"

"好好，二位贤弟请起。"黄袍老者连忙弯腰扶起二人，道："二位贤弟请随我到议事厅，愚见有话要说。"一行三人走出屋来。柳逸仙吩咐一精壮大汉道："将夫人和小姐请到议事厅来。""是。"精壮大汉一低首，急疾而去。

三人进入议事大厅，尽皆心事重重。忽闻厅内一声音道："喂，你怎么去这么久才来？"自然是独孤樵。他是对田归林说话。乍一听见厅内人声，柳逸仙和连城虎立马警觉，运功全身。

连城虎沉声道："阁下是谁？"独孤樵仔细地看了柳逸仙和连城虎一眼，道："我是谁？"想了想，又道："我是独孤樵。"粲然一笑。连城虎道："阁下来此有何贵干？"独孤樵道："是他带我来的，他让我在这儿等他。"用手指了指田归林。田归林于是对柳逸仙附耳讲了几句。连城虎还想问，被柳逸仙轻轻挥手阻止。

柳逸仙暗暗将真气遍布双手，然后一拱手，将八成功力迫向独孤樵，道：

“独孤兄弟请了。”独孤樵恍如未觉，看看田归林，又看看柳逸仙，然后也一拱手，道：“喂，你叫什么名字？”柳逸仙暗自骇异，看对方年纪不大，居然若无其事地接下自己八成功力，却不知他是何来意，因而收了功力，道：“在下柳逸仙，这位是敝二弟雷音掌连城虎。”“原来你们真的都有名字。”独孤樵说。他觉得这非常有趣，因而又是一笑。

他这一笑纯洁无瑕，像一阵春风从每人心头拂过，使人戒备之心皆失。他细细打量眼前这几个人，觉得面目慈善，尤其是那个叫作柳逸仙的人，虽已年近七旬，但仍未掩住一身的飘逸洒脱之气。他年轻时一定是个美少年，独孤樵想。连城虎非常强壮，一看便知是个胸无城府、有话当面直说的好汉。而田归林瘦小的身躯透出一种精明干练。他觉得他喜欢这几个人了。

但独孤樵突然觉得不安，那种惶惑的感觉又笼罩住了他。他闭上眼睛，立时感觉到了缠绕在柳逸仙和连城虎身上的那种凶气。他刚想说什么，柳逸仙的声音打断了他。

柳逸仙适才见独孤樵粲然一笑，心头顿觉拂过一缕春风，再看独孤樵的眼睛，他的脑海中便一片空明，一片祥和，那种江湖人争强好胜的心理立时消失殆尽。待独孤樵闭上双目，他才惊觉，心头暗自骇异。不知这年轻人练的是什么功夫，他想，看他年纪不过十七八岁，功力却一深至斯，如果他是木叶婆婆麾下……罢了，罢了，待安顿好玮云母女之后，柳某将颈上之首拱送便是。

因此长叹一声，道：“不知独孤小兄弟出自哪位高人门下？”独孤樵不解此言，疑惑地看着田归林。适才见了他的粲然一笑，又与他目光相接，田归林觉得他已经深深地喜欢这个年轻人了，因此微微一笑，道：“大哥问你师从何人。”“师从何人？”独孤樵不解地问。“谁教你练功夫的？”“我没有练过功夫。”“那谁教你？”“教我？”“对，谁教你谁就是你师父。”“噢，对了，他说他叫道悟。”“道悟？”柳逸仙三人相互望望，他们从未听说过江湖上曾有过道悟这个名字。“对，我师父就是道悟。他告诉我他叫道悟。我从来就是跟他住在一起。”

“独孤兄弟。”田归林试探着问道：“你认识木叶婆婆吗？”“木叶婆婆？”“你不知道她？”“不知道，我刚离开道悟和我住的山洞。我不知道木叶婆婆。”“你是说你和师父住在一个山洞里？”“嗯，我一直和师父住在那个山洞里，昨天他说他要逝去，让我下山来找我父母，还把这个给了我。”独孤樵拍了拍身上的松纹木剑。“找你父母？”“对，师父说每个人都有父母的。”这话说得幼稚之极，但看他的神态却非常真诚。

三人想，那个叫作道悟的一定是个不谙世事的世外高人。他们已经喜欢上这个年轻人了。但他们还是想知道这位世外奇人是谁，因此柳逸仙道：“独孤小兄弟，可否借剑一观？”“你是说你想看着我的剑吗？”独孤樵问。“正是。”柳逸仙微微一笑道。“那好吧。”独孤樵取下背着的剑递给柳逸仙。

三人仔细地看，却看不出任何蹊跷之处。这仅是一把再平常不过的木剑，上面一丝儿记号也没有。任何一个人折一段松枝都能削成同样的一把剑。

柳逸仙将木剑还给独孤樵，道：“多谢借剑一观。”独孤樵又是粲然一笑，依旧是那样纯洁无瑕。

田归林道：“独孤兄弟说来寻亲生父母，可有何凭借？”“有，有的。”独孤樵伸手入怀，却又将手缩回来，道：“我师父说这块布片切不可轻易示人的。”田归林笑笑，道：“老朽并无二心，只想看能否助小兄弟一臂之力。”“但我师父说千万不可轻易示人的。”独孤樵为难地说，“那怎么办呢？”“那老朽不看就是了。”田归林道。“本来我是想给你看的，”独孤樵道，顿了顿，又道：“咦，有人来了？”他闭上眼睛，那种惶惑情绪又占据了他的脑海。

进来的是一个三十多岁的少妇和一个十六七岁的少女。那少妇满面的忧戚，但仍难掩住秀灵的风韵。少女是副混沌未开的神态，她一进门，就满脸好奇地打量着紧闭着双眼端坐着的独孤樵。少妇忧郁地打量了独孤樵一眼，并未透露出丝毫的惊异。她转头看着柳逸仙，柔声道：“大哥相召何事？”一种深沉的忧戚笼罩着整个大厅。

柳逸仙叹声道："素素，卢若娴找上门来了。"梅素素平静地道："我知道了。"柳逸仙惊讶地看着她。梅素素深情地看着丈夫，道："大哥，俗话说，是福不是祸，是祸躲不过。该来的总会来的。大哥与小女做了这二十年恩爱夫妻，素素已经知足了。今夜三更，素素将颈上之首送与她便是。"柳逸仙潸然泪下，他悲戚地叫了一声："素素！"梅素素依旧平静地说："大哥不必悲伤，素素已经想好了，少时大哥和城虎归林兄弟带着玮云离开这里。卢若娴要的只是素素颈上之首，她不会为难大哥的。"

"大嫂！"连城虎和田归林突然双双跪下，连城虎瞋目大声道："连某但有三寸豪气在，绝不让那疯婆子染嫂子一指头。"梅素素平静地看着丈夫。柳逸仙道："适才逸仙已和二位兄弟义结金兰。"梅素素眼眶一红，却强自忍住，伸手扶起连城虎和田归林，款款拜道："二位哥哥在上，请受素素一拜。"玮云也盈盈拜道："二位叔叔在上，请受侄女一拜。"连城虎和田归林连忙道："嫂子请起，贤侄女请起。"

柳逸仙道："二位兄弟请受逸仙一拜。"言罢长跪。连城虎和田归林大惊道："大哥何为折煞兄弟！"也连忙跪下。柳逸仙道："二位兄弟若不受愚兄这一拜，愚兄便不起来。"梅素素和玮云也在柳逸仙身旁跪下。田归林道："大哥大嫂快请起来。兄弟受了便是。"

柳逸仙深深一叩首，这才起来，道："愚兄该当有此一难，素素与小女玮云，愚兄便托付二位兄弟……""大哥！"连城虎满面泪水地吼道："咱们和她拼了！"柳逸仙道："二十年前那段案子，错在愚兄。俗话说杀人偿命，欠账还钱，愚兄今日将命交与她便是。请二位兄弟带素素和玮云速速离开柳家堡，大恩不言谢，待逸仙来世图报了。去吧。"

"我和她拼了！"连城虎大叫一声，转身欲往外冲。"二弟！"柳逸仙厉喝一声。连城虎闻言悚立。

一直闭着眼的独孤樵似乎突然被他们的喝声惊醒，他睁开眼睛，道："他们已经来了，现已到门外。"柳逸仙们全都吃惊地望着他。独孤樵道："他们一共有九个人，四个姑娘走在前面，四个男人抬着轿子，轿子里还坐着一个婆婆。”

“木叶四女！”田归林失声道。

“对，还有老身！”一个阴沉沉的声音从大门口那儿传来，待话音落时，一行九人赫然已来到大厅门口。走在前面的是四个年约二十的少女，亭亭玉立，俨然国色天香，只是脸上若蒙冰霜，使人望之生寒。四人走到大厅一角，两两站在轿子两侧，四个黑衣精壮大汉放下轿子，退到轿子后面冷冷站着。

夜枭啼鸣似的声音从轿子里传出来：“柳逸仙、梅素素、连城虎、田归林，你四人都还活着，好，好！”言罢哈哈大笑，那笑声里有一种说不出的诡异残酷。待笑声停了，柳逸仙他才沉声道：“卢若娴，你说过今夜三更才来的！”

又是一阵怪笑，道：“本来是的，但怕你们又像二十年前一走了之，又到什么地方去当二十年的缩头乌龟，那老身又得好找了！虽然早了几个时辰，但账还是越早收越好，你说对吗，柳逸仙？”“好吧！”柳逸仙道：“这账怎么个算法，你就划下个道儿来吧！柳某接着便是。”

第二回

五

那声音道：“好说。咦，你旁边那一男一女两个年轻人是谁？”“这是小女玮云，这是——”柳逸仙道。“我叫独孤樵。”独孤樵连忙说，此时浓重的杀气在他脑中突然开朗，反倒不觉得惶惑了。

卢若娴在轿子里说：“想必那年轻人是你招的女婿吧，可惜他手无缚鸡之力。”“你胡说！”玮云的脸涨得通红。

“这么说不是女婿。”卢若娴一阵怪笑，“那他的小命算保住了。听着，柳逸仙你拐骗卢某座前木叶女，罪当死；梅素素背叛师门，偷汉私奔，罪当死；连城虎口出秽言，对老身不敬，罪当死，这是原账。但这账你拖了二十年，这利息就算十年一个吧，就将田归林和柳玮云当利息算入。连本带息，刚好以你五人之命勉强还清。柳逸仙，还等什么？这账难道还要卢某亲手来取吗？”

“哈哈哈哈！”连城虎突然一阵狂笑。“死到临头，你还笑什么？”卢若娴在轿子里喝道。连城虎道：“卢若娴，你的账算得倒是很精，但只怕连某这双手不答应！”“哼！”卢若娴道：“春桃听令。”“是。”轿前四女中年纪稍长的少女走到轿前低首。“令你去将这第一笔账给我收来。”卢若娴道。“是。”春桃应了一声，转身径朝连城虎走来。

连城虎气极，大喝一声：“好，连某今天倒要看看你卢若娴如何将我收了账去！”言罢呼的一掌，径向春桃面部击去。连城虎多年号称雷音掌，掌上功夫自然非同寻常，只见他一掌击出，豁然有声。春桃却面不改色，待掌风刚及门面，滴溜溜一个转身，人已飘到连城虎身后。连城虎一掌击空，立知有异，忙收回掌，身子随即一转，又是一掌击出。春桃没料到连城虎掌力如此雄浑，不敢硬接，飘然左移。连城虎大步跟进，又是一掌击出。春桃迫不得已，挥掌迎上。啪的一声，连城虎被震退一步。再看春桃，却被震退三步之多。

连城虎哈哈大笑，道：“木叶四女，不过如此耳！”春桃脸涨得通红，“呛”的一声拔出剑来，叱声道：“看剑。”连城虎道：“连某今日就凭一双肉掌，会会木叶剑法。”言罢一掌挥出。

春桃不闪不避，一招“木叶萧萧”随之使出。连城虎不敢以一双肉掌硬碰三尺青锋，未等招式用老，右脚一动，人已移到春桃左侧，招式不变，径自击出。春桃并不转身，手腕一抖，一招风起东南，剑自左面刺来。连城虎招式已老，来不及变招，被迫退一步。春桃得势不饶人，人随剑避，一招“木叶向阳”随之击出。连城虎遇险不惊，变掌为爪，径去夺那三尺青锋。春桃轻叱一声，招式不变，手腕一抖，身子随即一矮，剑锋自连城虎手臂穿过。“哧”的一声，连城虎的左边胸襟已被划破一条半尺长的口子，血流了出来。

“啊，血！”独孤樵突然叫了一声。春桃正欲跟进再刺，却被独孤樵的叫声怔住。随着叫声，独孤樵竟跳下椅子，一飘到了连城虎身前，将背对着春桃剑尖，道：“连城虎，你出血了？”那既关切又担忧的神色弄得连城虎又好气又好笑。

“独孤小兄弟，你走开！”连城虎道。“你出血了。”独孤樵道。江湖人本来就是过着枕尸舐血的日子，独孤樵的话在此场合岂不显得可笑。

春桃于是叫道：“要命，你给我闪开。”独孤樵于是转过头来，望着面若寒霜的春桃道：“你要杀人吗？”春桃道：“你是谁？我要杀人关你甚事？”独孤樵道：“你真的要杀人吗？”春桃被他清澈明亮的目光弄得有些不自在，道：“他本来就该杀！”独孤樵道：“姑娘此言差矣，世上本无本来该死之人。”春桃道：“你是谁？”独孤樵道：“我是独孤樵。”春桃道：“请你让开，否则我要不客气了。”独孤樵道：“这么说你真的要杀人了，你要像杀兔子一样杀死他吗？”春桃诧异道：“杀兔子？”独孤樵道：“对，像杀一只兔子。”春桃道：“也许像杀一只蚂蚁。”“那不行，”独孤樵道：“那肯定不行。”“为什么不行？”春桃道。“反正不行，”独孤樵道：“反正不行。”“那你是要伸手管这事了？”春桃冷冷地说，“亮剑吧！”“我没剑，”独孤樵道：“我也不会打架。”“那——”春桃一时不知该怎么说。

“你背上背着的是什么？”那个冷冷的声音突然从轿子里传出来。“是我师父给我的。”独孤樵从背上抽出松纹木剑，看了看，道：“这是木剑。”他的声音依然平静安详，这使卢若娴觉得有些不解。因而她问道：“你师父是谁？”“道悟，”独孤樵道，“他说他叫道悟。”木叶令主卢若娴在轿子里想了想，却不知道这道悟是什么来头，因此道：“这事与你无关，你退到一边去吧。”

独孤樵不但没退，反而对春桃道：“你可别杀连城虎。”然后走到轿子面前，道：“你是谁？你怎么不出来？”卢若娴道：“我出来你会后悔的。”独孤樵道：“后悔？为什么你一出来我就要后悔？我不会后悔的。”“那好吧。”一个阴冷的声音道，紧接着，一个看上去年若四旬，却依然风韵犹存的女人掀开帘子飘了出来。

“你就是独孤樵？”她问。“我就是。”独孤樵道，他看了看对方，粲然一笑道：“我不相信。”“你不相信什么？”她问。“我不相信刚才那声音是你发出来的。”“为什么？”“看你月貌花容，但那声音却冷冰冰的，让人听了害怕。”“那你就退到那边去，”木叶令主卢若娴用手指了指那四个抬轿的黑衣大汉后边，道：“本来凡见过我面的男人都得死，但我今天破例饶了你。你去吧。”

“你要杀他们吗？”独孤樵用手指了指身后的柳逸仙等人。“他们本来就该死！”卢若娴道。“这话不对，”独孤樵道：“世间并无本来就该死的人。”

卢若娴说着就走到大厅中央，对柳逸仙道：“还要老身亲自动手吗？”柳逸仙便站了起来，道：“账在这儿，你来收吧。”独孤樵眼看不对，一飞身到了卢若娴和柳逸仙中间，大声道：“你不能杀他们，他们又不是兔子。”

见他飘过来的身法，卢若娴不禁悚然动容道：“看不出兄弟竟是深藏不露的练家子。”“练家子？”独孤樵道，“什么叫练家子？”“少在老身面前装疯卖傻。”卢若娴冷冷地道：“你硬要插手此事吗？”“我不装疯卖傻，”独孤樵直视着木叶令主卢若娴，真诚地道，“你不能杀他们。”

这一下弄得一向以冷酷著称的木叶令主有些茫然问道：“我为什么不能杀他们？”“他们不是兔子。”独孤樵道。“我不管他们是不是兔子，反正他们是罪有应得。”卢若娴道。

“罪有应得？”独孤樵不解地问，“他们犯有何罪？”“你问问柳逸仙吧，”卢若娴道，“二十年前，号称白马书生的柳逸仙路过木叶山，被老身扣留，不料他买通贱女梅素素，逃窜至此，做了缩头乌龟。若非理亏，白马书生会是做缩头乌龟的人吗？”“那叫他把梅素素还你也就是了，”独孤樵道，“用不着把他们杀了呀！”卢若娴哼了一声。

这时候梅素素道：“木叶婆婆，当年小女子与柳大哥离开木叶山到这儿来，完全是小女子的主意，与柳大哥毫无干系，请婆婆收了小女子这条性命，放过柳大哥吧！念素素曾追随婆婆多年，望答应小女请求！”“哼！”卢若娴道，“亏你还知我是木叶婆婆，难道你不知木叶山山规吗？”“小女子甘受山规处罚。”梅素素道。

“对，对，对。”独孤樵突然道，“木叶婆婆，她愿与你回去这就算了，你不要再杀柳逸仙他们了。”木叶婆婆并未看他，只冷冷地盯着梅素素道：“梅素素听着，本令主早已将你逐出山门，木叶山山规对你并无约束了。老身今到此来，仅为雪木叶女被骗蒙羞之耻，你们拿命来吧。”

“木叶婆婆，”独孤樵有些生气了，“说来说去你还是要杀他们呀？”“你再啰唆连你一起杀了！”卢若娴道。“杀我可以，杀他们不行！”独孤樵平静地说。“你说什么？”卢若娴大惑不解地问。“杀我可以，杀他们不行！”“那你要管这事了。”“既然让我遇到这事，也就是天数使然。佛说，我不入地狱，谁入地狱？因此我就代他们让你杀吧。”

“你疯了吗？”“我没有疯。木叶婆婆你得答应我，杀了我你就不要再杀他们了，好吗？”“你见鬼啦！春桃、夏兰、秋菊、冬梅！”“听候婆婆吩咐。”“将这疯子拖一边去，待老身另行处置。”“是！”四位木叶女走上前来，不由分说架起独孤樵。

“等一会儿！”独孤樵双手一挥，道：“木叶婆婆还没答应我呢。”随着他一挥手，木叶四女竟跌跌撞撞地各自退出三四步之遥。四女茫然对视。

独孤樵恍然未觉，对卢若娴道：“木叶婆婆，你杀我！我已答应了，但你还未答应我不杀他们呢！”木叶令主脸色骤变，她见独孤樵毫不经意地一挥手就将轿前四女撑开，顿觉此少年内功深不可测，便冷冷道：“那好，既是你要请死，老身答应你便是！”言罢一挥手，一股无形真气自掌中发出，直向独孤樵击去。

六

“独孤兄弟！”柳逸仙大叫一声，飞身过来欲将独孤樵拉开。木叶婆婆哼了一声，左掌轻轻一挥，竟将柳逸仙偌大个身子如同皮球似的击飞出去。

柳逸仙翻身落地，那掌风的余威犹自将他迫得腾腾腾退了三步方才立稳。他不敢抬头看独孤樵，他知道一个丝毫不谙武功的人在木叶令主的掌风之下不变成肉酱才怪呢！然而奇迹发生了。独孤樵依然好生生地站在那儿，且面露一种平和安详的笑容。

“那么木叶婆婆答应我了？”独孤樵道。别说柳逸仙他们，就连木叶令主也骇然色变。她已发出八分功力，她自信江湖上能接住她八分功力的如凤毛麟角，然眼前这少年呢，八分功力发向他竟泥牛入海，消逝得无影无踪，甚至连衣角也未曾掀动。木叶婆婆阴沉着脸，将全身功力凝聚在右掌，一掌向独孤樵劈出。

“这么说木叶婆婆是答应我了！”独孤樵依旧是手没挥脚没抬，笑吟吟地站在那儿道：“木叶婆婆可以来杀我了。”他说这话本是一片至诚，但在木叶令主耳里却极不是滋味，她以为他是故意奚落她，便嗖的一声从腰间拔出剑来，喝道：“今天若不宰了你，老身从此也不用在江湖上混了，小子，你亮剑吧。”

“你是说我吗？”独孤樵问道。这话听在木叶婆婆耳里依旧是极大的轻蔑。她的脸色铁青，道：“小子，你死定了，亮剑吧！”“好吧，”独孤樵不知木叶婆婆为何突然如此震怒，便小心翼翼地道，“你叫我亮剑我就亮剑。”言罢从背上抽出松纹木剑来，笨拙地拿在手里。

“发招吧。”木叶令主沉声道。“是你要杀我，又不是我要杀你，你过来吧！”独孤樵平静地说。

“好！老身有僭！”木叶令主未等把话说完，便手挽剑花，向独孤樵飞身扑过去。一片剑光顿时包围了独孤樵。

玮云吓得用手蒙住了眼睛，如果说刚才因为天知道的原因独孤樵侥幸未死在木叶婆婆的掌风之下，那此时他是死定了。江湖上能在木叶令主卢若娴剑下走完三招的并不多。木叶十三剑太过狠辣！适才江湖上赫赫有名的雷音掌也不过在春桃剑下走过两招。春桃还只是木叶令主轿前四女之一！

柳逸仙等人痛苦地低下了头。此时他们若奔上前去，也不过是做卢若娴的剑靶罢了。一声声铁剑和木剑的撞击声。一声木剑坠地声。之后一切静止。静，静得像空气已经凝固了一样。

剑光消失了。柳逸仙等人抬起头来，相信映入眼帘的只会是一个倒在血泊中的少年。但是没有血。刚才木叶婆婆手中的剑，此时却转到了独孤樵手中。

木叶令主面若死灰地站在他面前。独孤樵茫然地看看木叶令主，又看看手中的剑，喃喃道：“木叶婆婆，我——”木叶婆婆一转身，冲木叶四女颓然一挥手，怒声道：“后会有期。”独孤樵连忙将剑递过去，道：“木叶婆婆，还你的剑。”木叶婆婆看着他。眼前还是那一张纯真的脸。

良久，木叶婆婆接过剑，轻轻一抖，竟用内力将剑震断。独孤樵啊了一声。木叶令主看着他，道：“老身技不如人，甘受此辱，少侠能否见告尊师是何人？”“尊师？你是问我师父吗？”“少侠不说也罢。”“不，我可以说的，我师父叫道悟。他说他叫道悟。”可江湖上从未听到这样一个人。但他一脸真诚，不像是撒谎。

罢了罢了，木叶令主颓然叹了一声，转身欲走。“木叶婆婆，”独孤樵突然道，“请等一等。”“少侠有何吩咐？”“你不再杀他们了吧？”用手指指柳逸仙等人。“有少侠在此，老朽怎会再来自取其辱。”“那以后你也不杀他们了吧？我不会在这儿久住，我还得去找我父母。”“少侠父母何人？”“我不知道，我真的不知道。”“哦。”“你不会再来杀他们了吧？”“少侠的意思——？”“请你别杀他们，他们不是兔子，不应该随意杀的，没有一个人是该杀的，婆婆你答应我吧？”

木叶令主长久地注视着他。这是一张并不奇特但格外端庄的脸，看上去像从未受过人世熏染的婴儿，那眼睛清澈透明，传达出无限的真诚和爱心。像是有一阵和风从心头徐徐拂过，所有江湖上的凶杀寻仇争强好胜之心顿时荡然无存，眼前是一派祥和宁静、鸟语花香。木叶婆婆多少年来始终冰冷如霜的脸庞上渐渐露出了一丝笑容。“好吧，”她说，“我答应你。”转身欲走。

“木叶婆婆。”独孤樵又道。“少侠还有什么吩咐？”木叶婆婆立足转身道。“木叶婆婆你真好，”独孤樵真诚地说，“我喜欢你。”木叶婆婆看着他，心里涌起一阵突如其来的温馨。“真的，我喜欢你，木叶婆婆。”“多谢少侠。”独孤樵道：“木叶婆婆，梅素素原来是你的徒弟吗？”木叶婆婆叹了一声道：“是的。”“那让她还做你的徒弟好吗？”

柳逸仙突然道：“素素，还不快拜见师父。”梅素素连忙过来，无声地跪在木叶婆婆面前道：“弟子梅素素叩见师父。”木叶婆婆看看跪在面前的梅素素，又看看独孤樵。良久，终于弯下腰道：“徒儿请起。”木叶婆婆和梅素素眼里都闪现着泪花。

玮云也连忙过来拜道：“玮云拜见师祖。”木叶婆婆伸手搀起玮云，抚摸着她一头秀发道：“今年几岁啦？”玮云道：“十七，木叶婆婆，不，师祖，你刚才那剑式可真好看，你老人家教我好吗？”

木叶婆婆笑笑，转头对立在轿前的春桃等人道：“还不过来拜见师姐。”

木叶四女连忙喜滋滋过来道，“春桃、夏兰、秋菊、冬梅拜见师姐。”“师妹们免了，”梅素素道，“逸仙，还不快上酒给师父接风。”

少顷，酒菜喷香，木叶婆婆自是坐了首席，她拉独孤樵坐在左首，又拉玮云坐在右首。柳逸仙夫妇坐在主位。连城虎左胸伤口已包扎妥当，和田归林及轿前四女坐在下首陪席。柳逸仙端起酒来，道：“今日素素得以重归师门，咱们为木叶婆婆干一杯。”众人皆端起酒杯一饮而尽。

独孤樵左右望望，见众人都看着他，连忙也端起来，但刚喝了一口，就被呛得直咳嗽。他的脸涨得通红。玮云抿嘴直笑。

柳逸仙端起酒杯又道：“咱们得有今日，幸赖独孤兄弟一力玉成，让咱们为独孤兄弟敬上一杯。”众人又一饮而尽。独孤樵不知该怎么说才好，端起面前杯子，却怎么也不敢再去尝那辛辣之物，顿时窘迫不安。

柳逸仙哈哈一笑，道：“独孤兄弟不会喝酒吗？”“我，我，”独孤樵满面通红，“我从来没见过这东西。”“那好，就让独孤兄弟以茶代酒吧。”一挥手：“上茶。”

下人立时端来一玉盘，上有七杯芬芳四溢热气腾腾的香茶。“这我会喝，”独孤樵高兴地说，伸手端起茶杯，一连将七杯茶水全喝了，道，“有点苦。”

众人全都奇怪地看着他，待他说声“有点苦”之后，皆哈哈笑了起来。

木叶婆婆因而侧身道：“小兄弟自何而来？”“山洞，”独孤樵很高兴木叶婆婆的问话使他从窘境中解脱出来，便道，“我和师父住在一个山洞里。”“你没有离开过山洞吗？”“从来没有。”“这就难怪了。”

停了停，木叶婆婆又道，“那你干吗下来？”“师父说他要逝去了，叫我来寻亲生父母。”“哦。”“你没有父母吗？”玮云伸过头来好奇地问。“有的，”独孤樵道，“师父说任何人都有父母的。”“你要去找他们吗？”“嗯，师父要我一定要找到他们，叫我再也不要回山洞去了。”众皆黯然。

“为什么？”“不知道。”“独孤哥哥，我和你一起去找你父母，行吗？”“好的呀。”玮云将头转向柳逸仙和梅素素道：“爹爹，娘，我要和独孤哥哥去找他父母，行吗？”柳逸仙看看素素，笑道：“你去吧，只怕独孤兄弟嫌你烦呢。”“不烦不烦。”独孤樵连忙说。众人见他完全不谙世事，尽皆笑了起来。

木叶婆婆道：“待老朽回木叶山拾掇停当，便来追随少侠，以助少侠一臂之力如何？”“多谢婆婆，”停了停又道，“婆婆，看你年纪又不老，你干吗自称老朽？”木叶婆婆道：“独孤少侠看老朽有多少年岁？”“顶多四十。”独孤樵道。木叶婆婆大笑起来。独孤樵愕然看着她。

“师父驻颜有术，已经六十多了，”梅素素转头望着木叶婆婆：“师父，徒儿没记错吧？”“亏你还记得，”木叶婆婆咕咕笑道，“老身虚长六十有二了。”“啊？”独孤樵惊诧无比。

宴罢。木叶婆婆立起身来，道：“老身一生从未如今天这般高兴，重得徒儿，又得识独孤小友，老身这就告辞回木叶山，待一切安排妥当，便来追随独孤少侠前后。”

梅素素道：“师父住一两日再走吧。”“不了，早一日晚一日本来一样。春桃，走。”“是。”轿前四女躬身道。木叶婆婆率先飘然而出，轿前四女紧随其后。四轿夫看着空荡荡的轿子，不知如何是好。

幸亏木叶婆婆的声音遥遥传来道：“老身自此之后不再坐轿了，素素，将那轿留与玮云吧，哈哈哈哈……”待笑声停，人已在二里开外了。四轿夫一拱手道：“告辞。”循声追去。

七

玮云脸庞一红，钻进梅素素怀里，羞涩道：“娘，师祖取笑孩儿。”梅素素搂着女儿，看了一眼正望着门口发呆的独孤樵，又望着丈夫，笑道：“师父那脾气一点儿也没改。”

柳逸仙笑笑，然后对独孤樵道：“独孤少侠。”独孤樵转过身来，看着柳逸仙道："你有什么事？"柳逸仙道："独孤少侠请坐，老朽有话与你说。"又招呼连城虎和田归林："二位兄弟也请坐，愚见有话与二位兄弟商议。"

大家入座。独孤樵道："木叶婆婆真好，只是她怎么说走就走了呢？""她就那脾气，"柳逸仙道，"独孤兄弟，你从未见过令尊令堂吗？""令尊令堂？""就是你父亲和母亲。"玮云快嘴插道。

"哦，"独孤樵豁然而解，认认真真地道，"我从未见过令尊令堂。"他的回答弄得大家都笑了起来。"你们笑什么呀？"独孤樵迷惑地问玮云。玮云道："别人说你父母是令尊令堂，你要说呢，就是——嗯，家父家母。""那我从未见过家父家母。我从来就是和道悟住在山洞里的。"

"你师父对你说起过令尊令堂的事吗？"柳逸仙道。"他从来没有说起过。""那就——"柳逸仙沉吟道，"那就有些麻烦了。""不麻烦，反正一切都有天数来定，该找到时终归会找到的。"独孤樵蛮有把握地说。

"那是——"柳逸仙笑笑，又对连城虎和田归林道："愚见想让二位兄弟陪在独孤少侠前后，以助一臂之力，不知二位兄弟意下如何？"

"行。"连城虎道。"但是大哥，"田归林道，"这柳家寨——？""有我和素素在这儿就行了。"柳逸仙道。"但凭大哥吩咐。"田归林道。

"那二位兄弟就请劳烦一趟，陪独孤少侠找寻父母。独孤少侠看起来阅世未深，不知江湖风波险恶，望二位兄弟——""大哥，没说的。"连城虎大声道，"我们柳家寨得有今日，全赖独孤少侠所赐，兄弟我若不帮少侠寻到父母，就不回柳家寨来见大哥。"

柳逸仙道："二弟说得好，柳家寨得有今日，全赖独孤少侠所赐，望二位兄弟将独孤少侠当作愚兄，全力相助。"连城虎和田归林同声道："兄弟省得。"

独孤樵见他们说了半天，原来是叫连城虎和田归林陪着自己，不禁高兴起来，道："你们两个要跟我走吗？"连城虎和田归林道："正是。"玮云连忙道："还有我呢。"独孤樵笑了起来，道："那太好啦，咱们现在就走吧。"

柳逸仙道："少侠何必急此一时，今晚在此安寝，明日再走不迟。""安寝？”独孤樵道。“就是睡觉。”玮云道。独孤樵看看天色已晚，便道：“那好，咱们这就睡觉。”言罢爬上桌子，顺手抓一方凳枕着，倒下和衣而卧。

众人一愣，随即恍然明白，不禁相视一笑。玮云便抿嘴过去拍拍他，道：“这儿怎么能睡。”“这儿不能睡吗？”“这是饭桌，睡觉要到床上去。”玮云笑着道：“走，我带你去。”又对柳逸仙道：“爹爹，我带他到厢房好吗？”柳逸仙道：“好吧。”玮云对独孤樵道：“你跟我走。”

望着二人背影从门口消失，梅素素道：“这孩子什么也不懂，像张白纸似的。”“是啊！”柳逸仙看着连城虎田归林二人，道：“二位兄弟要多教教他。对了，小女玮云也甚不懂事，还望二位兄弟多费心了。”

独孤樵和玮云走出大厅，已是暮色苍茫时分，庭院里有夜来香的浓郁香味。独孤樵深吸了一口，道：“好香。”“那是夜来香。”玮云道。“真好闻，咱们去看看好吗？”“好，”玮云道，“哎，我该叫你什么？”“我叫独孤樵，我告诉过你的。”玮云扑哧一笑，道：“以后我就一直叫你独孤哥哥好吗？”“好，就叫独孤哥哥吧。走，咱们去看夜来香。”

二人奔到庭院深处的一株夜来香旁，独孤樵将鼻子对着花朵闻了闻，道：“隔远点更香。”停了停，又道：“哎，怎么什么东西都有名字，你怎么知道它叫夜来香？”“它本来就叫夜来香嘛。”

独孤樵“哦”了一声，随即又道：“刚才你们让喝的那东西是什么？简直辣得要命。”“那是酒。”“为什么要喝酒？又辣又呛，一点儿也不好喝。”“高兴了就要喝酒的。”“是吗？那我现在很高兴，咱们现在就去喝酒。”“走，去喝酒。”

二人走进厢房。房间清洁雅致，床上被子叠得整整齐齐。独孤樵诧异地四下打量。“这就是睡觉的地方吗？”独孤樵问，好奇地用手摸摸柔软的被子。玮云道：“是啦。”

一使女进来问道：“小姐，老爷叫我——”“小菊，去拿一壶酒来。”“酒？”“叫你去你就快去。”“是，小姐。”少顷小菊端着一壶酒进来。“现在就喝吗，小姐？”小菊问道。“现在就喝，因为我现在很高兴。”独孤樵抢着道。小菊看着他，有些疑惑不解。

“这是独孤哥哥，”玮云道，想了想，又道：“你就叫他独孤少爷好啦。”“是，小姐。”小菊为二人斟上酒，道：“小姐，独孤少爷，请喝酒。”

玮云端起杯来，道：“独孤哥哥，我敬你一杯。”一饮而尽。独孤樵端起杯子，小心翼翼地喝了一口，道：“辣得到死。”“多喝几口就不辣了。”玮云说。“真的吗？”“真的。”“那我多喝几口。”憋着气，一口将杯子喝干，咂咂嘴，道：“还是辣。”小菊抿嘴一笑，又为二人斟满酒杯。

二人便一杯接一杯地喝了起来。七八杯之后，独孤樵感到有些飘然，舌头也似乎渐渐大了起来。他一生从未体验过这种感觉，他觉得舒服极了，结结巴巴地道：“我真——真高兴。”“是——是吗？”玮云道。“是真——真高兴。”“小菊，”玮云道，“你去吧，我和——和独孤哥哥自己喝，才——才清静。”“是，小姐。”小菊笑着走了。

玮云和独孤樵二人自斟自饮，待一壶酒将尽时，二人皆醉，颓然倒伏案上，沉沉睡去。醒来时已是太阳高照，独孤樵揉揉眼睛，不解地看着眼前的一切。玮云还伏在桌上，发出轻微的鼾声。

独孤樵推推她，她立时醒来，道：“独孤哥哥。”“我们怎么啦？”独孤樵问。玮云使劲摇摇头，方才想起昨晚的一切，便道：“我们醉了。”“醉了？”“酒喝多了就会醉的。”独孤樵“哦”了一声，想：酒这东西可真奇怪。

这时小菊笑吟吟地走进来，道：“老爷叫独孤少爷到议事厅去。”“好，”独孤樵道，“咱们这就去。”“独孤哥哥，你还没洗漱呢？”玮云道。“洗漱？”“小菊，你带独孤哥哥去洗漱。”玮云道。“是，小姐。”小菊道，又向独孤樵道，“独孤少爷请随我来。”

小菊率先走出，独孤樵紧随其后。到一洗漱间，小菊将毛巾弄湿了帮他擦脸，独孤樵忙道：“我自己来。”认认真真地洗了脸，漱了口。

另一使女捧着一套白色行头过来，道：“小菊，老爷吩咐让独孤公子换上这套衣衫。”“是。”小菊道，转向独孤樵，“少爷请宽衣。”“干什么？”“老爷吩咐公子换这套衣衫。”“好吧。”独孤樵道，“我自己来。”小菊一笑出去了。独孤樵换了衣衫，将原先穿的那套破旧衣服卷成一团拿在手上，推门出来。

站在门口的小菊只觉眼前一亮，不禁“啊”了一声。“你怎么啦？”独孤樵奇怪地问。小菊脸一红，低首道：“公子你好俊。”独孤樵“哦”了一声，道，“咱们去见柳逸仙吧。”

小菊觉得他直呼老爷名甚不礼貌，不禁看了他一眼。“公子请随我来。”独孤樵一进大厅，厅内人尽皆觉得眼前一亮。真应了“人靠衣装马靠鞍”这句古话，独孤樵换了衣衫，恰似玉树临风，给人一种飘逸俊雅之感。

不等众人说出话来，独孤樵便大声道：“昨晚我高兴了就喝酒，喝酒就喝、喝醉了。对，就是醉了。”“醉了？”连城虎哈哈大笑起来。“对，玮云说是醉了，真好玩儿，我什么也不知道，就是醉了。”

恰好玮云亭亭进来。独孤樵一指，道：“她也醉了。”玮云脸一红，道：“爹，娘。”柳逸仙痛爱地责备玮云道：“独孤公子从未喝过酒，偏偏你调皮，一点事儿也不懂。”“没有，没有，”独孤樵连忙道：“是我自己要喝的，我高兴了就喝酒，喝酒就醉了。”

玮云感激地看了独孤樵一眼，但这一看，她的目光就被牢牢地吸住了。这哪儿是昨天那个独孤樵，却是另一个浊世独立的翩翩美少年。看得柳逸仙和梅素素微笑点头。

玮云道：“独孤哥哥，你好俊哇！”独孤樵很不自在地道：“小菊也这么说。”柳逸仙道：“独孤公子。”独孤樵道：“你要说什么？”柳逸仙道：“老夫本欲留公子多住几日，怎奈公子还得找寻令尊令堂，这可耽搁不得，因此——”“对，我得走啦。”独孤樵道，又转向玮云和连城虎、田归林，道，“你们和我一起去吗？”连城虎道：“我们和少侠一起走。”“那太好啦，走吧。”

柳逸仙一笑道：“请。”独孤樵率先走出大厅，众人紧随其后。玮云道：“爹，娘，孩儿走啦。”转身离去。柳逸仙一拱手：“保重！”

第三回

八

洛阳古道，日头当顶时分，热。热得知了没命地叫唤。

路上行人稀少，却偏偏有一行四人顶着烈日行走。走在前面的是一个一袭白衣的美少年，他大约十七八岁。说他美，并非说他长得如何与众不同，他只是五官端庄而已。

如果细细地看，你就会发现很奇怪：虽说他的五官无甚奇特之处，但组合在一起却显得极协调，浑似玉琢天成。他的整个面部稚气十足，但这种稚气却又与婴儿不同，你不仅觉得可爱，更重要的是它给你一种亲近感。这恰应了一句话：此人只应天上有，人间难寻第二人。

跟在他旁边的是一个年约十六七岁、天真未凿的少女，也是浑身灵稚流溢。与她旁边的美少年相比，脸上却多了一丝风尘，一丝倦色。

他们身后是两个六旬上下的老者，一个高大魁梧，一个瘦弱精明。高大老者背着一个较大的背包，风尘仆仆；瘦弱老者只是背着一把算盘，眼睛不时警醒地四下里打量。从他们的神色上看，很明显看出他们已经赶了好几天路了。

少女仰头看看天，天上一丝云儿也没有。少女道："独孤哥哥，天热得要命，咱们歇歇脚，喝喝水再走吧？"少年道："好，你看前面有棵大树，咱们去树荫下歇息。"转头向后面两个老者："你们两个说可好？"高大老者道："使得。"

少年突发奇想："咱们跑过去，看谁跑得最快。"少女拍掌道："好好。"

转向二位老者道：“连叔叔、田叔叔，咱们站齐了一起跑，不准耍赖的。”高大老者一脸豪气道：“好！”瘦弱老者道：“田某只怕不行了。”少女道：“来来来。”

她拉三人并排站好，道：“我叫一、二、三，大家一齐跑。好啦，一——二——三，跑！”率先跑了出去，那身形有如蝴蝶戏花，凭风而行，煞是好看，眨眼已飘过二三十丈。高大老者甩开大步，有若流星赶月，紧跟少女身后。瘦小老者干咳一声，一跃而起，恰似老鹰觅食，几个起落，已赶超少女数步。

少年却仍在起跑线上，似闭目冥思。少女不见少年身影，边跑边转过头来，焦急道：“独孤哥哥还不快来。”少年恍若不动，忽地微微一笑，睁开眼睛，悠地飘了过去。

少女和二老者只觉眼前飘过一道白影，却不见了那少年踪迹。瘦弱老者又是几个起落，便已到了树下，令他大惑不解的是，那少年居然已笑吟吟地坐在树下了！

少年道：“你跑得很快呀！但还是我先到啦！”瘦弱老者目瞪口呆地说不出话来。高大老者和少女一前一后赶来。高大老者道：“三弟功夫是日渐精进了。”瘦弱老者道：“哪里，哪里，独孤少侠在老夫前多矣。”这才看见独孤樵。高大老者不解地问：“这是怎么一回事？”

独孤樵得意地道：“我最先到。”玮云道：“独孤哥哥你不是还没有来吗？”独孤樵道：“我来啦，我最先到这儿。”玮云道：“你真了不起，你练的这是什么功夫，教我好吗？”独孤樵诧异地：“我没练过功夫呀！”玮云还想再说什么，旁边的田归林以为独孤樵对自己所练功夫有何难言之隐，便道：“小姐快请坐吧，天气实在热哩。”

众人坐下之后，玮云还是缠住独孤樵不放，道：“独孤哥哥，我才不信你没练过功夫哩，你是不肯教人家。”独孤樵道：“我真的没练过。”玮云道：“那你怎么跑得比我们都快？田叔叔的轻功，爹爹都说在江湖上没有几个能比。”

独孤樵道："我想到这儿就到这儿嘛。"玮云道："我才不信呢，怎么想到哪儿就能到哪儿。那么刚才我想到这儿怎么到不了。"独孤樵道："那是因为你没有好好地想。"玮云半信半疑地道："真的吗？"独孤樵道："自然是真的，不信你试试看。"

玮云高兴起来，道："好，我想到白石头那去。"离他们十丈开外的地方有一块白石头。独孤樵道："那你站起来，闭上眼睛。"玮云依言站起，闭上眼睛。独孤樵道："你快想，你已经到了白石头那儿。"玮云依言喃喃道："我已经到了白石头那儿，我已经到了白石头那儿。"连城虎和田归林饶有趣味地看着他们。独孤樵道："想好了吗？想好了就走嘛。"玮云道："想好了。"迈出一步。

睁开眼，却见仅是一步而已，便道："独孤哥哥你骗人，不跟你玩啦。"独孤樵道："我不骗人，你一定是还没有想好，不信你看我的。"便走到玮云旁站好，闭上眼睛。三人都似信非信地看着他。突然三人只觉眼前一空，不见了独孤樵的身影。再一看，独孤樵已站在十丈开外，冲三人这边道："玮云，我没骗你吧？"

玮云和连城虎、田归林三人都怔怔地说不出话来。"我要回来啦，"独孤樵又大声道，刚闭上眼睛，突觉脚腕一紧，"石头"已将他的脚踝扣住。独孤樵低头一看，那白石头原来是个人，便"咦"了一声，道："你不是石头呀？"那人冷冰冰地道："说，金一氓那老儿是你何人？""金一氓？我不认识他呀？"独孤樵道，又转向玮云那边，大声道："喂，你们过来看，这石头是个人。"

三人闻言大惊，急忙飞奔过来，见独孤樵已被那人扣住脚踝，不禁大急。玮云冲上去就想打，被田归林拉住。田归林一拱手，沉声道："阁下何人？因何与敝公子过意不去？"那人的脸被斗笠盖住，看不见他的神情，只听他哈哈一笑，道："阁下又是何人？"田归林道："在下铁算子田归林。"那人道："田归林？听敝师说你二十年前就退隐江湖了。"田归林道："是的。"那人又道："那么你旁边的就是雷音掌连城虎了，白马书生柳逸仙呢？"玮云道："我爹爹在哪儿关你屁事，你再不放开独孤哥哥，我可要不客气了！”那人道：“哦。听吾师言柳逸仙做事一贯稳重缜密，没想到生了一个如此性急的女儿。”玮云哼了一声。田归林道：“阁下扣住敝公子意欲何为？”那人道：“敝公子？此人与金一氓那老儿是何关系？”独孤樵道：“我又不认识金一氓那老儿。我不让你拉啦。”也不见他如何举动，只弯腰下去伸手轻轻一拨，就脱开那人掌握，回到玮云身边站定。

那人掀开盖着脸的斗笠坐起，这是一个年约二十的少年，他看着独孤樵，满脸不相信的神色。“你到底是谁？”少年厉声道。“我是独孤樵。”少年想了想，道：“你真的和金一氓那老儿没有关系？”田归林道：“阁下放心，这一点在下可以做保，敝公子与玉蝴蝶金一氓决无任何干连。”

少年面色因此和善，道：“既是田前辈如此说话，晚辈就此别过。”一拱手，道：“后会有期。”“阁下何人？”田归林急忙道。少年已飘出十丈开外，并未转过身来，哈哈一笑道：“吾师无敌神掌楚通。”

田归林一惊：“此子功夫当真了得，原来是鹰爪门掌门人的徒弟。”连城虎道：“无敌神掌楚通一向不过问江湖是非，为何徒弟会到这儿来？”“管他的呢，”玮云说，一脸关切地看着独孤樵，“他没伤着你吧？”独孤樵道：“没有。”玮云道：“他要敢伤了你，我一剑将他那只手剁下来！”田归林道：“小姐，此人乃鹰爪门掌门人之徒，一身功力非同小可，咱们还是不惹的好。”

田归林和连城虎暗自惊异：想无敌神掌楚通号称掌剑双绝，调教出来的徒弟自也非同小可，明明见他扣住了独孤樵足赤穴，为何独孤樵轻而易举就摆脱了呢。

玮云嚷道：“这儿热得要命，咱们还是回去歇凉吧。”一行四人奔回树下坐定。独孤樵道：“喂，他怎么老问我和金一氓那老儿有何关，那金一氓是何人？”田归林道：“那魔头是江湖上出了名的采花大盗，一身轻功却是了得，据说就算是号称天下武功第一的太阳叟东方大侠对他的轻功也不敢小觑。”独孤樵道：“那不是挺好吗？”

田归林道：“你说什么？！”随即明白他根本不知道“采花大盗”四字含

意，不禁心头一惊，道：“独孤公子，玮云，咱四人这一番踏入江湖，你二人尚年幼，不知江湖上风恶波险，稍一不慎，便会招来杀身之祸，故老朽欲将如今江湖情况简略一叙。望二位慎记之，可否？”

玮云道：“好呀，田叔叔你快说吧。”

田归林轻咳一声，道：“江湖历来分成黑白两道，日下白道上，当推太阳叟东方圣武功最高，据说此老古道热肠，深孚众望，可惜多年来已不见其踪迹了。其次，少林武当向来望重武林，少林方丈悟性大师，武当掌教灭尘道长，从不过问江湖是非，一身神功当与东方大侠不分伯仲。其余四大门派掌门人，昆仑派追风剑客皇甫呈、峨眉绝因师太、点苍派苍山樵段一凡、崆峒派神拳无敌焦砾子，尽皆江湖一流高手……”

突然一个有如夜枭鸣夜般的声音从树上传来：“狗屁，狗屁，大大的狗屁！田小辈二十年绝身江湖，一出来就大放狗屁。”田归林和连城虎不禁心头一凛。一前一后从树上落下一对怪人。

九

前落地的是一个身高不过四尺，胡须却修长逾膝的老者，他的脸色极红润，有如处子。跟在身后的是一个鹤发童颜，身高七尺有余的老妪。老者磔磔地笑，老妪却一言不发。

田归林道：“哦，原来是天山二老。”老者皱眉道：“天山二老？不对不对，人人都称我夫妇为天山二怪，偏你叫天山二老，这叫大放厥词，不通哉，不通也。”言罢哈哈大笑。

独孤樵道：“你们是天山二怪？”老者道：“对，对极，老夫牧羊童阳真子，她是敝内人牧羊女梅依玲。”眼睛一亮：“小兄弟听过我夫妻二人赫赫威名？”

独孤樵想想，道：“没有。”阳真子急道：“怎么没有呢，我二人大名响彻武林，如雷贯耳、如日中天，如——反正你要听过才对。”独孤樵道：“但我确实从未听过。”“那如何是好？”阳真子一脸焦虑地看着牧羊女。牧羊女道：“他年幼无知，自是不知我二人在江湖中的大名。”牧羊童道：“对，对，一定是这样！”

玮云见他二人一唱一和，好不厌烦，便道：“你们给我说清楚干吗说我田三叔叔的话是狗屁，否则本姑娘——哼！”牧羊童道：“你这小丫头是谁？若老夫不说清楚你待怎样？”言罢哈哈大笑。

田归林瞪了满面气得通红的玮云一眼，道：“她是田某大哥白马书生柳逸仙之女，二位前辈不必计较。”“咦，”牧羊童阳真子道：“田小辈这几句话非常不狗屁，老夫听了甚觉顺耳。”牧羊女道：“老身听了也甚顺耳，阳真子，咱们就不再追究他刚才大放狗屁如何？”牧羊童道：“使得，使得。”便欲离去。

田归林一拱手道：“二位前辈请留步。”二怪止步，诧异道：“田小儿你要指教老夫二人吗？”田归林一笑道：“岂敢，岂敢。田某敢问二位，适才田某的话难道有何不对吗？”阳真子道：“老夫听你数江湖高人，为何连数十个——”牧羊女抢道：“七个！”阳真子道：“对，为何连数七个也还数不到老夫二人，这岂非大大的狗屁！”

田归林道：“田某刚才是数白道中人，难道二位前辈也要算白道中人吗？那田某重数便是。”牧羊童脸色骤变，连声道：“不，不，老夫最怕有人将我二人算为白道中人。”牧羊女道：“老身也是，白道中人假模假样，老身一想起来就恶心无比。”田归林一笑道：“那就是了。”牧羊童道：“非也非也，你刚才的话依然有狗屁之处。”田归林道：“前辈请讲。”牧羊女忙抢在丈夫前道：“你数江湖高人尽数死人，难道还不狗屁吗？”

连城虎大惊道：“喂，你说他们都死啦？难道六大门派掌门人全都死啦？”牧羊童道：“你们居然连江湖上出了如此大事也不知道，简直是孤陋寡闻之极，可笑呀可笑！”

田归林道：“前辈所言属实吗？”牧羊女道：“要不我二位前辈干吗巴巴跑到中原来。”牧羊童道：“我二人最喜热闹，故一闻此讯便即赶来。中原武林有此大热闹，岂能不做作壁上观！”

连城虎急道：“他们到底是死了还是没死？”牧羊童道：“他们都失踪了，说不定就死了。”牧羊女道：“已经失踪半月，一定是死啦。”牧羊童道：“对，一定是死啦，一定死啦。”牧羊女道：“咱们还在这儿跟这些小辈啰唆什么，阳真子，咱们若不快走，就看不到热闹啦！”二人如飞而去，转眼不见踪迹。

田归林凛然道：“没想此二人功夫如此了得。”玮云不服气地道：“我看也没什么了不起。”独孤樵道：“他二人干吗说自己是二位前辈，难道他们的年纪很大吗？”田归林道：“这倒没错，谁也不知道他们的年纪，但至少在百岁左右了，据说武功深不可测，为人在亦正亦邪之间。五十年前，他二人在洛阳作案，被太阳叟东方大侠识破，令其退出江湖，并且永不得在中原武林露面。二人依言到了天山，称雄数十年，从未踏入中原。看他二人此番前来，只怕是他们的话不错了。”

连城虎道：“但又有谁能制住东方大侠呢？”“这就难说了，”田归林道，“据兄弟看来，黑道魁首千佛手任空行、毒手观音侯玉音、千面狐智桐，他们的武功并不弱于东方大侠多少。若这几人联手，要制服东方大侠只怕不难。看来江湖上又要多事了。”

独孤樵道：“这很重要吗？”

田归林诧异道：“你说什么？”独孤樵道：“我说那东方大侠若被人制住很重要吗？”田归林道：“东方大侠身系武林安危，这么些年江湖还算平安，就是因为江湖上那些凶神魔头们慑于东方大侠的神威。若东方大侠稍有不测，只怕这些魔头们又要兴风作浪。”

独孤樵道：“那又会怎样呢？”田归林道：“那江湖中人不知又要有多少忠良人头落地了。”“既是如此，”独孤樵道，“那咱们就别找父母啦。”“你说什么？”“咱们先将东方大侠找到再说。反正我父母该找到时总会找到的。”田归林望着连城虎，道：“二哥以为如何？”连城虎沉吟道：“这个——只怕大哥他……？”“那不要紧，”独孤樵道，“柳逸仙那儿我去和他说好啦。”

玮云不快地道：“独孤哥哥，我爹爹的名字你不可随便乱叫的，他年纪很大了呢。”独孤樵不解地问：“不叫他的名字？那我叫他什么？”“嗯，”玮云想了想，道，“你该叫我爹爹老伯才是。”“老伯？”独孤樵道。“对，”玮云高兴起来，“叫柳老伯。”见玮云高兴，独孤樵便也高兴起来，道：“好，就叫柳老伯。”“田叔叔和连叔叔，”玮云一指田归林和连城虎，道，“他们的年纪也比你大得多，你也得叫他们田叔叔和连叔叔。”“那好吧，”独孤樵道，“那我叫你什么？”“我？我叫玮云啊！”“我就叫你玮云吗？”“当然，我们年纪一样大小，你就叫我玮云吧。”“好，玮云，田叔叔，连叔叔，咱们去找那东方大侠吧。”

太阳叟东方圣从江湖失踪已近一月。整个江湖白道中人都在寻找他的踪迹。或明察暗访，或直接打探，竟都不得一丝确讯。

此消彼长，这本是千古不变的至理。自东方圣失踪之后，许多昔日为祸武林的黑道魁首纷纷重现江湖。继六大门派掌门失踪之后，各派下山找寻之人纷纷横尸江湖或失踪。

少林藏经阁护法方丈悟性大师师弟，以一身通玄如化的神功垂誉武林的悟净大师，率四名弟子到江湖中暗察师兄下落，下山三日便告失踪！武当年轻一辈顶尖高手，“武当七剑”之一松青云，下山寻找师父——武当掌教灭尘道长，久不闻音讯，却在洛阳城外发现尸身！峨眉三女道被杀于长江边！昆仑四剑之一的管育在洛阳古道神秘丧生！点苍四客在川滇古道被害。崆峒五老之二失踪！除六大门派之外，山西石堡本是一大江湖世家，堡主石云天号称“神弹手”，一身内外功夫均甚了得，其成名绝技连珠弹令江湖中人言之色变。一家大小近百口人，却在一夜之间血染石堡，无一幸免！“东北三老”尚未出关，便已横尸荒原！……江湖上一片血雨腥风！

这一日，独孤樵一行四人已到洛阳城外。田归林连城虎二人皆心事重重。出马遭逢多事之秋，内心分外焦虑、沉重。二人闷头赶路，一言不发。只有独孤樵和玮云似对一切浑然不觉，一路上有说有笑，甚是悠然。尤其那独孤樵，似出谷雏燕，欢快异常。萋萋芳草，默默不语。有一种令人不安的气氛。

突然玮云用手一指左前方约三十丈远的地方，道："那是什么？"独孤樵顺着她手指的方向看去，见一长杆挂着一条长长的白纸，活似一面奇特的旗帜。没有风，纸条纹丝不动，在阳光下格外醒目。

独孤樵道："不知道。"玮云大声道："田叔叔，连叔叔！"二老以为又有何不测，迅即转过身来。玮云指着那"旗帜"道："你们看那是什么？"适才二老只顾埋头赶路，也未见到那怪旗，此时一看，也甚觉奇特。

田归林道："咱们过去看着。"四人走近，见一新垒土坟，上插一巨大旗幡，上面赫然写有七个字：东方圣毙命于此！

十

字是用血写的！田归林和连城虎被怔得说不出话来。只有独孤樵似是什么也没发生，淡淡地道："原来东方圣是死啦，那我们找不着他了。"田归林似未听见独孤樵的话，只喃喃地道："不、不，东方大侠是不会死的，东方大侠是不会死的……"

玮云道："咦，这儿还有字。"坟头插着的一小块木牌上果然有字如蝇。

独孤樵俯身念出声来："本人与东方老儿仇深似海，直至今日方大仇得报，可谓快慰平生！本欲将其暴尸以飨狼吻，然念其一代大侠，心有不忍，故仅取其首而掩其身。并此特告江湖，以儆效尤。知名不具。"

"呀，"独孤樵道，"东方圣原来是被仇人杀啦。那人干吗要杀他呢？"玮云道："一定是东方大侠得罪了什么人。""得罪了也不该就杀了呀！"独孤樵道。

"走吧，"田归林不快地道，"咱们赶路要紧。""现在咱们到哪儿去？"独孤樵道，"反正东方圣已经死了，咱们找不到他了。"田归林道："咱们赶到洛阳城再说。”转向连城虎道：“兄弟不觉得这事过于蹊跷？”连城虎道：“一定是假的，为兄不相信真有人能害得了东方大侠。”

独孤樵道：“连叔叔你是说这坟里的不是东方圣吗？那咱们干吗不刨开看看呢？”刨东方大侠的坟！连城虎觉得这简直骇人听闻！如果坟里不是东方大侠那还好说，如果果真就是呢，那岂不是得罪了所有天下武林同道！“那万万不可！”连城虎脸色剧变，急忙道：“万万不可！”独孤樵还想说什么，却被田归林摇手止住。

田归林道：“独孤公子不必多问，咱们还是先赶到洛阳城再说。”玮云道：“连叔叔，这儿离洛阳城还远吗？”“不远啦，”田归林道，“还有一二十里地。”“那就走吧，太阳落山前咱们就可以到了。”一行四人闷闷不言地赶路。

直到遥遥地能看见洛阳城了，独孤樵才兴奋起来，当初在他眼里辉煌无比的柳家寨与前面那些建筑比起来，简直只算是玩具。不由自主地，他想立即置身其中，于是——田归林、连城虎和玮云三人但觉眼前一道白影划过，待他们反应过来时，已不见了独孤樵的影子。玮云大惊道：“独孤哥哥不见啦！独孤哥哥不见啦！”“别急，小姐别急，”田归林道，“独孤公子是到洛阳城去了。咱们快去追他。”“咱们追不上他，”玮云道，“咱们根本追不上他。”“小姐，急是没有用的，”连城虎道，“咱们快追上去才是。”

三人施展轻功，飞快地赶向洛阳城。却说独孤樵飞身进入洛阳城，在一十字街口站定，眼见身前身后尽是如蚁行人，很是惊异。太阳将余晖铺洒在金色琉璃瓦上，灿烂无比，直使独孤樵恍若步入了天堂。独孤樵微微地笑了起来。

他的身旁匆匆走过几个道士打扮的人，其中一老者有意无意地看了独孤樵背着的松纹木剑一眼，没说什么，便一掠而过。独孤樵状似痴呆，对身前身后不时匆匆而过的江湖中人恍若未觉。他只是偶尔觉得有一种突如其来的杀气。但转眼便消失了。

一个跛足和尚，须眉尽白，站在不远处的街角旁已经看独孤樵好久了。此时见他面露微笑，便走将过来，合十道：“檀越请了。”独孤樵感觉一种阳光普照般的祥和，又是一笑。跛足和尚也是一笑道：“一切有为法，如梦幻泡影，如露亦如电，应作如是观。”

独孤樵闭目道：“观即不观，不观即观，大师何出此言？”跛和尚道：“倒是贫僧着相了。”哈哈一笑，一癫一跛而去。

待独孤樵睁开眼睛，已不见了跛足和尚身影。微微一笑，正欲迈步，忽闻一咯咯笑声道：“师父，你看那小子傻笑傻笑的。”一阵浓郁奇特的香气突然袭来，独孤樵突然怔住了，直愣愣地看着两丈开外的一个绝色少女。

那少女约莫十七岁，身着青衣，有若一株亭亭玉立的青杏。少女身旁站着一个表情冷漠的中年妇女，虽是徐娘半老，却依旧风韵犹存，只是她的表情有些令人觉得高不可攀，产生一种可敬不可亲的感觉。她腰间系了一个羊皮口袋，谁也不知道里面究竟有些什么。见独孤樵直愣愣地盯着自己，那少女脸微微一红，叱道：“你盯着我干什么？！”

独孤樵道：“姑娘你真好看。”他连想都没想就这样说了。因为他这样觉得。没料到那少女脸色一变，怒道：“小子你找死吗？”“我不找死。”独孤樵认真地道，“姑娘你真的很好看。”那少女哼了一声，将头转向身旁那中年美妇，道：“师父，他欺负我！”美妇便冷冷地盯着独孤樵。

独孤樵大急，道：“我没有欺负你。”将头转向中年美妇，道：“我没有欺负她，你说我欺负她了吗？她本来就长得很好看嘛。”“哼，一个呆子，”中年美妇道，“青青，咱们走，不值得跟一个呆子计较。”举步而去。

那个叫青青的少女跟着师父走了三四步，回过头来对仍呆立原地的独孤樵狠狠地瞪了一眼。鬼使神差般的，独孤樵跟了上去。

玮云和田归林、连城虎三人赶入洛阳城，已是将晚时分。玮云对身前身后匆匆而行的许多背剑汉子视若不见，她一心只想着赶紧找到她的独孤哥哥。

田归林感觉到江湖上发生大事了，但他什么也没说。很显然不知有多少江湖人来到洛阳城。洛阳，三皇古都，历来就是消息最为灵通的地方。但在这茫茫人海中要找寻一个人却比登天还难。

“小姐，天色不早，咱们还是先安顿下来再说吧。”田归林道。“那独孤哥哥他怎么办？”玮云焦急地道。“他不会出什么事的，”田归林安慰道，“咱们明天再去找他。”玮云还想说什么，连城虎看看天色，道：“安顿下来也好。”见连叔叔也这么说，玮云只好不再言了。

三人走进最近的一家小客栈。这客栈确实不大，但招牌倒是不小：“万人居”客栈。见三人走来，店小二笑容可掬地迎了上来，道：“三位客官可是欲在小店歇息？小店备有茶点，洗浴间，可谓应有尽有，无所或缺，若——”田归林打断店小二的啰唆，道：“开三间上房。”

“哟！”店小二一抬腿，道，“真是来得早不如来得巧，三位可真有福气，小店不多不少，正好有三间上房。”“少啰唆几句没人说你是哑巴！”玮云烦躁地道。“客官说的是，”店小二依旧是笑容可掬地道，“小人这就带三位客官去，请！”

三人随着店小二穿过楼道时，一个脸上有疤，大约四十岁的汉子惊诧地打量了田归林身上的铁算盘一眼，便迅即没入左首第一间屋中。

十一

店小二带着三人走到楼道尽头两间门户相对的屋前，道：“这二间上房正好空着，二位客官便请在此安歇。”“那我呢？”玮云道。“小姐请随小人到那边。”店小二道。玮云看着田归林。田归林道：“小姐随他去吧。”玮云只好随着店小二到庭院对面的女客楼去。

独孤樵跟着青青和那个中年美妇走进一家可容百人的大饭庄。见美妇和青青走进，店小二眼前一亮，连忙站起来，一拱腰道：“二位楼上请。”中年美妇看也没看店小二一眼，径自走上楼去。

跑堂的连忙过来将中年美妇和青青引到东首靠窗的雅位落座。跑堂的道：“二位客官点些儿什么？”青青道：“你们的拿手货端来便是，还啰唆什么？”“小人省得，”机灵的跑堂一弯腰道，“二位请稍候。”然后奔堂内。

中年美妇一言不发，冷漠地看着窗外。青青举目四视，见客人有一百多人，大部分一望可知便是江湖中人。他们成群结伙地围桌而坐，低声神秘地谈着什么。

西首雅座上是七个道士，其中一个年纪颇大的太阳穴高高凸起，显见内功相当了得。面对着青青她们的一个年约二十的道士，从她们一进厅内便死死地盯着青青，青青装作视而不见，内心里可是非常生气，心里盘算着如何叫他吃点苦头。坐在他们隔壁的是三个年纪相若，四十岁上下，面色阴沉的汉子，他们一言不发地吃喝，似是对周围的一切毫无知觉。青青禁不住轻哼了一声。再下边的桌子却是空着。然后是十个汉子围桌团团而坐，他们是大厅内唯一一桌高声猜拳谈笑吃喝的。有几桌看上去不像是江湖中人的食客不时不满地看他们一眼，便又急忙低下头去。

待青青将厅内环视一遍，恰见独孤樵也走上楼来，正用目光搜寻大厅，他们的目光相接了。独孤樵微微一笑。有那么两秒钟，青青的脸上突觉灼热，连忙低下头去。

正好小二送菜上来，是一盘烧得喷香的大红鲤鱼，青青便道：“师父，您请。”中年美妇这才将目光从窗外收回，对店小二道：“拿一壶上好的女儿红来。”“您老请稍候。”小二转身离去。

少顷捧酒出来，道，“这是存了二十年的女儿红，请二位品尝。”青青给中年美妇斟上酒，又给自己斟了一杯。放下酒壶的时候，她有意无意地瞟了一眼，见独孤樵已独自坐在那张空桌旁。小二正在询问他什么，他四周看看，然后往她们这边指了一下。小二疑惑地看了他一眼，点头转身而去。

青青端起酒杯，对中年美妇道：“师父，青青敬你一杯。”美妇端起杯抿了一口，道：“那呆子也来了。”青青道：“他跟着咱们做甚？”美妇哼了一声，正欲说什么，突然一个细微但却分外清晰的声音在耳边响起：“施主不要为难他，此子大非常人，施主之恨，将着落在此子身上得解。”

美妇赫然一惊，不由自主地将目光扫视大厅。她想知道适才声音是谁发出的，但一无所获。耳边的声音却又响起：“施主不必找寻，老衲并非身在厅内。”

美妇将头转向左侧，运足内力冲那声音发出的地方道：“前辈何方高人，为何知敝人有仇——”突然心头一震，似是想起了什么，手上的杯中之酒轻轻地洒落出几滴来。

青青大惊，轻声问道：“师父，你怎么啦？”美妇毫无知觉似的，仍将头转向左侧。因为，那声音虽然轻微，传在她耳里却无异轰鸣：“湘水之畔，木鱼声声。”

美妇道：“前辈为何不为小妇人指点迷津？”那声音道：“一切皆有缘法，此乃天机，恕老衲难以奉告，望施主好自为之，慎记，慎记！”

美妇道：“前辈，前辈！前辈！！”却未再有任何声音传来。美妇一脸茫然、失望及痛苦之色。青青大为惊惶，用手拉住美妇的手，使劲地摇了摇，那美妇才好像从大梦中醒来似的长长呼出一口气。

美妇笑笑道：“青青，看把你急的。”青青道：“徒儿刚才见师父像在梦中似的，嘴在动，却又不说话，真急死青青了。”美妇疼爱地看了青青一眼，嗔怪道：“傻丫头！适才突然想起一件重要的事，正在心里合计，看把你急的。来，喝吧。”青青又为美妇斟满酒，娇嗔地道：“师父适才让徒儿虚惊一场，徒儿要师父把这一杯喝干了。”美妇道：“你要把师父灌醉吗？”青青道：“青青不敢，师父不喝弟子也是没办法的。”美妇道：“贫嘴，为师就饶了你这一次。”端起杯一饮而尽。

青青得意地喝了一口，再给美妇斟上。她二人慢悠悠地喝。美妇不时往独孤樵那边看上两眼，露出诧异神色。青青也往那边看去，见独孤樵面前俨然也摆着和她们相同的菜肴和一壶一模一样的女儿红。青青气愤地道：“师父，那小子成心气咱们，徒儿去教训他！”

美妇摇摇头，道：“算了，别管他。”青青大为惊讶：怎么师父今天像变了一个人似的？

突然一声暴喝从独孤樵旁边的那张桌子上响起，“赵老三，你今天要不喝了这杯酒，大爷就从此不认识你了！”那个叫赵老三的也大喝道：“李四，日娘的，明明是你划拳输了，却偏偏要叫赵某喝，老子今天倒是要看看你狗日的有多大能耐！”他们的吼叫声使这边美妇的脸色变得冰冷如霜。

青青招手叫过小二，道：“你去叫店家的把那几个不识好歹的家伙轰出去！”小二面有难色，道：“小姐，这个恐怕——”青青道：“恐怕什么？！”小二道：“那几个大爷小店招惹不起。”青青道：“那好，你过去跟他们说，就说本姑娘叫他们出去。”小二道：“这——”青青道：“什么这个那个的！去！就说是本姑娘说的！”小二唯唯诺诺地去了。

青青没再看那边，对美妇道：“师父，几只乌鸦聒噪，不要因此扰了咱们的酒兴，徒儿再敬师父一杯。”美妇刚伸手端杯，突听那边“叭”的一声，只见店小二偌大的身子就像只布袋般飞了起来，正射向独孤樵。

此时独孤樵正对着一壶女儿红发愣。玮云说人高兴了才喝酒的，他不知道此时高兴不高兴，到底该不该喝。突见一个身子向自己射来，独孤樵连忙站起，张开双手将飞过来的小二抱住。“你这是干什么？”独孤樵放下小二，大惑不解地道。

小二被那个叫李四的家伙摔出来，早已魂魄出窍，以为此命休也，却突然像落在了一堆棉花中，他不知这是真是梦，哪儿还说得出话来。

邻桌的暴喝声响了起来：“他奶奶的，是哪儿来的母夜叉吃了豹子胆敢叫大爷们出去，倒是站起来叫大爷看看！”李四是冲着那美妇和青青这边吼的。

西边雅座上那个一直盯着青青看的年轻道士腾地站了起来。刚想开口，却被身边老道摁坐下去。青青刚想站起，却被那美妇的眼色制止，那美妇轻声说了一声：“不长眼的东西！”右手不易察觉地向着那边轻轻一弹！

李四还在大吼：“他奶奶的，本大爷……”声音突然顿住。是永远的停住了！李四的嘴还大张着，双眼却渐渐暴突出来，状极骇人，赵老三见背对着自己的李四吼了半句突然停止，大惑不解地站起来道：“李四，你他娘的……”他的声音也突然停顿，眼睛也暴突了出来。那桌上另外几个突然被吓呆了。厅内大乱。

大部分食客连银两也忘搁下，只顾仓皇逃窜。与李四、赵老三同桌的家伙们这才反应过来大事不妙，也站起身来打算逃窜。

突然一个冰冷如铁的声音在他们的耳边响起："你们几个给我站住！"他们果然不敢再动半步。那冰冷的声音又道："把所有翻倒的桌椅扶起来，为所有已走的食客把银两付了，然后收着那两个不长眼的东西滚下去！"

他们照着那声音所嘱，飞快却也认真地扶正桌椅，扔下两大锭银子，其中两个抱起气绝多时的李四、赵老三，惶惶如丧家之犬，匆忙逃下楼去。

青青自李四声音顿住起，就一直奇怪地看着大厅。见该走的都走啦，厅内像什么也没发生一样，她才转过头来，迷惑不解地看着中年美妇。那美妇对适才所发生的一切视若不见，此时她轻呷了一口酒，才道："他们走啦？"青青道："都走啦，师父，你说怪不怪，他们逃命之前居然把桌椅收齐了？"美妇道："他们本来就该收的。现在清静了，咱们还喝咱们的吧。"她们居然又静静地喝了起来。

第四回

十二

对适才所发生的这一幕，在所有留在大厅的人中，最吃惊的莫过于独孤樵了。过了这半天，他居然还没反应过来这到底是怎么回事。

他看看这一桌，又看着那一桌，留下来的所有人全都仍若无其事地喝酒。突然他愤怒起来，抓起桌上的酒壶狠狠地摔在地上。砰的一声，酒壶被摔得粉碎！举座皆惊，莫名其妙地看着他。一个一袭白衣，瘦弱匀称，玉树临风遗世独立的美少年。

“你们，你们还喝酒！”独孤樵显然非常气愤，但他说出的话却是平平和和的，“要高兴了才喝酒的，难道你们高兴吗？刚才这里死了两个人，难道你们还高兴吗？”没有人回答。

他轻轻地坐下。他在想李四和赵老三难道是兔子吗？因此他终于知道自己现在是不能喝酒的了。于是他轻轻地笑了。他终于搞清楚了一个问题：不喝酒。刚才到底喝不喝酒这个问题一直折磨着他。

他拈了一块鱼在口里慢慢地嚼。他想：道悟师父的话肯定是对的，该发生的一切终归会发生，一切发生的事情都是本来就该发生的。

有人轻轻叩门。玮云道：“来者何人？”门外道：“小姐，适才与小姐齐来的两位大爷请小姐即刻下去。”玮云道：“可知有何事吗？”“小的不知。”“我这就去。”玮云随店小二来到客栈门口，见田归林和连城虎正在门口等候。

田归林道：“小姐，咱们去寻个地方用饭，顺便打听独孤公子的下落，小姐你看可好？”玮云道：“好，我正想自己去呢。”三人走到离万人居客栈不远的地方，有一个叫仙客来的小饭馆，见有两个背剑的汉子先他们入内，田归林便道：“里面似有江湖中人，咱们不妨进去探听一番。”“使得。”连城虎道。

饭馆里已有约四十人在座。玮云奔进饭馆，一挥手将殷勤地上来招呼的小二拨开，张目四面细细搜寻一遍，却不见独孤樵的影子，正失望时忽见一獐目鼠脑的家伙正盯着自己看，便气不打一处来，一声不吭，冲上去就是一耳光。啪的一声脆响，那人应声倒地。整个饭馆的人都莫名其妙地看着她。

玮云若无其事地走到一张只坐着一个书生模样的人的桌子前，道：“让开！”“姑娘，你这是——？”那人惊异地道。“本姑娘叫你让你就让开，”玮云道，“还不快给我滚到一边去。”“小生……”“滚开，你要像那贼盗一样要本姑娘动手吗？”恰在此时，刚才被玮云一耳光掴昏的家伙清醒了过来，“哇”的一声，吐出一大口红白之物来。红的是血，白的是牙齿。

那书生看了看那挨揍的家伙，又看看玮云所佩之剑，苦着脸摇摇头，正欲起身离去，忽觉一只手压在自己身上。身后传来一个冷峻的声音：“相公且慢。”那声音又道：“姑娘未免太过分了吧！”

玮云的眼前多了一个年约二十，身佩双剑的少年，正用冷冷的目光看着自己。

玮云道：“本姑娘的事与你无关！”“在下省得？”那少年道。然后转向书生身侧，平和地对书生道：“这桌子是相公你先占的吗？”书生道：“正是，敝人几个同窗好友相约在此品酒吟诗，让小弟先到此订座，没想这姑娘……”那少年道：“那相公但坐无妨。”将目光转向玮云：“童某在此，岂容强霸！”书生一拱手：“多谢少侠。”

玮云气极喝道：“你想找死吗？”那少年道：“姑娘言重了，若童某没错，姑娘，咱们倒是曾有一面之缘，童某奉劝……”玮云喝道：“放你的狗屁，本姑娘从未见过你，亮剑吧！”“呛”的一声拔出剑来，怒目而视。

恰在此时，田归林和连城虎走了进来。适才二人本来就在玮云身后，待玮云进入饭馆时，忽见左面街角有一白衣人一闪而过，身形极似独孤樵，二人追上去，却已不见踪影。二人搜寻一番无望，这才赶将回来。没想到就这一会儿工夫，玮云在饭馆里惹出了麻烦。

田归林一见玮云擎剑怒视一少年，连忙上去对那少年一拱手道："阁下请了。"少年一抱拳道："田前辈好说。"田归林一愣，道："阁下——？"然后才认出了少年面目，改口道："原来是阁下，不知——？""哦，"少年道："敝人和柳小姐适才发生了一点儿误会，已经没事了。"用眼盯着玮云。玮云鼻孔哼了一声，对田归林道："田叔叔他欺负了我，你不管吗？"恶人先告状，永远是女孩子克敌制胜的法宝之一。

少年并未再看玮云一眼，对田归林和连城虎一拱手："在下告辞。"转身欲走。田归林忙道："少侠请留步。"少年道："前辈还有何话要说。"田归林道："二十年前田某曾与令师有数面之缘，深受其惠，不知楚老先生贵体可安？"

少年神色一暗，随即豁然，道："田前辈尚记敝师，晚生在此谢过。"田归林一介老江湖，少年神色间变化岂能逃过他眼，不免心中一惊，暗道："莫非号称掌剑双绝的鹰爪派掌门楚通楚老先生也会有何不测？"然观少年神情，似有难言之隐，便道："既是如此，请少侠代田某连某问令师雅安。""多谢前辈！"少年一抱拳，作别离去。临走时并未再看玮云一眼。

玮云的脸气得通红，重重地哼了一声，道："有什么了不起！"田归林不悦道："小姐别再怄气了，他师父对咱们柳家有大恩，别说这样，即便是人家要咱们的头，咱们也该奉上的。"

玮云道："他师父我又不认识，我才不管呢！他有什么了不起，哼！我一剑就让他神气不起来！"她还想说什么，却被连城虎打断了话头。连城虎沉声道："小姐，咱们还是赶快吃了饭去找独孤少侠才是正经。"

小二过来看座，匆匆进餐，不在话下。

独孤樵静静地在想自己走出山洞后这几天所经历的事情。他的心头涌起一种难言的愁绪和忧伤。这个世界是如此的诡异和肮脏，到处充满险恶。原先道悟曾告诉过他，人是最重要的，无论如何也不能将人的性命与兔子相提并论。但他在这个世界上所看到的却是人命甚轻，简直比一只兔子还不如。看起来只能这样解释要么是道悟错了，要么是这个世界错了，总之是很不对劲儿。

适才李四和赵老三的猝死，他本能地觉得这是一个很重大的事件，并且这事件隐约与青青和她师父有关，但他还没法肯定。因为她们并未动手投足。再说他也不相信青青和那个中年美妇会杀人。她们是那么美，而美的东西总是与善良有关，这正像山野里那些柔弱的野花，它们总是静静地独自开放，与世无争。

现在他必须弄清楚的事情是李四和赵老三之死与她们到底有无关系？如果无关，那会怎样？如果有关，又将如何？他不知道，他也不想知道，事实上，从根本上来讲他对于这个世界就是一个局外人。

江湖的诡波涌云似与他无关无碍。道悟曾告诉过他：人千万不要试图去弄明白某件事物，你只要去感受它们。但这个世界过于纷纭复杂，即便置身其中，你也并不能完全地去感受。

独孤樵站了起来。他想去问青青和她师父某个使他困惑的问题。但他停住了脚步。

因为上首座位上的那年纪甚大的老道突然站起，冲她们问询道："恕老道眼拙，不知侯前辈芸驾光临，老道这厢有礼了。"坐在青青对面的中年美妇淡淡地道："免了。"那老道又道："据老道所知，侯前辈一向身处云南玉龙雪山，绝少涉足中原武林，敢问前辈这次重来，意欲何为？"

那美妇眉毛往上轻轻一挑，冷冷地道："灭性子，你可是要管侯某闲事吗？"老道眉头一动，道："武当一向不爱过问江湖是非，自是不会管闲事，只是——最近中原怪事迭起，想必侯老前辈也有所闻，故老道有此一问。"

美妇道："灭性子，即便是你师兄灭尘子，也还不配过问侯某之事！侯某愿到哪儿便到哪儿，中原武林的事与侯某毫无相干，你们谁死了谁丢了老身并不感兴趣。还有，这一点你最好记住，还是少管老身之事为妙。"

原来老道竟是赫然有名的武当掌教灭尘子的师弟灭性子。据江湖传言，灭性子的功夫犹在其师兄之上，只因脾气略躁，当年他们的师父丘真人才将掌教之位让与灭尘。但武当上百号人都知道，这位师叔在武当位尊至极，即便是掌教行事，也还得问问他的意思。

看他年近七旬，却鹤发童颜，气度不凡，虎虎有生气。但他竟然叫那中年美妇“前辈”！那美妇又是何来头？但不管是何来头，她也未免太过夸大了些。居然不把整个中原武林放在眼里！少林武当，一向是武林中的泰山北斗，但她竟然宣称堂堂武当掌教也还不配过问她的事情！

灭性子怒极而笑，道：“好说，好说！”只见他身立桌旁，只用手轻轻一招，桌上的酒壶便腾空而起，高悬在他头顶数尺高的地方，将酒缓缓倒出。那酒凝成一条线，射入他的口中。待壶中酒尽，灭性子临空一拍，壶便自回桌上。这并不奇，奇的是待壶落桌之后，灭性子轻轻一吹，那壶竟顿时化为一堆粉末！

看得独孤樵大奇，不禁道：“喂，你那壶是什么做的？”但没有人理睬他。灭性子露了这一手高深内功，面色愈加红润，他未再多说什么，只冷冷地看着那中年美妇。那美妇却毫不动容，只静静地坐着，青青又给她斟了一杯酒。

十三

这可急煞了灭性子，正欲动作，不料下桌饮酒三人中一个年纪稍长的站了起来，冲灭性子抱拳施礼道：“道长请了，昆仑高峡此厢有礼。”

灭性子施礼道：“原来是追风剑客皇甫道兄高徒，俗话说焦不离孟，孟不离焦，另外两位大概就是郜盛郜大侠，杨坤杨大侠了吧？却不知昆仑四剑之一的管育管大侠为何不和各位大侠同在？”

高峡面色一黯，道：“管四弟他已……”灭性子道：“请恕老道不知，却不知是何狂徒敢对昆仑无礼？”尚未说话，坐在一旁的郃盛腾地站了起来，大声道：“灭性道长请了，咱昆仑四剑向来情同手足，管四弟被害疑窦重重，若让咱们知道元凶，不使他万剑穿心才怪！”

那边的青青突然哧地笑了一声。郃盛面色一肃，厉声道：“姑娘你笑什么？”青青扬脸道：“怎么，姑娘我不能笑吗？这儿是什么地方，笑不笑也要你管？”

郃盛气得说不出话来，高峡却对青青抱拳道：“姑娘自然笑得，却不知姑娘因何发笑？”青青道：“本姑娘爱笑便笑，一般是没缘故的。”郃盛气极喝道：“尔是何狂徒门下，竟敢对咱昆仑无礼！郃某今日必与姑娘讨一个公道！”

青青尚未回话，对面的中年美妇却面色一沉，冷冷道：“皇甫老儿一向为人不错，却怎的调教出这样一个不长眼的东西来，你要讨还一个公道，那好说得很！至于你问她是何狂徒门下，那也好说，她自是老妪之徒。因而狂徒二字，老妪也正想向你讨一公道！”

郃盛道：“好说好说！你对灭性道长怠慢于先，尔徒又对昆仑无礼于后，公道自然是要讨的，只是咱昆仑四剑向来不杀无名之辈，你二人快快报上名来，看值不值得郃某亮剑。”

本来先前连灭性子也叫对方前辈，而灭性子与昆仑四剑的师父、昆仑派掌门追风剑客皇甫呈平辈论交，因而对方自是大有来头的了。只因郃盛气极，才说出如此话来。

因此中年美妇的面色顿时难看之极。青青却又哧地笑了一声，对师父悄声道：“师父你老人家息怒，如此不长眼的狂徒不值得你老人家动气的，待徒儿去教训教训他便是。”

青青转过头来，对灭性子道：“想必灭性道长已知我师徒二人来历，请少安勿躁，待会儿我师徒自会与你说话的。灭性道长，你干吗不坐下喝酒呢。”灭性子“哼”了一声，却依言坐下了。

昆仑三剑和武当弟子无不惊疑地望了灭性道长一眼，又望望青青。先前盯着青青看的那青年道士悄声问："师叔，她们——？"灭性子端起杯喝了一口，道："不要去惹那魔头！"

青青笑道："还是武当灭性道长识得时务。"对邰盛道："但你们却可笑至极！"邰盛怒道："咱昆仑四剑有何可笑？"

青青扳着指头道："待姑娘为你数数，你们明明只有三人，却要自称昆仑四剑，此可笑一。"言罢扳下一个指头。"你自言昆仑四剑向来不杀武林无名之辈，那目前中原武林大大有名的许多人被杀，难道是与你们有关吗？此可笑二。"又扳下一指头。"明明灭性道长与你们师父同辈，连他也称我师父前辈，可你们昆仑派自命见多识广，却不识咱师徒二人，此可笑三。"再扳下一指头。"有此三，难道本姑娘说可笑还不对吗？"言罢咯咯咯地笑了起来。

邰盛怒极，伸手刚欲拔剑，却被高峡拦住。高峡道："邰二弟请稍息怒。"转头对中年美妇细细打量，见其腰间皮袋，顿时面色一凉，道："阁下莫非是——"

中年美妇头也没抬，只冷冷道："对，老身只是被你们称作毒手观音的侯某，想必该值得你们亮剑了吧。"

毒手观音侯玉音！！！

在座的除独孤樵和灭性道长外，全部被这个名字震慑住。这很简单，因为当今天下武林，最难对付的四大魔头就是千佛手任空行、毒手观音侯玉音、千面狐智桐和玉蝴蝶金一氓。

这四人可以四字概括——狠！毒！奸！色！最难易与的便是毒。毒可杀人于无形。因无形而难易与，这道理再明白不过。

邰盛骇极而呼："不可能，这根本不可能！"青青道："有何不可能？"邰盛道："邰某曾听敝师讲，毒手观音侯玉音——"青青突然厉声道："邰盛你找死，我师父的名字岂是由你随便叫得的吗？"邰盛道："姑娘息怒，是邰某一时糊涂。邰某曾听家师讲，毒手观音侯前辈早在五十多年前便已名震江湖，因而眼下该是年过七旬的老妪了，可令师却……"

青青道："此可笑四！"郜盛道："此可笑四？"青青道："难道你不知道我师父是玩什么的吗？""侯前辈精于毒道。""算你还有些见识，可你却不知毒可杀人也可养人的道理，岂不可笑吗？"郜盛喃喃道："毒可杀人也可养人，毒可杀人也可养人！"青青道："这是再简单不过的道理了，连三岁孩童也该识得，可你昆仑却不识，此为无知。望慎记之！"

这简直欺人太甚，谁也受不了。果然，高峡冷冷道："姑娘舌剑唇枪，咱昆仑四剑算是受教了。但咱昆仑四剑并非怕事之辈，姑娘请亮剑吧。"青青诧异道："亮剑？"高峡沉声道："即便明知不是你师徒二人对手，咱们也须得讨还一个公道。"

青青道："你简直比你师弟更为可笑！师父失踪不去寻，师弟被害也不去查凶手，却在这儿口冒大气，要与我师徒讨公道，这简直可笑啊可笑！"高峡面色一凛，道："莫非姑娘……？"青青道："我一概不知。"

高峡尚未说话，坐在一旁始终未吭一声的杨坤却已冷冷站起，慢慢道："姑娘亮招。"言罢"呛"地拔剑在手。青青愕然道："你要与我动手？"杨坤道："是！"没一个多余的字。江湖传言不虚，昆仑四剑之三冷面神杨坤永远不会多说一个字。而昆仑四剑尽得师父真传的也仅冷面神一人。据说他的武功已与追风剑客皇甫呈不相上下。

青青道："你疯了吗？"杨坤道："没有。"青青道："你知道与我们作对的后果吗？"杨坤道："死。""那你岂不是疯了，你师父的踪迹不去查，你师弟的仇不去报，却要在这送死！""亮招吧。""好，本姑娘成全你。"言罢擎剑在手，缓缓走了过来。

十四

玮云、田归林和连城虎三人吃罢饭出来，已是天黑时刻了。寻不到独孤樵的踪迹，玮云心中甚是烦躁。此时她特想找人出出胸中闷气，无奈有田连二人在旁，使她任性不得。

因而一出店门，她便道："田叔叔、连叔叔，现在时候还早，回去反正是睡不着的，咱们分头去寻寻独孤哥哥行踪如何？"田归林为难地道："小姐，这只怕……"玮云道："田叔叔不用为我担心，我自能回万人居客栈的。"转向连城虎，道："连叔叔，咱们就这么办吧？"连城虎看看田归林，又看看玮云，沉吟道："这样也好，只是戌时前须赶回客栈。"玮云道："好，田叔叔、连叔叔，咱们这就分头行事吧。我走啦。"不等田连二人回话，玮云便飞快地朝东而去。田归林苦笑着摇摇头。

回头一望不见了田归林和连城虎，玮云得意地一笑，其实她刚才飞快地走了几步，一绕过墙角就躲了起来，待二老离开之后，她才慢慢转了出来。此刻她走在街上，却仍在担心连城虎和田归林突然追上来，待几次回头仍不见二老，她才完全放下心来。

这边放下了心，那边的心事却又重重涌起。独孤樵现在身处何处？他会不会遇到什么麻烦？玮云恨不得随便抓过一个人来，逼问他此刻须在何处才能寻到独孤哥哥。但此刻行路人已不多了。

不过洛阳城终归是洛阳城，转过几条街之后，玮云的面前突然出现一个火把通明的小巷。小巷热闹非凡，洋溢着浓郁的酒香。小贩们的讨价还价声、剁肉声、酒杯撞击声和醉汉胡言乱语声混成一片。

玮云愁绪重重，真想也去喝它个痛快。但她毕竟是大家闺秀，心里不禁踌躇。不料此时却有一个熟悉的声音传来："都别吵了，这位大哥既是酒中同道，他的账由我付了便是。"是那个方才在饭店中"欺负"过玮云的少年！

玮云轻蔑地哼了一声，大步走进小巷。两侧尽是小摊，小摊上摆着猪肉牛肉羊肉狗肉。最多的是狗肉，散发着浓浓的香味。

小贩们突觉眼前一亮。他们从未见过这种时候小巷里会走进一个单身的绝色姑娘。便立即露出笑脸，争相招呼道："小姐想吃点儿什么，请这边坐。"玮云爱理不理，她觉得这些人下贱之极，根本犯不着搭理的。径自走向那少年发出声音的地方。

那地方适才乱成一团。一个满面连腮胡须的大汉喝足了酒，却付不出酒资，正闹吵时，一个白衣少年掏出一大锭银子替他解了围。此时那大汉重新落座，正与白衣少年称兄道弟地高谈豪饮。他们旁若无人。围观者无趣，各自散去。

玮云走近时，正闻那大汉道："来来来，你我甚是投缘，正该喝它三百杯才是！"声音甚是粗豪，玮云不禁皱了一下眉头。那少年道："胡兄说的是，小弟曾闻李太白道：'将进酒，杯莫停'，来，咱兄弟喝了这一杯！"二人将一大碗酒一饮而尽。

那大汉将碗重重一放，大声道："上酒！"小贩躬身将碗倒满，道："二位先生真好酒量。"大汉哈哈大笑。笑毕对少年道："痛快！胡醉从未见过像兄弟这等人才却这等酒量的人，若蒙不弃，胡醉借这碗酒，与兄拜个兄弟如何？"

少年道："胡兄言重了，似胡兄此等酒中豪客，童超只怕巴结不上呢。"大汉哈哈大笑，端起酒碗，道："胡醉四十有七，不知兄弟贵庚？"童超也端起酒碗："童超十八，大哥在上，小弟敬你一杯！"二人端起碗又是一饮而尽。

玮云在隔着四五步远的小摊上坐下，要了一碗狗肉和一杯酒，却未动，只是望着童超他们频皱眉头。小贩看看玮云，又望望童超，像是明白了什么似的，讨好地道："小姐可要小的去告知那童相公一声？"玮云"唔"了一声，却又道："你说什么？"小贩道："小的去告诉那童相公一声，就说小姐在此。"一脸谄媚地笑。玮云怒道："你再多嘴，我就把你舌头割下来！"小贩骇然道："别！别！小的不多嘴便是。"心头却在想，这姑娘貌极温柔，却原来如此凶狠，难怪那童相公要出来喝酒了。

玮云见小贩一脸苦相，便道："我与他素不相识，你少胡言乱语。"小贩连声道："是是是。"不再敢搭理她。

那边胡醉却大声道："兄弟这等人，似是不应该在此等地方现身，敢问一句，兄弟心头可是有何难言之衷，须一解愁绪？”童超道：“大哥多心了。什么人不应在什么地方出现，岂有一定之规？”

胡醉大笑道：“童兄弟言之有理，是胡醉落入下乘了！”童超也大笑道：“大哥言重了。正如李太白所言，人生得意须尽欢，莫使金樽空对月。得酒便喝，岂能为时为地所困，来，喝！”二人举碗便干。

干罢童超拎起一只狗腿，大撕大嚼起来。胡醉笑了一声，似有所指地道：“兄弟此等模样，只怕有人大觉不忍呢。”童超笑道：“兄弟何等模样管他人何事？如觉不雅，不看便是，又何必为我皱眉。”

玮云闻得此言，腾地站了起来，一个箭步冲过来立在童超对面，厉声道：“童超，你倒是给我说明白，你刚才所说的话是指谁？”童超慢慢抬起头来，像是刚刚发现玮云似的，诧异地道：“原来是柳大姑娘，你到这儿来做甚？你也爱喝酒吗？”玮云横眉道：“你少给我装蒜，我再问你一句，你刚才所言指的是谁？”

童超道：“我刚才所言？哦，对啦，谁看不惯我便指谁。”玮云道：“本姑娘便看不惯，你这等模样简直把你师父的脸都丢尽了！”童超道：“这就怪了，我是我，我师父是我师父。我在这儿和胡兄喝酒，怎的又将师父的脸丢尽了，柳大姑娘能否给童某解释一二。”

玮云道：“好，本姑娘告诉你：第一，这种地方只有江湖下三滥才来，而你堂堂——”突然发现童超的迷糊醉眼突然精光似电，直射过来，显是不愿她点露他的师门。玮云一顿，道：“而你却在此等地方牛饮，却不是丢你师父的脸又是什么？第二，看与你对饮之人十足一介无赖酒鬼，却又不是丢你师父的脸吗？”

童超又醉眼惺忪地道：“第三呢，柳大姑娘？”玮云道：“有此二点还不够吗？”童超道：“好，姑娘说这种地方只有江湖下三滥才来，那你柳大小姐在这儿出现又做何解释呢？”

玮云道：“这——”

“至于第二点，”一直未语的胡醉突然接口道，“胡醉虽一介无赖酒徒，然常言说得好，一入道门，便即兄弟，我与童兄弟同落酒道，便再没有高下贵贱之分。再说正如童兄弟所言，他是他，他师父是他师父，他与胡醉在此喝酒，决不会给他师父丢脸的。”

玮云道：“这……”

突然面色一变，道：“啊，你们两个大男人欺负我一弱女子，自然是英雄得很了，看本姑娘的剑答应不答应！”言罢右手握住剑柄，怒目而视。旁酒客见状，连忙结账起身。

童超缓缓道：“柳大姑娘此言差也。我与大哥自在这儿喝酒，岂有欺负于你之说。若是我们喝酒是欺负了你，那我兄弟二人甘心受你欺还，也即是说柳大姑娘你也喝上几碗，如何？”

玮云“这这”了两声，突然一扬眉道：“你当我不敢喝吗？”

童超定定地看着她。玮云不再说话，“腾”地在胡醉身旁坐下，伸手端过童超面前酒碗，将一碗酒“咕咕”一饮而尽。“砰”地放下碗，玮云挑战似的看着童超。童超讶然道：“看不出柳大姑娘也好酒量啊！”玮云“哼”了一声。

胡醉哈哈大笑：“好！好！既是如此，胡醉也愿被柳姑娘欺还，请喝了我这碗。”言罢端酒奉上。玮云头也不转地道：“你还不配被我欺负！”胡醉哈哈一笑，道：“既若此，胡醉便走了。”

从腰间取下一葫芦，将一碗倒入，摇了摇，对小摊主道：“你的酒桶何在，替我拎过来。”小摊主将一大桶酒搬过来。胡醉将葫芦摁进去，“咕咕”地灌满。那葫芦脏兮兮的，小贩看着敢怒不敢言。

玮云又重重地“哼”了一声。胡醉灌满了酒，便将葫芦重系腰间，起身道：“青山不改，绿水长流，童兄弟，咱们后会有期，胡醉告辞了。”

童超道：“大哥慢去，恕小弟不送。”

胡醉哈哈一笑，对始终苦着脸的小摊主道：“你瞪着我干什么，酒钱自有我这兄弟给你。”不再多说，径自离去。始终未看玮云一眼。

玮云也觉得此人不屑一顾。少顷，远处传来胡醉高歌声：“人生得意须尽欢，莫使金樽空对月，哈哈哈哈，人逢知己千杯少，话不投缘半句多……”声音渐渺。

童超怔怔地盯着面前酒碗，喃喃道：“人逢知己千杯少，人逢知己千杯少……我明白了。”

玮云道：“你明白什么了，那简直就是醉鬼一个！”童超道：“醉鬼？对，对，千杯不醉胡醉，我明白了。”

玮云道：“你到底明白什么了，你醉了吗？”童超道：“我自然是醉了，但这又关你柳大姑娘何事？”玮云怒道：“你——！”

童超道：“我怎么啦，我江湖浪子童超喝酒从来不问缘由，爱醉便醉，谁也管不着的。”玮云道：“童超你听着，你别以为喝醉了我就不敢教训你，本姑娘教训人就像你喝酒一样，爱教训就教训，谁也管不着的。”“连被教训的人也管不着吗？”玮云道，“正是如此。”

童超道：“好，好，这倒正投我江湖浪子脾气，来，童超敬你一杯。”端起酒碗，定定地看着玮云。玮云看着他，发现他的眼睛很慑人。“你道我不敢喝吗？”童超还是看着她，没说话。玮云接过酒碗，一饮而尽。重重放下酒碗，玮云突觉浑身轻飘飘的，眼前迷迷蒙蒙一片。童超也端起碗一饮而尽。

放下碗见玮云怔怔地盯着自己，便道：“柳姑娘你醉了吗？”玮云怒道：“谁说我醉了，待我再喝三碗给你看。”

连喝两碗！端第三碗时，手被童超摁住。“柳姑娘你不能再喝了！”童超沉声道。“你，你是谁？”玮云用惺忪醉眼盯着童超道，“你管得着我、我喝酒吗？”“我自是管不着你喝酒，”童超道，“但柳姑娘你已经醉了，醉了便不能再喝酒。”“我、我醉了关、关你何事，哦——”玮云突觉眼前一亮，坐在对面的不是独孤樵又是谁？！不禁喜极而泣，道：“原来是你，独孤哥哥，你让我找、找得好苦。你、你倒好，一个人躲、躲在这儿喝、喝酒！我要回家告、告诉爹爹，说，说你抛下我、我们独自去喝、喝酒。”

童超皱眉道：“你醉了，我送你回去！”玮云道，“好，好，我们回、回去，独孤哥哥你叫、叫我回去，我、我就回去。咱们回、回去再喝。”“走吧。”童超拉起玮云，付罢酒资，起身而走。

玮云脚步踉跄，几乎全身倚在童超身上，口里一刻不停地喃喃道：“独孤哥哥，咱们回、回去再喝，我、我好高兴，你让、让我们找、找得好苦……”童超甚觉烦躁，伸手点了玮云睡穴，抱起她飞快奔向万人居客栈。

适才独孤樵一直觉得恍恍惚惚，对身旁发生的这许多事宛若不知。他初时觉得叫作灭性道长的那个把戏真正好玩，但不知那却是在显露一手高深内功，因而问他那酒壶是假的吗？

但没有人理睬他，他便也不恼，自顾坐下，独想自己心事，脑里渐渐空明。此时突觉一阵杀气汹涌而来，几乎令其窒息，他艰难地抬起头来，正见青青手擎宝剑向冷面神杨坤步步逼近。

独孤樵大急，立起身去道：“喂，你们要杀人吗？！”众皆诧异地望着他。郃盛怒道：“小子你找死，也不看看这是什么地方！”独孤樵果然依言环视四周一遭，道：“这儿是饭店，反正你们不能在这儿杀人！”

郃盛怒道：“你算哪方煞神，竟敢管大爷们的事？！”独孤樵道：“我不是煞神，我叫独孤樵。反正你们不能在这儿杀人。”

郃盛还欲呵斥，突闻那毒手观音冷冷道：“独孤少侠说得对，这儿不是杀人的地方。”她一开口，众人便不再言。杀气依旧浓重。杨坤道：“何地？”“城外，”毒手观音还是冷冷地道，“青衣冢前。”又转向青青道：“青青，咱们先走。”

青青瞪了独孤樵一眼，跟着师父走出店门。昆仑三剑相互看看。冷面神道：“走！”率先走出。武当弟子都望着灭性子。灭性子一言不发，起身出店。众弟子尾随其后。于是，偌大一个饭馆，便只有独孤樵一人愣愣地站着了。

独孤樵呆立良久，才忽然想起他们还是要去打架杀人的，便闭上双眼。店主从柜台后爬出身来，见状以为独孤樵是给吓傻了，便欲过来将他唤醒。不料眼前一花，只觉一道白影闪过。再眨眼时，却已不见独孤樵身影，不禁一呆，暗道：“我的妈呀！”

第五回

第十五章

星光闪烁，蓝幽幽的光芒笼罩大地，制造出一种神妙诡异的气氛。

洛阳城郊，一个叫青衣冢的地方。据说此地是因百年前一代大侠青衫客退隐江湖时将一袭青衣埋于此而得名。这儿历来是江湖寻求公道的地方。因此毒手观音毫不犹豫地选择到这儿来。

但看起来这地方今夜却很不妥。已经有一个老头子和一个老太婆先占据了这个地方。

听到人声，在离青衣冢约二十丈远的地方，毒手观音不得不停下来。

老太婆的声音有若夜枭啼夜："老不死的，我说不是他便不是他！"老头子的声音也不逊色："怎的不是他呢，老太婆你难道不识字了吗？这牌子上明明写着呢！"

青青悄声道："师父，他们是谁？"毒手观音道："如果为师猜得不错，定是天山二怪了。"青青道："天山二怪？"毒手观音点头道："牧羊童阳真子，牧羊女梅依玲。"青青道："奇怪，从声音听上去他们肯定年纪已经很大了，却还叫什么牧羊童牧羊女的！"

毒手观音道："要不然就不叫天山二怪了。这本来就是一对怪人。他们的年纪，放眼当今天下武林，恐怕没几个能比得上的。"青青道："师父，他们的武功很厉害吗？"毒手观音沉吟道："这个倒很难说，没有几个人和他们对阵过。不过有一点可以肯定，他二人曾败在太阳叟东方圣剑下一次。只因那一役，他二人不得不退出中原武林，远走天山，达数十年之久，直至今日方在此现身。而东方圣与为师年纪相若，当时不过二十多岁，经那一役之后便名动江湖，终成一代大侠。只是奇怪——！”

青青道：“奇怪什么，师父？”“嘘——！”后面有脚步声传来，毒手观音示意青青不可再作声。青青悄声道：“师父，他们跟上来了。”毒手观音道：“咱们别弄出声，且看他们将如何行事。”但脚步声突然停止了。显然后面的人也发现了天山二怪，不敢贸然现身，便都躲起来以静观其变。这段时间笔者写来话长，不过只是即刻之事。

那边天山二怪的争论却是一直未断。牧羊童道：“咱们半月前就听说东方老儿死了，这可不正应验了吗？”牧羊女道：“但咱们并未见他尸身。”牧羊童道：“见了坟不就等于见了尸身吗？坟里不装尸身却又是装的什么？”牧羊女道：“坟就等于尸身吗？”牧羊童道：“反正坟就是用来装尸身的。”显然有些理屈词穷了。

牧羊女道：“比如说，我去哪儿垒一堆坟，上写天山二怪之一牧羊童阳真子之墓，别人见了，就都以为你死了，但你真死了吗？”“这，我当然，当然……”牧羊童支吾道，停了停，突然怒喝道：“好啊，死老太婆，你想把老夫装进坟里去呀！”

牧羊女愣了一下，继而也喝道：“老身要将你这老不死的装进坟里，也用不着等到此时了！”“好！好！”牧羊童大怒道，“梅依玲，你仗着自己有几分姿色，就想谋害亲夫，与人私奔！对，就是要与人私奔！”“放你的羊屁！”牧羊女怒道：“阳真子你听着，姓梅的就是要与人私奔，看你又待我如何？！”“我！我宰了你们这对狗男女！”阳真子气极喝道：“像宰羊一样！”“你倒试试看能不能宰？”牧羊女道，“别以为姓梅的不知你有多少能耐。”牧羊童毫不犹豫地道：“你自然是知道的！那根本就是和尚头上的虱子，明明摆着的嘛！”“岂止若此，”牧羊女道，“那简直是照壁上的苍蝇，有目共睹。”“简直是大白青天的太阳，亮得刺眼！”牧羊童接着道。牧羊女又道：“像、像……喂，老不死的，你说还像什么？”牧羊童想了想，说：“反正什么都像，终归是明摆着的。”牧羊女道：“对，就是这样。”牧羊童道：“当然，我阳真子什么时候说过瞎话来着？”言语中流露出说不出的得意。

忽然一顿，无限担忧地道：“但，他的功夫很厉害吗？”牧羊女诧异道：“谁？你问谁的武功？”“那个与你私奔的人呀！”牧羊童道：“如果他的武功厉害，我就不能像宰羊那样宰你们了。”言罢竟自顾呜呜地哭了起来。“好啊！阳真子，你这是逼我去与人私奔吗？”牧羊女大怒道，“姓梅的一个黄花闺女跟了你这矮子，可曾亏待过你了吗？别仗着你武功高强就想逼妻与人私奔！”牧羊童哽咽道：“我没有逼你与人私奔。我逼了吗？”“你逼了，你就是逼了，你像那东方圣！”话声突然停住！二人骇然四视，像是突然遇见鬼一样。

良久，牧羊女深深地呼出一口气，小心翼翼地道：“老不死的，刚才我说什么了吗？”“没！没！没有！”牧羊童战战兢兢地道，“你什么也没说！”“那就好。”牧羊女连忙道：“我反正什么也没说。”“对，就是这样！”牧羊童道，“老太婆，咱们还是赶紧离开这儿为妙。”“一点儿也不错。”二人正欲离去，忽闻十丈开外有轻微的脚步声传来。二人骇然驻足。

“是鬼吗？老头子！”“这个，不会是吧？”“不是，我是独孤樵，我自然不是鬼。”有脚步声的地方突然传来人声。

转眼独孤樵便已来到二怪面前。二怪惊骇稍定，便互做一个眼色，呈掎角之势，一左一右夹住独孤樵。独孤樵却未觉出有何危险，笑吟吟地说：“你们天山二怪在这儿干什么？”牧羊童冷哼一声，道：“小子，适才你听到什么了？说！”牧羊女也道：“老不死的说得对，反正我什么也没说。你到底听到什么了？说！”“我什么也没听到。”独孤樵道。想了想，又道：“你什么也没说，我自然什么也没听到。”“此话当真？”牧羊童道。“自然当真了。”独孤樵道。“那就好，那就好，”牧羊童松了一口气，道：“算你这小子有福气。”

想了想，又道：“咦！你此时到此地所为何事？”“噢。”独孤樵道，“他们要来这儿打架杀人，我是来劝劝他们的。”“他们是谁？”“嗯，有青青……”“青青？青青是谁？”“青青很好看。”“哦，还有谁。”“还有青青她师父，他们叫她——嗯，好像是毒手观音什么的。”“毒手观音？！”二怪张目四视。

牧羊童道：“老婆子，那毒手观音也现身江湖，看起来中原武林真的大乱了。”牧羊女道：“老不死的，那婆娘一身毒功厉害得很，咱们还是少惹她为妙。”“不错不错。喂，对啦，小子，除了那婆娘还有些什么人？”独孤樵道：“还有什么武当灭性道长，昆仑四剑……”“别说啦别说啦。”牧羊童嚷了起来，“什么少林武当昆仑，那些号称名门正派的自道人物，我一听见便恶心。”“我也是！”牧羊女道。“他们不恶心呀？！”独孤樵讶然道。“不恶心？那是因为你不知道他们表面上满口侠义，背地里都干些什么勾当！”“这我倒不知道。”“这个自然，怎能人人都知道呢。对啦，你说他们约好在这儿打架吗？”“这儿是不是叫青衣冢？”“正是。”“那就不错了，他们是想在这儿打架。”“哇呀，老婆子，咱们还是少管别人闲事，溜之大吉为上！”“那就溜之大吉吧。”牧羊女道。

“你们这就要走了吗？”独孤樵道。“咱俩要走啦，”牧羊童道，“咱们不想被那帮人撞见。”“为什么？”“昔年咱们和东方老儿有约，他不死的一天，我夫妇二人就不准在中原露面。”“那就不要紧了，反正太阳叟东方圣东方大侠是死啦！”“真的？！”二怪同声道。

“我见过他的坟了，有人和他有仇，就将他杀了。”“是这个坟吗？”牧羊女指着旁边的一堆新垒的坟道。“好像不是。”独孤樵道。“那就怪了，”牧羊童道，“这坟头的牌子上也说东方圣毙命于斯。”“咦？！”独孤樵突然低叫一声。“什么？”二怪急声问道，“你发现有何不对之处吗？”“不对不对，简直大大的不对。”“有何不对？”“一个人怎能死两次呢，这岂不是大大的不对吗？”“这个……真的不对。”“糟糕！”牧羊女道。“有何糟糕？”牧羊童道。“那就是说东方老儿还没有死。”“没有死？！”“否则怎么有两座坟？”“啊，这倒真是糟大糕，大大的糟糕了，老太婆，咱们应赶紧跑回洛阳城躲起来喝酒吧，这叫作大隐——大隐……”“大隐隐于市，小隐隐于泽。”“对对对，就是这话。小子，你和我们一起走吗？”“你们要去喝酒？”“对，去喝酒。”“你们很高兴吗？”“高兴？不，不高兴。”“那还喝什么酒，不高兴是不能喝酒的。”“这，这是真的吗？”“当然是真的。”“那就不喝吧，喂，小子，你和我们一块儿去吗？”“我不走，我要劝了他们的架才回去。”“那你是多管闲事！喂，老婆子，咱们走吧。”“说的是。”二怪转瞬即逝。

十六

洛阳古城，万人居客栈，子夜时分，旅居者早已歇息，万籁俱寂。

突然，叮的一声，一铁针从田归林和连城虎所居房间破穿而入！

二人江湖阅历何等了得，便在梦中，也因这一轻微响声骤然而醒。并未再发出任何声音，田归林早已飘然到了窗外，连城虎紧随其后。但四周杳无人影。看起来此人也绝非易与之辈，却不知深夜来此何意。

二人将房顶搜寻一遍，回到房中。房中桌上赫然插着一细小铁针，铁针上带着一小纸条。田归林取下纸条打开一看，见上面只有这样四个字：玮云已归。

田连二人互相望望。连城虎道：“看起来此人并无恶意。”田归林点点头，道：“咱们还是去看看小姐。”“好！”二人飘然到玮云房前，顿时嗅到一阵浓重的酒气。

田归林皱皱眉，道：“小姐喝醉了！”二人破窗而入，见玮云满身酒气，正呼呼沉睡。田归林轻声地叫了两声“小姐”，未见玮云醒来，便道：“那人点了她睡穴。”连城虎点头道：“但并非有何恶意。”田归林道：“咱们回去吧，待明日再细细问她。”二人径自回屋不提。

次日卯辰之交，小二来敲玮云的门。“小姐！小姐！”小二轻声呼道。屋里一阵窸窣响动，传来玮云的声音："来者何人？""是小的！"店小二道，"小姐，昨日与小姐同来的两位老爷唤小姐即刻过去，说有要事相商。"玮云道："你去回话，就说我即刻便到。""是，小姐。"玮云拥坐床上，使劲摇了摇头，才明白自己所在何处。

独孤哥哥呢？！好像自己昨夜和独孤哥哥一起喝酒，自己喝醉了，是独孤哥哥送回来的。但又好像不是。玮云努力想回忆起昨夜发生的一切，但脑袋里却空空的，什么也记不起来了。还是去问问田叔叔连叔叔他们吧，玮云想。

玮云下得床来，洗漱停当，便下了楼来，见田连二人已在客栈门口等她。

"田叔叔，连叔叔。"玮云道。田归林"唔"地应了一声，道："小姐，昨夜你到哪儿去了？""我？我去找独孤哥哥呀！"玮云道。田归林没再说话。玮云急道："田叔叔怎么啦，出了什么事吗？"田归林道："没有。"玮云见田归林脸色很不好看，便转向连城虎，道："连叔叔？"连城虎道："小姐昨夜喝醉了。"

玮云低下头，"唔"地应了一声。"小姐，"田归林道："昨夜送你回来的是谁？""是独孤——"玮云道，"哦，我不知道。"田归林不快地嗯了一声。连城虎道："小姐，往后别再这样了，万一你出了什么差错，可让我们如何向你爹爹和你娘交代。"

玮云嗯地答应了一声，心里却委屈得要命：难道我还不会照管自己吗？她忽然觉得有田叔叔和连叔叔二人跟在身边简直别扭死了，自己一点儿也不自由。瞅空离开他们，独自去找独孤哥哥。对，就这样办！

打定主意，玮云便笑吟吟地道："田叔叔，还生我的气吗？往后我不再去喝酒便是。"见玮云如此，田归林便气已消尽，道："如此甚好。"

玮云道："田叔叔，咱们今天怎么办？""还是去找独孤公子。眼下最要紧的就是先找到独孤公子再说。"田归林道。"咱们还是分头行事吧，下午离开前咱们再在客栈会面，这样会更好一些。田叔叔你说好吗？"玮云道。"这样也好。"田归林沉吟道。"就这样吧。"连城虎道，"咱们这就分头行事，我往东边，田兄弟往西边，小姐往南边，想必独孤公子定在洛阳城中，今日该有眉目了。”“好吧，”玮云急急道，“田叔叔，连叔叔，我走啦。”言罢飞快离去。

田连二人相视苦笑着摇摇头。玮云今日不用担心后面有人跟着，格外自由自在。她慢悠悠地在街上走着，不时瞪那些打量她的行人一眼。走到一个叫仙客来的比较大的饭馆门前时，一个脏兮兮的小叫花走上前来盯着她看。

玮云叱道：“你看我干什么？”小叫花道：“你可是姓柳？”“我姓什么关你屁事！”玮云喝道。“既是不姓柳，那也就罢了，算我没问便是。”小叫花说着就走开了。

待他走了几步，玮云突然想起了什么，几个快步跟上去问道：“喂，你怎么知道我姓柳？”小叫花道：“小姐果然姓柳吗？”“我不姓柳，天下人还有谁姓柳？”她这话矛盾之极，难道天下人除了她就没有谁能姓柳了么？

小叫花却眉开眼笑道：“那小姐名讳可是上玮下云。”“不错！”“好极了，算小叫花今日有福。小姐请随我来。”“去哪儿？”“有人出十两银子打探你们下落。”“出十两银子打探我们下落，是谁？”“是一个老婆婆，小姐见了便知，请小姐随我来。”

玮云一时想不出洛阳城里会有谁出十两银子打探他们下落，但继而一想，去看看也并不耽误什么，再说也许还会因此得到独孤樵的一丝儿讯息也说不定，便道：“走吧。”小叫花带着玮云，径自走进一家客栈。

小二拦住小叫花，厉声道：“干什么？！干什么？！”小叫花大模大样地道：“带这位小姐去找人。”小二看看玮云。玮云不屑一顾。小二忙道：“请！请！”二人到一上房前，小叫花驻足道：“老婆婆就住此间，请小姐敲门。”

玮云敲敲门，里面却无任何声息。玮云对小叫花怒目而视。小叫花急道：“明明是住在里面的。”言罢壮着胆子敲开门，却被屋内景象吓立当场。

玮云伸头一看，却见屋内仅有一桌一椅一床。床上赫然端坐着木叶令主卢若娴！

木叶令主双目紧闭，面呈紫色，头顶冒出白色之气。

玮云见状对小叫花道：“你先回去，十两银子改日来取。”小叫花苦着脸道：“小姐，这——”“什么这呀那呀的，叫你改天来你就改天来！”小叫花委屈地离去。

玮云进了屋里，将门关上，坐在一旁为木叶令主护法。大约一个时辰之后，木叶令主头上的白雾业已消失，她睁开眼来，见玮云坐在一旁，便诧异地道：“你何时来的？”玮云道：“我已来多时，见婆婆正在练功，故不敢出声。”

木叶令主“唔”了一声。玮云道：“木叶婆婆，我看你适才练功是为疗伤，却不知——？”“是灭性子那老儿，”木叶婆婆恨恨地道，“昨日不幸遇他。一言不合，动起手来，老身中了他一掌。”

“灭性子？那是谁呀？他比您老人家还厉害吗？”“哼！那牛鼻子道士是武当掌门灭尘子的师弟，武功自是非同小可。不过牛鼻子也中了老身一剑。哼！”“那一剑一定够他受的！是吗，木叶婆婆？”木叶婆婆“哼”了一声。继而又道：“咦？怎么是你一个人？独孤少侠呢？”

玮云神色一黯，道：“我也正寻找独孤哥哥呢？”“他没和你在一起？”“他跑进洛阳城，我们都追不上他，他就不见了。”“他也在洛阳城中吗？”“是的。”“那怎能找不到呢？”“他的一点儿音讯也没有。”“那就怪了。”“什么怪了？”“什么怪了？他那么高武功，却又那么不谙世故，自然与众不同。这几日洛阳城中武林人物多如牛毛，岂有无他讯息之理？！”“他？那么高武功？”“自然！连我也不是他对手。江湖中又有几人能胜过他呢！”“他真的武功很高吗？”“江湖中能在一招之间制服老身的，除了独孤公子之外又有何人！”“可他却说他不懂武功是什么？”“他真的不懂。他的功夫本来就既无招又无式，却不知他师父道悟是谁。江湖中从来就没有这样一号人物。”

“太奇怪了，是吗？”“是很奇怪。对啦，他的轻功也很了得吗？”“我不知道那叫不叫轻功，反正他一眨眼就不见了。据他自己说，是因为他闭上了眼，一心想到他该到的地方，便瞬息到了。”“是这样——”“这——？木叶婆婆，这怎样呀？”“独孤公子大非常人，咱们须得尽快寻到他。”“对，咱们这就去找独孤哥哥。”“怎么找？”“这——？”“哦，听说铁算子雷音掌也随你们同行，他们呢？”“他们也去寻独孤哥哥的下落去了。咦！木叶婆婆，你听谁说的我们一块来了？你又到过我们家吗？”“没有。是楚通楚老儿的徒弟告诉我的。”

“楚通？”“无敌神掌楚通，鹰爪派掌门。”“他的徒弟叫童超吗？”“对，江湖浪子童超。我也是听他自己说才知道的，你怎么知道？”“哦，”玮云搪塞道，“是听田叔叔说的。”玮云突然想起昨夜自己喝醉了就是那个叫童超的送她回去的。

他既叫江湖浪子，为人定是浪荡得很，却不知昨夜自己喝醉时他到底对自己怎么样了没有！一阵耳热心跳，又一阵愤怒！便咬牙切齿地哼了一声，想哪一日他再撞在自己手里，非叫他吃些大苦头。

木叶婆婆道：“你怎么啦？”“我迟早得教训那童超一顿！”“他得罪你了吗？”“嗯。”“他得罪你什么啦？”“这——反正他得罪我啦。”“但你不是他对手。据我看，他的功夫江湖上已经罕有其对手了。我不相信楚通能调教出这样一个徒弟来，他一定是另有奇遇。”“我独孤哥哥也不是他对手吗？”“这不好说，因为他两人都很令人难测。”“那就是了，我得去找独孤哥哥。木叶婆婆你和我一块去吗？”“我还是自己去找独孤少侠吧，和田归林、连城虎那两个鬼老儿走在一起，老身浑身不自在。”“我已经不和他们在一块儿啦。他们老管着我，我就跑出来了。”“也好，咱们就一起走吧。就咱们二人？”“就咱们二人。”

十七

灭性子及武当弟子缓缓地转了出来。适才听天山二怪一番吵闹，觉得又好气又好笑，但武当正值多事之秋，倒也不好再招惹那两个邪乎怪人。

“原来你们在那边躲着呀。”独孤樵见武当众人从暗处走了出来，便道，“昆仑四——三剑也躲在那边吗？”“我们兄弟三人刚刚赶到。”高峡、郜盛和杨坤三人也跟在武当众人后面转了出来，听见独孤樵的话，郜盛高声道，“谁能叫咱昆仑四剑躲起来！”适才他们明明是躲在武当众人之后的。

灭性子皱了一下眉。青青却咯咯咯地笑了起来，道：“师父，这人真不要脸，方才他们明明是躲着的，却还要口冒大气。”

郜盛怒道：“姑娘，你是成心跟郜某过不去吗？”“过得去怎样，过不去又待怎样？”青青用不屑一顾的口气道。“亮剑。”杨坤冷冷地道。“还是杨三侠干脆。”青青道，“也好，师父，徒儿便去会会他们昆仑剑法到底如何。”毒手观音大剌剌地道：“下手不必太辣，我看昆仑派中只有这杨三侠算个人才。”

郜盛气得说不出话来。青青站在杨坤对面，冷冷地看着他。“亮招！”杨坤道。“还是你先亮招吧，我想看看你们昆仑剑法。”青青道。“喂！你们真要打架吗？”独孤樵急道，“你们不能打架的。”但没人理睬他。

杨坤道：“如此有僭。”言罢吱的一剑刺出。俨然是昆仑剑法起手一招“巍巍昆仑”！江湖传言不虚，杨坤已确得昆仑剑法精髓，这起手一招，便大是不凡。剑势猛密，有若江河泛堤，汹涌澎湃！青青挥掌画出一个圆来，以挡杨坤剑势。挡住了吗？挡住了。

确切地说是不挡自住。因为杨坤的“巍巍昆仑”只使出了半招！而青青的圆圈也只画了半个！他们的手都被别人捏住了。是一支软绵绵浑若无力的手，却有若一股软绳，将二人的手尽皆捆住，半分力道也发不出来。独孤樵正站在两人之间，左手捏着青青画圆之手，右手捏着杨坤挥剑之手。

众人皆怔立当场。只有独孤樵用一双充满和善的目光看看青青，又看看杨坤，可怜兮兮道：“你们不要打了，好吗？”二人已怔怔地说不出话来。独孤樵见状，求援似的看看毒手观音，看看灭性子，又看看高峡。三人都没说话。

杨坤是昆仑四剑中武功最好的。青青身为毒手观音之徒。二人皆可称江湖一流高手。这少年却在一招之间便一举制住了二人！毒手观音想：这少年确非凡人，看起来跛和尚老前辈的话定是不错的了。灭性子想：这少年不知是何来路，但愿不是一个魔头，否则江湖又将遭难了。高峡想：杨三弟今日是怎么啦，竟在半招间就被人制住！看那少年手无缚鸡之力，适才他出手时也无招无式，这算哪门子武功呀！

见三人都不说话，独孤樵大为难过，悲声道："你们、你们都没良心！他们要打架，你们却眼看着不管！打架是会杀死人的，你们连这点也不知道吗？！"这简直是大笑话。

灭性子见独孤樵话出至诚，绝无奸诈之相，心中不禁一喜，暗道：此子稚气未脱，却非奸恶小人，看来大可一交，以其一身莫测神功，定当能造福武林。因而面脸一善，道："少侠好说……""我叫独孤樵，我不叫少侠！"

独孤樵见方才众人皆不闻不管，心中大是有气，此时见灭性子开口了，他算是找到了宣泄怒气的对象，不禁大声嚷了起来。灭性子何等样人，几时受过如此抢白，脸色不禁微微一变。

继而又想，观此少年定是大有来历之人，他虽不是奸恶之人，不过如果得罪了他，惹出他师父出来，那必定是麻烦之极。面色便缓和下来，道："敢问独孤少侠师尊何人？""我师父叫道悟。"独孤樵道，"他说人是不能随便杀的。""少侠言之有理。"灭性子道，"若非大奸大恶之人，人确不可乱杀。""那你方才就该劝他们才是。"独孤樵固执地道："他们根本不是大奸大恶之人。"灭性子默然不语。

青青突然嚷道："喂，你还捏着我的手干什么？！"独孤樵道："你答应不再打了，我就放开你。"青青愤怒地哼了一声。毒手观音道："独孤少侠请放开小徒，有老身在此，他们不打便是。"

独孤樵高兴起来，松开青青的手，道："你师父不让你打啦。"青青愤怒地一甩手，奔回毒手观音旁边，娇嗔道："师父，有人欺负徒儿，你老人家也不管管吗？"毒手观音看了徒弟一眼，道："青青不可胡来。"又对独孤樵道："独孤少侠说令师是道悟，可老身却从未——？""他住在那个山洞里，并且已经死啦，你自然是没听过他的了。”独孤樵道。

松开杨坤的手，道：“她不和你打，你就也不要再和她打啦，好吗？”杨坤没吭气，只恨恨地举剑入鞘。郘盛道：“少侠神功盖世，别人自然是不敢不听少侠的话了，只是……”毒手观音打断他的话道：“独孤少侠，老身自有自知之明，不似那些坐井观天之辈。既是少侠出面，老身这一架不打也罢。”

独孤樵道：“多谢你。”郘盛道：“侯前辈话请说明，你讲坐井观天指的是谁？”毒手观音冷冷道：“说谁谁心里自然明白，凭你区区郘二侠还不配与老身讨教！”郘盛大怒，呛地拔出剑来怒道：“郘盛自知非你之敌，但今日说不得也得向你讨教两招！”毒手观音哼了一声，声音轻蔑之极。

独孤樵急道：“怎么你们又要打了吗？”转向毒手观音：“你不是说不打了吗？你说看在我面上不再打了的！”边说边插到毒手观音与郘盛二人之间。

毒手观音道：“我自是说过看在少侠面上不打了的，但并没说过不教训教训那些无知狂徒，看在少侠面上，老身不杀他便是。”言罢缓缓抬起右掌。独孤樵不知所措地站在那儿。

少顷，只见毒手观音的右掌渐渐黑红，又渐渐转青、转黑。众人骇然变色。

独孤樵大惊道：“喂！你的手怎么啦？！你的手不好啦！它变黑了。”

郘盛面色凝重地缓缓刺出一剑，剑势虽无杨坤那等浓密，却也浩荡惊人。毒手观音的右掌随即也缓缓拍出。郘盛明知这一剑刺出，剑气定是先伤身处当中的独孤樵，但他已气极，早已顾不得那许多了。毒手观音却有意想试试独孤樵的功力到底如何。她只发挥三成掌力，且已准备好随时撤回。

虽仅是三成功力，但早已不是似郘盛这类江湖高手所能抵敌的了。剑气掌风将独孤樵的衣衫掀翻起来，但独孤樵恍若不知。虽见二人剑已刺出，掌已扬起，但独孤樵却以为只要剑掌不相接，便不会有人被杀。他好像根本不知道剑气掌风才是江湖上最厉害的杀人利器。

郘盛的剑气发至独孤樵身前，便如迎面撞上一道无形软墙，剑气被尽数挡了回来，自己只好运功相敌。毒手观音也一样！不禁心头一凉，却不知这少年到底身具什么武功。

这正如一个人用手砸皮球，你使出的力气越大，反弹回来的力气也越大。郃盛一开始便已用出全力，因此转眼便觉难支，只见他的双脚渐渐插入土中，头上大汗直冒。毒手观音虽只用出三成功力，但那却也非同小可，只得连忙运力抵挡那反弹之力。于是三成、六成、十二成！即便是自己的功力，既已尽数发出，自是难以持久。

这正如自己与另一个功力与自己完全相当的高手拼比内力，谁又能坚持长久呢！汗珠也从毒手观音的头上冒了出来。她的双腿已没入土中。而郃盛已没入膝盖。

这道理很简单，因为毒手观音的功力比郃盛高出岂止一倍。

这情景令灭性子惊骇莫名。只有独孤樵一无所知。他看看毒手观音，又看看郃盛，见二人一用掌对着他，一用剑指着他，二人的腿却渐渐陷入土中，头上还大汗直冒，简直莫名其妙透顶。

“喂，”独孤樵道，“你们这是在干什么呀？”二人正尽全力与那反弹之力相抗衡，哪还能开口说话。少顷，二人皆面呈痛苦之色，大有虚脱毙命之厄。

青青大急，道：“独孤樵，你还不快罢手！”独孤樵道：“我怎么罢手？我根本就没动手呀！”青青焦急欲哭，道：“你！”转头看着灭性子。在场的人中，除师父毒手观音外，便该数灭性子内功最高了。

江湖中人谁都知道，高手相争，一旦到了拼比内力之时，便已欲罢不能，须等另一个气绝毙命或同归于尽。唯一能解如此之厄的，办法只有一个，须得有一个武功比相争双方高出许多，才能将其化解。谁又有此内力？灭性子自忖没有。与青青目光甫一相接，便自转开。

灭性子暗道：观此阵仗，再有得半个时辰，毒手观音非从江湖除名不可，这未尝不是好事。至于郃盛，倒没什么大不了的，少了他一个对江湖来说简直是无足轻重。大不了昆仑四剑只存一半而已。

青青道：“灭性道长。请您老人家仗义援手，我师徒没齿不忘！”灭性子沉吟道：“这——，老道自知不是令师对手，只恐怕……”

只恐怕什么？这是显而易见的，一是不仅化解不开，灭性子还得毙命当场；二是化解开了，灭性子也非受严重内伤不可。灭性子内功非同小可，与毒手观音相比，大约也不会差到哪儿去，此时若其援手，结局该是化解开了却身受内伤居多。但他自忖这并不值得。想那毒手观音一介魔头，虽然这近二十年时间她隐居于玉龙雪山，不再为恶江湖，但她存于世，毕竟是江湖一大隐患。而自己堂堂身出武当，名门正派！虽说白道中人不能见死不救，但若那将死之人乃是魔头，那又该当别论了。

灭性子如此心思，在场之人又有谁心头不明！青青狠狠瞪了灭性道长一眼，见师父此时面已焦黄，呈现一派痛苦之色，不禁悲愤交加，不顾一切地扑向独孤樵，欲以自身性命拯救师父。

独孤樵见青青扑向自己，不禁心头一喜，他想大约是青青也要来和他站在一起，阻止她师父和邰盛打斗。毒手观音和邰盛的举动早已弄得独孤樵莫名其妙，他想等青青过来之后问她那到底是怎么回事。

岂料！青青飞身过来，大约离独孤樵还有一丈远的地方，一股罕见罡气扑面而来。顿时，像撞上一堵巨大无比的软墙，青青整个身躯有若断线风筝，被弹得凌空而起。飞了十四五丈，青青才一个鹞子翻身，双脚沾地。

落地之后，那股强劲的反弹之力竟尚未消失殆尽，青青径自腾腾腾地退了三步，方才站稳脚跟。青青满面通红，待调匀气息之后，她又奔过来站在自己方才站立的地方，见师父面色愈加痛苦。青青一筹莫展，不禁嘤嘤地哭了起来。

观此情景，高峡、杨坤自知若自己出手，也不能解邰盛之危，不禁焦虑万分。他们明知灭性子不肯出手相援的原因，却又不好言明。

杨坤依旧冷着脸，走到灭性子跟前，道：“灭性道长，眼看我邰二师兄有性命之厄，念武当与昆仑一脉同道，望道长相救则个？”灭性子沉吟道：“这个……老道……”杨坤道：“道长救了敝师兄，便是救了整个昆仑，武当从此便是我昆仑的救命恩人，往后武当但有差遣，我昆仑一派万死不辞！”这也许是杨坤这一辈子所讲过的最长的话了。

话讲完之后，杨坤静静地看着灭性子。灭性子道：“不是老道不想救郜二侠之命，只是老道力有不逮，怕反伤其性命，那老道便万死不赦了。”灭性子此番话简直冠冕堂皇之极。

杨坤冷冷地看了灭性道长一眼，轻哼一声，径回高峡身旁。高峡面呈悲愤之色。杨坤摇摇头，没吭声。

突然一声长笑从二十丈远的地方传来。长笑声毕，接着是一声狂歌：“何惧人鬼当道，我自浪荡江湖！”长歌声毕，一白衣少年便已飘至众人面前。

众皆一惊，不知此少年是何来历。那少年却对众人恍若不见，径自走向独孤樵！少年扬声道：“独孤公子，你要这两人死吗？”脚步仍未停止。独孤樵突觉一种莫名其妙的亲近感。独孤樵道：“我不想，我一点儿也不想！你是谁？哦，你拉过我脚的。”少年道：“在下江湖浪子童超，与公子曾有一面之缘。既公子不欲这二人死，为何不随童超一走了之？”说着径自走到了独孤樵身边！

灭性子、高峡、杨坤皆震骇无比。毒手观音内力如何了得，便是灭性子也自忖不能安然接近。而那叫江湖浪子童超的少年却谈笑之间便已走入！青青更是惊骇莫名，怔得一句话也说不出来，只呆呆地看着童超。

见童超已走近身旁，独孤樵紧握住他的手，焦急地道：“怎么办？我根本不想他们死的。我只是劝他们别打架。”童超哈哈一笑，道：“子不杀伯仁，伯仁因你而死，奈何？”独孤樵大急，道：“你说这话的意思我知道。我师父道悟与我讲过的，可我现在该怎么办？”童超道：“走呗。”言罢从独孤樵手中抽出手来。

只见他若无其事地将右掌竖起，对着毒手观音，又将左掌竖起，对着郜盛，然后双掌一错，拍向前边没人的一堆黄土。突然，轰轰两声，那堆黄土顿时消失！满天泥雨。泥雨停落之后，原先堆着黄土的地方，赫然出现一大一小两个深坑！看得独孤樵莫名其妙。

再看毒手观音和郜盛，二人面色焦黄，颓然仰卧于地，青青抢到毒手观音身边，见血从师父的嘴角渗出来，急呼道：“师父！师父！你老人家怎样了？！”那边高峡、杨坤也同时抢到郜盛身旁，急呼道：“郜师弟！（郜师兄）”童超长笑道：“二人并无性命之忧，尔等何须如此惶急。”言罢伸手入怀，掏出二粒晶莹透亮的药丸，弹向高峡和青青，道：“请将此药喂入其口。”高峡、青青不疑有他，急忙将药丸喂入郜盛和毒手观音口中。

独孤樵道：“他们不会死了吗？他们真的不会死了吗？”

第六回

十八

童超道："自是不会死了的，独孤兄不必担忧了。"独孤樵道："如此就好。如此就好！"童超道："独孤公子，青山不改，绿水长流，但愿后会有期，浪子这便告辞，喝酒去也！"言罢转身欲去。

独孤樵连忙道："你要走了吗？你要去喝酒吗？"童超道："浪子当来则来，当去则去。自是回去喝酒，独孤公子还有何话要说？"

独孤樵道："你很高兴吗？"童超道："此话怎讲？"独孤樵道："人是要高兴了才喝酒的。"童超笑道："原来如此。浪子每日喝酒，自是每日高兴了。莫非独孤公子也有此兴？"独孤樵道："我是要高兴了才喝的。不过今日我很高兴。"童超道："如此甚好，浪子先行一步，公子待会儿可到茂源酒楼来寻我，告辞！"

抱拳欲走，杨坤突然道："童少侠请留步！"童超道："杨三侠有何话说？"杨坤道："昆仑派谢过少侠！"童超哈哈一笑，道："罢了。"一抱拳道："告辞！"

此时毒手观音已悠悠转醒，问青青道："是谁救了为师？"青青道："是他。"突见童超要走，忙道："喂，你等一下，我师父有话要与你说。"童超道："不说也罢。"毒手观音闻言挣扎坐起，道："少侠请留步！"童超见状走过来，道："侯前辈有话请讲。"毒手观音道："侯玉音先谢过少侠救命之恩。"童超道："侯前辈毋须多礼，晚辈不过适逢其会而已。"毒手观音道："既少侠如此说，侯某心知便是，大恩不言谢。敢问少侠师尊何人？"童超道：

“家师鹰爪掌门无敌神掌，姓楚名通的便是。”

毒手观音“哦”了一声，似是有些不信。童超道：“前辈好生养息，晚辈告辞！”毒手观音连忙道：“少侠是——？”童超道：“在下江湖浪子童超。”毒手观音道：“原来是童少侠。恕侯某不便送了。”童超道：“前辈何须多礼，告辞。”飞身而去。

遥遥传来他的声音：“独孤公子，浪子等你共醉。”独孤樵自言自语道：“酒是要喝的，醉是不醉的。”

走到毒手观音面前道：“你没有事吧？”毒手观音一笑道：“少侠神功，令老身汗颜不已。”独孤樵道：“没想到他这么厉害，他曾经拉过我脚的。”毒手观音一愣，随即明白独孤樵是在说童超，不禁一笑，道：“不知独孤公子练的是什么功夫？”独孤樵道：“我？我没练过功呀！”青青冷哼一声道：“你少给我装蒜。”毒手观音道：“青青不得无礼！”青青噘嘴不言。

独孤樵急道：“我真的没练过什么功呀！你要不信，可以和我到山洞里去问道悟！”毒手观音道：“道悟？”独孤樵道：“道悟是我师父，我就这一个师父。”突然脸色一变，急道：“啊呀！不行！”毒手观音奇道：“什么不行？”独孤樵道：“道悟他已经死啦，问他去是不行了。”青青道：“你师父死啦。”独孤樵道：“死啦，肯定是死啦！他要我下山时说他要死啦，否则他不会将我赶出山洞的。你说该怎么办？”他的焦急神态弄得青青啼笑皆非，道：“那我相信你便是。”独孤樵便高兴起来，道：“你真好。对啦，我听她叫你青青，你的名字就叫青青吧？”青青道：“我自然是叫青青。”独孤樵点头道：“好！”青青诧异道：“什么好？”独孤樵道：“我说青青这个名字好。好听！”青青“呸”了一声，面色一红。

毒手观音笑笑，道：“独孤少侠，敢问少侠贵庚？”独孤樵道：“贵庚？是什么意思？”毒手观音道：“哦，老身是问你有几岁了。”独孤樵道：“原来贵庚就是几岁了。道悟说我有十八岁。”毒手观音道：“好，很好。”

独孤樵道：“咦，你的伤好了吗？”毒手观音道：“不妨事了，待老身闭眼运息转气一周天，便完好如初了。”独孤樵道：“那你快转吧！”毒手观音微微一笑，道：“少侠所言甚是。”竟自闭目运气疗伤。

这可非同一般！江湖中人运气疗伤之时，全身便已丧失任何力量，任何一个从未练过武功之人其时只要加其一指，皆足以使其毙命的。故江湖中人运功疗伤时，皆得有人护法，且须寻找隐秘之所。可毒手观音却在如此地方运气疗伤！可见她对独孤樵是如何放心了。

独孤樵却不懂这些，见毒手观音闭上了双眼，便站起身对青青道：“我去看看郃盛。”青青大急，道：“你不能走开的！”独孤樵奇道：“我怎么不能走开？”青青道：“我师父在疗伤。”独孤樵道：“你看着她疗伤好啦，我去看看郃盛。”

青青看看四周，见杨坤正用右掌顶在郃盛背心，显是在助郃盛运气疗伤。高峡持剑站在一旁护法，神情有些紧张。而灭性子和武当弟子正围在适才童超引毒手观音和郃盛掌风所击出的那两个坑前，似是在细细找寻什么。看起来他们一时都不会过来。

青青便道：“那你去去就来。”独孤樵道：“好吧。”

走到昆仑三剑近前，问高峡道：“郃盛他没事吧？”高峡冷哼一声。见杨坤用掌顶住郃盛背心，奇道：“他们这是干什么？”高峡没好气地说：“你不会自己看吗？”独孤樵便欲走近细看。高峡突然厉声道：“别过来。”独孤樵惊讶地站住，道：“你叫我自己看，我看不懂，才想走近细细看的。”高峡不知他是真的不懂还是故意佯装，便又冷哼一声。独孤樵见状道：“既然你不准我走近，我不走近便是，只求郃盛他没事。”

言罢转身欲回青青这边，突见灭性子正和武当弟子围着那两个深坑似在找什么东西，便好奇地走过去，问道：“你们找什么呀？”灭性子抬头见是独孤樵，便道：“是独孤少侠！老道想查看这坟里有何蹊跷。”“坟？”独孤樵道，看看四周，道：“是呀，刚才这儿是太阳叟东方圣的坟！坟里有什么吗？”灭性子道：“什么也没有。”独孤樵道：“什么也没有？那东方圣没有死吗？太好啦，东方圣没有死！”

灭性子闻言大奇，道：“少侠莫非与东方大侠有何关联吗？”“关联是没有的，”独孤樵道，“只是我们必须找到他。田叔叔、连叔叔都说，现在江湖多事，须得东方圣大侠出来才能平息的。”“田叔叔、连叔叔？”“田归林和连城虎，还有玮云，我们是一块到洛阳来的。”

这话听得灭性子有若丈二和尚摸不着头脑。铁算子田归林和雷音掌这两个名字，灭性子也曾偶尔听说过，但那在江湖上不过是二流角色而已。而这少年一身神功出神入化，即便是像他灭性子这样在江湖上混了几十年，已是威名赫赫的人物，也丝毫无法看出他身上到底具有什么武功。

可他一会儿说到太阳叟，一会儿又说到田归林、连城虎。这到底是怎么回事？灭性子道：“少侠似是刚出道不久。”“出道？”独孤樵道，“出什么道？”灭性子道：“少侠是刚到江湖中来不久的吧？”独孤樵道：“我是刚到洛阳来才两天的。道悟叫我离开他——我算算看，哦，也才一个月时间。”

灭性子“哦”了一声，想：这少年稚气未脱，却又有一身连他自己也不知道的奇异神功。看来须将他引入白道，走上正途，否则后果将不堪设想。便道：“少侠过来，老道有一言相告。”独孤樵道：“你说吧，我听得见的。”

灭性子沉吟道：“少侠以后切不可与那些魔头为伍。”独孤樵见他用手指着毒手观音师徒，不禁奇道：“她们也不坏呀！”灭性子道：“既是如此，老道不便多言了，望少侠自重自节便是。”独孤樵道：“你的话我一点儿也听不懂。”灭性子道：“时日久了，少侠自当领会。告辞！”转头对武当弟子道：“咱们赶回洛阳。”

武当一行匆匆离去。独孤樵自顾呆立沉思良久，对灭性子的话依旧不得要领，便走回青青身边。

毒手观音咳出一口黑血，缓缓睁开眼来，见独孤樵走过来，便道：“少侠为何眉头紧皱，莫非——？”独孤樵道：“噢，你疗伤完了吗？”毒手观音道：“我没事了，只需休息片刻便会复好如初。”独孤樵看她脸色确已逐渐转红，道：“那太好啦！只是——”“少侠有何伤心费解之事？能否道出来让老身与你共同参详？”毒手观音见独孤樵面色一喜便又紧锁眉头，不禁奇道。

独孤樵道：“这个么——事情比较麻烦。”青青道：“有什么麻烦，你说出来就行了！干吗大男人一个，说话还吞吞吐吐的！”独孤樵脸一红，道：“灭性子他说，叫我不要与你们这些魔头为伍，还说要我自节自重，可我看你们也不像坏人，因此这事情就比较麻烦了。”

青青腾地站起来，脸已气得通红，怒道：“这牛鼻子老道满口喷粪，本姑娘这就去荡平他的武当！”独孤樵急道：“那不行！千万不行！”青青怒道：“有何不行，牛鼻子欺人太甚了！”独孤樵道：“他没有欺人太甚呀！他说得不对，咱们不听便是，你用不着去杀他们武当的人。”青青“哼”了一声。

毒手观音道：“青青不可任性，独孤公子仁慈之心，你切不可使他为难。这些白道中人自命侠义，却尽是些见死不救之辈，咱们不必与他们计较。”青青恨恨坐下。

那边郃盛疗伤已毕，此时听毒手观音如此说话，高峡便不冷不热地送过一句话来：“见死不救并非白道本色，见死必救也需因人而定的。”毒手观音冷笑道：“高大侠此言甚是，老身也并不指望武林的武当道长来救的，即便是他救了老身，老身也并不领情。然昆仑与武当同为白道，武林一脉，难道郃二侠的性命在武当眼里也属不可必救之列吗？”高峡被噎得说不出话来。

郃盛惑然不解。他看看高峡，又看着杨坤。那杨坤脸色阴冷，却只道了一声：“武当！”郃盛道：“杨师弟，适才救为兄性命的是谁？”杨坤道：“童超。”“童超？”郃盛奇道，看看四周，见并无陌生人在场，又便道：“童恩公何在？”杨坤道：“洛阳。”“在洛阳？”郃盛见杨坤说话太过简短，听不出个所以然来，便转向高峡。

高峡道：“适才救二弟的乃是江湖浪子童超，他自言是鹰爪派掌门人楚通楚老前辈的徒弟。”“不对呀！”郃盛本是个性子急躁却心直口快的人，闻高峡说救自己的乃是楚通徒弟，不禁摇头道：“即便是楚老前辈亲临，恐怕也——”高峡急道：“二弟不可胡言！”

毒手观音却在那边笑道：“高大侠又何必顾忌良多。郃二侠言之有理，老身昔年与楚老先生曾有数面之缘，适才之事，便是楚通亲来，恐怕也是化解不开的。”

郜盛听她所言甚是，却又不便搭理她，便对高峡道：“师兄可知童恩公此时身在何处？”“我知道，”独孤樵道，“他在洛阳城里的茂源酒楼。他等着我去喝酒呢！”“此言当真？！”郜盛急不可耐地看着高峡。高峡点了点头。郜盛讶然道：“原来童恩公是独孤少侠的朋友，郜盛先谢过独孤少侠。”他们是忘记了适才自己所遭之险实因独孤樵而起。似郜盛这类人便是有这样一大长处：爱憎分明。他早知独孤樵人本不坏，适才所经之事也非他成心所为，此时对他已恨意全消。故一听说救己性命之人正等着他去喝酒，显见他们早是朋友了，便连忙道谢。

不料独孤樵连忙摇手道：“不对不对，我和他不过只见过两次面的。”郜盛道：“少侠毋须推辞，郜盛是真心谢过。适才之事，郜盛自知并非少侠成心所为。少侠神功盖世，郜盛钦慕不已！”

独孤樵道：“神功盖世？”又问青青：“这到底怎么回事？”毒手观音道：“少侠尚不自知，以少侠身上所具功力，便是江湖一流高手，又怎是少侠之敌矣！”独孤樵急道：“真的吗？那可如何是好！那可如何好！我可是从未练过武功的呀！”一脸惶急之色。

昆仑三剑大奇。高峡道：“少侠所言不虚吗？”“自然不虚，”独孤樵道，“可惜道悟死啦，要不你们可以去问他的，他是我师父，他从未教我练过武功的！”竟直呼师尊名讳。

郜盛道：“大丈夫恩怨分明。郜某此时须即刻赶回洛阳，拜谢救命恩人，与姑娘之过节留待明日了断如何？”青青轻蔑地道：“本姑娘随时恭候大驾！”郜盛道：“如此甚好，告辞！”昆仑三剑联袂飞奔洛阳城。

十九

独孤樵道：“你已经没事了，我很高兴。童超他还等着呢，我要和他喝酒去了。”毒手观音道：“我们师徒二人与少侠同行如何？”独孤樵沉吟道：“这个——”青青道：“哼！谁稀罕你啦，你就那么爱听那牛鼻子老道的话！”独孤樵急道：“我又没说不行。”青青道：“那你吞吞吐吐的干吗？！”独孤樵道：“同行就同行，走吧！”三人也直奔洛阳城。

青衣冢复归寂静。

江湖浪子童超一入洛阳城，便知有人在后跟踪。童超嘴角轻轻一挑，不易觉察地冷笑一声，暗道是谁如此大胆，竟敢盯我江湖浪子之梢。心头如此想，脚步却突然加快。虽距离渐渐拉开，那跟踪之人却依旧紧紧跟着，轻功竟然大是不弱。

童超暗道，此人为何胆敢跟我，原来功夫竟是不弱，我江湖浪子又所惧何来？突然转入一黑暗角落躲了起来。后面那黑影直奔过来，已过暗角七八步之后，不见了所盯之人，便停下脚步，自言自语道：“怪道，居然有人能逃过老身跟踪，莫非真是他吗？”

童超哈哈一笑，从暗角转了出来。那黑影甫闻笑声，心头一惊，不由分说运足十二成功力一掌拍来。只见童超伸掌轻转一迎，像是接过一个苹果似的，便将对方挥来的掌力收了个干干净净。

黑影大惊，暗道：放眼江湖，又有谁能如此轻描淡写地将自己掌力化解！便道：“你是独孤少侠吗？”童超笑声刚毕，闻言道：“在下江湖浪子童超，阁下何人？盯童某做甚？”黑影道：“江湖浪子童超？怎么老身从未听说过？你真的不是独孤樵吗？”童超道：“童超自是童超，独孤樵自是独孤樵，为何童超要是独孤樵，独孤樵要是童超呢？”

黑影道：“因为能如此轻而易举地接下老身十二成功力的人，当今江湖就恐怕只有独孤樵一人了。”童超傲然道：“你的话很有道理，正如你的掌力端的了得一样，放眼当今武林，能接下你掌力的人屈指可数，但能如此接下你掌力的人，除独孤樵外，在下恐怕算得是唯一一人。”

黑影道：“听你声音年纪似乎不大，少年好傲的口气呀！”童超道：“只因我江湖浪子向来不说无凭无据之话。”黑影道：“你的傲气令老身钦慕，但你可知老身是谁吗？”童超道：“在下正想知道你是何人，跟踪在下又是何意。”黑影道：“你可听说过木叶令吗？”童超道：“哦，原来是木叶令主木叶婆婆芳驾光临，童超有礼啦！”黑影道：“童少侠免礼，叶某愧不敢当。”

停了停，又道：“至于适才少侠所问第二个问题，老身只能这样回答你：老身以为你是独孤樵，却无丝毫恶意。”童超道：“如此便是了。在下敢问木叶婆婆找寻独孤樵何事？”木叶婆婆道：“并无他意，老身对独孤少侠仰慕不已。已关闭了木叶山，只想追随在其左右，以效犬马之劳。这倒让童少侠见笑了。”

童超道：“前辈此言差矣。独孤少侠值得任何人为他这样做！”木叶婆婆道：“童少侠认识独孤公子？”童超道：“曾有两面之缘。”木叶婆婆道：“可是和三个叫玮云、田归林、连城虎的人走在一道？”童超道：“第一次是，第二次不是。”

木叶婆婆大喜道：“敢问童少侠第二次见独孤公子是在何时？老身入洛阳城已经两日，大费周章，甚至不惜出银两叫小叫花们帮寻，却无一丝音讯，少侠若能相告，老身感激不尽！”童超笑道：“木叶婆婆言重了。在下也曾见过玮云姑娘，且就在今夜两个时辰之前。她已喝醉，是在下送她回客栈去的。”“客栈？”“哦，万人居客栈。”“老身少时便去寻她，只是，她和独孤公子在一道吗？”“她也正在找独孤少侠。”“那——？”“在下一个时辰前刚与独孤公子见面，木叶婆婆若要找他，只须即刻赶到青衣冢便是。”“多谢少侠！”“前辈毋须多礼！童超告辞。”言罢飘然而逝。

木叶婆婆不禁咋舌暗道：“怪事年年有，今年特别多！没想江湖转眼间便出现这样两个罕见的少年高手！”正沉吟间，一干道士迎面匆匆而来，为首一老道俨然是武当掌门灭尘道长之师弟灭性子。木叶婆婆自知在自命侠义道的白道人物心中自己是个什么角色，故不愿多生事端，转身欲避了开去。

不料一年轻道士却冲她大声道：“兀那婆子，你可知茂源酒楼所在何处？”木叶婆婆是何等样人！且不说她不知偌大一洛阳城茂源酒楼究在何处，即使确知，那道士如此口气也足令她恼从中来。便怒道：“那臭小道说话倒是与老身客气些。老身自是知道，却为何要告知于你！”

如此回话令一干道士惊讶莫名，纷纷立住脚步。先前问话的小道不相信地又问了一问：“你说什么？”木叶婆婆道：“老身叫你臭牛鼻子说话客气些！”小道士道：“兀那婆子，你知道你是在与谁说话吗？”木叶婆婆道：“别人怕了你武当，我老婆子倒还不把尔等臭道士放在眼里！”小道还想说什么，却被灭性子阻住。

灭性子沉声道：“阁下何人？”木叶婆婆道：“我是何人与你这臭老道又有何相干！”灭性子冷笑道：“好说！好说！老道灭性子。今日灭性子倒想看看是何方狂婆不把我武当放在眼里！”木叶婆婆道：“灭性子你是要打吗？”灭性子道：“阁下既是如此小瞧我武当，灭性子说不得也得向阁下讨教高招了。”

木叶婆婆桀桀怪笑道：“那好极了，老婆子我正手痒得紧呢！你亮剑吧！”灭性子怒道：“对付尔等狂婆，灭性子倒还不用亮剑，老道便凭一双肉掌接你高明剑招吧！”这话说得狂傲之极。木叶婆婆大怒道：“灭性子你是自己找死！”剑随话到，刷的一声，一招“木叶向阳”早已使出。

“木叶十二式”在江湖上素享盛名，倒也不是浪得虚名。这一招木叶向阳乍看平淡无奇，却是后势无穷，灭性子全身三十六道大穴，瞬间尽被剑尖罩住！灭性子道了一声：“来得好！”滴溜溜一个转身，脚跟不动，却已将剑势化去。“我道是谁，原来是木叶令主！老道今日便领教木叶十二式高招！”

木叶婆婆道一声“看招！”风起东南、木叶翻飞、随风飘逝、落花流水、满面春风……木叶十二式源源使出。“木叶十二式”乃至柔剑法，系前朝著名女侠柳三娘所创，传至木叶令主卢若娴，已是第四代了，这剑法仅适女子所练，虽少了一丝阳刚之气，却也气象万千，端的不凡。

武当一脉，素讲以气御力，四两拨千斤，当可算至柔之功。是故木叶婆婆与灭性子二人，一使至柔剑法，一运至柔内功，他们这一缠斗上，霎时便分不出争斗双方来。

只见两团黑影翻飞转旋，不辨孰是灭性子，孰是木叶婆婆，直令人眼花缭乱。灭性子暗道：难怪这魔头口气霸道，倒也不是仅凭了这张利嘴，端的不是易与之辈，老道今日须得小心才是。便平心静气，见招拆招，见势化势，小心与她游斗。

木叶婆婆却无法似灭性子般静下气来。眼看“木叶十二式”即将使完，却还未伤对方一根毫毛，木叶婆婆不禁怒从心头起，自忖道：“我木叶令主想当年何等名头，此番二十年不问江湖是非，初复入江湖却连一武当臭道士也斗不过，还有何颜面去追随独孤少侠！”怒叱一声，“木叶十二式”最后一招，也是最厉害的一招“落英缤纷”便即使出。

适才木叶婆婆一心只想自己当年名头如何响亮，此番却连一武当道士也斗不过，便怒从心头起。但她却忽略了两件事情：第一，他的对手灭性子乃武当掌门师弟，即便是在二十年前，灭性子在江湖中的名头也绝不弱于她木叶令主，甚至有过之而无不及！第二，她实乃黑道中人，行事霸道，江湖中人都不敢或不愿招惹她，所以她名头自是响亮了！

高手相争，最忌心浮气躁。木叶婆婆既已犯此大忌，“木叶十二式”最厉害的一招自是走了模样！灭性子哪有看不出来之理。一旦看出破绽，灭性子冷哼一声，不退反避。一掌拍向木叶婆婆左胸。再换招已来不及了，木叶婆婆大怒，暴喝一声，拼着挨他一掌，只剑尖轻轻一转，招式不变，径刺灭性子右肩。灭性子绝未料到对方会使出江湖下三滥才会使的如此不要命的两败俱伤打法，一声“你疯啦”尚未说完，剑尖便已穿肩而过！啪的一声，灭性子的掌力也尽数击在木叶婆婆左胸之上。

说是尽数那也不然，灭性子刚一察觉木叶婆婆打算两败俱伤时，便不由自主地撤回了一部分掌力以求自保。但那掌力也端的不凡，只见木叶婆婆被拍出三丈开外，尚腾腾腾连退三步，才勉强站住脚跟。

武当弟子吆喝一声，围到灭性子周围。木叶婆婆自知所伤不轻，此时若武当弟子围将上来，自己将性命不保。便强提一口气两个起落，人已到十丈开外。待武当弟子追过来时，木叶婆婆已越过一堵高墙，如飞遁去。

武当弟子追踪无望，纷纷回到灭性子身边。灭性子已包扎好伤口，面色极其难看地道了一声：“那魔头简直疯了！”

此时天已发白，行人依稀出现。武当众人不宜在此久待，径寻茂源酒楼而去。

独孤樵和毒手观音师徒一行三人赶往茂源酒楼时，发现酒楼早已关门打烊了。独孤樵道：“童超没在这儿喝酒呢。”毒手观音师徒二人皆没吭声，只细细查看酒楼四周。

从酒楼大门左侧的暗角里突然转出一个脏兮兮的小叫花来。小叫花揉着惺松睡眼，看看独孤樵，又看看毒手观音师徒二人，对独孤樵道：“你可是叫独孤公子吗？”独孤樵道：“是，我叫独孤樵。”

小叫花眼睛一亮，道：“好，小叫花这半夜没算白熬，一两银子算赚到手了。”“你说什么？”独孤樵不解地道。小叫花道：“半夜前有位公子给了小叫花一两银子，叫小叫花在此等候一个叫独孤公子的人，让我传一句话给他。”独孤樵连忙道：“那公子可说他是谁？他有没有说他叫江湖浪子童超。”小叫花道：“对对对，他就说他叫江湖浪子童超。看起来你是独孤公子无疑了。”独孤樵道：“一点不错，我就是独孤樵了。童超他叫你传什么话给我？”小叫花道：“童公子说他有急事要赶往少林，不能在此等公子一起喝酒啦，还说如果独孤公子若无他事，也请尽快赶往少林。”

独孤樵道：“他没说叫我赶去少林干什么吗？”小叫花道：“这倒没有，不过和他走在一起的一个老头看起来很急，就在童公子与小叫花说话的时候，那老头还不停地催他快走，大约是少林那儿出什么大事了。”独孤樵道：“那我这就去少林。”小叫花道：“这一两银子算是我的了吗？”手里拿着一小块碎银。独孤樵道：“当然是你的了。我是没有，若有就再给你一块。”小叫花道：“多谢公子，你心肠真好。”言罢小叫花便自转入暗角睡觉去了。

独孤樵对毒手观音道：“我这就要去少林，但我不知道该怎么走，你们带我一起走行吗？”毒手观音微笑道：“如此甚好！”三人便连夜离开洛阳，赶往少林寺去。

第七回

二十

木叶婆婆和玮云出得门来，便发现洛阳城和前两日相比竟有些异样。街上插剑背刀的精壮大汉明显少了。

逢人只讲三分话，这本是江湖常识。木叶婆婆暗自庆幸适才自己并未向玮云透露自己所历之事。这倒不是说她对玮云有甚不放心之处。她只是觉得，玮云毕竟天真烂漫，胸中了无城府。若让她知道过多，势必惹出麻烦来。

此时观洛阳情景，便知江湖已发生大事。否则不会如此许多江湖中人皆相约在一天之内赶出洛阳城。

因而出得门来，木叶婆婆便道：“咱二人分头行事，晚间在此相聚如何？”玮云急道：“木叶婆婆不要玮云与你同行吗？”她自以为自己以“分头行事”为由摆脱了田归林、连城虎，那木叶婆婆如此说话，便是要甩开她了。

木叶婆婆笑道：“看此时洛阳情景，江湖上一定是发生了非常之事。婆婆想独自去探听一番，好知事情如何处置。”玮云道：“我也可助婆婆打探的呀！”木叶婆婆道：“婆婆自是知道，姑想叫你代我去一个地方。”“什么地方？”“茂源酒楼。”“在哪儿。”“就在这洛阳城内。”“好，婆婆想叫我去干什么？”“你去打探一声，就问昨夜到此的一干背剑道士哪儿去了。我猜他们肯定也离开洛阳了。

“婆婆，是灭性子那一干臭道士吗？”“正是。”“婆婆想找他们的晦气吗？”“倒不是，武当臭道士们那牛鼻子一向挺灵，他们的去向大约就该是江湖中发生大事的地方。”“好吧，婆婆，咱们晚间一准在此相见！”二人分了手。

玮云独自走在街上，想："木叶婆婆嘴说不想找那一干道士晦气，心头肯定是想的，待我见着他们，一定叫他们先尝尝姑娘我的厉害！"

走进一布店，店小二满脸笑容地走上来，道："小姐可是要买布吗？似小姐此等人材，便是穿上这水漂蓝最是好看了，小姐可是要上五尺？"玮云道："本姑娘到此并非买布，要买布也用不着到这等小店来。我且问你：这洛阳城可是有一个叫茂源酒楼的去处吗？"

小二道："这——？"玮云道："什么这呀那呀的，你少给本姑娘耍滑头说不知道。万一惹得我性起，我一把火将你这店烧个干净，你可相信？！"小二连忙道："相信相信！小人自是相信之极，姑娘不烧也罢。这茂源酒楼——在哪儿？！""出小店门往北径走十丈，折向东再走八九丈光景，门口挂着一大招牌的便是。"

玮云冷哼一声，道："待本姑娘寻不着再回来烧你此店便是！"小二道："姑娘一定是寻得着的了。"玮云照小二所说，果然找到了茂源酒楼。这是洛阳城内最大的一家老字号酒楼。

玮云踏入酒楼，尚未寻着小二，一个脏兮兮的小叫花却已笑吟吟地站在她面前，道："姑娘可是来送小叫花银子的？"玮云愣道："银子？"小叫花道："姑娘几个时辰前说叫小叫花改日去取十两银子的呀！姑娘不记得了吗？"玮云道："我几时答应过给你十两银子了。你给我滚一边去。"

小叫花苦着脸道："是那个老婆婆亲口对小叫花讲的，说谁找到了你柳姑娘便给十两银子。我小叫花福气好，代她找到了你，可姑娘你却推说不知，这岂不是怪事吗？""什么怪事不怪事的！"玮云喝道："你自与那婆婆讨银子去，却与我何干？若再啰唆，误了正事，本姑娘一时性起，少不得一剑将你耳朵割将下来！"

小叫花哪敢多言，却并不走开，只苦脸站着。

玮云哼了一声，直奔酒柜前，见柜台内一正拨弄算盘珠子的老者便道："喂，你们掌柜的在哪儿。"老者抬起头来，道："姑娘要喝酒吗？在下便是掌柜的了。”玮云道：“姑娘并不喝酒，只向你打听一事，昨夜卯时到此处的一干武当臭道士尚在吗？就说本姑娘要找他们晦气！”

掌柜讶然道：“姑娘要找武当晦气？”玮云道：“便是这样！你倒是说，那一干臭道士在还是不在？！”掌柜道：“昨夜卯时小店早关门打烊了。”玮云道：“你是说并未见着他们？”掌柜道：“正是。”玮云道：“那么他们到哪儿去了你自也不知道啦？”掌柜道：“小姐说的是。”玮云呛地拔剑在手，厉声道：“你以为本姑娘会相信吗？”掌柜平静地道：“既是姑娘不信，我也是没有办法的了。”

玮云怒道：“你少与我耍滑头，本姑娘自是不信你的鬼话！看你也不是个好人。若惹得本姑娘性起，便一把火将你这黑店烧它个干净！”

尚未等掌柜开门，那边墙角却突然传出一声长长的呵欠，然后有一睡意蒙眬的声音道：“好热呀好热！难道是有人要烧这鬼店吗？！”此时尚早，酒楼内并未有人就坐。那声音叫玮云和掌柜的都吃了一惊。

掌柜沉声道：“阁下何人？”从墙角站起一个年约六旬的老叫花来。老叫花浑身油腻腻的，脏得令人恶心。他的腰间吊着大大小小八个袋子，全都沾满污垢。看起来他是在墙角蜷缩了一夜，此时仍困意未消，揉着惺松睡眼站了起来，道：“老叫花无店可投，便在此困了一夜，睡意正浓时，突觉浑身燥热难当。喂！掌柜的，可是有人要烧这鬼店吗？”玮云大怒，道：“便是本姑娘要烧这黑店，臭叫花你还不快给我滚出去！”

老叫花将鼻子凑近自己胸前到处闻了闻，道：“臭臭臭！真臭！”言罢径自从脏兮兮的布袋中掏出一根鸡骨头大嚼起来。“喂！掌柜的。”老叫花咂咂嘴，道：“你这鬼店可有什么不臭的酒，也倒上一碗给老叫花我冲冲邪气，一根鸡骨头卡在我脖子里啦！”

掌柜的不气不恼，反倒满面笑容地道：“有！有！”忙起身倒了一大碗醇香四溢的酒，径自端了过去，递给那老叫花。老叫花接过碗，一口气将酒喝干了，将碗递与掌柜，咂舌道：“不臭不臭，果然不臭。”掌柜的笑道：“小店这酒已藏六十年以上，自是不臭的了，你老可还要喝上一碗！”“够啦！够啦！老叫花可没那么多银子！”

老叫花道：“小六！”先前向玮云讨银子的小叫花飞快地跑过来，道：“小六在这儿。”老叫花道：“快把你昨夜挣的那一两银子替我付了酒钱。”那个叫作小六的小叫花苦着脸道：“小六昨夜熬了半夜才挣到这一两银子，却不知怎的又被你知道啦？！”掌柜的忙道：“不不不，这碗酒算小的送与你喝的，银子是不要的了。”

小叫花眉头一展，道：“你此话当真？”掌柜道：“当真当真！自是当真的了。”小叫花笑对老叫花道：“算你今日口福好，碰上了好心肠的人，给你白喝了这碗酒。小叫花的银子算是保住啦！”老叫花皱眉道：“但老叫花最不喜吃白食，这你小六是知道的，反正你的银子好挣，你还是替我付了账吧。”

掌柜的道：“小的说过不收银子便是不收银子，难道你老连这点儿面子也不给吗？”

他三人这一席话弄得站在柜台那边的玮云莫名其妙，简直不胜其烦，便喝道：“喂，你们在那儿弄什么鬼？掌柜的还不快过来回姑娘问话，难道你真要等姑娘性起一把火烧了你这黑店吗？！”掌柜的口中说着：“这便过来这便过来”，脚下却仍不见动。

老叫花似未听见玮云的话，只自顾道：“既是你硬不收老叫花的银子，老叫花也不便为难于你，只是往后若那胡醉鬼问罪下来，你们两个可要替老叫花做个证？”小六眉开眼笑地道：“小六亲眼所见，你是被迫如此的，你说可是？”掌柜的见问自己，便连忙道：“正是正是。”

老叫花又长长打了个呵欠，道：“怪道老叫花甚觉燥热，原来你这鬼楼真的要起火了！罢罢罢！吃人白食，与人消灾，老叫花替你灭了这场火便是。”

掌柜的顿时眉开眼笑道：“多谢！多谢！”老叫花这一席话听得那边玮云火起，喝道：“臭叫花你这话是什么意思？！”

老叫花自顾对小叫花道：“小六，你那一两银子还是保不住。”小六道：“我辛辛苦苦熬了一夜才挣到一两银子，可你却老打它的鬼主意！”老叫花道：“谁叫老叫花一时口馋，喝了他一碗酒。”小六道：“可掌柜的又不要你银子。”

掌柜连忙点头道：“对！对！”老叫花道：“老叫花身无分文，掌柜的却好心让老叫花喝了一碗酒，所以现在掌柜的有了麻烦，老叫花若置之不理便就说不过去了。”小六道：“那关我这一两银子屁事！”老叫花道：“关屁事关屁事，太关你那一两银子屁事啦！你且细细地听我说：有人来向掌柜的打探一干人去向，掌柜的委实不知，答不出来，人家便要烧他这鬼楼。”小六道：“那也不关我这一两银子屁事。”老叫花道：“太关屁事，人家辛辛苦苦来问话，口便干舌便燥，却间不出眉目，自是可以一把火将这鬼楼烧它个精光啦！因此你若将这两银子给了掌柜，让他请那问话之人喝一碗酒，那人便口也不干舌也不燥，用不着再烧这鬼楼啦。你看我说得可有道理？”

还未等小六回话，那边玮云早怒骂声起：“臭叫花做的美梦，你道我稀罕一碗酒吗？”老叫花似这才发现了玮云，转头向她讶然道：“你是在与我说话吗？”玮云道：“不是与你又是与谁？！”老叫花道：“你说你不稀罕一碗酒？”玮云冷哼一声。老叫花道：“你可知道老叫花请你喝的这碗酒是如何付账的？”玮云怒道：“你少与我胡搅蛮缠！”老叫花道：“这一点儿也不是胡搅蛮缠，酒钱是小六用一两银子来付。小六的这两银子却是他昨夜熬了大半夜才挣到的。”

小六委屈地接口道：“还是人家童公子和独孤公子心肠好，否则如果他们像别人那样说话不算话，小叫花还白熬一夜呢！可现在——”还未等小叫花的话说完，玮云早已倏地窜了过来，急道：“小叫花，你说的童公子和独孤公子是谁？”

二十一

她忘记了自己手里擎着剑。小叫花见她突然握剑飞将过来，吓得连忙往老叫花身后躲。口里还害怕地连连叫着：“我不知道，我一点儿也不知道。”

玮云厉声道：“小叫花！你今天要不告诉我问话，我就将你的舌头割下来！”小叫花躲在老叫花身后，竟哭了起来，边哭边道：“人家要割我的舌头你也不管了吗？骗我的银子时你能说会道，现在你却成了哑巴，成了缩头乌龟，连半个屁也不敢放！”

老叫花突然转头对小叫花怒喝道：“谁说我半个屁也不敢放？！”小叫花道：“我在你后面就没闻到一点儿臭气，你自是半个屁也不敢放啦，难道我还说错了不成。”老叫花道：“那是我不愿意放而已。”小叫花道：“好呀！原来是有人要割小叫花舌头，你老叫花却连半个屁也不愿放！看我往后还会不会让你骗了银子！罢了罢了，小叫花这一两银子是不要啦，就给了你吧，但这是最后一两银子了，往后你休想再要！”言罢从怀里掏出一两银子，直往老叫花口袋里塞。

老叫花连连闪避，似对那一两银子视若蛇蝎。

玮云大怒道：“你二人少给我装神弄鬼！小叫花，你倒是说，昨夜给你银子的童公子和独孤公子到底是谁？”小叫花道：“你要割我的舌头，我为什么要告诉你？”

玮云道：“你若告诉了我，我自是不割你的舌头啦。”小叫花二喜，道：“此话当真？”玮云道：“自是当真。”小叫花道：“那好吧。”突然神色一黯，又道：“如果我告诉了你，你却又要割我的舌头，那又如何是好？小叫花岂不吃亏太大。不说啦不说啦！”

玮云强忍怒气道：“本姑娘说不割便是不割！”小叫花道：“你说过给银子却又不给，小叫花吃过一次亏便不再吃第二次！反正我不说啦！大不了今日一死而已！”玮云大怒，道：“你说还是不说！”小叫花在老叫花身后一挺脖劲，道：“不说！”“找死！”玮云剑随声道，一剑便刺了过去。

赫然一招“木叶向阳”，只是在她手里使出来大是变了模样，有些似是而非。这一剑明明是绕过老叫花从他身侧刺过去的，不料剑尖却正正刺在老叫花的身上，将他身上的一个布袋堪堪刺穿，顿时便有酒从那袋中流出。

老叫花大叫道：“哇呀呀！姑娘太没道理，将老叫花身上仅有的一点儿酒弄丢啦！”竟低头吻剑吸酒！要知此时剑柄仍在玮云手中，若此阵仗，玮云只须手腕轻轻一抖，老叫花焉有头在。

“你不要命啦！”玮云喝道。老叫花却仍低头吸酒，瓮声瓮气地道：“老叫花向来是要酒不要命的。”“好吧，那怪不得本姑娘啦。”玮云运劲拔剑。她仅是想将剑刃划破老叫花之唇，让他知道要酒不要命是何下场。

但事实却大谬不然！那剑并未拔得出来！玮云暗道怪事，又加了三成真力拔剑。剑仍纹丝未动！便知是老叫花在捣鬼，不禁大怒道：“是你自己找死，可怪不得本姑娘啦！”运足十二成真力，一抖手腕！却无剑花幻出！剑仍纹丝不动地插在老叫花的腰间那布袋内。

老叫花瓮声道：“姑娘难道不知你剑一拔出老叫花的酒便将流之于尽吗？还望姑娘稍候则个。”仍未抬起头来！此时玮云站着，老叫花坐着，且老叫花只顾低头吮酒，将一个头顶全部卖与了玮云。

玮云气得满面通红，不由分说扬起右腕，一掌向老叫花顶门拍到！恰在此时，老叫花的一只手抬起来摸自己头上脏乎乎的头发，他的大拇指有意无意地翘起。

玮云深知自己这一掌之力足以破石开砖，哪是凡人头顶能承受得了的，眼看老叫花将立即毙命于自己掌下，不禁心有不测，暗自收回了三成掌力。但这也够了，老叫花纵是铁铸头骨，也定轰然倒下不可。

但是——奇迹发生了，老叫花并未轰然倒下！众人目瞪口呆地怔立当场。倒是玮云整条右腕直愣愣地伸着，似是木头做的一般！她方才一掌拍下，手腕却无巧不巧地正撞在老叫花那高高翘起的大拇指上。她只觉右臂一麻，随即便僵不能伸了。

老叫花吸完了酒，抬起头来，玮云插在他胸前布袋上的剑当啷一声落在地上。老叫花看看玮云，平静地道：“木叶令主卢若娴是你何人？”

玮云只觉他眼里突然射出一道凛冽的精光，转瞬消逝。玮云便不由自主地道：“木令婆婆乃是家母师父。”老叫花想了想，道：“那你是白马书生柳逸仙与小素女梅素素之女了？”

玮云道："你怎么知道？"老叫花道："在昔年卢若娴的木叶四女中，只有小素女梅素素一人嫁了人。且白马书生与小素女逃避木叶令主追杀至洛水之畔时，老叫花曾引开过木叶令主。"玮云道："你是谁？我干吗要相信你的话？"她不相信这个脏兮兮的老叫花曾帮助过她爹和娘。

站立一旁的掌柜不待老叫花开口，便道："您老当是丐帮长老布袋和尚姚鹏姚大侠吧？"老叫花哈哈一笑，道："你阮氏双雄不在江里打鱼，却跑到洛阳开起酒楼做甚？"

掌柜的突然扑通跪下，道："恩公在上，且受阮龙一拜！"老叫花连忙伸手扶起阮龙，道："这话从何说起，老叫花愧不敢当。"阮龙道："恩公可曾记得数年前在岳阳楼畔，金一氓那魔头欲一举挑灭我紫鲸帮，幸赖姚大侠和胡大侠仗义相援，才使我紫鲸帮免遭涂炭！"布袋和尚姚鹏道："哦，是那回事，老叫花早已不记得了，何况那次我与胡醉鬼也未真正动手，只不过仗着胡醉鬼的那老醉鬼师父之名头吓跑了金一氓那魔头而已。"阮龙道："姚大侠义薄云天，施恩不图报，我阮氏双雄自是不必多说，往后姚大侠若有何差遣，但请吩咐便是！"

布袋和尚哈哈一笑，道："老叫花懒散惯了，又爱多管闲事，自不会在一地待长，今后若路经洛阳，但求一碗酒足矣！"阮龙道："姚大侠此话差矣。姚大侠对我阮氏恩同再造，此区区一酒楼，自今后便算是您老的了。"

布袋和尚道："你是要将老叫花捆在这儿吗？"阮龙道："姚大侠此话怎讲？"布袋和尚道："我适才已讲过老叫花懒散惯了，性喜浪游，你将这一酒楼给我，岂不是要了老叫花的命吗？"阮龙道："那便当阮龙没讲便是。"布袋和尚道："这就是啦。对了，那金一氓后来找过紫鲸帮的麻烦吗？"阮龙道："仗着姚大侠胡大侠余威，那魔头并未再寻紫鲸帮麻烦。只是经彼一变之后，家兄与在下早已遣散帮众，埋名隐姓到洛阳来开了这个酒楼。"

布袋和尚道："你兄阮蛟呢？"阮龙道："家兄受童少侠差遣，已赶往云南点苍。"布袋和尚道："若老叫花猜得不错，童少侠定是赶往少林去了？"阮龙道："正是。"布袋和尚道："楚老儿能调教出这样一个徒弟，老叫花称羡不已。”

稍停又道：“此番少林将大热闹，老叫花不可不去一游。”

玮云突然道：“你们只顾说话，还不快替我解了穴道！”小叫花道：“你要不再割我舌头，我就替你解了。”玮云没好气地说：“不割便是。”小叫花一笑道：“那我就放心啦！”说着绕过来伸手在玮云肩上连点两下，玮云顿觉右臂不再僵麻。

二十二

玮云讶然看着小叫花，道：“看不出你竟身手如此不凡！”小叫花嘻嘻一笑，道：“但小叫花穷惯啦，不会抢你银子的。”

玮云脸一红，大是窘困。小叫花见她甚窘，便道：“哎，你已知道我叫小六啦，你叫什么？”玮云道：“我叫玮云。”小六道：“那好，我叫你玮云姐姐行吗？”玮云见小六甚是调皮可爱，便也高兴地道：“好呀！只是你太脏啦。”

小六道：“我本来就是小叫花嘛。对啦，这个老叫花那人叫他布袋和尚……”玮云道：“和尚？和尚怎么长着头发？”布袋和尚笑道：“早年老叫花是个行游僧，后不耐清苦，便还俗啦，只是人家叫惯了，就让别人叫吧。”玮云哦了一声。

小六道：“你别看他比我还脏，他在江湖上可是大大的有名呢。他是丐帮长老，你知道丐帮吗？”玮云道：“听我爹爹讲过。丐帮里全是叫花子吗？”小六道：“大概是吧。别看都是叫花子，可别人却不敢招惹呢！连少林武当都不敢，丐帮是江湖第一大帮你知道吗？”玮云道：“知道。”

小六一指布袋和尚，道：“这老叫花就是丐帮长老，他自己说他是我师父，不过我还没有答应。”阮龙奇道：“小兄弟你洪福不浅，别人求还求不到呢！

只要姚大侠教你一招半式，你便终生受用不尽了。可你却为何还不答应？”小六一脸老成地道：“这我自是知道的。不过这是他求我，又不是我求他，我为什么要爽爽快快地答应！”

转向玮云，道：“玮云姐姐，你说我可对吗？”玮云道：“正该这样。”小六又道：“再说他又老要骗我的银子去买酒喝，这很使我头疼。”布袋和尚急道：“以后我少骗便是了。”小六道：“所以我说要考验你一段时间嘛。”布袋和尚道：“那你就看着吧，我老叫花说话从来是说过便顶用的，我说少骗就是少骗。”

这一老一少两个叫花的话大令阮龙惊讶不已。想布袋和尚在江湖何等声望，却被一小叫花摆弄得无可奈何，不禁多望了小六两眼。

小六道：“你老看我干什么，是不是因为这老叫花是你恩公，你就想代他来向我求情。我告诉你吧，那也是没有用的。”阮龙忙道：“那当然，那当然。”

布袋和尚忙转移话题，问玮云道：“怪事，当年木叶令主追杀你爹你娘何等绝情，现今你却和她走在一起？”玮云道：“我爹爹我娘已和木叶婆婆又和好啦。木叶婆婆还让我娘又重到门墙了呢。”布袋和尚道：“难得那魔头终于想通了，情之一字，斩是斩不灭的。”

玮云道：“什么呀！这全亏了我独孤哥哥呢！”布袋和尚诧然道：“你独孤哥哥，是独孤樵独孤少侠吗？”玮云道：“正是！你认识他吗？他到哪儿去啦？”布袋和尚道：“没有，只恨无缘识荆。不过近来独孤少侠和江湖浪子童超童少侠之名老叫花在江湖上倒时时听到。听说他二人皆是人中龙凤呢。”

玮云道：“独孤哥哥自是人中龙凤，那童超倒也不见得！”极轻蔑地一撇嘴。布袋和尚道：“姑娘见过童少侠吗？”玮云道：“岂止见过，还和他一起喝过酒呢！”布袋和尚道：“童少侠也乐于酒道吗？”玮云道：“一只酒囊而已，我也是碰巧遇见的。他在一个只有江湖下三滥才去的小巷里与一酒鬼喝酒。那酒鬼付不出银子，是他给付了的，他二人便臭味相投，又猛喝了一气，还结拜成兄弟了呢！你看他多有侠义心肠！倒真不负少侠二字呢！”声音轻蔑至极。

布袋和尚却道："那酒鬼何等模样？"玮云道："个子倒是大，一脸的络腮胡子，有三四十岁吧。他喝了酒付不出银子，便被小贩围着打骂，多亏了他那拜把兄弟童少侠救了他！"特意加重了"少侠"二字。

"哈哈哈！"布袋和尚突然大笑起来，"那醉鬼也有付不出银子赖酒的时候，待老叫花遇着他，倒要好好奚落他一场！"玮云奇道："怎么！你认识他？那个酒鬼。"布袋和尚道："他可说他叫什么名字？"玮云道："说过的，他说他叫胡醉。"布袋大喜道："果然是他！他也到洛阳来啦！只怕此刻他也赶往少林去了。乖乖弄底咚！老叫花这便也追去，好不容易才抓到他一次把柄，不可轻易丢了！"起身便欲走。

阮龙道："姚大侠这便要走了吗？"布袋和尚道："自然要走啦，要不时间一长了那醉鬼便会赖账！小六，咱们走！"又转向玮云道："姑娘也和老叫花一块去做个证，他便赖不掉了。走吧！"

小六却寻了个凳子安然坐下，缓声道："我为什么要走？"布袋和尚道："你自然要随我走的。"小六慢悠悠道："我为什么要随你走？为什么你要走我便也要走？我为何要听你的话？"

转向玮云道："玮云姐姐，咱们为何不可以不听他的话，说随他走便得随他走？"玮云道："那我为何又一定要听你的话而不听他的话？"小六道："这——？"布袋和尚大喜道："对，对，就是这样！姑娘干吗要听你小六的话而不听我的话？"玮云道："我可以不听小六的话，当然也就可以不听你的话，除非——""除非怎样？"二人急切同声道。

玮云转向小六，道："除非你告诉我，你是何时何地见着独孤哥哥的，他又到哪儿去了？"小六道："这当然可以，我是昨夜大约卯辰之交时在这座酒楼门口见着独孤公子的，我还和他说了话来着。后来他和一个中年女人，一个长得很好看的姑娘一起走了。"玮云道："一个长得很好看的姑娘？""对，"小六道，"那姑娘确实好看。"玮云哼一声，又道："他们到哪儿去了？""他们也赶往少林寺去了，"小六道，"因为童公子叫独孤公子尽快赶去。"

玮云没料到独孤樵居然会听童超的话，不禁冷哼一声，没吭声。小六急道：“玮云姐姐你不信吗？童公子给了我一两银子让我在酒楼门口等独孤公子，现在这一两银子还在呢，你瞧！”说着掏出一两银子递在玮云面前。玮云道：“我相信你便是。”小六大喜道：“那你听我的话啦！”

玮云尚未回答，一旁布袋和尚急忙抢道：“那姑娘要老叫花除非怎样？”

玮云想了想，道：“第一，除非你帮我找到独孤哥哥。”布袋和尚道：“这使得这使得，既知独孤少侠到了少林，咱们也去少林还何愁找不到他！老叫花答应啦。第二呢？”玮云道：“第二，除非你叫这个掌柜的代我去转告木叶婆婆一声，就说独孤哥哥到少林去了，我须得即刻赶去，来不及去会她了，要她也尽快赶来。”布袋和尚道：“这也简单。阮龙，你代她跑一趟吧，就算是老叫花求你了。”阮龙忙道：“姚大侠这是说什么话来，就这几步路，阮龙简直是举手投足之劳。”

玮云道：“你先少吹牛，你知道在哪儿能找到木叶婆婆吗？”阮龙道：“这——？”玮云道：“出了你这酒楼，往西走八九丈，折往南走十来丈，再折向西走十四五丈，有一个客栈的便是。”阮龙道：“阮龙知道啦，姑娘放心便是。”

布袋和尚道：“这便是啦！姑娘可得听老叫花的话了！”玮云道：“急什么，还有第三呢。”

布袋和尚道：“还有第三吗？姑娘请快讲！”玮云道：“第三，除非你叫小六也和我们同行。有此三点便够了。”布袋和尚神色一黯，道：“这——”小六感激地看了玮云一眼，对布袋和尚道：“玮云姐姐这第三条你自信能做到吗？”布袋和尚可怜兮兮地道：“老叫花自信不能。”小六道：“那你快求我呀！”布袋和尚道：“怎么个求法？”“嗯，”小六想了想，“你就说：小六兄在上，且容老叫花一拜。”

这岂不太过分了吗？阮龙看得气来，却未等他开口，布袋和尚早已拜倒在地，高声道：“小六兄在上，且容老叫花一拜。”小六瞪了阮龙一眼，又得意地看看玮云，然后大咧咧地从凳子上站起，对布袋和尚道：“看在玮云姐姐面上，小叫花与你走一遭少林便是。”

布袋和尚大喜，对玮云道：“姑娘这便答应与老叫花做证了吗？”玮云道：“且待找到独孤哥哥再说。”“那就走吧！”布袋和尚急道，“咱们这就快走，晚了怕就来不及啦！”谁也不知道他这来不及指的是什么。竟不与阮龙话别，布袋和尚率先冲了出去。玮云和小六相视一笑，也飞快地跟了上去。

第八回

二十三

这日日暮时分，独孤樵和毒手观音师徒一行三人赶到一破庙前。连日的奔波，对别人来讲早已疲惫不堪，唯独孤樵却了无其事。

毒手观音看看天色，又看看四周，对独孤樵道："独孤少侠，咱三人只顾赶路，却错过了宿头了。"独孤樵道："那咱们就不歇了吧？"青青道："你不累，别人倒是走不动了。"独孤樵道："我这不是在与你们商量吗？"毒手观音道："那咱们就在此吃些东西，在这庙里将就一宿，明日再赶道如何？"独孤樵道："便是这样。"

三人坐将下来，毒手观音从身上取下干粮袋，将一块饼递与独孤樵。独孤樵也不言谢，接过便吃。那样子，像是几十年未曾吃饭似的。

青青哧地笑了一声。独孤樵道："青青你笑什么？"青青道："我自笑我的，却又关你何事？"独孤樵想了想，道："自然不关我事了。"

突然咦了一声，道："有人来了。"毒手观音侧耳细听，发现二三十丈的地方确有脚步声传来。脚步声非常杂乱，显然不止一人，毒手观音钦佩地看着独孤樵道："少侠好聪耳力！"青青道："师父，真有人来了吗？我怎么什么也没听到？"毒手观音道："咱们先避了开来，看这些人是何来路。"拉着独孤樵和青青到旁边一块巨石后藏了起来。

少顷，四五个背刀汉子匆然而至。一人道："少林远非一日之程，我看咱们还是吃些东西，在这破庙将就一番，明日再赶路如何？"另一人道："韩老大此言有理，兄弟我早已疲惫，正该歇一宿。"那被叫作韩老大的道："那便歇息吧。”他们坐了下来，各自掏出干粮。

一人边吃边道：“此番江湖传言不知是真是假，若咱们巴巴地赶到少林，少林却一无其事，岂不白跑一场吗？”另一人道：“自是假不了的，魏某曾在洞庭湖畔遇着阮蛟阮大哥……”先前问话那人道：“阮蛟阮大哥却是何人？”自称魏某的人道：“你连阮大哥的名头也没听过？那岂不是太怪了吗？”那人道：“却又有何怪了？”姓魏的道：“也难怪你陈老哥一向身在太原，不知阮大哥名头。阮大哥原是长江紫鲸帮帮主，一身水上功夫端的无人能及。紫鲸帮势盛时，整条长江都是他的呢。”

被称作陈老哥的人道：“原来那阮大哥是干水上营生的，却不知他与你又说些什么了？”姓魏的道：“这话说来就远啦，陈老哥若有兴致，就容我魏某细细道来。”姓陈的道：“反正时日尚早，魏老哥你就细细道来吧。”

姓魏的喝了一口水，慢慢道：“却说这阮大哥有一兄弟，姓阮名龙，水上功夫也甚了得。他兄弟二人管辖紫鲸帮，倒也火红得很。但后来却遭不测，惹上了玉蝴蝶金一氓那魔头。”说到玉蝴蝶之名时，姓魏的停住了声音，极小心地往四周打量了一番，像是害怕那玉蝴蝶会随时蹦出来似的。

姓陈的道：“他兄弟二人自管紫鲸帮，却又如何会招惹了玉蝴蝶金一氓那魔头了？”姓魏的道：“本是无甚关联的，只因阮大哥有一如花似玉、名唤紫薇的女儿，适年才一十六岁。”“就便是了，”又有一人插话道：“那玉蝴蝶金一氓采花大盗，自是不会放过那如花似玉的紫薇姑娘了。”姓陈的道：“徐老哥你别打岔，且听魏老哥细道缘由。”

姓魏的道：“徐老哥所言不虚。紫薇姑娘实乃阮大哥掌上明珠，娇宠何甚！紫薇不爱在家学女红，却喜随父出江，不料便被那金一氓看上了，硬要逼之成亲。阮大哥惹玉蝴蝶不起，便虚与委蛇，一面答应将女儿在半月之后的中秋夜嫁与那魔头，一面广寻救援，四方送礼。不料即使江湖中昔年好友，还是拜把兄弟，一听那魔头之名，便皆纷纷推谢。转眼到了八月中秋，阮大哥一家眼看大祸临头，却不料吉人自有天相，恰逢胡醉胡大侠与布袋和尚姚鹏姚大侠因处理丐帮事务路过，吓退了金一氓那魔头，才得以确保平安。”

一人道："胡大侠与姚大侠那是没有说的，似我等江湖中人，谁不曾受其恩惠。"另一人道："你且别打岔，且听魏老哥讲后来又怎样了。"

姓魏的道："经彼一变之后，阮大哥也不敢再在洞庭湖安住了，便遣散紫鲸帮帮众，举家迁往洛阳，开起了一茂源酒楼。"姓陈的道："原来洛阳那茂源酒楼是他阮氏双雄开的呀，我说怪道多是江湖中人出入呢。"姓魏的道："阮大哥一家迁到洛阳之后，倒也没被金一氓那魔头来找麻烦。"姓陈的道："对呀，魏老哥你还未说你在洞庭湖畔遇着那阮大哥是怎么回事呢！"

姓魏的道："魏某昔年干的也是水上营生，与阮大哥也有数面之缘。阮大哥举家迁往洛阳之事，魏某也略有所闻，故兄弟在洞庭湖畔一遇阮大哥便颇感惊讶，问他为何又回到洞庭湖了。""对呀！阮大哥他说什么了？""阮大哥说近来江湖上涌现了一个了不起的少年英雄，号江湖浪子童超，武功端的出神入化，为人却侠义豪爽。那童少侠到我阮大哥的酒楼喝酒，甚是投缘，待听说金一氓那魔头之事，你猜那童少侠如何说了？""如何说了？""那童少侠拍案大怒道：有我江湖浪子立于江湖，岂容如此败类肆虐，少不得浪子得伸手管管了！""后来又怎样了？""后来童少侠闻得少林出了大事，魔踪已现，且月前失踪的几大门派掌门已有音讯，便差我阮大哥赶往云南点苍报信，自己飞身赶往少林去了。"

姓陈的道："听魏老哥所言，那江湖浪子童超童少侠倒是一扶弱济世了不起的少年英雄了。"姓魏的道："那自是不错的了，难道陈老哥你似有不信吗？"姓陈的急道："魏老哥这是说哪里话来，兄弟的意思则是那童少侠人中龙凤，可只恨咱兄弟无缘一睹其风采。"

那一直未开口，自称韩老大的此时道："那童少侠的事，韩老大也略有所闻，却不知几位兄弟可曾听到另一个了不起的少年英雄之名吗？"一人道："韩老大讲的是谁？"另一人道："韩老大说的莫不是那最近才在江湖上显现的独孤樵独孤少侠吧？"韩老大道："正是。"躲在巨石后的独孤樵见他们突然说到自己，便想走将出去，却被毒手观音拉住。毒手观音轻轻道："且听他们讲些什么。"

独孤樵只得又坐下来，却听那边一人道：“兄弟听说那独孤公子一身神功盖世无双，连毒手观音那等江湖一顶一的大魔头也未能接他一掌，只可惜为人有些痴呆，不似童少侠那般清明侠义。”韩老大道：“兄弟此言怎讲？”那人道：“兄弟是听昆仑高峡高大侠所言，自是不错的了。”韩老大道：“高大侠他说什么了？”

那人道：“昆仑郜二侠不知怎的招惹了毒手观音那魔头，说好比武了断，不料那独孤公子决意不准比武，待郜二侠与那毒手观音动起手来，他一掌就将毒手观音给败了。”“那很好呀！似毒手观音那等魔头，我江湖中人人得而诛之，独孤少侠给了她一掌，难道又有什么不对吗？”“那自没有什么不对。若仅如此，兄弟也会将他与童少侠一般钦慕，不料——”“不料什么？”“不料在他给毒手观音一掌时，也给了郜二侠一掌！”“那岂不太霸道了吗？”“就是！”“但他在给毒手观音那大魔头一掌时，还能分出掌力给郜二侠一掌，那他的武功岂不是……？”“何止如此！二人各中他一掌，便差不多丢了命呢！”“好厉害的掌力！”“咂咂咂咂！”“那后来怎样了？”“后来恰逢童少侠路过，才救了那郜二侠性命！”“怎的童少侠又恰巧路过了？”“似童少侠那等人中龙凤，自是神龙见首不见尾，又岂是我辈所能料定他何时会在何地现身的吗？”“就是。说不定他此时便在左近呢！”“真的吗？”“兄弟只是说说而已。”“听你如此说来，那独孤公子自是黑白不分，倒也不怎么样了。”

“对啦，刚才你老哥说那毒手观音挨了独孤公子一掌，却又怎么样了？”“据说那独孤公子又救了她，还和她一道也赶往少林去了呢！”“怪事怪事！这独孤公子武功如此神通，为人却又怎的如此糊涂呢！”韩老大突然道：“不然，韩某倒听说毒手观音那魔头也是童少侠所救呢。”“童少侠会救那毒手观音？！这简直是天下奇谈了，不可能不可能！”“韩老大是听何人所言？”“韩某自是从江湖传言中听到的。”“江湖传言？哈哈哈哈！”韩老大怒道：“魏老二你笑什么？！”姓魏的道：“魏某自笑却管你韩老大何事？！”韩老大冷哼一声。魏老二道：“你哼什么，莫非你韩老大实在听不过魏某笑吗？”韩老大道：“听不过便待怎样？！”

眼看二人说僵，便要动起手来，姓陈的连忙劝道："魏老哥韩大哥，这儿离少林尚有千里之遥，咱兄弟结伴同行，却不可伤了和气。"另几人附和道："正是正是！"韩老大、魏老二各自冷哼一声，不再说话。

二十四

躲在石后的独孤樵和青青都几次想站起来，却都被毒手观音拦住。独孤樵轻声道："他们说得不对呀？我又没有给你一掌，又给郜盛一掌！"毒手观音道："似这等江湖藉藉之辈的话，少侠又何须在意。"

青青道："他们左一口魔头又一口魔头，师父你能忍这口气，青青却忍不了，待青青去教训教训他们！"毒手观音厉声道："青青不可胡来！"这令青青大是惊讶。往昔若有谁敢说师父一句魔头，便有十个脑袋也保不住。近日来师父却是大背寻常。

毒手观音却装作丝毫未见，只定定地在石后躲着。见那边不再说话了，青青又小声道："师父，咱们还躲着吗？"毒手观音道："且听听他们还说什么。"青青道："他们不会再说了。"毒手观音道："还会说的。"

果然，一会儿之后，那边姓陈的又道："此番咱们巴巴赶往少林，却不知江湖传言是真是假？"一人道："就是，说东方大侠的尸体被人突然送至少林，可谁又有那等本事，将东方大侠给杀了呢！"另一人道："就是！数日来江湖上到处出现东方大侠的坟，坟里却又总是什么也没有。谁又杀得了东方大侠呢？"被叫作魏老二的不甘寂寞地道："悟明大师招贴天下武林，自不会是假的了。""但放眼江湖，谁又能杀得了东方大侠呢？再说，东方大侠乃我白道武林盟主，那人杀了他也就是了，还把他的尸体送去少林做甚，是想扬名立万吗？难道他不怕得罪了普天下的武林同道？"魏老二道："他既连东方大侠都敢杀，又何惧什么武林同道？再说连童少侠那等人都已匆匆赶往少林，那事情还会是假的吗？”

独孤樵悄声道：“喂！他们说东方圣给人杀了，尸体还送到了少林寺！”毒手观音嘘了一声，示意他别出声。只听那边韩老大沉声道：“只怕也不见得，童少侠许是因为别的事要急切赶往少林也说不定。不是说那边魔踪已现吗？谁又能肯定童少侠到少林不是为了追寻魔迹呢！”魏老二不睬韩老大的话，自顾道：“依魏某看，要杀东方大侠，也只有江湖上那四大魔头联手才能做到，故童少侠赶去少林，看东方大侠遗容和追踪魔影之事本是一桩。兄弟们看魏某此言果有几分理吗？”姓陈的几人附和道：“当是这样！”魏老二便得意起来，道：“依魏某看，江湖上铲除那四大魔头，还当着落在江湖浪子童超童少侠身上！”

突然一个甜腻腻的男人声音从破庙里传了出来：“果然是这样吗？”众人一愣，似未料到庙里有人。魏老二沉声道：“阁下何人？为何偷听我兄弟谈话，难道阁下不懂什么叫江湖规矩吗？！”那声音道：“你又不是女人，为何我要告诉你我是谁？而隔墙偷听乃是我的本行，你们又管得了吗？至于你说的江湖规矩，那偷听的又不仅是我一人，你们干吗不到左首旁那块石头后看看！”声音依旧是甜得腻人。

独孤樵奇怪地道：“这人是谁？”毒手观音未说话，却腾地从石头后站了起来，冲破庙冷冷道：“金老儿，本观音已出来了，难道你玉蝴蝶还不想现身吗？”见毒手观音从石头后冒了出来，且身后还有一对少年男女，她又自称“本观音”，还道出了躲在庙内那玉蝴蝶之名，那此二人不是江湖四大魔头之二的毒手观音侯玉音和玉蝴蝶金一氓还有何人？

魏老二一干人早已吓得面若土色，挥身瑟瑟抖动！

哈哈一笑，庙内走出一个妖艳男人来。说他是男人，只因为他有喉结和稀稀拉拉的几根胡须。看不出他的年纪。因为他的脸上涂抹着厚厚的香粉，腮上还抹着两大团通红的胭脂。眼睛很小，却秋波流盼，有若玉龙含珠。唇红如血，却也晶莹透亮，恰似樱桃独存。

独孤樵奇道：“这人是男的还是女的呀？！”青青冷哼一声道：“他便是江

湖上人所不齿的采花大盗玉蝴蝶金一氓！”独孤樵道：“原来他是采花的，我还道他为何将花粉抹在脸上呢！”玉蝴蝶嘻嘻一笑，道：“还是这位小兄弟的话稍有道理。至于姑娘你的话，却是半对半错。”青青将头一偏，不予理睬。

独孤樵却道：“怎么青青的话又半对半错了？”玉蝴蝶道：“她说我乃玉蝴蝶金一氓倒是不假，至于说江湖上人所不齿，那倒不一定。”独孤樵道：“不一定对吗？”玉蝴蝶道：“只怕有些女子天天盼着我玉蝴蝶屈尊关照呢。”

青青呸了一声。独孤樵道：“你自采你的花，为何却又有女子在天天等你了？难道是她也要和你一起去采吗？”玉蝴蝶愣了一下，随即道：“如此看来，你该当是近日出现在江湖中那个武功莫测的独孤樵了？”独孤樵奇道：“你怎么会知道的？”玉蝴蝶道：“江湖传言独孤公子蒙昧无知，果是不虚的了。”

独孤樵学着他的口气道：“你的话也是半对半错。”玉蝴蝶道：“半对半错？”独孤樵道：“我是独孤樵那倒不假，至于说我武功莫测嘛，那倒也不见得。”玉蝴蝶一凛，道：“此话怎讲？”他还以为独孤樵要和自己过不去呢。独孤樵得意地道：“因为我根本就不会武功。”

这话令玉蝴蝶丈二和尚摸不着头脑，只好嘻嘻一笑，道：“独孤公子好说！”又转向毒手观音，道：“你将金某从庙内叫出，金某异常激动。难得观音二十年隐居玉龙雪山，出落得益发出众了。”毒手观音大怒道：“你少狗嘴喷粪！待会儿本观音便叫你求死不得！”言罢右掌微微提起。

玉蝴蝶不易觉察地打开折扇在面前轻轻摇着，口中却依旧道：“侯玉音，你与金某同被江湖视为四大魔头之一，难道还真做得成观音吗？别因为身边勾搭着一个小白脸，便想立地成佛！”毒手观音大怒道：“姓金的，冲你这一句话，本观音今日便说不得要与你见个真章了！”玉蝴蝶一改那甜得腻人的声音，突然沉声道：“好说，好说！金某自是知道若要真打，你可在五百招内致金某非命于毒下。但金某若是要跑，难道你自信奈何得了金某吗？”他所说乃是实情，若论真功夫，毒手观音确是稍强于他，更何况她的毒功令人防不胜防。但要说到轻功，江湖上能与他玉蝴蝶相比的恐怕就极为罕见了，甚至连太阳叟东方圣也不敢小看。

毒手观音气极喝道：“金一氓，你简直无耻至极！”玉蝴蝶道：“金某向来不解既侧身江湖，便还要那么有耻做甚？！再说你毒手观音若真有耻，为何还带着一个小白脸做甚？嘻嘻！”未等毒手观音大怒声起，独孤樵便诧异地道：“喂！你说她身边的小白脸可是我吗？我的脸真的很白吗？”玉蝴蝶道：“说谁你心里自是知道。”独孤樵道：“我……”“看招！”独孤樵一句话尚未说出，毒手观音早已暴怒声起，随即一掌向玉蝴蝶拍了过去。

二十五

玉蝴蝶连忙折扇一挥，匆忙着硬接了毒手观音这一掌。

毒手观音这一掌乃怒极而发，力道自是非比寻常了。玉蝴蝶被生生震退半步。面色一变，道：“今天姓金的不和你打！”两个起落，人已飘到三十丈开外！

他正暗自庆幸自己见机得快，并未吃亏，不料眼前突然一花，一道白影已闪在他面前。玉蝴蝶大惊，不由分说便一扇点出。玉蝴蝶金一氓认穴之准，在江湖上也极为罕见，否则也不会被列为江湖四大魔头之一了。即便是在这匆忙中随意点出的这一扇，那威势也甚是惊人，对方身上七道大穴，霎时便全部被笼罩在扇下。

然而对方不闪不避，也并未倒下，而玉蝴蝶却觉手腕一紧，一只软绵绵犹如无骨的手已将他握扇的手扣住，玉蝴蝶这一惊骇极甚，灵魂几欲出窍！如此闪电之速，难道是鬼魂不成？！玉蝴蝶看着握住他手腕的独孤樵，眼里露出极度惊骇之色。

独孤樵却并未再如何动作，只痴痴地道：“我真的不明白。”毒手观音似也未料到独孤樵会有此举，并不立即追将上来而怔立当地。玉蝴蝶似未清醒过来，不解地道：“独孤少侠，不明白什么？”独孤樵道：“你说谁是小白脸？”

玉蝴蝶毕竟一介魔头，自知已落他手，自是有死无活，便一硬气道：“便是说你又待如何？”“哦，原来果真是说我，我的脸很白吗？”独孤樵道。竟放开了玉蝴蝶之手。

那边青青突然道：“你别放开他！”青青这一喊声反倒提醒了玉蝴蝶，便连一句场面话也不交代，闪身飞快逃去，那身形宛若一只巨大的蝴蝶，飘然而行，只几个起落，便已不见人影。远远传来玉蝴蝶的声音：“人说独孤樵有若神人，看来所言不虚，玉蝴蝶领教了！”

青青窜到独孤樵面前，一跺脚道：“你干吗放了他？”独孤樵道：“我既已知道他说的小白脸便是指我，我却还拉着他做甚？”青青又好气又好笑，便悻悻道：“你真蠢得可以！”独孤樵道：“我怎的又蠢得可以了？”青青道：“你可知道他是谁吗？”独孤樵道：“我自然知道，他不就是玉蝴蝶金一氓吗？”青青没好气地道：“你既已知道，为何还放了他？”独孤樵奇道：“为什么他是金一氓我就不能放了他？”“因为——”青青愤愤地道：“不和你说啦！”跑回毒手观音身旁，道：“师父，咱们走吧，和这呆子走在一起，气也要被他气死了！”

毒手观音道：“这……”独孤樵一步飘过来，大急道：“青青，你们不能走的。”青青一扬眉，道：“怎么，独孤少侠想把我师徒二人强行留下？！”“不是不是，”独孤樵连连道：“不是的。”青青道：“那又是为什么？”独孤樵道：“我不认识去少林的路，你们答应带我去少林寺找童超的。”转向毒手观音：“你答应过的，对吗？”毒手观音见他一脸惶急，便微微点了点头。独孤樵见状道：“你看你师父都承认了，青青你却还想反悔吗？”青青道：“我们自是答应过带你去少林的，但和你一起走，非把姑娘我气死不可！”

独孤樵突然高兴起来，道：“那好办，我不再气你便不就没事了吗？”“此话当真？”“自是当真。”“那你须得听我的话。”“听。”“每一句话都听？”“这——”毒手观音道：“青青，别再为难独孤公子了。”独孤樵连忙道：“对对！还是你师父的话好！”青青哼了一声。

见韩老大、魏老二一干人正看着自己，一个箭步便窜了过去。先前那一干人见江湖四大魔头竟有两个出现在自己面前，早已吓得浑身颤抖。后见毒手观音吓退了玉蝴蝶，心中也是七上八下。又见独孤樵扣住了玉蝴蝶，转眼却又放了，立即莫名其妙起来。待青青与独孤樵争吵起来，他们竟似忘记了自己还身处绝境，只怔怔地看着他三人发愣。青青窜过来，才令他们立即明白自己的处境，一个个重又吓得面如土色。

青青冷冷地挨个儿看了他们一圈，见每个人的目光与她的目光一相接便又连忙将头低下，不禁有一种猫戏老鼠般的快感。那一干人自知今日既犯在毒手观音手里，一死那是免不了的，且自己这一干人方才还言语之中对毒手观音大是不敬，那更是死定了！江湖中人本身过的就是枕刀舔血的日子，自己死于何时何地殊难预料，假如毒手观音给一个痛快，那便感激不尽了。但毒手观音却无马上动手的意思，只让这个叫青青的小魔头过来，却又不知她要如何折磨自己了！

见六个人都面若土色地低下了头，青青这才冷冷地道："你们方才不乘乱逃命算是聪明，你们知道吗？"没有一个人敢回话。青青又道："谁是韩老大？"一个四十来岁的壮汉站了起来，傲然道："在下便是。韩某既落到你们手里，便不存活命之想，你且说要将韩某如何吧？"

青青面无表情地道："恰恰相反，本姑娘这就放你一条活命。"韩老大似是未听懂地道："姑娘你说什么？"青青道："你没事了，听懂了吗？本姑娘可不想再说第二遍！"韩老大终于听懂自己这条命算是自捡了，却又有些不信，道："姑娘这却又是为何？"青青道："只因你说独孤公子的话还算有理，一边去罢！"

突然一转口气，厉声道："魏老二！你给我滚出来！"颤巍巍站起一个也是四十岁左右的汉子，惊恐地道："姑娘，魏老二……""是自己了断还是要我动手？"青青阴冷冷地打断他的话道。魏老二自知难逃一死，便不再多言，突然哈哈哈地小笑一声，哐当的一声从腰间拔出佩刀，顺势往自己颈上抹去。说时迟那时快，一只软绵绵的手在刀刃离颈堪堪一寸远的地方将魏老二握刀的手扣住了。

魏老二尚在拔刀之前便除一死之外不存他想了，不料突生此变，心中便不知这独孤樵要如何折辱自己，冷冷地道：“大丈夫可杀不可辱，你还要对魏某怎样！”独孤樵道：“你是要杀死自己吗？”魏老二道：“魏某今日既已犯在尔等魔头手里，便已不存活命之想，然大丈夫可杀不可辱，你休想折辱于我！”独孤樵道：“你这话是不对的，大丈夫怎么可以杀呢？大丈夫也是人，是人就不能随便乱杀的，即便是自己要杀也不行！”魏老二道：“那你待要怎样？！”独孤樵道：“我不待要怎样，只要你不杀自己就行了。”

青青突然道：“你是要放了他吗？”独孤樵道：“他答应不杀自己了我便放他。”青青道：“你不要他的命啦？”独孤樵诧然道：“我怎么能要他的命呢？一个人是不能要别人命的，怎么？！青青你想要他的命吗？”青青冷冷道：“那么这些人的狗命你是一个都不要的了？”

独孤樵道：“你这话不对，他们都是人，怎么会有狗命？”“好，”青青道：“我问你，刚才你说过要听我的话，可是有的？”独孤樵道：“有。我说过的。”青青道：“那好，现在我要你将这些人除韩老大之外全给我杀了！”“不！不！”独孤樵连声道：“不行！”“为什么不行？”青青冷冷道。“反正不行！”独孤樵道，“他们又不是兔子，我不能杀他们的！你也不能杀他们！”“那你是不听我的话了？”青青道。

独孤樵低头想了好一会儿，突然抬起头断然道：“这话我不听！”青青恨恨地道：“好！”突然转身飞奔而去。一直立在一旁不吭声的毒手观音见状一愣，匆匆道，“独孤公子，我们在前面等你！”便一面唤着青青，一面飞快地追随而去。

独孤樵大急，大叫一声“你等等我！”又转头对魏老二道：“你快答应我不杀死自己，快快！”魏老二迷惑地看着他。独孤樵一脸惶急，悲声道：“你怎么非要杀死自己呢，那样很好玩吗？我虽然没有杀死过自己，但我敢肯定那一点儿也不好玩！你赶快答应不要再杀死自己，再慢了我就追不着她们了，没有她们带路我是去不了少林的，童超叫我尽快赶去少林你们知道吗？！你快答应呀！”那一脸焦急绝不是任何人能装出来的。魏老二道：“我答应你便是。”

独孤樵眼睛一亮，道声“好”，人便突然不见了。

魏老二手中的刀当啷一声掉在地上，半晌才反应过来自己这条命到鬼门关走了一遭，却又奇迹般地回来了。再看众人，却似仍在梦中。没人相信适才眼前这一幕是真的。但却又确确实实是真的，不是梦！姓陈的那壮汉使劲咬了自己胳臂一口，疼得几乎流出泪来。姓陈的道：“这是怎么回事？”众人你看看我，我看看你，发现各自的头都仍好端端地长在肩上。尽皆迷惑不解。半晌，魏老二才将掉在地上的刀捡起来插回吊在腰间的鞘里，长长地呼了一口气，道：“咱们的命刚才到鬼门关走了一遭，现在又回来了。”

第九回

二十六

出了洛阳城，布袋和尚越走越快，转眼便将玮云和小六落得远远的。小六道：“玮云姐姐，咱们歇歇再走吧？”玮云道：“再歇歇便更追不上那老叫花了。”小六道：“小叫花不去，谅那老叫花也不能再跑多远，他肯定还会折回来的。”玮云道：“真的吗？”小六道：“假不了，那老叫花的脾气我知道。”玮云道：“那便歇歇吧。”

二小竟在一草堆上坐了下来，小六急急地喘了几口气，道：“玮云姐姐，你怎么叫独孤公子叫独孤哥哥？”玮云道：“他，他救过我们家。”“救过你们家？那老叫花也救过阮龙家，阮龙怎不叫老叫花布袋哥哥？玮云姐姐的话好没道理。”小六道。“我一直都叫他独孤哥哥的。”“一直都叫吗？我看玮云姐姐你是喜欢上了独孤公子吧？”“小六你休得胡说，看我不割下你的舌头来！”“我这怎么又是胡说了，你要不喜欢他又为何要巴巴地跑去找他？”“你要再说我真要打你啦！”“好，不说啦不说啦！咦！你看那老叫花不是跑回来了吗？”“真的是他，咱们躲起来逗逗他。”二小钻进草堆里躲了起来。

布袋和尚跑出三四里之后，才突然发现二小并未跟来，不禁暗道一声糟糕，转身便跑了回来，却始终不见二小身影。一面叫着小六的名字，一面飞快地跑过草堆。听脚步声已去远，玮云道：“糟了，他不知道咱们在这儿，要是他跑回了洛阳怎么办？”小六道：“你放心，那老叫花鬼灵得很，他才不会跑回洛阳城呢，再跑一截不见咱们，他定会跑回来的。找人是咱们叫花子的拿手好戏。”

果然布袋和尚的脚步声很快便转了回来，并在草堆旁停下了。二小相互眨眨眼睛，屏住呼吸不喘大气。却听布袋和尚大声道：“小六，你们两个还不快给我老叫花滚出来！”小六向玮云又眨眨眼，悄声道：“他没有看见咱们！”布袋和尚又道：“你二人眨什么眼？当老叫花没发现你们吗？还不快给我出来！”

玮云悄声道：“老叫花真厉害，他竟发现咱们了，咱们还是出去吧？”小六道：“老叫花瞎嚷嚷的，这么大一个草堆，他怎么能发现咱们躲在这儿呢！”玮云道：“那他怎么知道我们眨眼了？”小六道：“他肯定是瞎猜的。”布袋和尚道：“老叫花火眼金睛，你们的一举一动都在我眼里，你们以为老叫花是骗你们的吗？不信小六你看，柳姑娘左耳旁一寸远的地方那东西是什么？”玮云急道：“小六你快看看是什么？”小六抬眼看，却什么也没发现。

布袋和尚又道：“你看仔细点，那毛茸茸蠕动着的不是毛毛虫又是什么。”未等小六开口，玮云早已尖叫一声从草堆里跳了出来，小六随即也跟着跳了出来。却见布袋和尚在草堆另一侧站着哈哈大笑。

玮云道：“你笑什么？难道你不怕毛毛虫吗？”布袋和尚装作不解地道：“什么毛毛虫？”“你刚才——”玮云道，随即明白是上了老叫花的当，脸便立即气得通红，道：“你！”“我怎么啦？”布袋和尚仍是得意地大笑不止。站在玮云身旁的小六突然冲布袋和尚道：“咦！你身上的布袋怎么少了一个。”“什么？！”布袋和尚脸色立即大变，急忙低头数身上的布袋。

要知道丐帮弟子职位的高低，便是以身上所佩布袋来定的。布袋从一个至八个不等，职位越高，身上布袋便也越多。且这布袋为帮主亲手所赐，脏破并不打紧，丢失却是万万不可的！依丐帮规矩，凡帮中弟子受帮规降职处罚，便从其身上解下布袋来，降一级取下一个，降二级取下二个，若被革出帮外，便不得再佩布袋！若是帮中弟子将帮主所赐的布袋丢失，那便意味着自己甘受帮规处罚了，并不准自行重配新的。除非经过一段时间考查，帮中长老觉得可以再复职使用，便上报帮主，由帮主举行仪式另赐布袋，算是又提升一次。故凡丐帮中人，皆视身上所佩布袋若性命，不敢稍稍大意丢失的。

布袋和尚在帮中德高位尊，身为八袋长老，其资历甚至比当任帮主千杯不醉胡醉还要老些，自是深知其中厉害。便是何等位尊，犯了帮规也是一样的要受处罚。故听小六一说自己身上所佩布袋少了一个，布袋和尚便急忙低头便数。但他数来数去，身上的布袋仍是八个。“没有少呀！”布袋和尚道。

小六哈哈大笑起来，道：“那毛毛虫又在何处呢？”真是即时现报，布袋和尚一时发现自己原来是上了小六一当，便垂头丧气地道：“罢了罢了，待老叫花寻到时机再让你知道厉害。”小六道：“小六随时恭候便是。玮云姐姐，咱们既已出来，这便走吧。”布袋和尚道：“你们要去哪儿？”小六道：“自是去少林了，难道咱们还回洛阳不成？”三人便又往前走。

玮云还是气嘟嘟的，心里还在因为上了布袋和尚一当感到憋气，待小六给她讲了丐帮规矩及适才布袋和尚上了他一当之后，玮云才又高兴地笑起来。

布袋和尚转头道：“你笑什么？”玮云道：“你身上那布袋又少了一个了。”布袋和尚瞪了她和小六一眼，道：“你两个少跟我捣蛋，还不快给老叫花走快些！”小六道：“小六本想快快地走的，无奈腰酸腿疼，心有余而力不足呀！玮云姐姐，你可也是这样吗？”玮云道：“正是正是！”二小以为这是给布袋和尚出了个大难题，不料布袋和尚却转头一笑道：“那老叫花只好多累一点了。”不由分说，一转身点了二小穴道，一只胳膊夹着一个，便飞也似的跑了起来，有若风驰电掣一般。玮云和小六感觉像是御风而行，眼前的树木风一般刮过，转眼便奔出一二里路。

小六在布袋和尚肘下少顷便不老实了，大叫道：“喂！喂！你这是干什么？！”布袋和尚道：“你不是走不动了吗？老叫花这便助你一臂之力。”小六道：“你这是恃强凌弱，我告诉你，你要再不放我下来，小叫花便叫你吃尽苦头！”布袋和尚并未放慢脚步，哈哈一笑道：“你要再不老实，老叫花这便叫你吃些苦头。”“你要叫我吃什么苦头，你倒是说说，看小叫花到底怕不怕。”小六大声道，“你别以为我小叫花是好摆弄的！”

布袋和尚道，“我自知道你不是好摆弄的，但我若再点了你哑穴，那就好摆弄多了。”小六大急高声道：“你敢！”“看老叫花敢不敢！”布袋和尚大声道。竟真的伸指便点了小六哑穴。那边胳膊下的玮云见老叫花真的点了小叫花的哑穴，便顿时噤若寒蝉，不敢再造次开口说话。

又奔出十二三里之后，布袋和尚才道：“怪道我又没点你哑穴，你却为何不说话？难道是老叫花叫你敢怒不敢言吗？”玮云道：“你要叫我说什么？”布袋和尚道：“你爱说什么便说什么好啦，老叫花并非恃强凌弱之辈。”玮云道：“当然啦，你布袋和尚姚大侠义薄云天，武功盖世，轻功更是天下无双，要挟两个后生晚辈在胳膊下健步如飞，那是再简单再侠义不过的事了，本姑娘并非不知好歹之辈。自知这又是你一大施恩不图报的侠义壮举，还敢多说什么？”

布袋和尚哼了一声。玮云道：“你哼什么哼？又不是我自己要讲，是你非要叫我讲的嘛！你要是不想听，便也点了我的哑穴吧！反正你这大侠已经点了一个，又怎怕点第二个呢！这对你来说不过举手之劳耳！”

布袋和尚道：“你叫我点我偏不点，看你又其奈我何！”玮云道：“我哪还敢什么奈你何呀！反正我和小六并不指望你会将我们放下来，更不敢指望你解开小六的哑穴不点我的哑穴，你动手吧！”这时已远离洛阳，走进一个山坳里了。布袋和尚道：“我偏偏要放下你们来！你说我不敢解开小六的哑穴，我偏就解开给你看！你还说我不敢不点你的哑穴，我却偏偏不点，让你知道我布袋和尚这老叫花的厉害！”竟真的放下二小，并伸手解开了小六哑穴。

玮云故作大怒状道：“老叫花你敢？！”布袋和尚大笑道：“老叫花有何不敢，我还敢解了你二人穴道呢！”玮云和小六早吃够了浑身动弹不得之苦，正巴之不得布袋和尚赶忙解了自己被制穴道呢，然他二人深知老叫花脾性，便不约而同地大叫道：“你敢！”布袋和尚二话没说，伸手便解了二小受制穴道。

玮云活动了一下筋骨，故意不理睬布袋和尚，却对小六道：“原来名满天下的大侠竟如此好当，只要干别人不敢干的事情便行了。”小六道：“就是，若要早知大侠竟如此好当，我小六便是十次大侠也做成了。”

歇息良久，布袋和尚看看天色，道：“你们歇够了吗？咱们该动身了吧！”

小六道："咱们今日就须赶到少林吗？"布袋和尚道："那是赶不到的，此地距少林尚隔千里之遥，又怎么能在一日之间便赶到呢！"小六道："那就是了，既是今日赶不到，咱们便在此地宿他一夜，明日再赶也是一样的。"

布袋和尚道："不一样不一样，今日经你二人这一折腾，咱们这才赶出一百四五十里路，咱们至少须得再赶五十里地儿才能歇息的。"小六道："哦！路程赶得不多倒是因为我和玮云姐姐的不对了，若是你一人独自上路，却又能赶多远呢？"布袋和尚豪气顿生，遥视远方豪气干云地道："不是老叫花吹牛，若是老叫花放身而行，一日少说也须赶它四五百里！"

玮云一脸不信地道："老叫花你少冒大气，难道你的轻功比我独孤哥哥还要好吗？"布袋和尚道："说起轻功，江湖上胜过老叫花的自是不止独孤少侠一人，但要说起脚力，我老叫花倒是敢与人比一比的！"玮云道："你的脚力很好吗？"小六道："老叫花终日讨饭，练出一副好脚力来又值夸耀什么呢！"玮云道："是啊，那又有什么了不起呢！"布袋和尚知是没趣，道："起来，咱们该上路了。"

玮云一侧身子，将后背卖与布袋和尚，道："那你就快来点吧。"布袋和尚奇道："点什么呀！"玮云道："既要赶路，你这大侠自是要点了咱二人穴道，一边胳膊夹着一个得了。"小六道："就是呀，你来点吧。"也将身侧过来，将后背卖与布袋和尚。

二十七

布袋和尚道："你们叫点我老叫花偏就不点！看你们又奈我何！"

玮云道："那就比较麻烦了。"布袋和尚道："怎的又麻烦了？"玮云道："我和小六年幼体弱，轻功又是差之又差，和你在一起走便让你一天赶不成四五百里路，这岂不令我二人心中不安之极。也罢也罢，小六，咱们自己走吧，省得误了老叫花的大事咱们担当不起。反正咱们又不急于赶到少林，咱们便慢慢地磨到何日算何日吧。”小六道：“便是这样。玮云姐姐，咱们走。”言罢站起身，作势欲行。

布袋和尚急道：“这是不行的！你二人不可不与老叫花走在一道。”玮云道：“那便如何是好？”布袋和尚面有难色，道：“这——”玮云道：“小六，咱们还是别再为难他了吧！”小六道：“说的是，咱们走。”

布袋和尚面色突然一喜，道：“老叫花想出办法来了！”玮云和小六同声道：“真的吗？”布袋和尚道：“自是真的，老叫花几时说过气话来着。”小六道：“你倒说说你的办法看，让我和玮云姐姐给你参详参详，看行得通还是行不通。”

布袋和尚道：“自是行得通的。依老叫花看，你二人跑不快只因内功根基尚差。内功一差，脚力自是不行。故老叫花想出一个绝招。”玮云道：“什么绝招！老叫花休卖关子，有话快说有屁快放！”布袋和尚道：“屁是不放的，话倒是要说。要使你二人内功修为马上赶及老叫花，那倒也是不可能的。”“嗨！说来说去就等于没说，”玮云泄气地道，“我还以为你老叫花真有何高明绝招呢！”“别忙别忙！”布袋和尚道，“老叫花还没说出绝招呢！要使你二人内功马上大进那不可能，但要使你们的轻功更进一层倒也不是不可能的。”玮云道：“你要教我们轻功？”“正是。”布袋和尚道：“老叫花将练轻功的法门教与你们，只要你二人依行功要诀修炼，便可在一二日内使轻功大进，届时咱们一日多赶它百把里就不是什么难事了。你们看老叫花的主意如何？”

玮云沉吟道：“这个嘛……”小六却冷哼了一声。布袋和尚道：“小六你哼什么？”小六道：“你想让我和玮云姐姐上你的当，那算盘可是打错了！”布袋和尚急道：“我又怎的要让你们上当了？老叫花几时又曾打过算盘来着。”小六道：“哼！我问你，你可是嫌我和玮云姐姐脚程太慢？”布袋和尚道：“老叫花并没嫌，不过你二人的脚程倒也真的不快。”小六道：“所以你要教我们轻功？”布袋和尚道：“正是。你们学了轻功，咱们便可早一日到少林。”

小六道：“那好，我且问你：如果你教了我们轻功，且我们又学了，那你便成了我和玮云姐姐的什么人啦？”布袋和尚大窘，道：“这——”玮云道：“对呀！小六不说我还不知道呢！那样一来，你岂不就成了本姑娘和小六的师父了吗？呀！你老叫花机关算尽，太过可恶！”布袋和尚急得满脸通红道：“皇天在上，我欲教你二人轻功并未心存不善，只想每日多赶些路而已！”小六道：“你是说要教我们轻功并非为了骗做我们师父？哼！你以为我们会相信吗？”布袋和尚急道：“我真是没有那样想呀！老叫花可以指天为证。”“你已发过誓了，”小六道，“用不着再发一次。”布袋和尚道：“那你们是相信啦？”

小六想了想，对玮云道：“玮云姐姐，咱们就相信他一次如何？”玮云道：“小六，这老叫花狡诈无比，若是相信了他这一次，只怕……”布袋和尚急忙道：“柳姑娘你错了，老叫花我从来就不狡诈的！”玮云道：“那好吧，我们暂且信了你这一次。不过你别得意，如果想叫我和小六上当，那是比登天还难！你可别妄想在我们面前耍什么花招！”布袋和尚道：“不耍不耍！”又试探着问道：“那么小六、柳姑娘，咱们这便走吗？”玮云道：“既然你并不存骗做我们师父的非分之想，为了早一日赶到少林，咱们便不妨与你学了那轻功吧！小六，你看——？”小六装出一脸为难的神色，慢慢道：“这个嘛——”停顿了片刻，又道：“也好，我和玮云姐姐便不妨学了吧。”

布袋和尚大喜道：“好极啦好极啦，咱们这便开始！”玮云道：“如何学法？”布袋和尚道：“你二人坐下，闭上双目，依老叫花之言将真气在体内运转。”二人依言坐下，闭上双目，细细依着布袋和尚的口诀运转真气。一周天之后，二人只觉通体舒泰，身上有一种轻飘飘之感。

突听布袋和尚道：“好啦，可以睁开眼了。”二人睁开眼，发现日已西暮，不禁暗暗称奇：似才一眨眼工夫，便已过去两三个时辰了！老叫花道：“柳姑娘、小六，你们可记住口诀了？”二人道：“记住啦。”布袋和尚道：“那就好！你二人心慧体佳，将来必有所成！你们可知道老叫花习这一篇轻功要诀时花了多长时间？”二人好奇地道：“多长时间？”布袋和尚道：“老叫花太过愚鲁，竟花了一月有余呢！好啦，咱们闲话少提，日后你们每日辰时戌时依要诀自练二次，依你二人资质，不出一月，仅说轻功一项，当可强于老叫花了。”二人心头暗喜，却并不露于形色。

玮云道：“老叫花，咱们现在该当如何？”布袋和尚道：“你们试着按老叫花所教运转真气，咱们再赶一段路，看有效无效如何？”小六淡淡道：“那便试试看吧。”三人便即飞奔而去。

木叶婆婆在洛阳城内转了一圈，发现城内带刀携剑的江湖中人几乎绝迹，不禁心中暗暗称奇。

见在城内打探不出任何消息，木叶婆婆便即往城外赶去。昨夜江湖浪子童超告诉她，要寻独孤樵，只需到城外一个叫青衣冢的地方去便成。只因与武当灭性子一番恶斗，才将大事误了。她自知此时独孤樵不可能还在那儿，但若去细细搜寻，将能发现一些线索也说不定。便问清路径，离城飞奔而去。

但出城不到五里，木叶婆婆便发现有人跟在身后。“好大的狗胆！”木叶婆婆冷哼一声，将脚步放慢下来。跟在身后十丈左右的那个人便也放慢脚步。木叶婆婆又哼了一声，陡地加快脚步，整个身子便若离地数寸，御风而行。如此行了大约五里，木叶婆婆自忖身后那跟踪之人早被甩开，便嘴角挂着一丝冷笑转头朝后望去！却见那人仍不紧不慢地跟在身后！大约十丈距离！木叶婆婆又惊又怒，陡地收住脚步。那跟踪之人便也站住。

木叶婆婆大怒，甫地一转身，两个起落飞了回去。那人似未料到木叶婆婆此举，竟呆立原地未动。木叶婆婆飘到那跟踪之人面前两丈远的地方立住，发现竟是一个年仅二十左右的小道士。小道士面无表情，似是戴着面具一般，但仔细看却又不似戴有面具。

木叶婆婆大奇，厉声道：“小牛鼻子是谁？你跟着老身干什么？！”小道士面无表情地道：“在下松青云，乃黄龙十二信使之七，你可是人称木叶婆婆的昔日木叶令主卢若娴吗？”木叶婆婆大奇，道：“松青云？！你说你是武当掌教灭尘道长的大弟子松青云。你不是二月前在洛阳古道被人杀了吗？”

松青云道：“在下确曾是昔日武当掌教灭尘子的大弟子，但现在却是黄龙十二信使之七。你可是木叶婆婆吗？”木叶婆婆道：“昔日武当掌教，你是说灭尘道长他死了吗？”松青云道：“灭尘巡察并未死。”木叶婆婆大奇，道：“灭尘巡察！”松青云道：“灭尘子已归顺德高齐天才盖八世万寿无疆万岁万万岁的本黄龙令令主，官拜四大巡察之二！”木叶婆婆道：“黄龙令令主，他是谁？灭尘道长堂堂武当掌教，却为何要归顺于他？”

松青云突然肃立，目视东方，肃穆道：“本令令主德高齐天才盖八世万寿无疆万岁万万岁乃文殊菩萨化身，神明天人，又岂是我等草贱之辈能睹龙颜的吗？凡我江湖中人，谁又能不归顺令主，受其恩赐拜封呢！说，你果真是木叶婆婆不是？”随即便复而无表情。

木叶婆婆道：“你果真便是松青云？那两月前在洛阳古道被杀的松青云又是谁呢？待你回答了老身问题，老身自会告诉你我到底是不是木叶婆婆的。”松青云道：“好！你问吧。”

二十八

木叶婆婆道：“老身已经问啦，那两月前被杀的松青云又是谁呢？”松青云面色又复肃穆，道：“在本令德高接天才盖四世千寿无疆的智护法千岁手下，谁又不可能是松青云呢？”

木叶婆婆道：“智护法！可是指千面狐智桐那魔头吗？”松青云面色一沉，道：“休得胡言，智护法德高接天才盖——”木叶婆婆道：“得啦得啦！少来你们啰里啰嗦的那一套。智老二号称千面狐，易容术江湖上无人可比，老身已知他们任意杀死一人，再化成你的模样，然后将你网罗麾下。老身只是不明白，你武当号称名门正派，在江湖上何等位尊，却从掌教到你等竟都成了那帮邪魔外道的帮凶！”

松青云道：“此言差矣，本黄龙令首创武林开天辟地之伟业，一统江湖，凡我江湖中人，无不应竭尽全力，辅佐我主登基。”木叶婆婆道：“登基！他难道要做皇帝吗？”还从未听说过什么武林皇帝呢！松青云道：“待令主伟业得成，自是普天之下莫非令主之臣之土了。好啦，我已经回答了你的问题，现在我再问你，你可是人称木叶婆婆的昔年木叶令主卢若娴？”木叶婆婆道：“老身便是，你却又待如何？”松青云道：“德高齐天才盖八世万寿无疆万岁万万岁我黄龙令主神人天助，伟业指日可就。木叶婆婆恭喜恭喜，请随在下走吧。”

木叶婆婆奇道：“老身何来之喜？为何要随你去？”松青云道：“婆婆已被本令令主赐封为十二信使之四，职位尚在在下之上，这不是大喜吗？婆婆快随在下回去谢过令主隆恩。”木叶婆婆被弄得啼笑皆非，便半嘲半讽地道：“老身本应随你去向那令主谢恩才是，无奈老身性喜独来独往，行事一凭好恶，再说又无尾可摇，只怕不会令那令主满意，故还是不去受封的好。”

松青云不喜不怒，仍是一脸的漠然，道：“婆婆还是随在下走吧。”木叶婆婆道：“若老身执意不从呢？”松青云道：“那在下只好以下犯上，与婆婆过过招了。”木叶婆婆道：“你是要用强吗？你自信能胜过老身？”松青云道：“在下自信不能，然在下身受令主隆恩，敢不依令主条规行事，故只好与婆婆过招了。”木叶婆婆道：“既是如此，老身只好成全你了。你若胜了老身，老身二话不说，跟你走了便是，若是老身胜了一招半式，你又如何说话？”松青云道：“那在下便赶回总坛依实禀报。”

木叶婆婆一愣，道：“你去禀报什么？”松青云道：“禀报婆婆已在此地现身，且不愿受令主封赐，而在下不胜婆婆，故无法将婆婆带回。”木叶婆婆道：“你倒也挺忠实啊，婆婆这便向你讨教两招。你亮剑吧。”

松青云依言拔出佩剑，望着木叶婆婆。木叶婆婆道：“老身便用这双肉掌领教阁下高招。”松青云道：“如此有僭。”平平一剑当胸刺出。木叶婆婆以指当剑，以一套“木叶十二式”剑法与对方周旋。

七八招一过，木叶婆婆暗自惊心：此子不过二十来岁，一套武当剑法却使得如此纯熟精练，可谓深得武当剑法的精髓。看来江湖传此子乃武当年轻一辈中第一高手之言并不虚妄，难怪能身列武当七剑之一！看来此子武功并不比其师叔定性子弱了多少，倒不可掉以轻心！于是小心沉着应招。百招一过，一套武当剑法业已使完，松青云的剑刃并未沾木叶婆婆丝毫。

木叶婆婆正要使出刚才一直没有使出的“木叶十二式”最厉害的一招“落英缤纷”强行夺剑。不料松青云突然一个鹞子翻身，落在三丈开外插剑而立。木叶婆婆道：“你这是为何？”松青云道：“在下不是婆婆对手，这便回去禀报。告辞！”一拱手，竟头也不回而去。

木叶婆婆适才看他一场恶斗下来，竟是面不改色，不禁心存钦佩，看其径走，并不追杀。松青云行速甚疾，转眼变成小小一团黑影。

木叶婆婆立于原地，想：江湖上知道突然出现了一个“黄龙令”的人恐怕不多，难说独孤樵和那叫作江湖浪子童超的也尚不知晓。听松青云口气，那黄龙令令主大有一吞武林之心，并已将许多黑白两道的非凡人物网罗麾下，看起来此事非同小可，须得尽快将此消息告知独孤樵和那江湖浪子，说不定将来拯救江湖的事还得着落在他们身上。

而此时独孤樵断已不在青衣冢了，不知玮云那边可打探到了什么消息？如此一想，木叶婆婆便转身飞快赶回洛阳，到了与玮云相约见面的那家客栈。

尚未进门，便从里面走出一个掌柜打扮的人来，直往木叶婆婆身上瞅。那身虽是掌柜打扮，但木叶婆婆一望而知他身怀武功，便冷冷道：“阁下瞅我做甚？”那人道：“你可是木叶婆婆吗？”木叶婆婆道：“是便如何！”那人面色一喜道：“在下今日已寻你三趟了，这一趟终于算是没白来。”木叶婆婆面色一板，道：“看阁下并不真是个掌柜的吧？不知阁下有何见教。”

那人道：“木叶婆婆好眼力，阮龙到此毫无他意，仅是替人传一句话罢了。”木叶婆婆道：“传话，传什么话？那人是谁？”阮龙道：“是柳玮云柳姑娘，她让在下到此寻你。”木叶婆婆道：“柳姑娘，你在何地遇见她的？她现在在哪儿？”阮龙道：“在下是在敝酒楼遇见柳姑娘的，她让在下告诉婆婆：少林那边出了大事，独孤樵独孤公子已于昨夜赶去了，因事太急，柳姑娘不等婆婆，已和布袋和尚姚鹏姚大侠先行赶将去了，叫婆婆自去追她。”

木叶婆婆奇道："布袋和尚？玮云怎的又和那假和尚凑到一块儿去了？"阮龙道："姚大侠其时恰在敝店。""哦，"木叶婆婆道，"既是如此，老身这便赶去。"阮龙道："婆婆请便。"

木叶婆婆转身走了两步，又折过身来，道："昔年老身曾听说洞庭湖上有个紫鲸帮，龙头是一对姓阮的兄弟，被人称为'阮氏双雄'。你可就是——？"阮龙道："区区阮龙与家兄阮蛟被人称为'双雄'实是愧不敢当，倒让婆婆见笑了。"木叶婆婆道："如此便谢过阮二当家的传言之劳，告辞了。"言罢人已在二十丈开外了。

远远看见毒手观音和青青正在山坳上慢慢行走，独孤樵心头一喜，快步追了上去。见独孤樵来到跟前，毒手观音微微一笑，道："独孤少侠好快的脚程。"青青装作不见独孤樵。

独孤樵却走到青青身侧，道："青青你刚才干吗突然就跑？"青青冷哼一声。独孤樵道："魏老二已经答应我不再杀死自己了，我好高兴。"青青道："那你和他们一起走嘛，又追上来找我和师父干什么？"独孤樵道："我不识路，你们答应带我去少林寺的呀？我怎么能不追上你们呢？"青青恨恨地道："你那么护他们，那就让他们带你去得了！"独孤樵道："既然你们答应在先，我又怎好再要他们答应呢？""哼！"青青道，"说得倒好听，你以为别人真那么稀罕你吗？""这个——"独孤樵道，"我也不知道。"

青青见他挺认真的样子，不禁又好气又好笑，重重地哼了一声。独孤樵却还不知趣，道："他们说太阳叟东方圣东方大侠被人杀了，尸体还给送到了少林寺，这是真的吗？"青青装作没听见。毒手观音见状道："大约是真的吧！""怎么会是真的呢，"独孤樵道，"他们说要杀死东方大侠，须得你们四大魔头联手才行，可我这几天都和你们在一起，根本不见你去联手杀东方大侠呀！"

毒手观音皱眉道："独孤少侠，这魔头二字，以后不叫也罢。"独孤樵道："为什么？他们都这样叫你嘛！"毒手观音道："只因昔年有一桩事令我伤心欲绝，一时神志迷乱，见人便杀，这才落得了这样一个魔头之名。但少侠可曾见过我滥杀无辜了吗？”独孤樵道：“是因为别人这样叫我才跟着叫的，既然你不喜欢，我以后不叫便是。不过——以后我该叫你什么？”

毒手观音道：“这个嘛。我年纪比你大得多，你就叫我一声侯前辈吧。”独孤樵道：“侯前辈。哦！我听童超也是这样叫你的，好，我便这样叫你吧。”毒手观音道：“少侠为何不问我的伤心事是什么？”独孤樵道：“侯前辈觉得我该听吗？”毒手观音突然笑容消失，脸上出现一种难言的苦痛之色，长长地叹了一口气，黯然道：“以后再说吧，我想总有一日会告诉你的。”

独孤樵道：“那就以后再告诉我好了。哎！侯前辈，你说那东方圣东方大侠真的会被人杀死了吗？”毒手观音道：“这难说是真的。要说武功，少林寺自该首推当今方丈悟性大师和他的二师弟、少林藏经阁护法悟净大师，但要说到心思缜密，他们恐怕就不如他们的三师弟，少林罗汉堂的悟明大师了。自两月前悟性大师和悟净大师相继失踪后，悟明大师已将少林封山，派出高手暗访两位师兄下落，做得不露声色，自比武当昆仑高明许多，这足可见悟明大师心细如毫了。既是悟明大师招贴武林说东方圣的尸体出现在少林，那就不会是假的了。”

独孤樵道：“那么太阳叟东方圣东方大侠真是死了，我也就不用再找他啦！”青青突然道：“你去找好啦！说不定你找死人倒是很在行呢！”“青青不可胡言。”毒手观音道，又转向独孤樵，道：“那独孤少侠以后做何打算呢？”独孤樵道：“那我还是找寻我爹我娘便了。”

毒手观音一惊，道：“独孤少侠你说什么？”独孤樵道：“我说找寻我爹我娘呀！道悟叫我下山来就是要我去寻找我爹我娘的。”毒手观音道：“少侠可识令尊令堂容貌。”独孤樵道：“我哪里识得呀！我从来就是和道悟在那个山洞里的，如果不是他说，我还不知道我竟有个爹有个娘呢！”毒手观音突然鼻子一酸，暗道：好可怜的孩子！呆呆地看着独孤樵，半晌才道：“你可有什么找寻令尊令堂的凭证吗？”独孤樵道：“有的。”伸手入怀，却又空着抽出手来，道：“道悟说这张纸片不可轻易示人的。”“自然，”毒手观音道，“少侠可得收藏妥了，千万不可遗失的。”

独孤樵见青青正用一种忧郁的神情望着自己，自是不知道自己的身世触动了青青的心事。青青曾不止一次问过师父自己的父母，但每次师父却总是岔开话头，直到最近临下玉龙雪山，师父才说了一句：到你满十八周岁时，为师自会告诉你的。多年来青青与师父情如母女，凡青青有何疑难，师父总是尽量满足她，唯有对自己身世一事，师父始终对她守口如瓶，这常令青青大惑不解和忧伤。此时听说独孤樵也是从小无父无母，使她顿生一种同病相怜之感。

毒手观音见青青神情忧郁地低下头去，不禁怔怔地看她，良久才长叹一口气，并不说出什么话来。独孤樵见状想问点儿什么，却又不知该如何开口才好，索性也闭口不言。三人便即默默无言地朝前赶路。

第十回

二十九

玮云和小六试着照布袋和尚适才所教运转真气，发现身子竟似轻了许多，不禁心头暗喜，却不在面上表露出来。布袋和尚边跑边道：“你们可曾感到身子与先前有何不同吗？”玮云道：“没有。”小六道：“我也是，一点儿变化也没有。只是因为方才歇了老半天，现在不觉得累得慌而已。”“怪事怪事，”布袋和尚连连道，“当初老叫花初练时，却是觉得每练一次身子似都轻了一分。”玮云道：“反正我们觉得一点儿变化也没有。”布袋和尚道：“对啦，一定是因为你们年纪尚幼，才觉不出变化来的，往后你们依老叫花所授要诀每日练二次，日久必有效验。”

三人这一气奔出了三四十里，便到一山坳里。玮云已觉腰酸腿疼，便看了一眼小六。小六立即报以会意的眼色，随即道：“跑不动啦跑不动啦！”一屁股坐了下来。布袋和尚已跑出去两三丈远，闻言驻足转过头来，见玮云和小六坐在地上，便看看天色，道：“好，天已快黑啦，咱们便在这里歇一夜再走吧。”

小六道：“这还差不多，我还以为咱们要赶到明日天明才歇息呢。”布袋和尚道：“你们就在这儿坐着，待老叫花在这附近找个好歇息的地方。”玮云见布袋和尚已转到石山后面，便对小六道：“小六，你是否也觉得身子竟似轻了许多？”小六道：“玮云姐姐也有这种感觉吗？”玮云道：“看来这老叫花还真有点鬼门道。”小六道：“假不了，你别看他脏兮兮的，他在江湖上可真是大大的有名呢。尤其是他的侠义心肠，江湖上即使是那些黑道枭雄也不得不心生敬重。”

玮云道：“我看他为人真的还算不坏。”小六道：“但咱们切不可在面上表露出来，我知道老叫花的臭脾气，一旦他觉出我们对他敬重有加，他对咱们便没这么热心了。你不见那阮龙吗？他对老叫花口称恩公，敬佩得五体投地，老叫花便对他爱理不理的了。”玮云道：“我自是省得。”这时布袋和尚恰好走过来，道：“你们两个叽叽咕咕地说些什么？”玮云道：“我们说什么关你何事，难道你真要像师父管徒弟那样管我们吗？”“不管不管！”布袋和尚连忙道，“老叫花在那边找到一个山洞，只需略做收拾，便是咱们三人最好的歇息之所了。咱们这便过去吧？”玮云道：“好吧。”起身拉着小六跟着布袋和尚往那边山洞走去。

走到山洞前，才发现方才布袋和尚已将山洞收拾过一遍了。山洞仅有一二丈深，却也有一二丈宽，足可容纳一二十人，洞内杂草丛生，在正中有一块有若巨大屏风般的石头。布袋和尚已在石旁铲出三块平地，上面还铺了干草。玮云暗道：“老叫花好细的心。”并看了小六一眼。小六也有同感，正想与玮云说句话时，却听布袋和尚一脸得意地道：“你们看在这地方歇息还算过得去吗？”“自然是没有比这更好的了，”小六却一脸轻蔑道：“也只有如此了，咱们便在此凑合着过一宿吧。”布袋和尚道：“那好，你二人便在这洞中，待老叫花去寻些干柴弄些吃的来。”言罢举步出去。

老叫花刚出洞口却又折了回来。布袋和尚道：“此时戌时已到，你二人便趁此时机将老叫花白天所教的轻功要诀练一遍吧！”小六道：“那无用的要诀还练它做甚？”布袋和尚道：“老叫花这要诀决不会是无用的，日后你们自会体验得到。”玮云道：“小六，反正闲着也是闲着，虽明知无用，咱们既无事可做，便就练它一遍吧！”二小便即闭紧双目，盘膝而坐，练起那轻功要诀来。布袋和尚见二小依言练功，便举步走出山洞……

玮云和小六不知过了多少时间，待他们睁开眼时，发现洞外天已黑尽。布袋和尚已在山洞里生了一堆火，正分外认真地用树干叉着一只剥了皮的野兔在烤呢。玮云看了小六一眼，没说什么。小六调皮地眨了一下眼睛，也没说什么，再看布袋和尚，只见他转头看了一眼自己左手边，咽了一口口水，露出满脸的馋相。

玮云和小六顺着布袋和尚的目光望去，才发现那儿放着两只已烤好的野兔。那野兔被烤得焦黄，在火光照射下显得分外油亮。看着布袋和尚强行将目光从那两只野兔上移开，兀自又咽下一口口水，玮云不禁咯咯一声笑出声来。

布袋和尚陡闻笑声，不禁大喜，道："你们练好了吗？"小六道："我们早练好啦。"布袋和尚道："难道你们不想吃这烤兔吗？"小六道："谁想吃谁便吃吧，又何必做出一脸馋相惹人好笑。"布袋和尚道："你当我一人不能吃完这三只兔子吗？哼！要吃完这三只烤兔对老叫花来讲简直是易如反掌！"玮云道："那你干吗不吃？"小六道："谁几时又说过你老叫花斯文来着？"布袋和尚急忙道："闲话少说，咱们这便吃吧！"说着伸出手，将两只已烤好的野兔抓过来递给玮云和小六，道："快吃快吃，可没有多的。"又将正烧着的那只拉过来仔细看看，见兀自吱吱冒油，不由分说，撕下一条腿便往口边送，被烫得直呼呼吹气，却仍连连道："好香啊好香！"来不及转头看玮云和小六一眼。

布袋和尚咽下一大块兔肉，便听身后玮云道："不香！不香！"布袋和尚大奇，道："不香？怎么会不香呢？！"玮云撕一小块在口里慢慢嚼着，一副毫无感觉的样子，道："何止是不香，简直就是味同嚼蜡！"布袋和尚道："虽说烤兔不如烤狗腿，但却也别有一种滋味，怎么会味同嚼蜡呢！不可能不可能！"玮云道："即便是山珍海味，如果没盐，在姑娘口里就味同嚼蜡。"布袋和尚道："原来柳姑娘是还未习惯食用不放盐的东西，老叫花倒是疏忽了。"从腰间布袋中抓出一撮盐末来，头也不回地递给玮云。撒上盐之后自然是香多了，再说玮云和小六经这一天奔波，也确实甚觉饥饿，便不再说话，自顾低头撕食手中烤兔。

一会儿之后，便已听不到布袋和尚的大嚼声。玮云诧异地抬起头来，发现布袋和尚正一脸馋相地看着她和小六。见她抬起头来，布袋和尚连忙把目光移开，装作在看外面夜景的样子。玮云故意咂咂嘴，大声道："好香啊好香！"布袋和尚闻言转过头来，露出一脸讨好的笑道："柳姑娘也发现好香了吗？若不是因为天黑，老叫花真该多打几只才是。"玮云道："其实也不怎么香，姑娘我只不过是因为饿了，才觉得香罢了。现在我已饱啦，便不再觉得有何香味可言了。"

这时小六已吃完他那一只，闻言不解地道："玮云姐姐，我觉得撒上盐之后确实是香的呀！"玮云道："你人小肚子倒不小，难道一只兔子还未将你喂饱吗？"小六道："自是饱了。"玮云道："那你还说香做甚？难道你不知道我说过谁要是说香谁便得将我吃剩的这条腿吃了吗？"小六何等精灵，他顿时明白玮云姐姐是知道布袋和尚偌大一个人光一只野兔不能吃饱，欲将一条兔腿让与他，却又怕布袋和尚不接受，才想出此激将之法的。不禁暗道一声惭愧，道："我适才饿着肚子才觉得香，现在肚子饱啦，便一点儿也不觉得香了！不但不觉得香，简直还为方才觉得香感到奇怪。"

布袋和尚愤愤道："老叫花偏要说香！"玮云装作怒道："你果真要说香吗？"布袋和尚道："本来就该香的！"玮云道："那好！你偏要说香就把这条兔腿给我吃了，看你还敢不敢说香！"说着恶狠狠地递过兔腿。布袋和尚道："吃就吃！"伸手欲接，突然又缩回手，道："我不吃！"玮云道："不敢了吗？哼！本姑娘说话也向来是说一句顶一句的！既然你偏要说香，那你就给我吃了试试！"小六在一旁帮腔道："就是，我玮云姐姐又可曾说话不算话来着。老叫花你可听着，要是惹恼了玮云姐姐，她便不在那醉鬼面前给你做证！对吗，玮云姐姐？"布袋和尚道："老叫花若要吃自无不可，只是——"玮云道："只是什么？！"布袋和尚道："只是老叫花自是知道柳姑娘你尚未吃饱，老叫花不忍……"

玮云玲哼一声打断他的话，道："你这死老叫花倒是挺会为自己开脱的呀！不过你以为本姑娘会轻易饶你的吗？哼！你说你到底吃还是不吃？"布袋和尚道："不吃！"玮云道："那好，本姑娘算看透你了！待本姑娘将这条兔腿扔到山洞外之后，立即起身便走！"布袋和尚大急，尚未等他说出话来，洞口外面突然传来一个甜腻腻的男人声音：“对，这老叫花如此愚鲁，丝毫不懂得怜香惜玉，竟敢得罪如此佳人，小姐你还与他走在一道做甚！不如与我一道远走高飞。

“谁？”布袋和尚一声暴喝，长声而起。洞外那人道：“哟！才过经年，你老叫花便听不出我的声音了吗？”声音仍甜得腻人。布袋和尚闻言一凛，暗道糟糕，在此地怎么遇此魔头，看起来今夜凶多吉少了。于是沉声道：“金一氓，原来是你这个魔头，你此时到此做甚？”

玉蝴蝶金一氓道：“原来你布袋和尚还听得出我玉蝴蝶的声音。看起来我玉蝴蝶美人美声足以使人过目过耳不忘。既然你想知道我到此做甚，那就告诉你也不妨。我玉蝴蝶行无定所，你自该知道哪有名花哪便有我的倩影。只是这几天甚没口福，被人给吓了一次，便已有几天没沾荤了。今夜玉蝴蝶经此路过，见你肮脏叫花竟敢唐突佳人，便气也气不过，因想代那受你气的姑娘教训教训你，然后携带佳人，双宿双飞，岂不快活逍遥哉！”言罢竟嘻嘻嘻地笑出声来！

布袋和尚大怒道：“金一氓！老叫花今夜倒想看看你如何教训我！”金一氓又嘻嘻一笑道：“好说好说，玉蝴蝶的好事被你坏了不止一次，要教训你自不会只拍拍你的肩膀便算完了，请你姚大侠少安毋躁，玉蝴蝶想先向你打听一下被你唐突的那位佳人姓甚名谁，还有她旁边那小叫花算是什么身份，否则待会儿与佳人亲热时若唤不出她的名字岂不大煞风景，姚大侠可能见告吗？”

没等布袋和尚开口，小六便抢先道：“金一氓，我是你爷爷！”玮云也道：“金一氓你这无耻之徒听着，本姑娘便是——”她不知道该说什么。小六小声提醒道：“是他姑奶奶。”玮云道：“本姑娘便是你姑奶奶！”玉蝴蝶金一氓嘻嘻一笑道：“似你这般年纪的姑娘，玉蝴蝶倒是尝过不少，不过还从来没有尝过似这般年轻的姑奶奶是什么滋味，那一定是有趣极了，对！一定是有趣极了！看来今夜我玉蝴蝶口福不浅呀！”言罢便发出嘻嘻的淫笑声。

布袋和尚怒道：“金一氓！你给我滚进来！老叫花今夜便为武林除了你这一大祸害！”“那好极了！”玉蝴蝶道，“金某这便进来，金某倒想看看今夜到底是你除了玉蝴蝶，还是玉蝴蝶除了你这又蠢又傻还不知天高地厚的老叫花！”话音未落，洞口便出现一个似男非男似女非女浑身妖气的人来，对布袋和尚一拱手道：“姚大侠请了！”

眼睛却从一进山洞起便一直盯着玮云。那目光有似一条邪恶的毒蛇，令玮云只觉得恶心，浑身鸡皮疙瘩直冒！

三十

小六嘻嘻一笑道：“小叫花久闻玉蝴蝶采花大名，本以为是一介风流倜傥佳公子，今日一见方知大错特错，原来是一个似男似女似人似鬼似妖似魔的怪物，真是闻名不如见面见面胜似闻名呐！”

玉蝴蝶闻言目露凶光，死死地盯着小六，冷冷地道：“小叫花你是谁？”小六道：“刚才我已告诉过你了，难道你耳朵有毛病不成！”“好好！”玉蝴蝶怒极而笑，道：“就凭你是金某爷爷这一点，金某便不可不孝敬孝敬你老人家！”小六道：“孙儿打算用什么孝敬爷爷？”金一氓道：“自是不会令你失望的，只需你将金某这又香又甜的宝贝刀子吞下去便成，这不委屈你吧！”说着左手从腰间抽出一柄雪亮的短刀，有一尺来长。

小六笑道：“贤孙礼物别出心裁，爷爷喜欢得紧。”金一氓大怒道：“好！礼物来了！”一扬手，短刀激射而出！布袋和尚待他刚一扬手，便知他要对小六发难，不由分说一挥右掌，一股掌风早已发出，浑厚的掌风将金一氓所发短刀震偏。嚓的一声，短刀插入距小六和玮云三尺开外的岩石，仅露出刀柄不到一寸！

玉蝴蝶一介采花盗，历来被江湖人物所不齿，却身列四大魔头之一，一身功力自是非凡了得。布袋和尚看看那插入岩石的短刀，又看看玉蝴蝶，恰逢玉蝴蝶一双有若玉龙含珠细小水灵的眼睛透露出一种令人震骇的凶光，正牢牢地盯着自己。

布袋和尚一凛，知今夜这场恶斗定是凶多吉少，便沉声道：“姓金的好功力！”玉蝴蝶阴恻恻一笑，道：“金某素闻姚大侠仅凭一双肉掌游侠江湖，一身豪气，常令我辈之人闻风丧胆，说不得金某便用这把二尺折扇讨教姚大侠高招了。”

布袋和尚哈哈一笑，道：“老叫花凭着一点儿正气，倒也曾令一些江湖肖小丧胆，但若说到掌法高超，那却是不敢当的。今夜既势必向江湖上赫赫威名的玉蝴蝶讨教，老叫花恐怕得使出那么一点儿压箱子的看家本领了。不时难说老叫花得使出降龙十八掌来，金当家的可得当心了。”

金一氓听罢心中不禁一凛：哪有还未开打就告诉对方自己将用的掌法的呢！难道这老叫花竟是有恃无恐吗？不禁哈哈一声，道：“素闻姚大侠江湖侠名，玉蝴蝶尚自不信，今日一见，方知江湖传言不虚。金某佩服！佩服！”

布袋和尚道：“好说！这降龙十八掌乃我丐帮第三十六代帮主洪七公所创，他老人家号称‘北丐’，与当时东邪黄药师、西毒欧阳锋、南帝段皇爷、中神通王重阳号称江湖五大高手，足可见这套掌法之非凡！后经本帮历代帮主相传，更是日臻完善，成为我丐帮两大传帮之宝之一。只因老叫花资质愚鲁，难领会其精义，若是老叫花不敌金当家的高招，却绝非此套掌法之误，望金当家的别见笑才好！”

金一氓道：“好说好说！既是姚大侠如此相告，金某便也不能小气了。金某游荡江湖，岂有不知丐帮降龙十八掌之理。贵帮现任帮主千杯不醉胡醉胡大侠尚年幼时便凭此套掌法名震江湖，被誉为江湖中仅次于东方老儿的绝顶高手，足见其博大精深，既姚大侠将用此掌法，金某如何还敢托大，只怕也得使出看家本领戏花剑法来了。此套剑法江湖上值得金某使出的还不多，实为金某不宣之秘，还望姚大侠多多留意。”

布袋和尚哈哈一笑：“好说！”玉蝴蝶道：“金某这套剑法说奇不奇，只是比其他剑法快一些而已。况金某历来觉得锋刀利剑佩身有失风雅，故以扇当剑，且这扇中偶有花粉撒出，姚大侠可得留神！”此言布袋和尚倒是闻之暗惊。想玉蝴蝶金一氓乃采花大盗，从他折扇中撒出的花粉除迷药之外还会有什么呢！若不经他说明，谁又竟知其小小一把折扇里会有如此蹊跷，便是被迷倒了，却还未知迷药来自何方！不禁道：“多谢金当家的提醒！老叫花多多留神便是。”

玉蝴蝶道：“金某尚有一事不明。贵帮传帮之宝打狗棒法和降龙十八掌不是历来只传帮主不传别人的吗？姚大侠却如何——？”布袋和尚道：“金当家所言差矣，敝帮打狗棒法自是仅为帮主所传，降龙十八掌却是可传与本帮大有关联之人的，昔年敝帮祖师爷北丐洪七公洪帮主不是曾将此掌法传与郭靖郭大侠了吗？”玉蝴蝶道：“既是如此，咱们话已言明。今夜你我一战，不仅是印证武功，咱们生死一凭天命，姚大侠，你亮招吧！”

布袋和尚深知今夜一战事关玮云、小六和自己三人安危，且玉蝴蝶一身功夫端的非凡，此时却不是与这魔头客气的时候，便气沉丹田，哈哈一笑，道一声“如此有僭”！一招“亢龙有悔”便即发出。

布袋和尚身具数十年功力，且这降龙十八掌实乃至刚掌法，此一掌发出，自是威猛之极。玉蝴蝶道一声“来得好！”竟挥扇迎了上去。待掌风接身，玉蝴蝶将手中折扇一牵一引，掌风便被引至山洞左壁。轰的一声！碎石飞扬。再一看，掌风所击之处，竟顿时击出一个似盆般大小的洞来！

玮云和小六方才见布袋和尚与玉蝴蝶开始时皆怒极对方，后见二人竟有若拉家常一般说起自己的武功路数来，不禁大奇噤声。他二人哪里知道高手相争，最忌却是心中急躁。是故江湖历来有败于己手之说，讲的是对搏双方功力相若，如果是二人皆意静神闲，自是谁也胜不了谁，但若一人心有躁意，便将必败无疑，那无异于自己败于自己之手。故江湖又有一说：“制外魔易，克心魔难！”便是这个道理了。

玮云和小六不知此理，自是大奇。不料布袋和尚和玉蝴蝶说动手便动手！布袋和尚一招威猛绝伦的“亢龙有悔”击出，掌力被玉蝴蝶折扇引开，竟将坚硬如铁的岩石击出一个深坑，顿时怔得玮云、小六咂咂伸舌。

却说玉蝴蝶挥扇引开对方雄浑掌风，身子不由滞了一滞，布袋和尚哪会失此先机，一招“见龙在田”便即跟至。此招掌风虽与“亢龙有悔”相比稍有不及，但来路却更续为怪异。“亢龙有悔”掌风当胸而来，“见龙在田”掌风却是自上而下！玉蝴蝶不愿硬接，滴溜溜一个转身，避了开去。掌风激得火光暗了一暗。

刚站稳身子，布袋和尚又是一招“亢龙有悔”接踵而至。玉蝴蝶又挥折扇将掌风引开。布袋和尚又是一招“见龙在田”！如此四五个回合，布袋和尚翻来覆去使用上述二招，至玉蝴蝶便也只得连引连避。

布袋和尚自知玉蝴蝶轻功了得。江湖传言除太阳叟东方圣大侠之外，并无第二人有如此轻功，故玉蝴蝶方才所言戏花剑法比一般剑法要快，当不是虚言了。且江湖上有句行话，叫作一寸长一分强，一寸短一分险。别的剑法皆配以三尺之剑，玉蝴蝶的戏花剑法却是配以折扇。那折扇最多不过三尺来长，再加上他那非凡轻功，若让其近身，那便是险之又险了！更何况那折扇内还有机关，若让他近身，稍稍散出一些迷药花粉来，那一点儿也不是闹着玩儿的！翻来覆去使此二招，布袋和尚便是想使玉蝴蝶不得近身，凭着自己悠长内力，耗损对方元气，再寻时机剪灭了他。

玉蝴蝶金一氓焉能不知此理。布袋和尚掌力雄厚，便是将其引开，也并不是件轻轻松松毫不费力之事。且他玉蝴蝶内力本绝不弱于布袋和尚，甚至略有所强，只因他每日眠花宿柳，内力便不由得打了个折扣，故他不愿与对方硬碰硬地打。

如此二十个回合下来，玉蝴蝶尚未得以近身，不禁大怒，待引开布袋和尚一招“亢龙有悔”，便怒喝一声，右手挥扇，左手挥掌，竟迎着布袋和尚掌风而进！布袋和尚以逸待劳，见状大喜，暴喝一声：“来得好！”突然将正欲发出的一招“见龙在田”改为“亢龙有悔”，聚毕生功力猛然击出！玉蝴蝶立觉有误，却再来不及改换身形，便运全身功力，掌扇齐出，硬接布袋和尚这一掌。“腾腾腾！”玉蝴蝶被震退三步之多！布袋和尚也腾腾退了两步，尚自歪了一下身子才立住足跟。二人皆自骇异。

布袋和尚暗道：“这魔头好厚的功力！”玉蝴蝶也暗道：“没想这老叫花

功力一至如斯！”要知玉蝴蝶虽多被震退半步，但他是被动迎上！布袋和尚虽少被震退半步，他却是以逸待劳！如此细算下来，就内力而言，二人竟是堪堪打了个平手！但吃亏的还是玉蝴蝶，站稳脚跟之后，玉蝴蝶突觉喉头一甜，一阵腥气冲鼻而至。

但他一介魔头，自知此时千万不能让布袋和尚看出自己微受内伤，兀自强行压住真气，暗自调息观变。布袋和尚被适才对掌震得头晕眼花，也兀自运气调息。他也知道不能让那魔头看出自己几乎不敌。便哈哈一笑道：“金当家的功力非凡，老叫花领教了！”突然面色一凛！再也笑不出声来！

适才玉蝴蝶被震退三步，已到了布袋和尚右侧，此时他立身之所离玮云和小六不过三尺。布袋和尚说话之时，正巧玉蝴蝶的目光偶然扫及玮云。此时布袋和尚离玮云和小六尚有五七尺之远！突见玉蝴蝶眼睛一转，布袋和尚早知他肚里打的是何鬼主意。未等玉蝴蝶动手，布袋和尚早一个飞身朝玮云和小六那边扑去。玉蝴蝶何等样人，布袋和尚甫一动身，他便也朝玮云扑去。

三十一

他二人功力相若，但要说到轻功，自是玉蝴蝶强了一筹。布袋和尚抢先动身，且刚一动身便朝二人发了一掌，那掌风早将玮云和小六拍到山洞中间的那块巨石之后。玉蝴蝶虽失先机，却与布袋和尚同时飞到适才玮云和小六立身之处。

布袋和尚朝玮云和小六发了一掌，尚未调息换气，突觉一股掌风迎面袭来。布袋和尚人在空中，刹那间应招不及，竟被那掌风击了个正中！偌大一个身子，竟被那掌风击得有若断线风筝！啪的一声，布袋和尚后背撞在山洞中央的那块巨石之上。哇的一声，一大口血喷射出！幸好玉蝴蝶这一掌并未用出多少真力，仅是他功力的二三成而已。

玉蝴蝶本来只想扣住玮云，迫使布袋和尚乖乖就范。待他发现布袋和尚识破自己意图，且已抢先动身，并已使出掌力将玮云和小六拍开。玉蝴蝶才在百忙中匆匆发出一掌，意欲消解对方掌力，使玮云和小六仍呆立原地。没想到慢了一步，玮云和小六已被布袋和尚掌风拍开，自己所发的掌力却歪打正着，全部击在布袋和尚身上！

玉蝴蝶大喜，怪笑一声，不失时机立即逼上。布袋和尚一口鲜血喷出，突觉眼前一花，玉蝴蝶已到面前。布袋和尚知道自己已难幸免，但此时千钧一发，哪还容他多想，便暴喝一声，凝聚毕生功力，轰然一掌拍出。玉蝴蝶断未料到布袋和尚会有此举，但身在当场，却也来不及变身，便即狠心一扇直刺而出！嚓的一声！啪的一声！然后一切归于寂静，良久不听声息。

玮云和小六大是诧异，从巨石后伸出头来，但见——布袋和尚右肩有一穿孔，血流如注。颓然倚石而坐，双目紧闭，呼吸微弱。在离布袋和尚大约一丈远的洞口那儿，玉蝴蝶面若死灰，口角流血，兀自瘫坐在地上微弱喘息。

适才玉蝴蝶见布袋和尚已无还手之力，便不失时机逼上，一招之下，那扇便自插入布袋和尚右肩盈尺。布袋和尚立觉事殆，便凝聚毕生功力，一掌正中玉蝴蝶胸膛。这一掌石破天惊，哪是寻常之躯所能承受！一击之下，玉蝴蝶胸骨竟立断三根，一口鲜血喷洒而出，人竟被弹至一丈开外。

此时二人功力顿失，皆无攻击之力。见玮云和小六从巨石后冒出头来，玉蝴蝶大惊失色，暗道："此番吾命休也！"不料玮云和小六并未理睬他，却齐奔到布袋和尚身前，失声道："老叫花，你怎么啦？！"布袋和尚已无力回声。玮云又道："老叫花，你不行了吗？你可不能死啊！你一死我和小六可跟着谁呢！"布袋和尚微微睁开眼睛，缓缓道："那魔头呢？"

玮云道："他——"恰在此时，玉蝴蝶已睁开眼睛，见玮云和小六正往这边看来，大是一惊，竟自强提一口真气，窜出山洞逃遁。

玉蝴蝶轻功真是了得，便是在如此重伤之下，兀自一闪而没。他自是知道自己所伤非轻，别说玮云和小六这种与布袋和尚一起在江湖上奔波之人，此时便是一个丝毫不诸武功之人，也足以致他死命，故明知重伤之下奔逃并非良策，但也不得已而为之了。

玮云见玉蝴蝶一闪而没，便道：“他被你打败，已逃跑了，我这便追去将他杀了！”腾地立起身。布袋和尚突然挣扎起来：“不可！穷寇莫追。他虽中了老叫花一掌，但却不至于即刻毙命，他若是像老叫花适才一样搏命一击，你们便有十条命也会送了！”言罢喘息不已。

玮云心一酸，道：“老叫花，你伤得重吗？”布袋和尚强作一笑：“老叫花中了他一掌，幸未伤及内脏。那魔头击在老叫花肩上这一扇，也是仓促中发出，并未伤的很重，并不妨事的，你们且将老叫花扶去躺躺便行。”玮云和小六知他伤的甚重，他如此说仅是为了宽他们的心，便都几乎落下泪来。

玮云和小六将布袋和尚搀扶着躺下，布袋和尚道：“老叫花疲惫至极，便先睡了。”声音虚弱之极。言罢歪头无声。嚓的一声，玮云将自己的衣袖扯下一片，对小六道：“他伤得太重了，咱们先将他的血止住！”小六将布袋和尚的头扶起来，二人费了好大的劲才将他的肩伤包扎妥当。布袋和尚呼吸甚微，宛若死人。

玮云和小六将火拨燃，静静地看着布袋和尚不做声。整个山洞弥漫着一种静寂的死亡之气。哪知半夜刚过，布袋和尚突然呼气如牛，耳目通红，浑身烫得吓人，且口中胡话不断。小六急道：“玮云姐姐，老叫花要死啦，咱们可怎么办？”玮云道：“小六休得胡说！老叫花一生仁侠，吉人自有天相，他死不了的！”小六道：“那咱们怎么办，总不能眼看着他死而无动于衷吧！”玮云道：“咱们自是不能眼看着他死。哎！咱们去弄些清水，来给他敷敷，难说便会减轻他的疼痛呢！”二人走出山洞，摸黑在山坳里乱窜，良久才在一沟底找到一潭清水。二人各自含了一大口水，玮云拿着浸透了水的衣服，飞快地赶回山洞。

一进山洞，突闻布袋和尚大声道：“楚老儿！你与老叫花先后扬名江湖，老叫花自信并不输于你！偏你楚老儿好福气，收得童超如此一好徒弟！为何老叫花便就不能！”玮云和小六闻言驻足。布袋和尚竟自呜呜哭了起来，口中道：“老叫花好命苦啊！一生穷困，却连一个好徒弟也找不到，待老叫花死后，谁又替老叫花烧香，又有谁接老叫花衣钵啊！呜——！”

玮云泪水夺目而出，小六眼眶也泪花闪现！二人奔到老叫花身旁蹲下，将口中含着的水喷在布袋和尚额上。布袋和尚微弱地道：“水！水……”小六将布袋和尚的口扳开，玮云扭动衣服，将水滴到布袋和尚口里。

布袋和尚突然睁开眼来，道：“那魔头走了吗？他没伤你们吗？”玮云和小六鼻头一酸，同声道：“没有。”布袋和尚便露出微笑，道：“那就好！那就好！”言罢欣慰地闭上眼睛。玮云突然道：“师父，你就收了玮云和小六做你的徒弟吧！”小六却已跪在布袋和尚身边。玮云便也在小六身旁跪下。布袋和尚乍闻玮云的话，不禁一惊，连忙睁开眼睛，道：“老叫花何德何能，敢做你们师父，快起来快起来！”小六道：“师父要是不答应，小六和玮云姐姐这便一直跪着不起！”布袋和尚慈爱地看了他们一眼，缓缓道：“那老叫花答应了便是。”玮云和小六闻言，连忙磕了三个头道：“师父在上，请受弟子一拜。”布袋和尚喜极，不由自主地泪便流了出来。

要知布袋和尚不知费了多少心机，欲收小六为徒，不料这小叫花刁钻之极，总令他劳而无功，不料此时不但小六主动拜他为师，且还有一个也是骨筋奇佳聪明伶俐的玮云姑娘，这自是令老叫花大喜过望了！但他突然想到自己此时已是行将就木之身，不禁面色一暗，道：“徒儿请起。”

玮云和小六依言起身。布袋和尚挣扎着欲坐起来，玮云连忙伸手扶住他，道：“师父快请别动！”布袋和尚依言躺着，含泪道：“好徒儿，师父在世之日可恐怕不多了，你二人此时拜老叫花为师，老叫花死而无憾。只是如此一来，岂不委屈了二位贤徒，故老叫花收你二人为徒，只算记名弟子，若日后另遇良师，你们便另拜师父便是——”

小六打断他的话道：“不！小六既已拜你为师，你便是我唯一师父了！”玮云也道：“玮云和小六师弟往后一定勤学武功，决不辱没师父您老人家的名头！”布袋和尚喜极，连声道：“好！好！”“哇”的一声，又吐出一大口浓血来！玮云连忙替师父擦净嘴角，小六却忙着为师父揉胸。布袋和尚平息下来，却未再睁开眼睛，身子依然滚烫，口中胡话兀自不断。天发亮时，布袋和尚这才沉沉睡去。

玮云和小六走出山洞，到一岩石上坐了下来，良久默默无言。突然小六道："喂！师姐，你看那是什么？"玮云顺着小六的手指方向望去，只见灰蒙蒙遥远的地方，正有一黑点向这边飘近。玮云道："好像是一个人。"小六道："不会是玉蝴蝶金一氓那魔头吧？！"玮云一凛，道："若是那魔头，咱们便和他拼了，不能让他去伤了师父！"小六一挺胸，豪气干云地道："有我小六在此，谁又胆敢去动师父他老人家一根毫毛！师姐但请放心。"

三十二

说话间那黑影，已然飘近。玮云咦了一声，道："是木叶婆婆！"小六道："木叶婆婆？"玮云道："没错，就是昔年被称作木叶令主的木叶婆婆，她老人家是我母亲的师父，一身武功甚是了得，师父这下有救了！"

小六却没有像玮云般高兴，只淡淡地道："只怕不见得！"玮云奇道："为什么？"小六道："木叶婆婆昔日号称木叶令主，为人在正邪之间，咱们师父可是一身正气，侠名遍播天下，谁知道他们之间可曾有过什么恩怨呢？若是师父有恩于她，那自是万万之幸，若咱们师父曾得罪过她，那可是大祸临头了，师姐可认为有道理吗？"

玮云哼了一声，道："师弟休得胡思乱想。"口虽这么说，心里却不得不承认小六之言有理，不禁暗暗捏了一把冷汗。

这时木叶婆婆已奔至离玮云和小六不到十丈的地方，看见前面石头上竟坐着两个人，不禁慢下了脚步。待看清其中一人便是玮云时，不禁大奇，奔至二人面前，道："玮云，你怎么在这儿？"玮云装作才刚发现她的样子，道：

“咦！木叶婆婆是你吗？我在这儿等我师父呢！”

“你师父？”木叶婆婆大奇道：“你几时又曾有个师父了？他是谁，到哪儿去了？”一连串的问题问得玮云不知该怎么回答才好，不禁道：“这是我师弟，号称鬼灵子。”小六一愣：自己何时又曾有过一个叫作鬼灵子的雅号呢！但想师姐此言必有深意，便一接道：“木叶婆婆请了，晚生鬼灵子有礼了！”

木叶婆婆似未听见小六说话，仍盯着玮云道：“你几时有了师父？你师父是谁？”玮云不慌不忙地道：“说起我师父，木叶婆婆想必该当知道，他老人家便是侠仁之名遍播天下的丐帮长老、布袋和尚姚鹏姚大侠！”一脸自豪神情。木叶婆婆“哦”了一声，道：“原来是那老叫花，昔年婆婆也曾与他有过一面之缘。老叫花的侠名，婆婆也早听过了。”

玮云故意装作怒道：“婆婆休得再说家师老叫花，否则玮云便不客气了！”木叶婆婆哈哈一笑，道：“婆婆不说便是，其实那老——令师人品武功尽皆高洁，婆婆便叫他一声姚大侠也不为过，却不知他到哪儿去了？”

玮云闻言一喜，道：“木叶婆婆赶路甚急，却不知又打算往哪儿去？”木叶婆婆道：“哦！你不说我还差点忘了，你可曾见着了独孤公子和童超童少侠？”玮云面色一黯，道：“还没有。”

木叶婆婆道：“婆婆探到一个消息，江湖上将有一重大阴谋出现，故急欲寻到二位少侠，告知他们此事。”玮云道：“却不知是何大事，婆婆可能见告吗？”木叶婆婆道：“不行不行，此等大事，是不可轻易见告的。听那阮龙说独孤公子已赶往少林，可真有此事吗？”玮云道：“是真的。”木叶婆婆道：“那婆婆这便赶去！”“婆婆且等等！”玮云急忙道。

木叶婆婆已转身离去数丈，闻言立足转身道：“玮云姑娘还有什么话说？”玮云斟字酌句地道：“是这么回事，家师不幸身受重伤，玮云一筹莫展，还望婆婆相救则个！”木叶婆婆大奇，道：“受伤？谁能令布袋和尚姚大侠身受重伤？”玮云道：“是玉蝴蝶金一氓。”木叶婆婆道：“噢，是那魔头！布袋和尚怎的又去招惹他了！”玮云面色一红，道：“是因玮云——”木叶婆婆恍然大悟，道：“婆婆明白了。布袋和尚姚鹏姚大侠在江湖上人人景仰。此时他身受重伤，婆婆本应全力相救才是，但婆婆此时身有要事，只怕——”露出为难神情。

玮云闻言一拉小六，双双跪在木叶婆婆面前，悲声道：“木叶婆婆，念在家母与你老人家师徒一场的分上，还请你——”“哼！”木叶婆婆突然面色一变，道：“你不提你母亲还好，一提你母亲，老身便气不打一处来！若不是那臭叫花多管闲事，你母亲岂又能……”玮云连忙道：“木叶婆婆，那你就念在玮云给你长跪的分上，便救一救家师吧。你老人家要是不答应，我和师弟便不起来。”

沉默良久。木叶婆婆叹了一声，道：“那婆婆就去看看吧，能否相救，婆婆也尚未可知。”玮云和小六同声道：“多谢婆婆！”起身带木叶婆婆走进山洞。

布袋和尚兀自躺着，此时他面若蜡染，似是只有出气而无进气了。木叶婆婆见状大惊，恨恨道：“那魔头也太过心狠手辣了！”玮云急道：“婆婆，家师可还有救吗？”木叶婆婆没有回答玮云的问话，只道：“你二人速去洞口看着，不许任何人进来，婆婆这便为老叫花疗伤。”

玮云和小六闻言大喜，同声道：“是！”便即奔到山洞口坐定。大约一个时辰之后，忽闻洞里传出两声长长的呼气。玮云和小六奔进洞内，见木叶婆婆恰好将右掌从师父后背撤开。木叶婆婆面色苍白，长长的一口气呼出之后，便自盘膝而坐。

布袋和尚却已面色转红，缓缓睁开了眼睛，见状顿时明白个中情由，不由得轻叹一声道：“没想到——”玮云和小六几乎同时道：“师父，你老人家没事了吧？”布袋和尚道：“你们怎么能请木叶令主来为我疗伤呢？”玮云得意地道：“师父别忘了木叶婆婆是家母的师父呢！师父，你的伤现在如何了？”

布袋和尚还未回话，木叶婆婆却突然睁开眼睛，道：“老身只是将他被震离位的内脏正位而已，老叫花能否活命，还得看他的造化！”见木叶婆婆调息已当，布袋和尚连忙道：“老叫花谢过令主救命之恩！”木叶婆婆哼了一声，道："老叫花不必谢我，我也并未救你的命！你该自知受伤之重，卢某此举，不过能使你多活最多七日而已，普天之下，眼下能救你命的大约只有昔年号称江湖第一名医的酒仙翁，可他早已绝迹江湖。他的嫡传弟子，你丐帮现任帮主千杯不醉胡醉那酒鬼大约也学得了酒仙翁几手本事，可他却整日与酒鬼为伍，即便能救你，只怕你老叫花无此造化，遇他不上，你这便听天由命吧。卢某尚有要事在身，须得即刻赶往少林，告辞了！"说走便走，话音刚落，人已飘然到了洞口。

"婆婆！"玮云和小六同时急声道。木叶婆婆立足转过身来，对玮云道："你们还要待婆婆怎样？"二小却不知该说什么。

布袋和尚哈哈一笑道："老叫花还是要谢过木叶令主疗伤之恩，受与不受，那自是由得你了。老叫花能不能保住这条命，自还得靠自身造化了。"木叶婆婆冷冷道："你知道便好。"

布袋和尚又道："如果老叫花猜得不错，敝帮主胡醉那醉鬼此时当与童超童少侠正在赶往少林的途中，如果——"木叶婆婆道："如果真是这样，那便算你老叫花命大了！"言罢飞身而去。布袋和尚哈哈一笑，却并不多言。

玮云道："师父，你老人家怎不叫木叶婆婆代为胡帮主传一声话，叫他即速到这儿来呢！"布袋和尚笑道："似她这种人最是不喜客套，何用我多说，她自会代为师传言。"又道："咱们既为师徒一场，老叫花便不能白沾了这个名声。干脆趁此时机，为师便教了你们几手功夫，省得以后你们受人欺负，老叫花面子上也不好看。"

小六道："不行不行！师父你身体不适，怎能如此烦累呢！"玮云也道："师父你还是静静疗伤，一切都等伤好后再说吧。"布袋和尚道："方才木叶令主已将为师离位的内脏正位，这几日只需每日二次运功疗伤便行。为师虽身不能动，却可授予你们口诀，你们依诀自练，当可有所收益。""不行不行！"小六和玮云同声道，"反正不行！"

布袋和尚面色一肃，道："可是你们嫌为师功夫不屑一学吗？"玮云和小六连忙跪下，道："弟子不敢！"玮云道："弟子是见师父身受重伤，怕师父教弟子练功辛劳过度，方有适才所言，还望师父息怒。”布袋和尚这才慈祥地道：“你们为师父着想之心为师领了。但为师既已叫你们此时练功，你们又岂能违背师父所言。”玮云和小六道：“如此弟子受教了。”

布袋和尚道：“二位贤徒快快起来，坐到石壁下，将腿盘起来，为师这便授与你们口诀，你们依言而练便可。”二人依言坐到石壁下将腿盘起，静听师父授出口诀。少顷便入忘我之境。

第十一回

三十三

江湖浪子童超和师父楚通奔出洛阳城，一路上马不停蹄，昼夜兼行，这一日将晚时分，便已赶到离嵩山少林不到百里的地方。

这是一个小镇，有千把号人的样子。小镇与洛阳城相差甚远，几乎没有一家稍大一些的商行字号。但有一样却足可与洛阳媲美，那便是多不胜数的饭馆小吃。也许是因为这儿紧挨少林，各路香客欲去少林便必须经过此镇，饭馆小吃才得以如此兴盛之故。

一进小镇，见如此诸多饭馆，童超便顿觉饿了。且数日来昼夜奔波，尚未吃过一顿像样的饭菜，小街两侧烧鸡卤肉，肉香酒香扑面而来，足令江湖浪子按捺不住。

童超抬头看看天色，对身旁的无敌神掌楚通道：“师父，这儿离少林不过一日之程，咱们便在此吃一顿饭，好好歇息一宿，明日再赶往少林如何？”楚通沉吟道：“如此也好。”

师徒二人便走进一家较为干净的饭馆，寻一空桌坐下。店家似是对走进如此两个身负长剑的江湖人物见惯不惊，走近前来，不说“二位客官要点什么”，却道：“二位大侠想吃些什么？”

童超闻言一愣，不禁看了店家一眼。店家以为他二人未听明白，又道了一遍。童超道：“大侠二字可不敢当，店家的只先割两斤肉，再打几斤酒来便是。”“即刻便来。”店家转身走进厨房。

童超看着他的身影不见，才转过头来对楚通道：“师父，这小店是否有些蹊跷？”楚通一笑道：“此地离少林不远，自是时常有江湖豪客经过，他们是见惯不惊了，贤徒毋须多虑。”童超道：“那倒是徒儿多心了。”

这时店家的端上一大盆卤牛肉上来，且另有一只烧鸡。童超馋极，伸手便抓一块往嘴里扔，不料过于匆忙，竟未扔得进去。店家看的一愣，随即一笑。童超大窘，道：“你笑什么，还不快上酒来。”

店家应了一声，转身回去，却兀自低头暗笑不已。少顷端了一桶酒上来，童超未等他放上桌便接过来咕咕咕一口气喝去半桶！这一桶酒少说也有十斤。即使店家见多识广，深知江湖豪客酒量之宏，却也兀自伸舌不已。更何况眼前少年若不佩剑，改了文装，却定是一个翩翩佳公子！

童超放下酒桶，擦擦嘴，见店家正呆呆地看着自己，便道：“有什么好看的，还不快去再拿一桶来。”店家诺诺道：“是，是。”

童超转过头，不好意思地看着楚通，道：“弟子馋了好几日酒，还望师父不见怪才是。”楚通一笑道：“没想你酒量一宏若此。”童超一奇，暗道：“师父可是一贯知道我酒量甚宏的呀！”但此念头一生即灭，自忖师父定是怪我先饮于他了，便道：“弟子无礼，师父见怪了。”楚通道：“数日滴酒未进，也真难为你了，为师又岂能见怪。”

店家又捧一桶酒上来。童超接过递给楚通，道：“师父请喝。”楚通接过酒桶又一笑道：“为师却无你那等豪气。店家，你给我取一碗来。”店家道：“是。”转身欲走，童超突然道：“等等。”店家诧异地望着他。童超从怀里掏出一大锭银子递与他，道：“可够了吗？”店家的眼睛一亮：这银子少说也有十两！便眉开眼笑道：“少侠说什么话来，这锭银子，少侠便是再饮两桶也多多有余了。”童超道：“那你少时便再拿两桶来，多余的算我请你喝杯酒。”店家道：“多谢少侠，小的这便去给这位大侠取碗。”童超道：“取两个碗来。”店家接过银子，连声道谢而去，少顷取得两个碗出来，童超师徒自斟酒便喝。

童超伸筷夹起一片牛肉，刚欲伸进口里，那牛肉片却竟自掉下。楚通奇怪地看了徒弟一眼。童超笑笑，道：“弟子馋极，师父莫要见笑。”又夹起一片，不料刚欲送口便又掉了。童超大奇，暗道：“难道竟有人敢与我江湖浪子弄鬼吗？”转头四视一圈，发现在座的除自己师徒二人之外并无江湖模样之人。楚通见徒弟连夹二片肉皆落地，面色微微一变，也自打量四周。

突然从店门外走进一个掌柜模样的人来，径自到了楚通师徒桌前，看了一眼楚通，又看着童超道：“这位可是叫作童超童少侠的吗？”童超愕然道：“在下便是，阁下却有何话说？”那人递过来一纸团，道：“有位客官叫小的将这个给你。”童超诧异接过纸团，打开一看，只见上面写着：不可食用。笔锋刚健有力，并未有落款。

童超大奇，道：“是谁叫你送来的？”那掌柜模样的人道：“那客官好快速度，只将此条和一两银子递与小的，叫小的送纸条来给坐在对面饭馆的童超童少侠，银子便作小的跑腿之费。小的才一抬头，那客官一晃便不见了，小的并未看清。”言罢转身便走。

楚通突然伸手便扣住那人门脉，厉声道：“阁下何人？”那人竟是丝毫不会武功！想楚通乃鹰爪门掌门人，手上力道自是非同小可，虽未曾用出真力，却也疼得那人泪花直冒。那人哭怒道：“客官这是干什么？小的又何曾得罪你了！”

店家的闻声转出来道：“王福你怎么啦？”王福道：“张三哥，王福自在小号招揽生意，却有一客官给一两银叫小的送一纸条来给这位童少侠，不料这位老客官蛮横不讲理，竟将小的手骨几欲捏断！”店家道：“这——？”楚通盯着店家道：“他可真是在此镇开商号的吗？”店家道：“正是。”王福嚷道：“怪道这还有假不成，小的祖辈便居此镇，靠着一布店养家活口，难道你没长眼，不见对面那‘王记布号’正是王福我开的吗？哼！少林门下岂容得人如此恃强凌弱！”楚通哼了一声，目内凶光暴现。童超大急道：“师父，你放了他吧！”楚通看了徒弟一眼，又重重地哼了一声，才将那人扣着的手放开。

那人揉着手腕，恨恨地嘀咕着离去。楚通满面狐疑地看着徒弟。童超将纸条递给师父。楚通一看上面只写着“不可食用”四字，没有落款，不禁紧紧盯着徒弟。童超道：“徒儿也不知道是怎么回事。”楚通道：“哼！为师偏不信这破店敢与咱师徒二人弄鬼！”竟夹起一块牛肉，送入口内便嚼！童超急道：“师父！”楚通哈哈大笑，竟自连嚼连咽。童超见并未有什么异常，便也竟自吃了起来，酒足饭饱，童超师徒二人找到一家客栈，要了两间上房，因明日还需赶路，便各自早早地睡了。

大约到了子丑之分，小镇上已是万籁俱静，童超自在客栈安睡，突然窗户传来轻轻的笃笃声！江湖浪子童超何等样人，窗外稍有动静，便即刻惊醒，待笃笃声复又响起，童超轻轻一掌拍出，同时人如离弦之箭，激射而出。

无声无息地，童超已立身窗外，放眼一望，但见对面屋顶上，有一巨大黑影一闪而没。童超冷哼一声，追了过去。江湖浪子童超轻功足可傲然江湖，没料他此时所追那黑影也自与他不相上下，似故意逗引他似的，总与他保持着十来丈距离。待追至另一家客栈，那黑影却倏地消失，接着一间上房便亮起灯来。

三十四

此时已是子丑时分，那间屋子突然亮灯岂非大是蹊跷，童超傲然冷笑一声，直奔窗下，刚欲破窗而入，突听里面传出浑厚低声：“童兄弟既然来了，为何还不快请进来？”童超一愣道：“莫非是胡大哥吗？”那声音道：“正是你醉鬼大哥。童兄弟连日奔波，甚是辛劳，胡醉已为你略备薄酒，童兄弟快请进来共谋一醉。”童超一笑，飞身入内。那内力运用恰到好处，既开窗让身，又因入身后所带起的反施之力堪堪将窗关上，室内灯光并未摇得一摇。

童超一抱拳，道：“胡大哥久违了！”胡醉笑道：“童兄弟好俊的身手！”童超也笑道：“胡大哥见笑了，兄弟身子虽俊，却是追胡大哥不上，这倒是什么道理？”胡醉道：“童兄弟请坐，咱们边喝边谈。”童超依言坐下，端起早已倒好的酒，道：“兄弟我反客为主，先敬了大哥这一杯，之后小弟有话要问大哥。”胡醉道：“你童兄弟敬酒，我醉鬼大哥又岂有不干之理。”端起酒碗，二人一饮而尽。

胡醉边倒酒边道：“童兄弟有什么问题，大哥我知无不言。”童超道：“好。如果小弟我没猜错，大哥该当是已绝身江湖五年之久的丐帮当今帮主，号称千杯不醉的胡醉胡大哥了？”胡醉笑道：“兄弟不承想你醉鬼大哥与那丐帮帮主同名同姓吗？”童超笑着看胡醉。胡醉面色一整，道：“兄弟所想不差，你大哥便正是千杯不醉胡醉，但望兄弟切不可将大哥已现身江湖的事泄露江湖。”

童超奇道：“却是为何？小弟甚是不解，还望大哥言明。”胡醉道：“五年前，你大哥与本帮长老布袋和尚姚鹏浪游江湖，偶尔发现几桩蹊跷之事，这些事与我江湖安危有关，便托姚长老回帮传言，令本帮副帮主铁镜代管帮中事务，大哥便易容改装，秘密在江湖暗察，终于发现了一些蛛丝马迹。”言罢顺手在面上一抹，一脸浓密的络腮胡子便即消失，在江湖浪子面前，突然出现一个年约三十、满面英武刚毅的清瘦汉子来。

胡醉微微一笑，道：“大哥一直未示兄弟以真面目，还望兄弟见谅。”“我醉鬼大哥是何面目，小弟并不在意。”童超一笑道。胡醉一笑作答。童超又道：“只是小弟不明，敢问大哥那些关联江湖安危的蹊跷之事是些什么？竟能令大哥绝身江湖数年？”胡醉道：“有些事情尚未完全弄清，恕大哥不好言明。”童超道：“既是如此，大哥不讲也罢。”胡醉道：“这些事关系到江湖上一个鼎鼎大名的大侠的声誉，故还望兄弟原谅！对啦，大哥隐身江湖这些年，江湖上可还有人提起大哥之名吗？”童超道：“偶有提起，但都不是准讯。有说大哥练功走火入魔，自生自灭了的，还有说大哥与铁副帮主不和，被他囚禁了的，总之莫衷一是。偶提起时，皆为昔年号称江湖第二高手的少年英侠唏嘘不已。”

胡醉道：“也难怪大哥最喜闲事，少年气盛，并不卖谁的账来！突然绝身江湖数年，别人要胡乱传言了。只是委屈了铁副帮主，平白无故担此恶名。”童超道：“大哥昔年不卖谁人的账，难道也不卖太阳叟东方大侠的账吗？他的名可是一直排在大哥之前的呀！”胡醉道：“我与他曾有过一面之缘，并仗着少年盛气，与他挑战印证武功，虽是败得一塌糊涂，但心却不服，好在他一代大侠，并不为己甚。见胡醉执意不与他走，便也不再强求。那已是五年前的事了，一月之后大哥便已绝身江湖。”

童超道：“跟他走？去哪儿？”胡醉道：“当时并未说去哪儿。”童超道：“他的武功真的像江湖传言的那样厉害吗？”“有过之而无不及！”胡醉道，“他的武功至化境，实为旷古绝今第一人，岂是我辈能望其项背的。”童超不信道：“大哥与他印证武功时，一共使了几招方才落败？”胡醉道：“半招。”童超大奇：“半招？！”胡醉道：“连续三次，每次都只是半招。”童超愕然看着胡醉。

胡醉道：“那时大哥已被誉为江湖第二高手了，一身独具我丐帮最为博大精深的打狗棒法和降龙十八掌两大神功，这两大神功任何人只需身具其一，便足可睨临江湖，侧身绝顶高手之列了。故大哥我并不将任何人放在眼里。不料与太阳叟东方圣比武，第一次大哥使出降龙十八掌中最为刚猛的一招‘亢龙有悔’，正正劈在他身上，却有如击在败草上一般，尚未反应过来，便已被他扣住手腕门脉。大哥以为他使诈，不服再比，便小心翼翼地使出打狗棒法中最精湛的两招，却两次都是击中了他，但均觉如击败草，有若与他搔痒一般，未及变招，便被他扣住门脉。最后一次还顺手点了大哥井泉穴，使大哥一条右臂麻木，打狗棒便被他轻而易举地取了去。他笑问大哥服还是不服，若服了便与他走，不服便将打狗棒还与大哥。大哥自言不服，他便哈哈笑着走了，弄得大哥怔怔站了半天。”

童超道：“果真如此吗？”胡醉正色道：“还望童兄弟不要见疑。我丐帮降龙十八掌乃至刚掌法，大哥自信若是硬接，江湖上能接下我一招‘亢龙有悔’的并无二人，故当时我的震惊比童兄弟此时还甚呢？”童超道：“若此说来，江湖传言只怕不实，便是四大魔头联手——”胡醉打断童超话头道：“便是十个四大魔头齐上，只怕也奈何太阳叟不得。”

童超道：“兄弟只见识过毒手观音的功力，却不知另外三个魔头功力如何？”胡醉道：“玉蝶蝴金一氓大约与毒手观音功力相若，或者稍逊一筹，但轻功却是要高明得多，便是大哥也及他不上，千面狐智桐要胜一筹，他的易容之术，却在江湖并无第二人能与其比肩。千佛手任空行又更胜智桐一筹，一身暗器功夫也是无人能及，更兼此老儿极擅药物，大哥幼时曾听家师说他曾与家师比试药物识斗法，虽输给了家师，但家师对他也是从未小觑过的，这倒是一大劲敌。”

童超道：“这就奇怪了！”胡醉道：“什么奇怪了？”“哦，”童超欲言又止：“没什么。”胡醉道：“兄弟有话请讲。”童超道：“若以胡大哥与那千佛手单打独斗，胜败若何？”胡醉道：“药物斗法大约差不多……”童超奇道：“大哥竟懂医理吗？”胡醉笑道：“家师酒仙翁昔年号称江湖第一名医！”童超道：“小弟倒还不知大哥尚有此绝活。”胡醉道：“若讲武功，大哥与那千佛手各有擅长，大约是个平分秋色之数。”童超哦了一声，沉吟不语。胡醉道：“兄弟方才说奇怪了是指什么？”童超道：“既太阳叟东方圣无人能敌，然此时东方大侠的尸体却被人送到了少林，那大哥方才的话岂不是不攻自破了吗？”胡醉道：“大哥也正觉得奇怪，又有谁能杀了东方圣？除非另有一个太阳叟出现，否则这事便太过蹊跷了。”言罢锁眉不语。

童超道：“下午兄弟与家师在饭馆吃饭，是大哥叫人送的那纸条吗？”胡醉道：“不错。方才大哥引你到此，也正是要告诉你这件事。”说着从身上摸出一个小瓶，从瓶内倒出一小粒晶莹碧绿的药丸来递给童超道：“兄弟请将此药服下。”童超诧异道：“大哥这是什么？”胡醉道：“这是家师所炼‘万邪辟毒丹’，共集一百种药物炼成，奇效无比呢！”童超又大奇道：“兄弟中毒了吗？难道那小饭馆真有什么鬼门道不成。”胡醉道：“那饭馆倒是毫无蹊跷，只是你那所食牛肉恐怕已被人做了手脚，这大哥目前尚难确定。不过防患于未然，兄弟服用了这粒‘万邪辟毒丹’，便可确保一周内万毒不侵。”童超接过药粒一口吞下，然后道：“兄弟倒不信有谁敢在童某饭菜内弄鬼！”胡醉道：“这很难说。如果是一般江湖肖小，竟敢在江湖浪子身上弄鬼那自是活得不耐烦了。但若是你最亲近的人，那就——”童超讶然道：“大哥难道——？”胡醉道：“我只是怀疑而已。”

三十五

“自洛阳到此一路上，兄弟可曾发现令师与昔日有何不同吗？”童超惊愕不已。胡醉道：“大哥已探得确实消息，江湖上即将有一重大阴谋发生，并且已开始有了行动。”童超道：“重大阴谋？大哥可言明吗？”

胡醉道：“大哥今夜引你到此便正为此事。有人要做武林皇帝，将黑白两道一举收服！”童超道：“武林皇帝！这岂不是白日做梦吗？”“不是，”胡醉正色道，“并且已经开始行动了。”童超道：“如何行动，大哥快请讲。”胡醉道：“那人建立了一个叫作‘黄龙令’的组织，并已网罗了无数黑白两道高手在麾下归其驱役。此组织甚是庞大，令主之下有二护法，你道这二护法是谁？”童超道：“是谁？”胡醉道：“便是千佛手任空行和千面狐智桐。”

童超道：“那此组织自是黑道组织了。”胡醉道：“不然。二护法下设七巡察。这七巡察却大多是白道高手，以先后顺序定其职位高低，第一位便是少林方丈悟性大师。”童超诧异道：“悟性大师？他不是两月前便已失踪了吗？”胡醉道：“奇就奇在这里。悟性大师之后，依次是武当掌教灭尘道长、毒手观音侯玉音、玉蝴蝶金一氓、峨眉掌门绝因师太、昆仑掌门追风剑客皇甫呈和令师无敌神掌楚通。”童超愕然道：“家师竟也是黄龙令七巡察之一？！”

随即又道：“实不瞒大哥，家师一月前便告失踪。故小弟才下山追寻踪迹的呢，只因在家师房内拾得一粉脂盒，小弟便推测此举乃玉蝴蝶金一氓那魔头所为，故一直暗察其行踪，却一直不得音讯。不料数日前家师突然在洛阳寻到了我，告知我他昔年一恩人突临大难，因仇家寻上门来，将有灭门之祸，那恩人之女幸得脱逃，赶来向他求救，他便来不及告知门人，连夜赶了去，救了那恩人一家，耽搁了这一月才得回来。”

胡醉道：“令师可曾告诉你那恩人姓名吗？”童超道：“这倒未曾。”

胡醉哦了一声，道：“那组织端的庞大，七巡察之下，却还有十二信使呢。此十二信使也是依先后顺序定其职位高低，依次是：少林寺藏经阁护法悟净大师，‘天山二怪’牧羊童阳真子、牧羊女梅依玲，木叶令主木叶婆婆，点苍掌门段一凡，崆峒掌门焦砾子，武当七剑之一松青云，本帮长老布袋和尚姚鹏，昆仑四剑之三杨坤、之一高峡，白马书生柳逸仙，雷音掌连城虎。”童超越听越奇，道：“那不是将黑白两道所有有数高手全部点了吗？”胡醉道：“正是。看起来此人野心不小，便仅以其‘黄龙令’来看，倒还真有做武林皇帝的模样呢。”

童超笑道：“看此人如此雄才大略，竟也会以为那千杯不醉胡大侠是走火入魔啦，为何不封大哥也做一高官呢！”胡醉笑道：“他自是不会以为我醉鬼是死啦，他不但知我活着，还将我列为他们要杀的第一人呢！”“什么？！”童超道，“他要杀你？”胡醉道：“不但要杀我，而且你也是要杀的第二名呢！”“哼！”童超豪迈地道，“我江湖浪子倒等着他来杀杀看！对啦，他要杀的第三人是谁？”胡醉道：“没有了，仅我兄弟二人。”

童超道：“没有第三人了？那独孤樵呢？”胡醉道：“他既未被封职，也未被列入要杀名单。”童超道：“这就奇怪了。”胡醉道：“奇怪？童兄弟，你见过独孤樵公子吗？他为人如何？他的武功真如近日江湖所传那样深不可测吗？与你童兄弟相比如何？”童超道：“曾有一面之缘。其时正值他将毒手观音和昆仑部盛逼得临死之际，是兄弟替他二人解难的。”胡醉道：“如此说来，他的武功真的深不可测了。”

童超道：“究竟有多深倒还不知，但说不可测倒是一点儿也不错。”胡醉道：“此话怎讲？”童超道：“独孤公子真一奇人，似毒手观音那等高手，将全部功力发向他，他却浑然未觉，他也自言不会丝毫武功……”胡醉道：“不会武功？那毒手观音与部盛又岂会——？”童超道：“昆仑四剑惹恼了毒手观音，毒手观音便欲教训他。独孤公子是为劝架才插到他二人之间去的，不料二人功力一发至独孤公子身边，便被尽数反弹回来，只好运力抵抗，少时便被迫发尽毕生功力，几欲虚脱毙命。而身处两大高手之间的独孤公子却茫然无措，不知如何是好。是兄弟入内将他拉开，且又引开二人内力，才救得那二人的。”

胡醉道："这就奇了，他真的自言不会武功吗？却不知是否有诈？"童超道："这一点兄弟可以做保，绝对不会有诈的，大哥只需见他一面，便不会对他有所疑的。"胡醉道："是吗？"童超道："不错。独孤公子根本不似尘世中人，不仅对世事了无所知，简直似一张白纸。"

胡醉道："那他师父又是何人，不知可与黄龙令有关？"童超道："他自言师父名叫道悟，是否与黄龙令有关倒还不知，不过仅从独孤公子身上看，只怕是没有关联的。"胡醉道："道悟？江湖上可从来没听过这样一号人。听起来像是一个道士。"童超道："大约便是道士。"胡醉道："何以见得？"童超道："说来也是怪事，独孤公子对世事一无所知，也并未觉得尘世与他有任何关联，却偏偏爱管一桩闲事：不准任何人杀人。并且不论好人坏人，该杀不该杀，他都一概不准。"胡醉道："这倒真是怪事了。依兄弟看来，他的那功夫与你——？""哦，"童超道，"并未试过，但只怕他尚在兄弟之上。因为兄弟自知有功在身，他却不知，这便高了兄弟一筹！"

胡醉道："依佛家言，这便叫咱们着相他却不着相，看来这个人大值一交。"童超道："小弟差点想与他拜了兄弟呢，只因大哥不在，小弟才未造次。"胡醉道："呀！你自号称江湖浪子，却是如此俗套，倒也是怪事一桩。如若独孤公子真如兄弟所说，便是我这醉鬼，也还想交了他个兄弟呢！"童超喜道："那好极啦，我已叫人传讯给他叫他赶到少林来呢，我想他大约不日便可赶来。"

胡醉道："那咱们到时便可一醉了，噢，对啦，你是如何得信知东方圣被人将尸身送到少林的呢？"童超道："是点苍掌门苍山樵段一凡段大侠。""段一凡？！"胡醉大惊道："怎么会是段一凡？！"童超道："怎么？这又有什么不对吗？！"胡醉道："他几时传讯与你的？"童超道："十天前，在洛阳茂源酒楼。"胡醉道："也是在十天前，大哥在离此小镇不到五里的地方捉住了一个自称是黄龙十二信使之五的段一凡，我看他显是中毒甚深，便点了他穴道，将他带到一极隐秘之所解了毒，适才那些关于黄龙令的消息便是他毒解之后告诉我的。他怎么会同时在洛阳出现呢？"

童超也奇道：“莫非会有两个点苍掌门不成？”胡醉道：“不然，一定有一个是假的，但大哥略通医理，深信我捉住这个不会是假的。”童超道：“难道有人化成段一凡来诈我不成？”胡醉道：“那段一凡向你说了些什么？”童超道：“他说他两月前突然被一黑衣蒙面人所擒，坐在一大车内奔了半月有余，才在一地下大厅内得以重见光亮，里面竟已有了江湖陆续失踪的悟性大师等人，幸半月前他寻到时机，逃了出来，并在逃奔途中偶遇家师，说家师已知东方大侠一事，若通我便托他传讯望即刻赶去少林。还说正有人在回滇的路上等着杀他，他不便赶回去，只得在洛阳暂避些时日。我便说可托人与他赴滇传讯，让其同门赶来中原寻他。他想了想说这样也好，便匆匆离去。我便叫一个叫阮蛟的人到云南去了，随后不到一个时辰，我师父便遇上了我，我们当夜便赶了来。”

胡醉沉吟良久，道：“童兄弟，请谅大哥冒昧地问一句，你的功夫真完全是令师楚老先生所授吗？”童超道：“既是大哥见问，小弟不敢不言，只是月前另授我武功的记名恩师关照弟子不可透露其名，故小弟只有请大哥见谅了。”胡醉道：“这就是了。大哥还想冒昧地问那句话：你师徒这一路奔波，你可发现令师与前有何不同吗？”

童超想了想，道：“我只觉他老人家轻功较前精进良多。难道大哥觉得这有何不对吗？”胡醉道：“段一凡所中之毒，乃是一种极厉害的慢性奇毒，若每日服用一次，半月便可见效。毒效生发之后，中毒之人虽神志清醒，意志却是全失，完全听那使毒之人摆布。”童超道：“这与大哥适才所问有何关联吗？”胡醉道：“大哥想，既有第二个段一凡，又为什么不可能有第二个令师呢？但愿兄弟不以为大哥冒昧才好。”童超沉默良久，道：“兄弟省得。”胡醉看看窗外，道：“此时已是卯时，兄弟该回客栈了。今日之事切不可让人知晓。”

童超道：“明日我和师父便赶往少林，不知大哥做何打算？”胡醉道：“我难说也会去少林的，只是不会是现在这副面目。”童超一笑道：“大哥快变成第二个千面狐了。”起身抱拳：“兄弟告辞。”飞身离去，自回客找不提。

第十二回

三十六

次日，在离嵩山少林不到二十里的山道上，正有一老一少两个人在飞快奔跑。少年边跑边道：“师父，你老人家的轻功是越来越精湛了！”老者一愕，脚步缓得一缓。少年也随即慢了下来。

老者道：“超儿，为师一月不见你面，你的功夫却是一日千里、突飞猛进，眼下只怕是为师也大有不及了，却不知是为何？”那少年便是童超，闻言道：“徒儿另有遇合，师父你老人家应该替徒儿高兴才是。”楚通微笑看着弟子，道：“为师自是替你高兴的。只是为师有一处不解？”童超道：“师父见问，徒儿知无不言。”楚通道：“为师虽替你打下了内功根基，但若要使你的功力在短短一月内精进如斯，只怕不是一般高手所能为的，所以——？”童超道：“那授我功力之人是谁弟子并不自知。”楚通目内突然精光一闪，随即消失，仅哦了一声。童超并未得见，道：“他每次授弟子功力时，必先点了弟子穴道。弟子浑然无知，只觉体内真力激荡，热不可支。待他离去，弟子尚隔一个时辰之后方才能够转醒。”楚通意味深长地又哦了一声。

二人虽说着话，脚步却并未慢下来，两个时辰之后，师徒二人便已来到嵩山脚下。少林嵩山乃佛家圣地，威名历震中原。童超初到此地，只觉巍巍宝山宝刹，自有一番森严气象，令人顿时耳目皆新，六根清净。

童超正清心细观时，突有一中年僧人从山石后转出来合十行礼道：“施主可是江湖浪子童超童少侠吗？”童超一愣，待细观时，发现此僧面目和善，目光似电，显是内力不凡，但此时却面色凝重，一副忧戚之相。童超暗道：少林定是又发生非常大事了，但此僧面有忧戚之色，只怕是只精于练武，六根倒也不怎么清净了。随即道：“在下便是。却不知大师如何称呼？”那僧道：“童施主请了，小僧无根。”知对方便是童超，无根眼睛一亮。童超自是注意到了，也合十道：“无根大师请了，童超师徒闻得少林有变，星夜兼程赶往贵宝刹，打扰大师们的清净了。”

无根道：“童施主何出此言，敝师已待你多时了。这位是——？”眼睛看着楚通。童超道：“这是家师。”楚通合十道：“无根大师请了。老朽楚通。”无根细看了楚通一眼，才道：“原来施主便是无敌神掌楚老前辈，无根有礼了。”匆匆一合十，将目光转向童超，道：“敝师等童少侠多日了，少侠这便随小僧上山如何？”童超道：“如此有劳大师了。”

三人便飞快赶往少林寺。无根在前带路，那轻功竟是江湖一流好手，童超不禁暗暗称道，想少林享誉中原武林经久不衰，倒也不是偶然的，便是如此一个后辈僧人，也有得如此手脚，敬慕之心油然而起。少顷三人便到了大雄宝殿。站在门口的两个小僧也是面色凝重。见三人到来，二小僧闪开了道，其中一个合十道：“师叔回来了！”无根合十嗯了一声便举步入内，脚步并未慢了下来。

童超师徒紧随其后。行至一屋，无根和尚立住了脚步，转身合十道：“童施主和楚施主请稍候，小僧去禀告敝师一声。”童超师徒还礼道：“大师请。”无根即出屋往西首奔去。童超细观此屋，发现屋内香火袅袅，自是香客进香之所为。未待看完全室，无根即匆匆转了回来，身后还跟着一个年约四旬的僧人。此僧一脸的木讷痴呆之相，手中却兀自拿着一副棋子。楚通师徒奇怪地看着两个僧人。

无根合十道：“劳两位施主久等了。这位是敝师兄无镜。”无镜痴呆合十道：“小僧无镜。”楚通师徒还礼道：“无镜大师请了。”无镜并不多言。无根道：“敝师吩咐小僧引童施主去有事相商。因我少林发生非常之事，此时已封嵩山，再不许外人入寺。故请楚施主在此稍候，敝师兄无镜便是专来陪楚施主下棋解闷的。事出有因，还望楚施主原谅。”江湖上哪有如此之理，让徒弟去相商要事，却让师父在外干等。楚通大是不快。但无根又说得客套之极，楚通便不好发怒，道："好说好说。"

无根却不再理睬楚通，转向童超道："童施主请！"童超对楚通道："师父稍候，弟子去去便来。"言罢随无根和尚离去。少林罗汉堂堂主悟明大师年已八旬，是当今少林悟字辈硕果仅存的三位高僧之一，且他的武功与两位师兄悟性悟净略有不及，但却以思绪慎严著称。故待两位师兄相继失踪后，他已事实上担当了方丈职责。恰逢武林多事之秋，历来是武林泰山北斗的少林自也不得安宁。

方丈失踪，这可是少林自建寺以来从未有过的特大不幸之事，也是一大丑闻。故一发觉掌门师兄失踪，悟净悟明便立即封锁了任何消息外露。不料才待方丈失踪二日，江湖上便已言传沸沸，人尽皆知，简直比少林无字辈以下的众弟子知道得还快还全。悟净悟明大为震惊，便一面采取沉默态度，一面商议由悟净大师独到江湖暗察，少林寺内事务全由悟明处理。

然悟净到江湖不过半月，便再无任何消息传来，又告失踪！悟明心急如焚。正值此际，半月前一个夜晚，悟明大师正独坐室内念经诵佛，突闻一哈哈大笑声。大笑之声甚是响亮，显是以内家功力所发。悟明自是行家，闻此笑声大吃一惊，实想不出江湖中谁竟有此等功力，急忙奔出室来，见少林大半弟子已被笑声震醒，匆忙出来寻那发笑之人。然那笑声刚一发出便告消失。少林众弟子搜寻一番无功，遵悟明之嘱自去睡了。

悟明见深夜有人独闯少林，恐藏经阁有失便率弟子无根同往查看。不料刚一入阁，便见屋内空地上赫然放着一具尸身！悟明师徒大惊细观，却是太阳叟东方圣！悟明失声道："东方大侠！"无根豁然道："师父说此人是太阳叟东方圣东方大侠吗？"悟明道："阿弥陀佛，他正是东方施主！"无根惊讶更甚："阿弥陀佛！东方施主一代大侠，武功江湖无人能及，怎么会——？"悟明没言声，见东方圣胸上放着一块白布，便俯身捡起一看，只见上面龙飞凤舞地写着：此人与老夫作对，老夫便叫他得此下场！姑念他侠名满天，便将其全尸还给武林。你少林号称武林泰山，便将他托予你们。尔等须得在三日内将此讯招贴天下，若在半月内不能招天下武林同道于此，老夫便取其尸而去。特此！没有具名，却画着一条黄龙！再查佛经秘籍，却无一丢失。

看来此人真只是送东方圣尸体还予武林的。但他为什么不送至别处，又偏偏要送到少林藏经阁来呢！悟明做事一贯缜密，嘱无根不可泄露风声，悄悄将东方圣尸身移至一密室，令弟子严加看守，封住消息，以观江湖之变。

如此过了五日，至第五日深夜时，突有一声音细如蚊吟，却分外清晰地传至悟明耳内："老夫已知悟性、悟净失踪，少林事务全由尔处理，尔却为何还不遵老夫所言招贴天下！若老夫将此消息泄于江湖，你少林可担当得起吗？！且老夫说半月不招武林同道于此，便取走东方老儿尸身之言尚自管用，你且要听清了！"悟明道："阿弥陀佛！施主欲招天下武林同道于此，可是要有所图谋吗？"那声音道："不然。只杀一人而已！"悟明合十道："阿弥陀佛！阿弥陀佛！此乃佛家之地，还望施主匆得妄言。老衲听施主杀孽甚重，还望施主苦海无边回头是岸才好。"

那人冷笑道："你休得与我说佛！老夫可没尔等菩萨心肠，只要谁胆敢与老夫作对，老夫便叫他——哼！"悟明道："阿弥陀佛，只恨老衲道浅，无法替度施主！却不知那与施主作对之人是谁？"那声音道："告诉你也不妨，便是那藏头露尾，江湖上已不再闻得其名见得其影的丐帮帮主胡醉！"悟明失声道："千杯不醉胡醉胡大侠！"那声音道："便是那臭叫花！江湖上只言他已不存，其实他仍活着，易容换装，处处与老夫作对。他已觉察老夫之事——"声音突然停止。

悟明忙道："阿弥陀佛！施主之事是什么？为何不能让胡大侠觉察？"却无回声。之后良久依然毫无动静。悟明知其人已去，便不复多言，一人静坐独思。觉此人虽杀孽过重，但他所言并非没有道理。

三十七

太阳叟东方圣乃白道武林盟主，一身参天造地之功，侠名满播天下，若真让武林知道东方大侠尸身存于少林而隐匿不报，怪罪起来，少林也真担待不起！既然他说招天下武林中人到此并无图谋，只与胡醉大侠一人过不去，那也不妨便下招贴。虽此举对胡大侠来说不甚光明磊落，但也是不得已而为之，只愿他别来瞻仰东方大侠遗容！凡江湖中人一旦听说东方大侠遗体在此，便不会不来的，但事已至此，也只好走一步看一步了。

思虑妥当，次日便招贴武林。但这已是东方圣尸身出现的第六天了。自招贴之后这十日，虽陆续有武林人物抵达少林，但皆是武林中不大有名之辈，悟明嘱晚辈弟子将这些江湖豪客好生安顿，自己却是闭门不出。这些江湖豪客一见东方大侠尸身，无不悲痛嘘唏落泪。悟明暗自庆幸，若自己一味隐而不告，待将来江湖知晓，我少林便百口莫辩了。如此转眼过了八日，也就是离那杀东方圣之人限定要取走东方圣尸身只剩最后一日了。悟明无端地紧张起来，不敢稍稍合眼，想明日该如何才是。却百思不得其解。转眼丑时已到，悟明正自端坐，突闻一叹息声自耳旁响起。悟明一惊四视，却只是古佛青灯，室内并无他人。

悟明合十道："阿弥陀佛，施主你又来了吗？恕老衲无法依施主之言于明日招天下武林同道尽聚于此，望施主宽限几日如何？"沉默了好久，那声音才响了起来："阿弥陀佛！悟明你还执迷不悟吗？"悟明闻言大惊：此人并非那杀东方圣者，听其声音，竟还似一脉同道，我佛中人。闭目合十道："阿弥陀佛！大师何方高人？悟明六根不净，焦虑于心，还望大师指点迷津则个。"那声音道："老衲何人并无关紧要，只是你悟明自该知晓，一切有定法，江湖该当有此一大难，并非佛门中人所能排解。再过两个时辰，那东方大侠尸身便要失踪，悟明却不必惊惶。"

悟明大惊，道："阿弥陀佛！难道——？"那声音却依旧缓缓道："这实是江湖中百年来最大的一次劫难，但劫数如此，却也非人力所能回天。然上天有好生之德，挽救江湖于涂炭之人业已现身。”悟明急道：“阿弥陀佛，还望大师指点迷津！”那声音道：“明日未申交泰时分，将有一个叫江湖浪子童超的少年来你少林，你可将一月来所发生之事尽数告知于他。”悟明道：“敢问大师所言救江湖于涂炭的便是那位叫江湖浪子童超童少侠的吗？”那声音道：“并非仅他一人，但明日只有他到，你须得遵老衲所言，但千万不可在与他谈话时有第二个人在场，便是与他同来少林的那人也不行。悟明可记住了吗？”

悟明道：“阿弥陀佛，谢大师指点迷津，却不知大师——”那声音道：“老衲言尽于此，悟明无须多言。”之后一切归于寂静。良久，悟明才猛然一惊，似从梦中醒来，观天色时，已是过了一个时辰，不禁浑身一震。方才那高僧言再过两个时辰东方大侠尸身将要失踪，这可不是视若儿戏之事！便走出禅房，召无根、无镜来，令他们一起到密室守住东方大侠遗体。密室了无二致，幽幽青灯之下，东方圣貌甚安然，恰似熟睡一般。悟明不禁再次感到惊奇不已：不知那杀东方大侠之人是谁，竟有如此高明手段。

东方大侠已死半月，其尸身尚如此了无变化！不禁伸手抚胸，却觉甚是冰凉，心脉早已停顿，东方圣显是已死多日了。缩手回来，悟明大师似是突然想起了什么，道：“无根。”无根道：“弟子在此，师父有何吩咐？”悟明道：“你速去请那些已到我少林的江湖豪客至此，就言给东方大侠守灵。”无根道：“师父，这却又是为何？”悟明道：“听为师吩咐便是。”无根满面狐疑地道一声“是”便去了。悟明又对无镜道：“东方施主一代英侠，你等为何如此冷落了他，快去与我捧了香炉来，为师今夜便为他念经超度。”无镜一言不发便去，少顷捧得一香炉来。香炉内十余支香兀自青烟袅袅。悟明盘膝而坐，闭目诵起超生经来。

半个时辰之后，十数个各路江湖豪客跟在无根之后到得密室，见状皆不言坐下，静替东方大侠守灵。如此过得半个时辰，便已到了卯时，众人耳边突然响起细微但却尖锐的呜呜之声，有若秋风卷平岗，令人昏昏欲睡。悟明大师顿时警觉，双目微张，射出一道精光似电的光芒，直直盯牢东方圣尸体。似是刮起一道寒风，青灯暗了一暗，众人蓦然觉到眼前一黑！悟明大师知有变异，顾不得许多，一掌便向东方圣尸身拍去！啪的一声，掌风似已击中。待众人刹那间睁开眼来，面前哪还有东方圣的尸体！众人惊骇过甚，怔怔的说不出话来。寺外三里开外的地方却传来哈哈大笑声："老夫践约，取走东方老儿尸身去也！"

这人简直不是人而似鬼魅！竟能在刹那间、十数双眼睛注视之下取走东方圣偌大一个尸身！惊骇之后，顿有数人暴喝一声追将出去，但哪还有那人身影！只得回到密室。悟明大师却神态安然，依旧闭目念经。众人暗道：少林高僧毕竟非同凡响，逢此剧变，却仍能镇定自若。敬畏之心顿起。

悟明大师知众人已归，便微微张目合十道："阿弥陀佛！少林逢此剧变，却是老衲未曾料想到的。方才一幕各位施主都已目睹，若日后江湖英雄问将起来，还望各位施主见告一声。""自然。""自然。"悟明又道："既是如此，老衲悟明多谢过各位施主。""适才一幕我等亲眼见到，自会如实相告。""悟明大师言重了，谢字我等如何敢当。"无根道："少林生此剧变，还望各位施差回房好生安息，一切待明日再行另议如何？""正该如此。""那咱们这便告退。"

待众人走尽之后，悟明才将无根召至禅房，嘱他次日到嵩山脚下引一位叫作江湖浪子童超少侠的来见。无根来报童超已在客房相候，悟明心中一噤，暗道昨夜那高僧真乃神人。微微点头道："是童施主一人吗？"无根道："禀告师父，童少侠是与其师一道来的。"悟明道："他师父？"无根道："乃是鹰爪派无敌神掌楚通楚施主。"悟明心中大奇，暗道：楚通虽也是一派掌门，但在江湖上也不见得就是绝顶高手，他的徒弟难道——？哦了一声，悟明道："你去叫你无镜师兄去陪楚老施主下棋解闷，单独引童少侠来见为师。"无根道声"弟子遵命"便自去了。

悟明独思莫得其解：楚通调教出来的徒弟，难道竟真会是救江湖于涂炭的奇人不成？此时门外脚步声已经响起，无根在外面道："禀告师父，童少侠已到。"悟明道："阿弥陀佛，童施主快请进来。"童超走进屋来，合十行礼道："童超有扰大师清静，还望大师恕罪。"悟明合十道："童施主毋须多礼，老衲悟明等你多时了。"童超道："原来是悟明大师，晚辈久闻大师之名，今日有缘得观大师风采，童超何幸之有！却不知大师为何要等我多时？"

悟明自童超一进屋便仔细打量，心中连连称奇不已：只见他秀眉丹眼，一袭白衫，恰如那玉树临风，端的不凡。若换了文装，断是一翩翩浊世佳公子，却不知他武功造诣如何？悟明有心一试，便又合十道："阿弥陀佛，老衲等少侠前来，确有要事相商。"

悟明合十行礼时，童超陡觉有一柔和掌风扑面而来，立知他是有意试自己武功，暗道：人说悟明大师思绪缜密，果真一点不假。便暗运真力遍布全身，一笑道："大师请讲，童超洗耳恭听。"悟明大师适才仅发出二成功力，他自以为童超乃楚通之徒，自己发出的二成功力，他也非挥掌抵挡不可，若是他抵挡不住，便立即撤回便是。

要知少林神功名播天下，尤其是般若神功，若能练至十成，那便是天下无敌了。只是那须得是学究天人的奇才方可行的。事实上，自达摩老祖传此功至中原至今，尚未出现过能将此功练至十层的，最好到了七层，便再难更进了。当今方丈悟性师兄也仅练至五层，便已是江湖绝顶高手。悟明习武天资不如师兄，但自幼习此神功，此时也已练至四层。以般若神功四层功力的二成而言，也自是非同凡响的了。然悟明大师待掌风发至童超身前尚有半寸，便发现已经受阻，恰似撞上了一软墙似的。

悟明大师微微一笑道："便是与东方大侠遇害有关之事。"试探着将掌力又加了两成。童超依旧负手而立，道："晚辈已略有所闻却不知谁又有如此手段，竟能害了东方大侠？"言罢微微一笑。他这一笑，悟明顿觉自己的四层功力不但没有来得及靠近，反而被推出了半尺！不禁一惊。

"阿弥陀佛，"悟明道，"此事太过蹊跷，老衲也百思莫得其解。"暗将真力发至八成！适才童超将那掌力推出半尺，自是告知悟明他尚有余力。悟明岂有不知？但心中委实有些不快：只须不使老衲掌风再近，老衲便可再加二层功力，少年人不知天高地厚，莫非真有所恃不成？便陡地发出了八成功力。

这八成功力一经发出，悟明便即暗恨自己，犯了嗔戒！面前这少年年纪不到二十，即使聪颖过人，毕竟修为有限，自己这八成功力，便是江湖一流好手，抵挡也自吃力，岂又是他所能抵敌得住的。连忙欲将功力撤回。不料童超浑然无事，依旧负手微笑道："太阳叟东方大侠功参天地，除非又出现另一个太阳叟，否则此事便不可能。"

悟明大惊：自己的八成功力尚未撤回，童超便即开口说话了，而那八成功力却依旧未得寸进！哈哈一笑，道声"阿弥陀佛"，将十二成功力尽数发出！便是其师楚通，也实难接住悟明大师这毕生功力！然童超却依旧负手而立，面尚带微笑，悟明大师的十二成功力依旧无法攻破那道"软墙"。"阿弥陀佛！"悟明撤回掌力，满面敬慕地道："童少侠，如此年纪，却有此神功，实乃我武林苍生之幸！"童超微笑道："大师言重了，童超晚生末进，适才却在大师宝座前班门弄斧，还望大师莫要怪罪。"悟明见童超甚是有礼，不禁大是喜欢，不禁道："老衲所言乃是自心而发，适才老衲已运出毕生功力。虽老衲习武之资愚鲁，但以此般若神功之四层，便是江湖一流好手也自难以抵敌得了，然少侠却能在言笑之中便已接下，这实令老衲钦慕不已。时逢我武林多事之秋，少侠具此神功，当可造福武林苍生，阿弥陀佛！"

童超道："蒙大师如此厚爱，晚辈何幸之有！童超不才，却愿为我武林尽犬马之劳。若有哪不知天高地厚的狂徒妄想称霸武林，我江湖浪子纵有三寸气在，便叫他白做黄粱美梦！"最后两句说得铿锵有气，豪气干云！

三十八

"阿弥陀佛！"悟明听童超如此豪迈之语，不禁大喜，"有少侠如此之豪气，又有谁敢妄图称霸武林！阿弥陀佛！"童超一笑道："晚辈放荡忘形，倒让大师见笑了。不知大师召晚辈前来有何要事相商？"

悟明面色一暗道："童施主请坐，且听老衲慢慢道来。"童超依言坐下。

悟明便自少林方丈师兄悟性大师失踪开始，细细地讲了起来。待讲到那幅白布上并未具名，却画有一条龙时，童超失声道："黄龙令？"悟明奇道："黄龙令？！"童超自顾道："莫非东方大侠竟是那黄龙令令主所杀吗？""阿弥陀佛，"悟明道，"少侠所言令老衲如坠五里迷雾，不知少侠可肯与老衲言明吗？""大师见问，晚辈岂能不言。"童超道。接着便把江湖上近来突然有人要做武林皇帝、组建了"黄龙令"以及此组织的机构、最近举动一五一十地告诉了悟明大师。

待童超讲完之后，悟明大师闭目沉思良久，道："如此看来，东方大侠定是被那令主所害的了，只是此人野心勃勃，一派帝王气象，却不知他是何人！"童超道："此事我和我大哥也正在追查。"悟明道："你大哥？阿弥陀佛，少侠的大哥是？"童超一惊，顿时想起胡大哥关照过自己切不可泄露出他已在江湖露面之事，便岔开话头道："那人如此用心良苦，竟将黑白两道高手尽皆网罗麾下供其驱役，自非凡人，要知其行踪可是大费周章之事。"

悟明知他大哥也定非凡人，既观其不愿言明，自是有别的用意，便道："阿弥陀佛，我少林方丈师兄竟成了他的第一巡察，这岂非成天下奇谈了！"童超道："正是，但此人狼子野心，更兼那黑道大魔头千佛手任空行和千面狐智桐做了他的左右臂膀，倒是一件棘手之事。那千佛手精于药物，他造成了一种尚不知其名的慢性奇毒，给人服下之后，半月毒效挥发，中毒之人便再无意志，一任供其驱使。""阿弥陀佛，"悟明大惊道，"果真有此事么，不知少侠此讯何来？"

童超道："点苍掌门苍山樵段一凡段大侠已中毒，却幸好被我大——被在下擒下，经救治后神志已清，有关黄龙令之事便是自段大侠口中所知的。""阿弥陀佛！"悟明又合十道，"我武林苍生何幸之有，原来少侠竟也精于医道吗？"一脸欣慰之色。

童超不安道："这——"悟明道："少侠有何难言之隐，可否道出来老衲与你参详？"童超道："晚辈适才所言有蒙大师，还望大师勿怪相欺之罪才是。”“阿弥陀佛。”童超道：“晚辈方才所言不虚，但却是我大哥告知于我的。我大哥数年前便已觉察有一神秘人物妄想称霸武林，故易容改装，暗暗查访，终得如此蛛丝马迹。那点苍掌门段大侠也实为我大哥所救，在下并不谙医道，倒是我大哥却精于此行，想必不会在那千佛手任空行之下，只因我大哥所行之事太过特殊，不宜在江湖公开露面，还望大师勿怪才好。”

悟明道了一声“阿弥陀佛”，思忖道：原来那神僧言救江湖涂炭的不仅童少侠一人，却果真还有童少侠的大哥。观童少侠提起他大哥时甚是敬佩，便定也是一位江湖奇侠，却不知那又是谁？但童少侠既已讲不好言明，老衲倒也不好相问。便道：“老衲何怪之有！倒是童少侠的大哥埋名隐姓，造福于我江湖，老衲甚是钦佩呢！”童超道：“多谢大师。适才大师讲到东方大侠身上那昭示画有一龙，便引出晚生诸多话来，却不知那东方大侠尸身现在何处？”悟明面色一黯，道：“阿弥陀佛，我佛慈悲！东方大侠的遗体却是失踪了。”“什么？”童超大惊道，“失踪了？东方大侠的尸体失踪了？哪会有此等怪事？！”“阿弥陀佛！”悟明道，“是在昨夜卯时之事……”便一五一十地将发现东方大侠尸体之后少林所发生之事告知了童超。

童超越听越奇，待悟明大师讲完之后，童超便问道：“既是在众目睽睽之下，又有谁有如此神功将东方大侠偌大尸身抢走呢？”悟明道：“这一点老衲也觉甚奇，然那却是老衲亲历之事，莫非真有鬼魅不成！”童超沉思良久，道：“此事不解之处甚多，晚辈打算这便再去查证。与大师一席之谈，晚辈受教颇多，童超在此谢过。”言罢立起身来。悟明道：“阿弥陀佛，童少侠日后若有用着少林之处，还望无须客气才是。”童超道：“童超再次谢过大师，告辞！”抱拳行礼。

悟明合十道：“阿弥陀佛，老衲送童少侠一程。”童超道：“大师何用多礼！”悟明道：“老衲与令师楚老先生多年不曾相见，理应过去一拜才是。”既如此说，童超便不再多言，道：“大师请！”二人走出禅房，立在门外的无根和尚随即跟上，三人到了楚通与无镜下棋之屋，却见室中仅有无镜一人，正自对着棋盘锁眉深思。

三人大奇。无根道：“师兄，楚老施主呢？”无镜恍如未闻，仍是对着棋盘发愣。棋盘上已落上白子，黑白双方早已绞杀成一片。粗看白子甚是占优，待一细观，却发现黑子若是提掉右角一粒白子，那白子形势顿即将是险恶无比，整个右角一片白子皆面临被绞杀之厄！无镜显是执白让客，此时该他着棋，一子至关紧要，就多思虑甚久，却仍未寻得破解之法，兀自苦思不已。

童超观遍全局，突然轻声说道：“活即是死，死即是活！”无镜闻言一震，飞快将子落在左角一劫位上。此子乍看毫无道理，但若黑方置之不理，只需再长得一子，黑子右角一片便将不活，若黑子将其提掉，白棋下一手在肩位上打一子，便能将右角一片眼看不活之棋接出，如此再过得十步，白棋胜势便可定了！落下子去，无镜长长地喘了一口气，抬起头来，见指点棋招的竟是楚通之徒，不禁汗颜道：“多谢少侠！令师棋艺高超，远非无镜能敌之，惭愧！惭愧！”

悟明手掌轻轻一挥，衣袖将棋子扫出棋盘，竟是黑白分成两堆，这份内力委实令人惊异。悟明“咄”地道了一声，接着道：“无镜你还执迷不悟吗？”无镜看看棋盘，突然大汗淋漓地道：“师父，黑即是白，白即是黑，弟子受教了！”悟明见状微微一笑，道：“无镜，与你下棋的楚老施主呢？”无镜一愣道：“阿弥陀佛，楚老施主已走了吗？”童超突然想起昨夜胡醉之言，不禁低头沉思。无根突然道：“咦！那是什么？”顺着他所指方向望去，只见盛黑棋的竹盒里有一小幅白布片。童超捡起一看，只见上面写着：童超，本令已确定你为本令要杀的第二人！未落名，只画着一条小龙！

童超哈哈一笑，将布条递与悟明。悟明看后脸色一变，道：“阿弥陀佛，楚老施主难道是被那黄龙令掳去了吗？！”童超道：“晚辈这便下山寻找家师，告辞了！”悟明合十道：“少林俗事繁多，老衲却不能跟随少侠前后，望少侠多多保重。阿弥陀佛！”童超还礼道：“大师留步。”随即飞身离去。悟明道：“东方大侠遗体失踪一事，无根你即去招贴武林。”无根道：“弟子这便去办。”言罢离去。悟明又道：“各路江湖豪客在我少林已无别事，无镜你可去知会各位施主一声，少林上山之路已封，若有要离去的，便令弟子护送下山。”无镜遵嘱而去。

悟明自回禅房。少时各路江湖豪客便纷纷离寺下山而去。无镜手捧一副棋来到伙房，火头僧无慧和尚正自淘米。无镜道：“阿弥陀佛，无慧师弟正忙着呐？”无慧抬头见是无镜师兄，便合十还礼道：“阿弥陀佛，师兄所来何事？”无镜道：“各位施主现已下山，师弟可按原来之量做饭了。”言罢竟自坐下，摆开棋盘落起子来。无慧知此师兄迷棋成性，不复多言，径自忙活去了。

第十三回

三十九

前面四五里的地方灯火通明，显是有小镇。青青大喜道："师父，咱们今日可好好吃上一顿饭了。"毒手观音一笑，道："这几日也真委屈你们了。好在此地离那少林只有百里之遥，咱们明日戌时前当可赶到，今夜咱们便在前面小镇好好地歇上一宿。""真的吗？"独孤樵喜道，"只有一百里啦？咱们明日便可见着童超了？""童超？"旁边林中突然转出一个年约六旬的老者来，满面诧异地道，"童超是见不得的！"

独孤樵奇道："你是谁？为什么童超见不得？"老者道："老朽乃是黄龙十二信使之六，只因那童超乃是本令要杀的第二人，故是见不得的。"独孤樵尚未说话，只听得毒手观音冷冷地道："阁下却不是崆峒掌门人神拳无敌焦砾子焦老爷子吗？"老者道："老朽昔日自是崆峒掌门，现在却已荣升黄龙十二信使之六了。"突然一怔，又道："您老莫非是昔年号称毒手观音的侯玉音侯老吗？"毒手观音道："老身便是，你待如何？"焦砾子突然跪下，连拜三拜才道："黄龙十二信使之六焦砾子参见三巡察！"

毒手观音大奇，道："焦老儿你弄什么鬼？！"焦砾子仍跪着道："三巡察不宣，焦砾子不敢起来。"毒手观音被弄得啼笑皆非，便道："你到底在弄什么鬼？还不快起来说话！"焦砾子这才站起来甚是恭敬地道："多谢三巡察，三巡察有何吩咐？信使无不遵命。"

独孤樵忙道："喂，你倒是说是谁要杀童超。难道童超像一只兔子一样可以杀吗？"焦砾子看看独孤樵，神色极为倨傲地道："你是谁？！老朽为什么要告诉于你？”独孤樵道：“这——”毒手观音冷冷道：“回公子问话。”焦砾子听毒手观音若此说话，马上恭敬地道：“信使遵命。只因那童超与我德高齐天才盖八世万寿无疆万岁万万岁令主千秋处处作对，故本令中人人得而诛之，那童超是天网恢恢疏而不漏在劫难逃。”

毒手观音大奇道：“那黄龙令是何组织？那令主又是谁？”焦砾子迷惑地道：“三巡察——？”毒手观音厉声道：“回本巡察问话！”焦砾子连忙道：“信使遵命。我黄龙令乃开天辟地震古烁今创千秋伟业之组织，德高齐天才盖八世万寿无疆万岁万万岁主千秋神究天人，岂是我草贱之辈能睹其容颜的，故无法回三巡察问话。”

毒手观音哦了一声，道：“你在这儿干什么？”焦砾子道：“回三巡察话：德高接天才盖四世千岁千千岁右护法他老人家令本信使到此候九信使杨坤杨三侠、十信使高峡高大侠，并带他们回总令复命。”毒手观音道：“九信使、十信使莫非是昔日昆仑四剑之二人吗？”焦砾子道：“正是。”毒手观音道：“本令要杀那童超，却不知有谁堪担此重任？”焦砾子道：“德高接天才盖四世千岁千千岁左护法他老人家已去查办此事，必定是已大获全胜凯旋了！”

毒手观音道：“六信使，我且考考你，你可记得德高接天才盖四世千岁千千岁左右护法之姓名吗？快说！”焦砾子道：“回三巡察话，信使记得：德高接天才盖四世千岁千千岁我令左右护法便是昔年称千面狐的智桐和号称千佛手的任空行两位老人家。”毒手观音暗自一惊：没想这两大魔头竟成了黄龙令左右护法！口中却道：“很好，很好！”焦砾子道：“三巡察还有何吩咐吗？”毒手观音道：“唔，待本巡察再想想看。”

独孤樵在一旁急道：“喂！侯前辈，有人要杀童超，咱们该快去少林呀！”毒手观音没理睬独孤樵，却对焦砾子道：“今日本巡察就问你这些，你且在此等候九信使、十信使罢，本巡察尚有要事去办。”焦砾子道：“信使遵命。”转入密林躲了起来。毒手观音道：“走！”带着独孤樵和青青飞快离去。

奔出约一里之后，青青实在忍不住了，便慢下脚步道：“师父，你几时又当上什么三巡察了？”毒手观音也放慢了脚步，道：“此事为师甚觉蹊跷，江湖上几时冒出了一个黄龙令来实在是令人不解，然观焦砾子对为师甚是恭敬，且又言什么德高齐天才盖八世万寿无疆万岁万万岁令主千秋此等荒谬之语，倒似乎是有人竟狂妄地做起武林皇帝来了。”青青奇道：“武林皇帝？”“否则何来万岁之语？”毒手观音道，“且看来此人已网罗了不少黑白道高手为其驱役，倒也真有一派帝王气象，只是似焦砾子此等堂堂一派掌门竟也甘受其驱，这倒令为师大惑不解！”

青青道：“他们既然要杀童超，想必童超不会丝毫不知，咱们且先进镇吃饱了，再好好歇它一宿，明日到少林寻到童超再细细问他，师父你看徒儿之言有理吗？”毒手观音道：“如此也好。”三人便即进了小镇，吃饱了饭，又寻一客栈歇息。

独孤樵躺在床上，心头甚是不安。方才吃完饭时他说要连夜赶去少林，可青青却抢白了他一句：“要去你便自去！我师徒可是要歇息一宿再说！”他便不再多言。此时他躺在床上，越想越觉得童超是不该被人杀的，自己应该赶去相救才对！便爬起来，悄悄走出客栈，想去随便问一人去少林途径，自己便先赶了去。出得客栈，见离客栈不远的地方尚有一小饭馆亮着灯，独孤樵便即赶了过去。小饭馆里只有一个人在喝酒。那是一个身高七尺有余，满脸浓密络腮胡子的魁梧大汉，此时已喝得似有些醉意了。

店家却在一边打盹儿，独孤樵看看店家，不忍打搅他，便只好走到那大汉旁，道：“喂！你喝醉了没有？”大汉抬起头来，发现问话的是一个虽略显单薄，但一袭白衫，大是不俗的少年，便奇怪地问道：“我醉了怎样，不醉又待怎样？”独孤樵道：“不醉我便问你一件事情，要是醉了，我就只好去问别人了，我知道酒醉了是什么也不知道的。”此言听得那大汉一愣，不禁又多看了独孤樵一眼。

二人目光刚一相接，心中不由一震：此少年初看并无任何奇特之处，不料他的目光却如此与众不同，似是一汪清水，丝毫未受染尘一般！便一笑道：“在下正值似醉非醉之间。”独孤樵为难地道：“呀！那就难办了。”大汉看了独孤樵背上的松纹木剑一眼道：“我可是天天都要喝酒的，所以有人叫我醉鬼。”独孤樵认真地道：“那可不太好。酒醉了什么也不知道，次日头还会昏乎乎的。”大汉笑笑道：“你这少年挺有意思的，我现在的酒也不是那么醉了，你且问问你的问题，看我知不知道？知道了我便告诉你。”

独孤樵道：“那太好啦。你可知道去少林寺的路吗？”大汉奇道：“如此夜已深了，你却问去少林寺的路干吗？难道你要现在赶去吗？”独孤樵道：“我正是有急事要尽快赶去。”大汉道：“你有何急事？”独孤樵道：“我的一个朋友到少林寺去了，有人要杀他，所以我要赶去不准人杀他，他又不是一只兔子。”大汉道：“你那朋友叫什么名字？他为什么不是一只兔子？”独孤樵道：“他叫童超……”“什么？”大汉闻独孤樵之言，大吃一惊，不禁道：“是那个叫作江湖浪子童超的吗？！”“对，他说他叫江湖浪子。”

大汉道：“如果我猜得不错，你便是叫作独孤樵的吧？”独孤樵奇道：“咦！你怎么知道我的名字，我又没见过你。”大汉道：“我也是童超的朋友，是他告诉我你要到少林去的。”“哦，”独孤樵道，“原来是这样。对啦，童超是几时告诉你的？你最近见到他了吗？他还没有被人杀吧？”一脸焦虑之色。大汉笑笑道：“便是昨日夜里，在这个小镇我见着他的。”独孤樵道：“他还没被杀，我就可以去劝那人别杀他了。若是他已被杀了，我却不白来了一趟！”

大汉道：“你怎么知道有人要杀他。”独孤樵道：“我自然知道。对啦，你到底知不知道往少林寺该怎么走呀？”大汉道：“我也自然是知道的，只是若你告诉了我，你怎么会知道有人要杀童超，我便告诉你到少林寺的走法。如何？”独孤樵道：“那好吧。”便把与青青和毒手观音在镇外五里遇见焦砾子的所见所闻一字不漏地说了出来。大汉听罢突然起身道：“此地离少林寺仅有百里，独孤公子一直往南行走便可到了。我尚有急事在身，这便告辞了，咱们后会有期！”不待独孤樵多言，竟自飞身离去。

四十

那大汉奔出镇来，暗自忖道：看来童兄弟所言不虚，那独孤公子果是个丝毫不谙世事之人。然他那双眼睛也端的奇异，竟清纯到了疑有魔法入境，只是适才尚未试得他武功到底如何。若他真似童兄弟所言那般高不可测，那倒说不定与那黄龙令敌对时该是一大帮手。

不过他自言与那毒手观音一道，这却甚是有些麻烦。毒手观音被那黄龙令主封为第三巡察，职位大是不低，好在她尚未受到控制。然她毕竟是一介魔头，二十年前杀人无数，只怕一时也改不了那魔头本性！待我胡醉去解了那焦砾子之毒，便去寻她毒手观音。若她真似独孤樵所言那般不具魔性，便劝了她弃恶从善；若她仍是毒性难改，那就废了她，免得她助纣为虐，且为今后与黄龙令放手一搏之时除去一个劲敌。

思忖定时，便已到了离镇五里之外的那片密林。胡醉大声道："六信使还不快给老夫出来！本巡察要问你一事！"密林深处传来一声音道："六信使在此。"焦砾子飞快地跑了回来，却见面前乃是一个虬髯大汉，不禁奇道："望巡察恕罪，六信使不知阁下是哪位巡察。"胡醉哼了一声，道："六信使竟不识得本巡察，那算什么罪你当自知！"焦砾子连忙跪下道："望巡察恕罪，六——"胡醉何等身手，待焦砾子跪下，"信使"二字尚未说出，便已然点了他的穴道。焦砾子只觉腰间一麻，整个身子竟瘫了下来。一双眼睛兀自大惑不解地看着胡醉。

胡醉二话没说，夹起焦砾子便入林中，寻一宽绰草坪放下，不由分说掏出一粒万邪辟毒丹，掰开焦砾子的嘴便硬喂了进去。焦砾子大骇，一双眼睛咕噜噜地盯着胡醉。胡醉道："事不得已，还望焦掌门见谅。"口气甚是和蔼。焦砾子大奇，道："阁下是谁？方才塞进老夫口里那清凉药粒又是什么？"

胡醉道："在下姓古名月，对焦掌门并未有何恶意，方才给阁下服用的乃是解毒奇药。"焦砾子道："解毒？老朽又何曾中毒来了？"说话间药力已自发开，焦砾子目光渐渐呆滞。胡醉将右掌顶住焦砾子背心大穴，以自己浑厚内力助药物挥发。大约过了一个时辰之久，焦砾子才哦的一声呼出一声长气，似是大梦初醒一般，胡醉知他毒性已解，将右掌撤回时，顺手解了他的被制穴道。焦砾子一个闪身跳出一丈开外，厉声道："阁下是谁？方才为何要点老朽穴道？"

胡醉坐在原地，一笑道："焦掌门现在却还是黄龙十二信使之六吗？""信使之六？"焦砾子道。突然这两月来所经历的一幕幕在他脑海中不断闪现！焦砾子扑通一声跪下，道："古大侠在上，且容焦砾子一拜！"自称古月的胡醉连忙扶起焦砾子，道："焦掌门快快请起。对焦掌门所经此事，我辈中人无不痛心。仗义援手，本是我辈中人不容推辞之事，焦掌门又何须如此多礼。"焦砾子道："既是如此，焦某恭敬不如从命。"

言罢起身，望着胡醉道："此事甚危！与老朽同样中毒者不下数十人，却不知古大侠——？"胡醉道："古某家师略谙医道，曾练得万邪辟毒神丹，能解千种奇毒，古某仗此已自救了点苍掌门段一凡段大侠和阁下。"焦砾子道："段大侠？！却不知古大侠是何时救得他的？"胡醉奇道："十二日之前，段大侠已自回滇去了，难道这可有什么不对吗？""糟了！"焦砾子道，"定是段大侠再度被擒住又中那奇毒了，老朽昨日还自见他来着，且他已领命去引那昆仑杨三侠和高大侠入令。"

胡醉大惊道："果有此事吗？他们居然敢二度擒人？！"焦砾子道："他们擒人本事甚高，令人防不胜防，老夫便是在运功调息时，不料神志一昏，自以为走火入魔，他们便化装成老夫得意弟子，送老夫前去寻医，数日之后至一秘密之所，终日灌喂老夫奇药，约半月之后，老夫神志已清，却不由自主地受了他们支配！""哦！"胡醉甚是为此惊愕，道："焦掌门可曾记得那秘密之所在吗？"焦砾子想了想道："进去时老朽神志已昏，并不记得，派老朽出来时却是用黑布罩住老夫眼睛，坐在一巨大车篷内，七弯八拐地转了一日方才得出来，且令老夫一个时辰之后，待那大车走远了才得取下黑布的，故焦某并不记得。只隐隐觉那似是一个地下之所。"

胡醉道："黄龙令行事甚是小心诡秘，段大侠也曾与焦掌门一般说话。只不知在他们的巡察和信使之中，可还有未受他们控制的吗？""有，"焦砾子道，"仅十二信使中便尚有天山二怪牧羊童阳真子、牧羊女梅依玲及丐帮长老布袋和尚姚鹏大侠、昆仑二剑高峡、杨坤和白马书生柳逸仙尚未受其控制。"闻得布袋和尚还未受控，胡醉心中甚慰，道："那七巡察中呢？"焦砾子道："黄龙令组织甚是严密，令中等级也森严无比，越级之间甚难相见，若见却必须参见问安，故焦某并不知七巡察中尚有未受控者否。"

胡醉道："据在下所知，大约那毒手观音尚未受控。"焦砾子失声道："毒手观音？古大侠莫非是说昔日杀人如麻的侯玉音那魔头吗？"胡醉道："正是。"焦砾子道："四五个时辰前焦某还在此见过她，她自以三巡察自居，怕是古大侠有误了。""不然。"胡醉道，"且她魔性大有收敛，复出江湖二月来并未妄杀一人。她以三巡察自居，只怕是对黄龙令有所图谋之举。""哦，"焦砾子道，"果是如此，那我江湖甚幸了。"

胡醉道："与黄龙令如此一巨大神秘的组织敌对，自是多有一分力更好。古某这便有一事相托，不知焦掌门方便否？"焦砾子道："古大侠但有所命，焦某无不效劳。"

胡醉道："黄龙令以东方大侠尸身招我天下武林同道来少林，却不知在这一路上派了多少高手堵截。尤其是洛阳抵少林这一路上更有不少武林豪杰必经，故我欲沿路回去，能救则救。此事甚急，却是耽误不得的。请焦掌门代古某送一封信给毒手观音。"焦砾子诧异道："送给毒手观音？"

胡醉明知他为何如此惊讶，因武林向来是黑白并不共存的，但仍装作没听到一般，道："对，她就在前方那小镇上。"把从独孤樵处得知的毒手观音师徒所住客栈告诉了焦砾子。接着撕下一片袖布，匆匆在上面写了几个字，递与焦砾子，道："此事甚是事关重大，还望焦掌门人勿要耽误才好。"焦砾子接过布条，道："既是古大侠如此吩咐，焦某自理会得。"胡醉道："如此有劳焦掌门了，古某告辞！"言罢一抱拳，径往洛阳方向飞奔而去。

焦砾子观其身法，竟是江湖绝顶好手，却再也想不出江湖中姓古名月的绝顶高手是谁来，怔立良久，也自往前方小镇奔去。寻到古大侠所说那家客栈，已是卯夜时分。焦砾子江湖经验老到，竟躲在离毒手观音师徒所住那房间十丈开外的暗处，捡一碎石将那布条包好，暗运内力，将碎石弹向窗户。笃的一声，那碎石裹着白布穿户而进。

那碎石乍一进出，焦砾子便见从屋内飞身越出一个年约十七八岁的青衣少女来。此等警觉骇得焦砾子屏住呼吸，丝毫不敢吱声。好在那少女环视四周一遍，见无什么异动，便径越窗而入了，并顺手关严了窗户。焦砾子暗道：我堂堂崆峒掌门，岂能予你黑道魔头通风报信，此番却不负那古大侠相救之恩了。

正欲离去，不料眼前突然一黑，人便也昏迷过去。昏迷中，焦砾子隐约听得大弟子温和的声音道："师父，你老人家已中奇毒。弟子这便带你去寻一名医替师父疗伤可好？"焦砾子深知又落黄龙令之手了，但大弟子那柔和的声音似是有一种魔力，使他不由自主地点点头。接着便觉整个身子被人挟起，迷迷糊糊地便飘将起来。

四十一

卯时时分，毒手观音师徒正自沉睡，突然笃的一声，似是有一细小物件破窗而入。毒手观音甚是了得，听得有物之声顿即惊醒，未待睁眼，飘飘衣袖便自一招，未等那物落地，便已抄入袖中。

青青却自慢得一慢，便飞身越出窗外了。毒手观音见抄入袖中之物乃一碎石，尚包着一小条白布，白布上自写有字，便知是有人示警报信，并似无甚恶意，便低低道："青青回来。"青青闻言飘身而进，并顺手将窗户关严，才低低道："师父可曾发现什么？"

毒手观音道："有人传信，说独孤樵自到少林去了。"说着将那白布条递给青青。青青道了声“那呆子怎的如此荒唐！”便接过师父递过来的布条，只见上面写着刚健有力的九个字：“独孤兄弟已自去少林！”九个字下面尚有一行蝇头小字：欲知我是谁，待去问童超。青青看完字条后，道：“师父，莫非是那江湖浪子童超童少侠吗？”毒手观音道：“不会是童少侠，若是他便不必用此之法了。”青青道：“总之是童少侠的朋友？”毒手观音道：“该是这样。”

青青道：“既是童少侠的朋友，便不会所言有虚，师父你看咱们该如何行事？”毒手观音道：“独孤公子不谙世事，一人独行甚是危险，咱们这便去追他。”青青哼了一声，又道：“那呆子端的烦人！”毒手观音微微一笑，道：“独孤公子乃一奇人，武林安危只怕系在其身上呢！”青青道：“哼！我倒不信。”毒手观音正色道：“至少为师及你之大仇，当因他得报！”青青奇道：“大仇？！师父有何大仇？青青又有何大仇？师父——？”毒手观音微叹了一声，道：“为师说过待你满了十八岁便告诉你的，青青不多问。”眼眶竟是一酸，连忙转过头去，道：“青青，咱们这便动身。”青青答应了一声，并不多言，满腔狐疑地和师父直奔少林而去。

次日申酉时分，独孤樵便来到嵩山脚下。嵩山少林乃佛家圣地，但独孤樵却恍若未见，只隐约有一亲近之感而已。到了山脚，独孤樵便知那巨石后有一僧人躲藏，便径自走了过去，道：“喂，你躲在那石后干什么？快出来我问一件事情。”那僧人大骇：自己并未发出任何异动，他却怎知我在这里？！但既是被他发现了，那倒也不必再躲下去，便从石后转出，合十问讯道：“阿弥陀佛，却不知施主欲寻何事？”

独孤樵道：“我问你，少林寺可是在这山上吗？”那和尚四十来岁的样子，目光深邃，太阳穴高高凸起，竟是自内外兼修的高手。他的目光与独孤樵甫一相接，顿觉有一种通体舒泰之感，恰有如沐浴斋戒过一般。不禁定定地望着孤独樵。独孤樵见他呆呆地望着自己，疑是未听懂自己的话，便又道：“你没听懂我的话吗？我问你少林寺可是在此山上？”那僧人道：“阿弥陀佛，施主之言小僧自是听懂了的，我少林寺正在此宝山之上，却不知施主打探此事意欲何往？”“哦，”独孤樵闻言喜道，“那就好啦，我这便上去找人。”言罢竟举步便走。

“阿弥陀佛！”那僧人口宣佛号，脚步却丝毫不慢，一个飞身便已落在独孤樵前面，道：“小僧无智，敢问施主所寻何人？”独孤樵道：“噢，原来你叫无智，智是智慧聪明的意思，难道你又没智慧又不聪明吗？”无智一愣，不知独孤樵所言是什么意思。独孤樵道：“那好吧！我是来找童超的，他来你们少林寺了。”举步再走，却被无智拦住。

“阿弥陀佛，”无智道，“我少林发生非常之变，业已不使外人再上山了。”独孤樵奇道：“我怎么是外人了？我叫独孤樵，我是上山去找童超的。”无智口宣佛号道：“原来是独孤施主——”独孤樵道：“你认识我吗？”无智道：“阿弥陀佛，小僧却无缘曾识独孤施主，但施主所言童超童施主断已不在我少林寺了，望施主寻人别处去吧。”

独孤樵道：“你认识童超吗？”无智道：“小僧无缘识得。”独孤樵道：“你既不认识童超又怎么能断言他不在少林寺呢？”无智道：“阿弥陀佛，除本寺僧众外，少林寺昨日便已无外面的施主了。”独孤樵想了想，道：“我还是不信，你让我上去找找再说。”言罢竟从无智身旁闪过，径自上山。

“阿弥陀佛！”无智口宣佛号，道：“那是不可以的。”一个飞身，欲拦住独孤樵。不料却差了半步。无智乃少林方丈悟性大师首徒，一身功力几及师叔悟明大师，他的一个飞身速度之捷可想而知。不料独孤樵年仅十八九岁，且是慢步闲游的样子，无智一个飞身却未能落在他的前面。无智大惑，又是一个飞身。却仍是差了半步。无智顿知对方实乃江湖罕见高手，此番上山定是欲对少林不利，便顾不得佛家弟子勿嗔勿怒之戒，暴喝一声：“施主你还不留步吗？”一掌向独孤樵身后劈去。

无智自以为自己这一掌劈出，纵是江湖一流好手也自转身抵挡不可。观方才独孤樵身手这一掌自是伤不了他。他发此掌的目的，也只是要独孤樵回身抵挡。只须阻得他一阻，自己便可一个飞身纵将过去，到前面挡住上山之路。因此一掌发出，便自一个飞身，往独孤樵上空飘去。不料独孤樵并未转身抵挡。无智掌风离他尚有数寸，便尽数被弹了回来，幸好此时无智已飞身跃起，那掌力便自他脚底穿过，竟将后面三丈开外一棵手臂粗细的松树拦腰击断！无智和尚飞身落下，却仍是在独孤樵身后半步！

独孤樵仍是似慢步闲游地边往前走边道："我就是要上去看看，童超他明明说过他到少林寺来了的。"无智怔立当地，说不出一句话来。无智方才那一声暴喝早惊动了寺内的悟明大师。悟明大师手拈佛珠，正自闭目听无根告知招贴武林东方圣尸体在少林寺失踪一事，闻暴喝声微微张目，道："阿弥陀佛，似是有檀越闯我少林了，无根你速去看着。"无根道了声"是"，便飞身出寺。

到寺外五十步的地方，便见一白衣少年飘然而上。无智却呆立在少年身后十丈开外的地方。"阿弥陀佛！"无根立于道中，单掌立在胸前。闻无根口宣佛号声，无智似是才猛醒过来，连忙飞身前来。刚闻得一声"阿弥陀佛"，独孤樵便见面前立着一个目射精光的中年和尚，正自虎视着自己。独孤樵诧然停下脚步。

"阿弥陀佛！"无根道，"小僧无根，敢问施主此番闯山，竟是不将我少林放在眼里了吗？！"独孤樵奇道："喂！我又怎么闯山了？我并没有不将你少林放在眼里的嘛。你是叫无根吗？"无根被独孤樵的话弄得莫名其妙，不禁看了他一眼，想知道他如此说话到底是什么意思。不料一看之下大奇，暗道：怎的这少年的目光如此奇异！心中怒气顿时无存。便合十道："小僧正是无根，却不知施主所言何意？阿弥陀佛！"

独孤樵却道："你这名字比刚才那和尚的名字更有些道理。他说他叫无智，智是智慧和聪明的意思，无智岂不就是又无智慧又不聪明了吗？无根倒还差不多，人又不是树木，自是没有根的了，有理，有理！"此番话明是调侃，无根不禁听得又渐渐怒起，便又宣了一声佛号，沉声道："敝师兄与小僧之名倒还不劳施主费心！名乃虚无之名，声乃虚无之声，故无名无声，方才是立声之道。却不知施主如此单闯我少林，莫非是想在江湖扬名立万吗？那倒是小觑了我少林，且把名看得过重了！"

这几句话说得甚是尖刻。要知少林实乃武林泰山北斗。自古以来便有人以独闯少林来扬名立万的。此番少林明已招贴东方大侠尸身在少林失踪，经此剧变少林业已封山，凡武林中人尽是皆知的了，这少年却自身佩木剑硬闯上来，却不是为了显声于武林又是什么？无根如此想，便也如此说了。且想无智师兄尚且拦他不住，此番说不得只好联手与之一搏，倒不可弱了少林历来享誉武林的名头了！故言罢便暗运内力，将全身功力聚到了双掌之上。立在独孤樵身后的无智自也明白无根的意思，便也暗自运力于双掌。

不料独孤樵却丝毫没有要动手的意思，闻得无根所言，便面带微笑道：“然，名虚无，声虚无，名声即我，我即虚无。故虚无即相，相即虚无，无我无相，便可见佛。”这几句禅语凡佛家弟子尽应皆知。无智、无根自是知道，但从独孤樵口里说出来，却似是别有机锋。恰似一道灵光从无智、无根心头划过，二人凝聚双掌之力，不由自主地消失殆尽。

四十二

“阿弥陀佛，施主所言甚是，”突然一声佛号自寺内响起：“自是名我虚无，施主又为何要独闯少林？”独孤樵道：“我并没有闯少林，我是来找童超的。”寺内那声音道：“阿弥陀佛！施主所寻之童超，莫非是那号称江湖浪子童超的童施主吗？”独孤樵道：“对，就是他，他告诉我说他到少林寺来了。你见过他吗？”那声音道：“老衲悟明，有缘得会童施主一面。”独孤樵道：“这就对啦，还是悟明你不骗人，刚才无智还对我说童超未在少林呢！”

悟明道：“阿弥陀佛，出家人不打诳语，童施主确已不在少林，无智倒并未骗你。”独孤樵道：“呀！那就怪啦，童超明明让人告诉我到少林寺来找他的嘛！”悟明道：“阿弥陀佛，童施主已自离少林而去了，敢问施主因何要寻于他？”独孤樵道：“有人要杀童超，童超却不是一只兔子，不是要杀便杀了的，我这便是赶来找他，劝别人莫要杀他的。”

沉默良久，悟明道：“施主所言不虚吗？”独孤樵奇道：“我独孤樵从来都是所言不虚的，干什么所言要虚呢？再说有人要杀童超这件事也不是说着玩的，一点也耽误不得。悟明你要知道他在哪儿，就赶快告诉我，我好去找他。”悟明道：“独孤施主可否进寺说话？”独孤樵道：“我这便来。”无智、无根只觉眼前一道白光闪过，瞬息便不见了独孤樵的影子。二人目瞪口呆。

无根暗忖道：“难怪师父对童超那般敬慕，此人是童超的朋友，便也似天人一般，只怕那童超也似这等奇人了！”莫道无根，便是那悟明大师也自吃惊不小。适才二人说话之时，少说也是相距五十丈外，不料独孤樵话音未落，便已立在悟明面前。已无须再试其功力了。

悟明大师微微一笑，问道：“独孤施主适才所言有人欲不利于童施主一事，不知从何得悉？”“是焦砾子说的。”独孤樵道。“焦砾子？阿弥陀佛，”悟明道，“可是那崆峒掌门人神拳无敌焦砾子吗？”“就是他。”独孤樵道。把自己与毒手观音师徒昨日天黑之时遇到焦砾子的事一字不漏地说了出来。

“独孤少侠是随毒手观音侯施主在一道的吗？”悟明道。“对，还有青青。”独孤樵道。“青青？”悟明道，“阿弥陀佛，老衲却不知这青青施主是谁？”“是毒手观音的徒弟，”独孤樵道，“我在洛阳听一个小叫花说童超有急事赶来少林，叫我也速来找他。我又不识从洛阳到少林来的路，便叫她们给我带路来了。”独孤樵最后一句话听得悟明大师心头一怔，他自以为独孤樵既是童超之友，那定是白道中人了。他既能叫毒手观音那等大魔头替自己带路，且是自洛阳至少林千里之遥！毒手观音一身奇毒，十步之外便可杀人于无形。这独孤樵却伴她千里之行仍无异事，这份功力自是令人深不可测了！

不禁大是敬慕，暗道：那神僧说救江湖于涂炭之人不止童少侠一人只怕不虚。除童超童少侠与他那位神龙见首不见尾的大哥之外，眼前这位独孤樵当是一位。心头便大是欣慰。独孤樵见悟明大师久不说话，便又道：“你能否快点告诉我童超在哪儿？再慢说不定童超就要被杀啦！”悟明道：“童施主昨日与老衲一席谈话之后，便急着下山寻找师父去了。”

独孤樵道："我好像听说过他师父叫楚通，这没错吧，怎的又失踪了呢？"悟明道："独孤施主所言不错，童施主之师正是鹰爪门掌门无敌神掌楚通楚老施主。且昨日楚老施主是和童施主一块儿来的。老衲与童施主谈话之时，老衲之徒无镜便陪着楚老施主下棋。不料待老衲与童施主言谈毕后，楚老施主竟早已不辞而别，想是生了老衲之气，老衲尚自觉得不安呢！"独孤樵道："那你倒是不必有什么不安。说不定那楚通是有什么急事，一时来不及告辞就去了呢。反正留即是去，去即是留。"悟明道："独孤施主所言甚是。"

独孤樵道："那我这就去找他啦。"悟明道："如此老衲送施主一程。"二人走出屋来，独孤樵突然在大雄宝殿门口立住脚步，似甚是感到惊讶。悟明道："施主这是——？"独孤樵不言，竟闭上双眼，状似老僧入定面色却显得焦躁不安。悟明站在独孤樵身旁，并未说话，心头却是惊诧无比。

良久，独孤樵突然睁开眼来，对着伙房那边道："那边那间屋子是干什么的？"悟明道："那是敝寺用斋之所，独孤施主可是觉得有什么不对吗？"独孤樵道："少林寺不愧圣境，我一进来便觉心头甚爽。但那伙房似是笼罩一层凶气，却不知是何道理。"悟明大奇道："阿弥陀佛，那伙房内仅有无慧一人。"独孤樵道："无慧是谁？他会杀人吗？"悟明道："阿弥陀佛，施主不得妄语，我佛家弟子，戒不杀生。且无慧毫无武功，仅为少林一火头僧人而已。"独孤樵道："那就怪啦，那伙房内为何竟有浓浓杀气！"悟明暗暗一惊，却未再说什么。

独孤樵道："我要走啦。"言罢，径自离去。待不见独孤樵身影了，悟明暗忖方才他的言语莫非真有所指不成，便不回禅房，却往伙房而去。伙房门口仅有无慧一人劈柴。悟明走近了他才发现，连忙放下斧子，立于一旁合十道："阿弥陀佛，师叔有事寻无慧吗？"悟明合十作答，道："无慧就你一人吗？"无慧道："师叔见问。这儿就无慧一人。"一脸痴呆木讷相。

悟明不信他是一个故作痴呆却身怀绝技的奸诈之人，但方才独孤樵所言却也不似虚妄，便眉头一皱道："果真是你一人吗？"随即暗运二成功力，发向无慧。腾的一声，无慧一个偌大身子往后激飞而出！待无慧之头堪堪要倒撞向三丈开外的石墙上时，悟明伸手一抓，无慧身子顿得一顿，又平飞回来，立在悟明面前。无慧一脸惊异地看着悟明。

“阿弥陀佛”，悟明道：“出家人不打诳语，这伙房内真是只有你一人？”无慧想了想，道：“阿弥陀佛，方才师叔问无慧此处就无慧一人么，弟子便答仅无慧一人。此时师叔问伙房内仅无慧一人吗？无慧自然得这回有两人了。”悟明道：“两人？还有那一人却是谁？”无慧道：“是无镜师兄。”悟明道：“无镜？他到此来可有何事？”无慧道：“无镜师兄之定性无慧望尘莫及，他已在此一日一夜面对棋局苦思，未进滴水了。”悟明道：“无镜对棋道痴迷成性，竟是如此不悟吗？老衲这便去看看。”

言罢步入伙房，却见无镜面对昨日与楚通所对残局锁眉苦思，竟对悟明到来恍若未觉。悟明道：“阿弥陀佛，无镜你为何还是执迷不悟？”无镜抬起头来，道：“师父？”悟明细观棋局，仍是昨日无镜百思不解之局，奇道：“阿弥陀佛，活即是死，死即是活，难道昨日童施主之指点，还未替你指明道场吗？”无镜闻言不易察觉地怔了一下，道：“师父所来，可是唤弟子有何事吗？”悟明道：“为师只是来看看而已。”道声“阿弥陀佛”，径自回禅房去。

听脚步声走远，无镜突然眼睛里暴射出一丝精光，道：“无慧师弟。”无慧从门外走进来，道：“师兄所唤何事？”无镜道：“师弟且请走近前来，无镜却有一言相告。”无慧依言前来。无镜突然右掌轻轻一挥。门咿呀一声关上。“那是何人？”无镜指着门道。无慧转回头去。无镜趁他回头之时，左手食指一点，正点在无慧死穴之上。无慧尚未转过头来，偌大身躯便颓然倒下。无镜未等他身子落地，便手一抄，抱住无慧身躯，然后冷冷一笑，用手在面上轻轻一抹——顿时，无镜变成了一个年约七旬、一脸狡诈之气的老者！

那老者从怀里掏出一小瓶黑色药水，洒在无慧身上。吱吱的一阵青烟蓦地从无慧身上冒出。老者又飞快地从怀里掏出鸡蛋般大小的一团透明东西，展开戴在面上。奇迹发生了！戴上那东西之后，老者顿即不见了，站在下半身已变成一摊黄水的无慧尸身面前的，赫然又是一个无慧！站着的无慧诡秘地一笑，将那副棋扔进正熊熊燃烧的火炉里，转瞬变成灰烬。待他转过头来时，先前那无慧的尸体已经消失得干干净净，只是地上有一大摊黄水。

无慧端起淘米水，朝那摊黄水冲去。然后捡起扫帚，将积水扫出房外。无慧又冷冷一笑，掏出一个小瓶，倒出几粒血红的药丸，丢入刚刚煮沸的锅中。径自走出伙房，在伙房门口开始劈柴。

突见悟明和无镜匆匆赶来。悟明道："阿弥陀佛！无慧，适才在你房中对棋苦思的无镜师兄呢？"无慧木讷地抬起头来，见问便甚觉惊讶地指指跟在悟明身后，手中尚自拿着一副棋的无镜道："无镜师兄不是在这儿吗？"悟明道："老衲说的是先前在你房中那个。"无慧大奇道："阿弥陀佛，难道我少林竟有两个无镜师兄么？"悟明没吭声，只静静地看着无慧。无慧道："师叔前脚刚走，无镜师兄便后脚跟了出去，师叔所问，无慧愚讷，甚是不解？"悟明看看刚才无慧从伙房里扫出来的水，道："这是什么？"无慧道："启禀师叔，方才无慧打泼了一盆淘米之水。"悟明哦了一声。

无镜突然道："无慧师弟，你果真见我在你伙房内对着一盘棋苦思了一昼一夜了吗？"无慧大感惊讶地道："师兄是昨日酉时来的，之后便一直在此，直到方才悟明师叔走后，无镜师兄你才携棋而去，难道这——？"无镜道："阿弥陀佛，阿弥陀佛！昨日无镜知会各位施主下山之后，便一直在我房中未曾离身，怎的又会到此来了？！阿弥陀佛！"无慧大惊，极度迷惑地看着无镜。

突然悟明暴喝一声："智桐，你这魔头难道还不以真面目示人么？"一双精光似电的眼睛死死盯着无慧。无慧四下看看，然后不解地问道："阿弥陀佛，却不知师叔所言的智施主身在何处？"悟明冷哼一声，突然一掌向无慧拍去！无慧偌大一个身躯再度被掌风击的朝后激射而出！悟明一掌击出，立在身旁的无镜不禁大急，身子已不由自主地疾扑出去。无慧的头离石墙堪堪只有一寸时，双脚正好被无镜拉住。待无慧立定身子，一脸惊骇地看着悟明时，无镜对师父道："阿弥陀佛。师父难道不知无慧师弟是从未习过武功的么！"悟明道："为师一时糊涂，以为是千面狐智桐那魔头化成无慧模样欲与我少林不利，故不得以出此下策，还望无慧师侄莫怪。阿弥陀佛！"无慧还是一脸茫然地看着悟明。

悟明道："老衲疑昨日化成无镜那人定是千面狐那魔头，却不知他欲对我少林有何图谋。阿弥陀佛，无镜，咱们走吧。"悻悻而去。看着他们远去的背影，无慧眼里突然暴出一丝凶光，接着阴恻恻地笑了一声，便自俯身劈柴。

第十四回

四十三

童超下了嵩山，暗道师父如此不辞而别，定是师门出了什么重大变故，便不复多想，径自往鹰爪门方向赶去。

转眼便已离嵩山四五十里，此时天色已暗，童超甚觉腹中饥饿，便寻一石坐下，寻思吃些食物之后，以自己的速度连夜赶路，当可在明日午时赶回师门。不料刚吃下一块干酪，便听见三十丈开外的地方隐约传来打斗声。侧耳细听，竟发现打斗之人竟有五人之多。

童超甚觉奇怪：怎么有人会此时到这种地方来了断恩怨！虽说江湖上整日恩怨相报从不停息，但皆是相约在某个路人不常去的地方了断的。此地离少林不过四五十里，且又是人行大道，这便甚是不近常理了。童超收起干粮袋，悄无声息地移步过去，躲在一树后仔细观看。但他这一看之下，不禁顿时大惊失色！那相斗之人，赫然是他师父楚通和昆仑三剑！还有另一个长相甚是威猛的老者。五人分成两起缠斗在一处。

楚通独斗高峡、杨坤，那威猛老者却与郃盛缠斗甚烈。楚通号称无敌神掌，堂堂一派掌门，此时他掌剑双施，斗高峡、杨坤二人甚是轻松。高峡已被逼得手忙脚乱，却也只堪堪能够自保。杨坤号称冷面神，深得其师追风剑客皇甫呈所授昆仑剑法精髓，在昆仑四剑中武功数他最高。此时与师兄联手斗楚通，偶尔能还上一招，但为保师兄不受楚通所伤，所还一招也往往只能使出一半，便得回剑相救师兄。奇怪的是，楚通明明几次均可将昆仑二剑立毙掌下，但却不痛下杀手，似是要生擒高杨二人一般。

邰盛与那威猛老者却状似拼命，二人工力悉敌，邰盛掌剑向施，那老者却仅凭一双肉掌。邰盛的剑术虽不及其师弟杨坤，但那昆仑剑法也端的不可小视，与他相斗的老者不时发出暴怒之声，但却不敢贸然进身。然那威猛老者掌力雄浑实在邰盛之上，每当发出掌力时尚自轰然有声，似是遥遥传来雷电轰鸣一般，威势甚是骇人。二人各施全力，似有深仇大恨，皆以将对方置之死地而后快！

童超越看越奇，想我鹰爪门与昆仑派一向相处甚善，昆仑派当今掌门追风剑客皇甫呈与师父更是投缘，情同手足一般，此时师父却要生擒高杨二人做甚！

正想时，突见楚通暴喝一声，右掌逼开冷面神杨坤，左手一剑顺着高峡之剑前去！高峡若不弃剑，右腕非立即被削断不可！但昆仑一派门规甚严，向来是剑在人在、剑失人亡，高峡自是不会弃剑的！

童超大惊，飞身相救已是不及，便顺手摘下一片树叶，运足全力弹了过去。叮的一声，楚通只觉一股巨大力量撞在自己剑上！当啷一声，楚通手中之剑落在地上，左手虎口早已震裂，流下血来！楚通大惊，待见击在自己剑声上的仅是一片树叶时，更是惊骇无比。

高峡早已一个闪身跃开五尺，见状拱手道："何方高人相救，且容昆仑高峡一拜！"闻高峡如此说话，一直剧斗不休的邰盛和那威猛老者也自闪开，却依旧虎视眈眈。楚通似是刚刚清醒过来，便冷笑一声道："阁下何方高人，为何还藏头露尾！老夫身为黄龙令第七巡察，难道还怕了你不成！"

听师父如此说话，童超大惊失色，闪身奔了过来，道："师父，是我，方才事不得已，还望师父恕徒儿冒犯之罪。"言罢跪下。

众人皆是大惊！昆仑三剑皆想：没料会是江湖浪子童超，他虽救过邰盛一命，为人甚是豪侠仗义，但这号称什么黄龙令第七巡察的楚通毕竟是他师父，假如少时楚老儿逼他来擒我等，童少侠师命难违，以他一身出神入化的武功，我等也只好乖乖束手待擒了！邰盛甚至想：与我相斗这老儿与楚通一路，他是必取邰盛之命方肯干休，童少侠是邰某救命恩人，少时若他师父逼他杀我，那我郃盛便不劳童少侠动手，自己乖乖将此头奉上便是。

楚通却想：原来竟是徒儿童超，我练功走火入魔之时，他尚送我到那地下室里药制的，怎的两月不见，他的功力竟一进如斯！童超系自小武功由我所授，没有人比我更知道他的了，他骨髓甚佳，资乐聪颖，实为练武上上之选。在同门师兄弟中，他也是进长最快的一个。但他毕竟是我之徒，可他方才飞叶神功，武功却尚比师父离出何止一倍，这却不知是何道理？！

那威猛老者并未见方才童超飞叶神功，此时见童超跪在楚通面前，不禁暗道：原来是七巡察之徒，倒也不碍什么事。今日倒是必须取了郃盛之首，非则在二巡察面前倒不好交代了。于是在各人皆有所思时，那威猛老者便暴喝一声："郃盛！拿命来！"一掌轰然击出！郃盛尚看着童超师徒，绝未料到对方会突起发难，然此时闻声防守已是不及，不禁心中突闪一念头：我命休矣！黯然闭上双目等死。

不料那掌风并未击到自己身上！待郃盛诧然睁开眼时，只见童超已扣住了那威猛老者右腕脉门！原来童超正跪着准备受师父教训时，陡闻那威猛老者暴喝之声，知事甚殆，郃盛定无防范，便并未起身，整个身子有如一巨大龙虾激弹过去，以身受了那老者一掌，身子却只受那掌风阻得一阻，便已落在老者面前。

那老者绝未料到楚通之徒身受自己全力一掌却若无其事，正大惊时，突觉手腕一紧，已被对方扣住脉门！童超冷冷道："阁下是谁？为何要取郃二侠性命？！"老者傲然道："老夫黄龙令之十二信使！本信使奉二巡察之命来取郃盛之首！你却又要管本令之事吗？"童超冷哼一声："我江湖浪子便是要管此事！我且问你阁下是谁？"老者道："黄龙令之十二信使！"童超道："我问你的名字？！"老者道："老夫雷音掌连城虎的便是，你又且待如何？！"

童超道："哦，原来是连老前辈，如果我江湖浪子猜得不错，你当是黄龙令的最末一名信使吧？"老者肃然道："蒙德高齐天才盖八世万寿无疆万岁万万岁令主千秋恩典，赐连某为第十二信使，连某深感荣宠，虽死不足以报令主千秋大恩！"童超冷笑一声，顺手点了连虎城穴道。

此时楚通突然厉声道：“童超过来！”童超连忙过去，跪在楚通面前道：“师父所召徒儿何事？”楚通道：“童超，你身为本巡察之徒，却竟敢伤了我黄龙令信使，难道你竟敢欺师灭祖吗？”童超惶然道：“师父在上，弟子不敢！”楚通道：“那你为何伤我信使？”童超道：“师父明鉴，弟子并未伤了连老前辈，只是点了他的穴道。”楚通冷哼一声，道：“念你曾是本巡察之徒——！”“师父！”童超突然高声道，声音里充满凄凉：“徒儿不孝，还望你老人家慈悲。徒儿莫不听你老人家的话，着徒儿有错，你老人家尽管责教便是，但——！”竟流下泪来。

要知江湖人最重的便是一个义字，故有一日为师、终身如父之说，欺师灭祖更是江湖上最大不饶恕的大罪。背叛师门者，江湖中人可人人得而诛之！被逐出师门者，便人人可唾之！方才楚通讲童超“曾是”他之徒弟，自是已将童超逐出师门的意思。故童超虽号称“浪子”，为人放荡不羁，但也是受此门规处罚所不能承受的。

没料楚通见状却奇道：“你怎么啦？”童超含泪道，“徒儿知罪了，只望师父莫将徒儿赶出师门，徒儿一辈子是你老人家的徒儿！”楚通哈哈大笑道：“童超你为何如此愚鲁，当今武林天下，谁不是我德高齐天才盖八世万寿无疆万岁万万岁令主千秋他老人家之徒！楚通区区令主千秋坐前一犬，又何来之徒呢。虽你曾是我徒，然现在凡我武林中人，莫不身居令主千秋！”

童超闻言知师父已中黄龙令那归心奇毒，不禁暗咬碎牙，怒思：我江湖浪子童超但有三寸气在，不将那江湖狂人碎尸万段便不姓童了！楚通见童超面有怒色却不吭声，便冷冷道：“童超，念你曾为我徒，本巡察便告诉你，你已被列为本令第二个该杀之人，着你洗心革面，戴罪立功，擒了顽固不化的本令九、十信使，难说令主千秋还会以慈悲为怀，饶了你一条小命，否则，哼！”

童超道：“却不知九、十信使是谁？”楚通道：“便是面前这冷面神杨坤和其师兄高峡。”童超心中突然一凛，师父才早我一个多时辰离开少林，以师父的轻功，断无此时便已与我同路便赶到这儿之理，难道胡大哥所疑竟是真的吗？！便道：“师父，徒儿遵命便是。只是徒儿尚有一事不明。”楚通道：“童超你讲。”童超道：“徒儿与师父一道自洛阳赶来少林，为何弟子与悟明大师言谈之时，师父便不等弟子，自己却不辞而别了呢？”楚通大奇道：“本巡察何时又曾与你自洛阳赶来少林了。”童超心头大震：原来真是有人假扮了师父，却不知那假扮之人是谁，为何我童超与他千里同行却也看不出来！难道真是千面狐智桐那魔头吗？否则江湖上又有谁有如此绝妙的易容之术呢？

楚通见童超脸色突变，却不知他心头在想什么，便又道：“童超，你还不与本巡察快动手么！”杨坤、高峡听得楚通师徒如此说话，自知绝不是童超之敌，便不做他想，各自暗将剑尖调转，只待童超有所动作，便即自行了断，却不甘受那屈辱！童超却在想：千面狐那魔头定还身在少林，若不尽快报知，只怕悟明大师等数百少林僧众会尽遭不幸。便抬头对楚通突然道：“恕徒儿放肆了！”“了”字还未说出，早已一指将楚通点倒！

四十四

童超所为令昆仑三剑大惊！

虽说童超此举实乃救了他三人性命，但他点倒楚通，却真是犯了欺师灭祖之罪，这实令武林中人所不齿。故郃盛道：“童少侠，郃盛之命为你所赐，你若需要郃某奉上便是！郃某原以为你童少侠仁侠仗义，对你敬重有加。若你方才杀了我兄弟三人，我昆仑四剑倒还认为这深值荣幸，没料你却是这等欺师灭祖之人！恕我昆仑四剑无礼，咱们这便告辞，自此之后便非朋友。若要取我兄弟性命，以你江湖浪子的武功，那是易若反掌。咱们随时奉送便是！大师兄，三师弟，咱们走！”言罢并不作礼，转身便行。高峡、杨坤也如此想，并不言声，跟在郃盛后面便走。

童超急道：“三位请留步！”三人站住，却不转过身来。郃盛冷冷道：“童少侠此时便想取我三人性命吗？”童超道：“我江湖浪子什么样人，三位待我说完之后便可知晓。此时事情甚急，三位可否听我一言？”郃盛哼了一声。高峡冷冷道：“你江湖浪子什么样人，咱兄弟三人方才已见！有什么话你就说吧，反正你江湖浪子神功盖世，你叫我们听我们岂敢不听吗？”“既是如此，”童超一笑道：“我浪子便放肆讲了，信不信是三位的了。”

顿了顿，又道：“有人要做武林皇帝。”乍听此言，昆仑三剑怔了一下，却仍是未转过头来。又听童超道：“那人组建了一个黄龙令，那是一个十分庞大的组织，凡武林中有数的黑白两道高手尽被其网罗，供其驱役。家师和令师便是其中之二巡察。”三人闻言大震，不由转过身来。

童超又道：“甚至杨三侠和高大侠也被其封为九、十信使。家师此番前来，便是要生擒二位回去归顺黄龙令的，这一点杨三侠、高大侠刚才该是感觉到了。”“此言果真吗？”郃盛道，“我白道中人为何甘受那人驱使？”“这便是我要点了家师睡穴的原因。”童超道。接着童超便把黄龙令的组织形状以及擒得点苍掌门段一凡且救醒之后的所有细节，除了漏掉救段一凡之人是胡醉之外，全都说了出来。

童超话音刚一结束，郃盛便扑通一声跪在童超面前。童超连忙扶郃盛起来，道：“郃二侠快快请起！”郃盛道：“我郃盛有眼无珠，竟错怪童少侠，太过不识好歹……”高侠、杨坤也羞愧道歉感恩。童超道：“三位大侠快别多礼啦，否则我江湖浪子便不敢托三位办事了。”郃盛急道：“童少侠有何吩咐，请尽管道来！我郃盛是拼了命也要做的！”

童超被郃盛的憨直逗得一笑，道：“是这么回事……”便把自己从洛阳到少林以及在少林遇到的事说了出来！最后道：“我疑那人便是千面狐智桐那魔头，他定是还隐身少林，对少林必有图谋，故我这便写一封信给悟明大师告知此事，还请——”郃盛道：“区区小事，我郃盛定与童少侠将信送到。”童超一笑道：“我想请郃二侠与我一起将家师与连老前辈送至我大哥处，让我大哥将家师与连老前辈所中之毒解了，送信的事——”高峡道：“少侠放心，少侠之事便是我昆仑乃至整个武林之事。我和三师弟断不敢误了的。”

郃盛道：“那连老儿一心想取我性命，若不是少侠吩咐，我郃盛说死也不会背他去驱什么毒呢！”高峡道：“师弟不要胡言！”童超此时已写好信，递给高峡，道：“有劳高大侠、杨三侠了。”高峡道：“童少侠休要客气，否则我兄弟便无颜见你了。”童超一笑，道：“事甚急，咱们告辞！”杨坤一抱拳：“告辞！”与高峡飞奔而去。童超背起楚通，郜盛也背起连城虎，便也朝相反方向奔去。

高峡和杨坤奔出不到十里，走在后面的高峡突然咦地叫了一声。杨坤转过头来，见师兄正目瞪口呆地呆立着，他的对面站着一个身穿袈裟的年轻和尚。待杨坤看清那和尚时，也不禁呆住了！那年轻和尚赫然就是已死了一个多月的“昆仑四剑”之一管育管四侠。

杨坤惊道：“师——”“弟”字尚未出口，杨坤只觉头一昏。一个极为熟悉的声音细细地在高峡和杨坤耳边响起：“大师兄、三师兄，你们已身中奇毒，四弟这便带你们去一个地方求医可好？”高峡、杨坤不由自主地点点头。年轻和尚诡秘地一笑，伸手从高峡怀里掏出方才童超写给悟明大师的信，冷冷地自言自语道：“便是悟明那老秃驴收到此信，又怎会怀疑到我无慧身上呢！”

随即将信撕碎扔了，双掌轻轻拍了四下，立即从旁边林里钻出两个人来——段一凡和松青云！二人躬身跪下道：“黄龙五信使、七信使参见德高接天才盖四世千岁千千岁右护法千秋！”年轻和尚正色道：“本护法着令你二人将本令九、十信使送归本令龙亭！”段一凡、松青云齐声道：“黄龙五、七信使得令。”随即起身，段一凡挟起高峡，松青云挟起杨坤，隐入林中而没。

年轻和尚一抹脸立即变成了年约四十的少林寺火头僧无慧！无慧从道旁拎起一捆干柴，犹如一只巨大的鹈鹰，往少林方向扑去！胡醉沿少林通往洛阳的小路奔了一夜，却未遇到一个江湖中人，这使他心头暗自诧异，为何黄龙令不在这近百里的路上布一个人？莫非他们当擒的人都已经尽数被擒了吗？！

正诧异时，突见对面灰蒙蒙的山顶上似有两人在缠斗，胡醉飞身跃下山，几个起落便已到了山脚，发现对面山崖甚是陡峭。沿着山脚走了十丈，却仍未寻得上山之路，不禁豪气一生，暗道：区区山崖便想阻住我胡醉吗？展开游壁神功，偌大一个身子一跃便是十丈来高，然后贴在石壁上，有如一只巨大的壁虎，飞快地往山顶游移而上。

待将头伸出山崖，却见背对着自己的俨然是一老僧。看不清这老僧是谁，但观其所发掌力，竟是江湖绝顶好手，便是与自己相比，竟也弱不了多少！在老僧对面与他缠斗的，却是一个年约七旬的老妪，此时已被老僧的掌风逼得节节后退，面色死灰，大有气竭毙命之相。

显见是二人已斗多时，此时已到了拼比内力以定生死的时候了。老僧又发了一掌。那老妪挥掌相抵，却腾腾腾地连退了三步。又是一掌。又退了三步！老妪后面便是万丈深壑，此时她离崖边不过十步了。老僧再拍一掌。再退三步！一掌。六步！一掌。九步！老妪已背临深壑，只有一步之隔了！

四十五

胡醉大急，暴喝一声，未等那老僧发出最后一掌，身躯便激射而出，自老僧头上飞过，一把抓住即将掉下深壑的老妪。

老妪颓然瘫下。那老僧陡闻背后暴喝声起，不由分说，转身当即一掌拍出。轰的一声，先前胡醉冒出头顶时双手所攀突出的那块巨石顿时碎灭，落入悬崖之下，半晌才传来回音。

一掌击出，老僧已觉那人已从自己头顶越过，故刚出掌便倏地转过身来。胡醉一看那老僧，顿时大惊失色！竟是少林方丈悟性大师！老僧见面前突然多出了一个魁梧的虬髯大汉，眼里顿即暴出一丝凶光，厉声道：“你是何人？！竟胆敢管本巡察之事！”胡醉道：“大师不是少林方丈悟性大师吗？”悟性怒道：“本人蒙德高齐天才高八世万寿无疆万岁万万岁令主千秋赏识，赐封我震古烁今千秋伟业之黄龙令大巡察，却又是什么区区少林方丈了，你休得胡言！”

胡醉闻言大惊：眼前这明明是少林方丈悟性大师嘛！可那目光神态却绝

无一丝出家人之相！胡醉道：“大师——”悟性怒道：“大巡察！”胡醉道：“大巡察为何要对这位婆婆过不去？”悟性道：“此泼妇乃木叶令主卢若娴，我德高齐天才盖八世万寿无疆万岁万万岁令主千秋恩泽天地，特赐她为本令十二信使之四，特令本大巡察来收服她，可此泼妇不谢隆恩，反欲与我震古烁今千秋伟业之黄龙令作对。蒙令主千秋恩典，本大巡察与二巡察授有先斩后奏之权，故本大巡察这便先毙了她！”胡醉哦了一声，暗思道：悟性大师与武当灭尘道长既有先斩后奏之权，所中之毒自是比段一凡、焦砾子要重得多了！至少那二人神志未灭，尚知自己之名。而观悟性大师却是神志全灭，连自己是少林方丈都已不知，却不知这万邪辟毒丹对他可否有用了。

正思忖间，突闻悟性暴喝道：“你倒是谁，敢与本大巡察作对吗？”胡醉冷冷地看着他。悟性大怒道：“本大巡察这便取你狗命！”遥望一掌拍来！掌力雄浑之极。胡醉挥手一挡，竟腾地被震退一步！见状悟性嚷嚷怪笑道：“原来不过如此，还居然敢管大巡察之事！拿命来！”又是一掌拍出！胡醉一怒，豪气顿生，哈哈一声大笑，一招“亢龙有悔”便即使出！“亢龙有悔？！”悟性怪叫一声。腾腾腾连退三步之多，悟性一脸的惊骇！“你、你是胡醉？！”悟性骇异地道。

胡醉又是豪迈地一笑，大声道：“是便如何！”悟性道：“你休得意！本令已将你列为第一号该杀之人！你既现身江湖，命便不长了！”“是吗？”胡醉豪气干云地道，“你们那位狂妄令主是谁？我胡某随时会取他项上之首！”悟性正色道：“我德高齐天才盖八世万寿无疆万岁万万岁令主千秋神究天人，岂是我等草民能睹龙颜的。但我万岁令主千秋功参天地，他老人家倒是随时可取你那九斤之首！”言罢突然一个倒纵，身子竟从那悬崖落了下去。似悟性这等高手，且是有备而发，那万丈悬崖自是要不了他的性命，胡醉正待追下，不料后面木叶婆婆突然用微弱的声音道：“胡大侠请留步，老身有话要说。”

胡醉这才缓得一缓，知已无法追得上悟性了，便转过身来道：“婆婆有何话说？”木叶婆婆微微睁开眼睛，道：“你果真是丐帮帮主千杯不醉胡醉胡大侠吗？”胡醉道：“我若不是，这世上便无第二个胡醉了！”那气度豪迈之极。

木叶婆婆闻言面露微笑，低低道一声“那就好”，头一偏，便昏了过去。

胡醉连忙过去将她扶起，伸出掌顶在她背上，以内力助她恢复元气。大约一盏茶工夫之后，木叶婆婆脸色渐渐转红，长呼一口气，睁开眼来，宛若什么事也没发生一般。时逢胡醉刚将掌从她背上撤走，顿知是怎么回事，便站起来，转过身对胡醉道：“卢若娴谢胡大侠相救之恩。”胡醉道：“木叶令主何须多礼。只是令主方才说有话要告诉胡醉，却不知是——？”木叶婆婆道，“是关于贵帮长老布袋和尚姚大侠的事。”“布袋和尚？”胡醉奇道，“那老叫花出什么事了？”木叶婆婆便把布袋和尚如何与玉蝴蝶金一氓恶斗，受伤如何之重，自己如何相救却只能保其一周之命等事细细地告诉了胡醉。

胡醉闻言大惊，道：“胡某先谢过令主相救敝帮长老之恩！”木叶婆婆道：“胡大侠，老身离开姚大侠赶到这儿已经三天了，如果——”胡醉道：“胡醉省得。我这便赶去相救。对啦，木叶令主你到这儿来，却是为了何事？是专程来找胡醉报信的么？”木叶婆婆道：“自然不是，你多年不在江湖现身，找你恐怕没那么容易。只是我临走时姚大侠说若找到那江湖浪子童超便没准会找到你。江湖浪子却是赶到少林去了，故我这便赶了来。”胡醉道：“木叶令主与那江湖浪子童超熟识吗？”“曾有一面之缘，”木叶婆婆道，“然我此行却不是来寻他，而是寻独孤樵独孤公子的。”“独孤公子？”胡醉道，“却不知你找他有何事？”木叶婆婆道：“老身已关闭了木叶山，欲在独孤公子身前略效犬马之劳。这倒叫胡大侠见笑了。”

胡醉哦了一声，暗道：“似木叶令主卢若娴这等亦正亦邪之人，竟甘愿做那独孤樵走卒，莫非那独孤公子竟真如童超所讲的那样……”“胡大侠，”见胡醉久久不言，木叶婆婆又道，“莫非你知道独孤公子行踪吗？”胡醉道：“我昨日在前面百里左右的小镇上遇上他，他问我去少林的路，想是已到少林去了。此地离少林不过二百来里，你这便赶去，大约可在少林遇上他。”“多谢胡大侠指点，”木叶婆婆道，“我这便赶了去。”胡醉一抱拳道：“如此告辞，胡某这也赶去看着那老叫花死了没有。”

刚欲迈步，木叶婆婆似是突然想起什么似的道：“喂，胡大侠？”胡醉转过身来。木叶婆婆道：“那悟性大师是怎么回事？我曾遇着自称黄龙令十二信使之六的武当灭尘道长首徒松青云。我看他神志尚清，可这悟性却是——”“哦！原来木叶令主也知道了黄龙令的事。”胡醉道。“我是从松青云那儿知道的，他们还封我做了信使之四呢，哼！”木叶婆婆道，“我还以为江湖上知道的人不多，特意从洛阳赶来告诉独孤公子和童公子的呢？”“两月前失踪的那些武林黑白道高手尽皆中了一种似归心散之类的毒药。好在在下略谙医道，已为点苍掌门苍山樵段一凡大侠和崆峒掌门神拳无敌焦砾子解了此毒，但观悟性大师所中之毒却更是深沉，我也一时尚未想出救治之道。”

胡醉道：“对啦，我对独孤公子所知不深，倒不知他的武功——？”“他那简直不是武功，”木叶婆婆道，“独孤公子实是奇人，他自己也不知自己身有武功。但任你有多高武功，在他面前均丝毫无用。”

胡醉笑笑道：“你看如果江湖浪子与独孤公子相比——？”木叶婆婆也笑道：“那是不好比的。童少侠一身神功出神入化，便是你早已名扬天下的丐帮帮主胡大侠，恐怕也难以胜得了他。”胡醉笑道：“这倒是的。”木叶婆婆奇道：“你怎么知道？你们交过手了吗？”胡醉道：“自然是交了，但却不是交手，而是交了兄弟！”“哦，”木叶婆婆喜道，“那黄龙令主欲取你这九斤半，恐怕就有些麻烦了。”胡醉也笑道：“你还未说为何童兄弟与独孤公子之功如何不好比呢。”木叶婆婆道：“童少侠人中龙凤，而独孤公子却根本不似尘世中人，你胡大侠说这可好比吗？”

胡醉听罢大笑道：“木叶令主，咱们后会有期！”“后会有期。”木叶婆婆也大笑道。然后一个往洛阳方向，一个往少林方向，各自飞奔而去。

第十五回

四十六

不知不觉已过了六天。

除第三、四两日布袋和尚略显虚弱之相外，倒也没什么事情发生。布袋和尚每日早晚各两次运功疗伤，便授玮云和小六武功，日子过得倒也平安。玮云和小六二人几日下来，武功突飞猛进，布袋和尚看在眼里，心头甚是喜欢。

但布袋和尚武功本走阳刚一路，玮云是女儿家身，不宜学降龙十八掌之类至刚掌法，故布袋和尚只教她内功口字诀，助其提高内力。小六的降龙十八掌业已学全，他小小年纪，一套掌法使出，倒也有色有声。

至第六日，布袋和尚突然面色红润，神采飞扬，似是那病痊愈了一般。玮云和小六甚是高兴，午时，待师父行完了功，玮云道："师父，你老人家今日气色比昨日好多了。"布袋和尚微微一笑道："为师也觉好得多了。玮云、小六，为师此时心情甚健，你二人各练一番所学功夫给为师看看，倒是可有长进否？"小六道："师父你先看我的！"布袋和尚一笑道："你就将那降龙十八掌练一遍给为师看看。"

小六甚是聪颖，短短六天，便已将一套降龙十八掌招式记得烂熟于心，此时见师父如此说，便自闭目盘膝而坐，突然嗨的一声，一招"见龙在田"便即使出。接着招式滔滔不绝，待使出最后一招"飞龙在天"之时，他又大喝一声，随即收式敛气。睁开眼睛看着布袋和尚，道："师父，弟子练得可对吗？"布袋和尚却定定看着适才小六掌风所及之处。那本是坚硬如铁的石壁，在小六掌风所击之下，竟出现十八个拳头般大小的白印。

布袋和尚含笑微微点头道：“难为你小小年纪，竟有如此修为。老叫花眼力不错，竟收得你为徒，日后光大我丐帮者，当是非你莫属，老叫花幸甚至哉！”小六羞涩道：“师父夸奖徒儿了。”布袋和尚正色道：“为师并非夸大，以你这等年纪，在短短六日之中便将我丐帮两大传帮之宝的降龙十八掌熟记于胸，断不是常人所能及的。然我降龙十八掌博大精深，便是为师究数十年之力，尚不敢说已尽得其神。你须得勤学苦练，光大我丐帮，你可记住了吗？”小六道：“徒儿谨记师父教诲。”

布袋和尚一笑道：“玮云，你师弟的降龙十八掌已练熟，却不知为师授你的内功诀要，你可曾记熟于胸了么？”玮云道：“弟子已熟记于胸了。”“好，”布袋和尚道，“你就依要诀演练一遍给为师看看。”玮云道：“弟子遵命！”

垂手而立，运功于身。小六突觉眼前一花，师姐身子便已不见。但觉似有一只巨大蝴蝶，在自己和师父身前身后翻飞。如此过得少时，突闻一声轻叱，玮云一掌向方才小六所发掌风之处击去。石壁上又多了一个拳头般大小的白印。玮云红着脸，娇喘着对布袋和尚道：“师父，弟子练的可对吗？”布袋和尚道：“徒儿所练不差，为师甚是喜欢，只是徒儿内力尚弱，身形便难以做到行云流水。”玮云道：“徒儿日后一定勤学苦练。”布袋和尚闻言甚喜，道：“老叫花收得你二人为徒，实是平生大幸。此时为师有些疲倦，你二人自去洞外练功吧，为师歇息少时！”

玮云和小六道：“弟子遵命。师父好生歇息。”布袋和尚欣慰地闭上眼睛。玮云和小六走出洞外，各自练了一遍功夫。玮云道：“师弟，师父他老人家今日气色甚好，咱们去打几只兔子来烤给师父吃可好？”小六喜道：“师姐所言甚是，咱们这便去吧！”二人沿着山坳奔了近半个时辰，只打得一只兔子。玮云道：“师弟，咱们离师父已是甚远，须得快快赶回了。”小六道：“但咱们才打得这一只，却不够师父他老人家吃的。”玮云道：“但师父他老人家若有什么不测——”小六道：“这样吧，师姐你先回去，师弟我便再打了一两只就回来？”玮云道：“如此也好，师弟你可得快快回来。”小六道：“好！”玮云拎起兔子，径自奔回山洞。

见师父已睁开眼睛，面带微笑地看着匆匆奔进来的玮云。玮云喜道：“师父你醒啦，徒儿和小六师弟去打了兔子来烤给师父吃呢。”得意地将手中拎着的兔子举起来亮给师父看。布袋和尚微笑道：“徒儿孝心可嘉。你小六师弟呢？”玮云道：“师弟怕一只不够师父吃，他还要再猎一只才回来。师父，徒儿这便生火为你老人家烤兔可好么？”布袋和尚道：“好徒儿你且过来，烤兔少时再做不迟。”

玮云奇道：“师父可是有话要对徒儿说吗？”布袋和尚道：“正是，徒儿且放下那兔子，到为师身边来。”玮云依言过来，诧异地道：“师父——？”不料布袋和尚突然伸出一指，飞快地点了玮云穴道！玮云全身顿时动弹不得，一双眼睛满是惊诧地望着师父，却说不出话来。布袋和尚道：“徒儿莫要惊慌，待为师将话说完，你便知为师此举之意。”玮云闻言心中稍定。

布袋和尚道：“为师说话之时，徒儿不可插言，故为师要点了你哑穴！”布袋和尚望着玮云道：“为师这是迫不得已，徒儿且听为师细说。”玮云点点头。布袋和尚道：“六天前为师中了玉蝴蝶金一氓那魔头一掌，内腑均已离位，所伤之重为师自知。幸得那木叶令主相救，才得以苟延性命至今。那木叶令主所言不错，她虽以内家真力替为师内腑正位，以为师修为，也仅有七日可活之数。今日已是第六日了，为师断不可活过今夜子时。”

玮云闻言心头大震，却苦于口不能言，只是拼命摇头，一脸惶急地看着师父。布袋和尚苦笑一声道：“生死本是天定，为师倒也不把一死看得太重。”玮云还是使劲摇头。布袋和尚道：“徒儿是不是看为师今日气色甚好，不信为师活不过今夜子时吗？”玮云点点头。

布袋和尚道：“此乃回光返照之相，为师岂有不知自己伤势之理。为师以目前看来，便是敝帮主那胡醉鬼来，能否救治也尚不可知。且那醉鬼已多年绝迹江湖，为师也并不知其丝毫音讯。木叶令主去寻他，只怕也是缥缈之事。所幸老叫花得收你和你师弟为徒，虽死也是无憾了。你师弟骨骼奇佳，实为为师平生所仅见，且又机灵聪颖，更是练武之奇才。他眼下已学全了降龙十八掌，以他的武功机智，此时便是江湖一流好手也难奈何得了他了，只须他勤学苦练，日后修为定在为师之上，为师倒也不替他担心。只是你，既与你师弟同为为师徒儿，但为师武功却是刚猛一路，似那降龙十八掌，便不是女儿家所能学的，故为师不便教你，心甚是觉得不安。你与师弟为师一般喜爱，故为师已修书一封与那峨嵋绝因师太，待为师故世之后，你可持为师之书与她。绝因师太是峨嵋掌门，她们峨嵋剑法至阴至柔，出神入化，便是为师也甚钦慕的。且峨嵋剑法甚是适合女儿家练。为师浪游江湖时，早年曾与绝因师太有缘相识，你若持为师书函去，看在为师面上，她定会授你剑术的。”

布袋和尚不睬玮云摇头，继续道：“你与老叫花师徒一场，为师却未曾授你武功。江湖上人心险恶，日后你与师弟行走江湖，若蒙欺辱，为师便是在九泉之下也是不安。反正老叫花这便要死啦，若就此一命呜呼，将一身功力带入黄土，那也甚是可惜。故为师欲就此将这数十年修为传了给你。”玮云闻言心头大震，泪水夺目而出，然身不能动，口不能言，便只有拼命摇头。

玮云自是知道师父若将自身功力赠给自己之后果：待其功力悉数传尽时，便是师父毙命之时了。布袋和尚却不再看玮云，只是缓缓道：“待你受了为师之功力，便已是江湖一流好手了。便是一般江湖门派掌门，就以功力来说，也不见得便是你的对手。然我江湖中人立身处世，但求仁侠二字。为师这一生浪游江湖，自认无愧于心。日后你与师弟行走江湖，为师别无他求，只要你二人记住一件事：你们是布袋和尚姚鹏那老叫花之徒！做事但求无愧于心，无愧于天地，那老叫花也就于九泉含笑了。你可答应我吗？”

玮云拼命摇头。她死也不愿受师父一生修为！布袋和尚目内突然暴射出一丝精光，却转瞬即逝。长叹一口气道：“你竟不肯答应为师临终之时的唯一请求吗？”玮云已是泪如雨下，她使劲地点了点头。布袋和尚顿即微笑道：老叫花余愿足矣！”竟自闭目，将右掌缓缓提起，摁在玮云顶门之上！玮云头脑一昏，只觉一股雄浑之极的内力汹涌流入自己体内，转瞬与自己原有内力融为一起，在自己体内左冲右荡！玮云昏迷中只觉体内那源源不断的汹涌内力使自己浑身燥热难当，整个身子似是要爆裂了一般！

又过了半个时辰，小六才在山坳里发现一只兔子，便展开轻功追了过去。

那野兔甚是狡猾，竟不跑远，只在乱石丛中闪来跃去。小六捡一碎石握在手中，待那野兔从一块巨石后探出身来，欲跃往另一巨石之后时，小六看得真切，一石射了过去，却仅击中了那野兔之腿。野兔顿得一顿，待小六扑过去时，它却已跃到另一巨石之后了。小六和那野兔有若在乱石丛中捉迷藏一般，又过了一盏茶工夫，小六尚未捉住那野兔。小六早已火起，暴喝声连连不断。突然从远处鬼魅之速般跑来一条大汉，一个飞身跃在一块巨石之后，伸手便把那腿已受伤的野兔抄在怀里。

小六奔过去，不由分说便伸出手道："拿来！"那大汉身躯魁梧，却长着一撮稀稀拉拉的山羊胡子，看上去甚是滑稽。大汉道："我干吗要给你，这兔子是我抓住的？"小六怒道："阁下难道没长眼，不知这野兔之腿早已受伤了吗？"大汉笑道："便是受了伤，你也未将它捉住。是我捉住的便归于我，你难道不知这道理吗？！"小六怒道："你且休耍无赖，你可知那兔腿是被我所伤的么！你休惹得我性起——！"大汉奇道："惹得你性起又便如何？"小六大怒，道一声"我便废了你！"一招"亢龙有悔"便即发出！

那大汉见小六所使招数，心中大奇！暗道：这小孩却为何会使我降龙十八掌！便不闪不避，硬受了小六一掌。小六见对方不闪不避，心中大是惶急，甫一出掌便高声道："你还不闪开，当真不要命了吗！"哪料对方丝毫不做闪避，挨了一招"亢龙有悔"却依旧若无其事。小六又惊又怒，道："没想阁下原来也是略通武功的，既是你要自讨苦吃，我这便成全了你！"言罢一套降龙十八掌源源使出。

那大汉连中十八掌，依旧是若无其事。小六大奇，道："喂！你叫什么名字？为何我如此了得的降龙十八掌却伤不了你！"那大汉见小六方才所使武功，又闻得他这般说话，便笑着道："我是谁你且休问，我只问你，你师父现在何处？""我师父？"小六奇道，"我师父在何处又岂是你管得着的吗？"大汉笑道："我自是管得着的了。"小六更奇，道："好！我且问你，你可知道我师父的赫赫威名吗？"大汉哈哈大笑道："小六你且休吹牛！你师父布袋和尚姚鹏那老叫花，除了喝酒赖帐之外，还有个屁的赫赫威名！""咦！"小六益加奇了，道，“你这人真奇怪，干吗连我鬼灵子小六的名字也知道。”大汉道：“你怎么又有了一个叫鬼灵子的雅号了？难道你很聪明么？”小六道：“哼！既然叫了鬼灵子，我小六倒也不好浪得虚名。”一脸的自傲相。

大汉笑道：“那你猜猜我是谁？”“你是——？”小六听他方才言行，心中不禁一动：莫非便是丐帮帮主胡醉吗？！越想越对，便道：“哼！你不就是那丐帮帮主胡醉醉鬼么？我师父还正等着找你算账呢！”那大汉果真便是胡醉，因其路遇少林方丈悟性大师，且身份已露，便不得再以一副虬髯之面示人了。况听木叶婆婆所言，布袋和尚的性命危在旦夕，却不可在一路上再生枝节，便化成了如此一副滑稽之相。此时胡醉听得小六如此说，心头一喜，暗道老叫花这徒儿倒真是机灵无比，且他已学会了降龙十八掌，如此小小年纪便有如此功力，前途倒是不可限量，心下甚喜。

但此时却不是闲谈之时，便正色道：“对，我便是胡醉，小六速带我去救你师父！”小六却道：“我师父今日已病体大愈。倒是你如果是冒充胡醉的，我引你去岂不糟糕。”胡醉奇道：“病体大愈？！”小六道：“我师父两个时辰前还叫我和师姐演练功夫给他看。师父他老人家面色红润，竟是无病一般了，我和师姐这才出来打兔子回去烤给师父吃的！”闻得小六如此说，胡醉暗道一声“要糟”！与木叶婆婆相遇至今已是第三天了。一共过了六天，今天当是老叫花亡命之时，他两个时辰前的面色红润，不是回光返照又是什么？！

胡醉大急道：“你速带我去！”小六却慢悠悠道：“我干吗要速带你去？我怎么知道你是真胡醉还是假胡醉？”胡醉道：“自是真的。小六，再慢怕就来不及啦！”小六哼了一声道：“有何凭据说你是真的胡醉？”胡醉大急却无计可施，突然灵机一动，道：“我是丐帮帮主，自是会使降龙十八掌，外人却是不会的，若我使了出来，你可肯相信了吗？！”小六道：“这话倒还有些道理。但你却会使吗？我鬼灵子小六可是使降龙十八掌的大行家，你想糊弄我可是行不通的！”胡醉道：“如此请看！”拉开架式，一套“降龙十八掌”有若行云流水，源源不断使出，十八招之后，周围巨石早已碎成一片。

小六大叫道：“我相信啦我相信啦！你便真是胡醉那酒鬼了。我这便带你去见我师父，让他好好奚落你一番！”胡醉不再多言，跟着小六径回山洞。昏迷中，玮云只觉燥热难当，浑身似要爆裂，却苦于哑穴被点，呻吟不出声来，正自无法忍受之时，突然似骨骼暴折似的啪地响了一声，玮云顿觉先前在体内左冲右撞的那股汹涌内力突然似水归渠一般，乖乖地在全身七经八脉静静流淌，玮云只觉通体舒泰，不禁睁开眼来，却见师父面若死灰，一副颓然之容，正自慈祥地望着自己。

玮云眼眶一酸，泪水又复汹涌而出。扑通一声跪在地上。“徒儿快快请起！”布袋和尚去扶玮云，不料自己却身子一偏倒在地上。玮云大急，高叫一声“师父！”便即跃身抱起布袋和尚。原来是此时玮云已身负雄浑内力，自行冲开了被制穴道。玮云泣不成声道：“师父，你老人家待徒儿恩同再造，我柳玮云但有三寸气在，不千刀万剐了金一氓那魔头替师父报仇便誓不为人！”布袋和尚呼吸甚微，双目微张，轻轻笑了一下。

恰在此时，胡醉和小六飞身进入洞内。小六见状大骇，道：“师姐，师父他——？”未待玮云说话，胡醉一纵到了布袋和尚身旁，伸手握住布袋和尚左腕，发觉他脉象虚弱之极，若是再晚到一刻，便已是气绝不救了。玮云突见一大汉扣住师父，又惊又急道：“你干什么？！”一掌拍向胡醉。

小六位道：“师姐，他是丐帮帮主胡醉！”但已是来不及了，胡醉陡觉一股雄劲掌风袭向自己，连挥出右掌挡了过去！胡醉身子震得一动，玮云却是被震退一尺有余。胡醉道：“柳姑娘休得造次，令师功力全失，瞬息有性命之忧！”射过来一道精光似电的目光。玮云心头一凛：这哪是在洛阳小巷里与童超喝酒的醉鬼！小六见师姐面色瞬息几变，便道：“师姐，胡大侠是易过容了的。”玮云便不疑有他，道：“胡大侠若救了家师，便是我柳玮云的大恩人！胡大侠且先受小女子一拜！”

胡醉一挥手，道：“柳姑娘休得多礼，令师身为敝帮长老，我身为帮主岂有不救之理。只是令师伤得太重，且又功力全失，可得费些时日，请柳姑娘及小六去守住洞口，三日内不许任何人进来！”胡醉这一挥手，玮云便未能跪了下去。此时闻胡醉之言，小六道：“便是我和师姐也不可进来吗？”小六还想说什么，玮云连忙拉住他的手道：“且听胡大侠吩咐，师弟休得多言！”这便与小六走出山洞，守住洞口不提。

第十六回

四十七

这日酉戌之交时分，独孤樵别了少林悟明大师，匆匆下得嵩山来。此时他心中甚是焦急，不知童超竟是到了何处。

先前离开少林古刹时涌现的那阵杀气虽尚隐隐在他心头笼罩，但童超性命的旦夕之厄却更使他不安。他不知道童超是否已经知道有人要杀自己。若是知道还好，他应该是会自己躲起来的。若不知道，那岂不就是大糟特糟！

独孤樵正自茫然，忽闻山脚传来有人打斗的暴喝声。难道竟又有人要在嵩山脚下杀人吗？！独孤樵心中一急，不禁双目微闭，面呈一片祥和之色。

那在山脚缠斗的竟是青青和无智和尚。无智乃少林当今方丈悟性大师之徒，一身修为可算入江湖一流好手之列，自不是青青所能匹敌的。此时那无智仅凭一双肉掌，竟将手持三尺青锋的青青逼得手忙脚乱，兀自只有招架之功，并无还手之力。毒手观音却袖手立于三丈开外，似是徒弟与别人争斗与她无甚干系似的。

无智突然左掌一挥，将青青直刺过来的剑身拍歪，右掌变爪，施出空手夺白刃之功，竟是要生生夺下青青手中之剑。青青已是无法避开，不禁大急道："师父！"未等毒手观音有所动作，无智、青青突觉眼前一道白影闪现。青青只觉手上一轻，剑已不复在手。无智和尚却觉右腕一紧，已被一支软绵绵的手捏住。

青青以为剑已被无智夺去。无智却以为青青突出奇招，扣住了自己的脉门。二人皆是心中一凛！哪料二人刚一定神，却见中间多了个白衣飘飘玉树临迎的瘦弱少年。独孤樵左手握着青青方才所持之剑，右手兀自握着无智右腕。毒手观音方才一直在旁观战，她虽不愿开罪少林和尚，但自也不会使自己徒儿蒙受被人夺剑之辱。见青青已无路闪避，眼看手中之剑便要被那无智夺去，毒手观音刚欲有所动作，不料眼前突闪一道白影，独孤樵便已立身青青和无智二人之间。

毒手观音见是独孤樵，心头一喜，道："哦！原来是独孤公子。"独孤樵道："青青和无智打架，侯前辈你却为何不劝劝他们？"毒手观音尚未说话，却见青青脸色通红，似是眼泪即将夺目而出。毒手观音不禁道："独孤公子可否将剑还与小徒？"独孤樵道："她不再用剑杀无智，我便将剑还了她。"

无智和尚闻言不禁又好气又好笑：若不是你独孤樵横插一手，纵是十个青青持剑便又奈我何！试着运力于右腕，暗暗挣了几下，却未曾挣脱得开那手，浑似无力，但无论怎样运力，却总是那所运之力不知何往！不禁道："独孤施主还不放开小僧之手吗？"独孤樵道："你若答应不打死青青，我便放开了你。""阿弥陀佛，"无智道："我佛家弟子以慈悲为怀，小僧断不敢妄开杀戒的！""那好吧，"独孤樵道："看你既无智慧又不聪明，我信了你便是。"松开了无智之手。

毒手观音连忙道："独孤公子，有为师在此，小徒她断不会杀那臭和尚的，你且将剑还了青青吧。""好，"独孤樵道："既是侯前辈这般说，我就将剑还了青青。"说罢递剑过去。

青青冷哼一声，接了剑，狠狠地插在鞘里，一脸怒气地对无智道："你可是自以为了得吗？臭和尚不服咱们再打一架！"因为无智听毒手观音说有她在旁，青青便断不会杀那臭和尚，这话听在无智耳里甚不是滋味，此时听青青又如此说，不禁怒道："阿弥陀佛！我少林门前却容不得有人如此撒野！"

听青青和无智和尚如此说，独孤樵不禁大急道："喂喂！你们都答应过我不再打了的！说话可是不能不算话的呀！"毒手观音见独孤樵满面焦虑，不禁道："青青还不回来。"青青悻悻回到师父身边，委屈地道："师父，他欺负徒儿，你老人家也不管了吗？"毒手观音伸手摸了摸青青的头发，并未说话。

见青青回到毒手观音身旁，和无智是打不起来了，独孤樵便道："喂，侯前辈，你们怎么也会来到这儿，并和无智打起架来了？"毒手观音道："昨夜得知公子独自前来少林，我师徒怕公子有何不测，便即赶来了。"独孤樵奇道："你们怎么会知道我一个人到少林来了呢？"毒手观音道："我们自是不知，幸得有人报信。""报信，"独孤樵奇道："是谁又知道我一个人到少林来了呢，我可是悄悄地来的呀！"

想了想，眉头一展道："对啦，定是那个喝酒的大胡子，我曾向他问路来着。""喝酒的大胡子？"毒手观音奇道："那人怎生模样？""那大胡子个子好大！"独孤樵说，接着将胡醉的容貌形容了一番。"哦，"毒手观音沉吟了一声，并未再说什么，只在心里暗暗忖道："听独孤公子如此说，莫非是那少年时便已名动江湖的丐帮帮主千杯不醉又复现武林了么？这倒是大有可能，因为目前江湖局势甚是严峻，有人要做武林皇帝，胡醉身为丐帮帮主，自是不能置之不理的。"

独孤樵见毒手观音久久不言，似是在思忖什么，便道："那青青又怎么会和无智打起来了呢？"青青哼了一声，道："这臭和尚竟敢不让我和师父上山！"独孤樵道："原来是这样，那你们不用上山啦！连我上去也是白去！"青青和毒手观音欲上少林本来就是去找他独孤樵的，此时听得独孤樵如此说，青青不禁冷哼一声，暗道这呆子为何如此不知好歹！毒手观音却道："独孤公子说不用上山了，却不知所指何意？"

独孤樵道："童超早就下山去啦，说是去找他师父去了。他师父也是太没道理，本来是和童超一起上去的，却趁童超和悟明老和尚谈话时，悄悄走啦！"无智听独孤樵如此说，心中不由一怔：他一直在此守住通往上山之路的，童超和楚通上山之事他自无不知，但下山时却只有童超一人，观其甚是焦急，倒也并未问其何事，无智还以为是悟明师叔有事留住了楚通呢，因为他在此并未见那楚通下得山来！

无智兀自沉默不语，毒手观音却哦了一声，道："却不知那童少侠到哪儿去了？"独孤樵道："我要是知道就好啦，可惜连悟明那老和尚也不知道，咱们该如何去找他，我还想问你们呢！”毒手观音道：“那咱们且先回昨日所歇那个小镇，这几日那镇上江湖中人甚多，以江湖浪子童超童少侠的为人武功，定会有人知其下落的。”独孤樵喜道：“真的吗？那咱们这便回去吧，再晚了还找不着童超，怕就来不及了！”毒手观音道：“如此也好。”带着青青径自先行。

独孤樵走了几步，便驻足转过身来对无智道：“喂！无智，你们少林寺那伙房倒是有些不对，你可得当心些。”无智正欲问其有何不对时，却发现几步开外的独孤樵早不见身影了。无智愣怔了半晌，依旧百思不得其解，正迷惑间，见山上走下一僧人来，那人步履甚是缓慢。

走至面前，却是无慧和尚。无慧合十行礼道：“阿弥陀佛，师兄可见有个叫独孤樵的施主从此路过了吗？”无智合十道：“独孤施主才堪堪离去，却不知师弟问此可是有事吗？”无慧道：“独孤施主走得匆忙，竟遗忘一物在我少林，悟明师叔便叫无慧下山送还与他。”无智大奇：在我少林数百僧众中，唯有这无慧师弟丝毫不懂武功，那独孤樵神功盖世，轻功更是妙绝人寰。让无慧师弟来追独孤施主，那简直不可思议之极。悟明师叔一贯行事慎严，竟也会糊涂一至如斯么！

无慧打断无智思绪道：“阿弥陀佛，无智师兄为何不问那独孤公子所遗乃是何物？”无智道：“却是何物？”无慧从怀里掏出一拳头般大小，状甚柔软之物握在手中，走过来道：“便是此物。”无智低下头看，无慧突然一指飞出，正点在无智命门死穴之上！无智还未来得及哼出一声，便自倒下，不闻任何声息。

无慧冷笑一声，将无智尸体拖至一丈开外的巨石之后，然后轻轻拍了三下手掌，并撮唇轻轻地打了一声口哨。五十丈开外的密林里迅即钻出两个人来，飞快地向无慧这边跑近，却是苍山樵段一凡及武当七剑之一的松青云！

段一凡和松霄云跑近无慧身前二丈便即跪下，齐声道：“黄龙之五、之七信使参见德高接天才盖四世千寿无疆千岁千千岁右护法！”无慧道：“五、七信使平身。”段一凡、松青云又道：“谢右护法！”站起身来，满面媚态地看着无慧。

无慧道："五信使何在？"段一凡忙道："信使在此，护法有何吩咐？"无慧道："本护法尚有要事，不得在少林久待。本护法将你化成少林火头僧无慧和尚，你且为少林秃驴们做十日斋食，便回龙亭复命。"段一凡道："信使得令，但——？"无慧从怀里掏出一包白色粉末递给段一凡，道："你须每日在锅里撒少许粉末，不可有一日遗漏，明白了吗？"段一凡接过粉末道："信使得令。"

无慧便将手往面上一抹，抹下薄薄一层人皮面具来，覆在段一凡脸上。顿时，点苍掌门苍山樵段一凡瞬息成了少林火头僧无慧，而先前立于段一凡之前的无慧赫然变成了昆仑四剑之一的管育管四侠！管育道："五信使听令：你从此时起，便身为少林无慧，丝毫不谙武功，只懂做饭劈柴而已，可曾听明白了吗？"无慧（段一凡）道："无慧明白。""如此便好。"

管育阴阴一笑，突然双掌往无慧头上猛击过去，无慧竟是丝毫不闪不避！管育哈哈一笑，收回掌来，道："无慧请回少林。"管育这双掌击出，虽未伤及无慧，却也将无慧满头银丝尽数剪去！无慧合十行礼道："阿弥陀佛，小僧这便回我少林去了。"言罢径上山去，步履甚缓，俨然无慧不二。

看着他的背影，管育微微点头。突然转过头来，对松青云道："五信使既为无慧，七信使这便为无智。"依法施为，将先前给无智看的那团柔软东西展开，戴在松青云面上，松青云便即不存，俨然成了无智。待一切装扮完毕，管育道："无智，因东方圣尸体在我少林失踪，悟明大师已令封了嵩山。无论江湖中何等样人，均不可由你处上山，你可尽力施为，凡欲上山者，一律格杀勿论，可曾明白了吗？"无智（松青云）合十道："无智明白。"

管育又道："十日之后，你可与五信使一道回本龙亭复命。"无智道："无智得令。"随即隐入一巨石之后。管育也转至另一巨石之后，将一瓶黑色药水满了几滴在无智尸身之上，那尸身顿即冒起一阵黄色烟雾。待那烟雾消尽时，无智尸身已不复存，从那巨石后转出来的，却是江湖浪子童超！

童超看看天色，径向方才独孤樵和毒手观音师徒所行方向飞奔而去。

四十八

童超将师父楚通和雷音掌连城虎在客栈安顿好，嘱郜盛好生照料，自己便马不停蹄地去寻找胡醉。他先寻到目前与胡醉见面的那家客栈，并不惊动店家，施出绝顶轻功，径入胡醉屋内，却见已是人去屋空。

出得屋来，问门口店家道：“当家的，日前住你客栈，一脸虬髯之须的那大汉可还住着吗？”店家道：“你可是他的朋友吗？”童超连忙道：“我正是他朋友，却不知他此时去了何处？”“你问我，我问谁去！”店家冷冷地道，“那姓古的说是离店之日付银子的，哪料招呼也不打便悄悄跑了！你是他的朋友正好，便替那姓古的付了银子吧！”

童超自思，胡大哥定不是那种住店不付银子之徒，定是有何急事来不及付店家银子便走了。这可麻烦，却又不知他究竟去了何处。便苦笑道：“你休要拉着我，我自替他付你银子便是。”言罢掏出几两碎银递给店家。店家一掂手中银两，发现竟比该收胡醉店银两倍还多，连忙松手笑道：“公子慢走啦。”

童超不再多言，举步出了客栈。那店家看着童超背影，自言自语地道：“这两个朋友一个是赖皮，一个却是呆子，真个怪事情！”

这个小镇并不大，不到一个时辰工夫，童超便已寻遍，却仍未见胡醉踪影。令童超奇怪的倒不是寻不着胡醉踪影。胡醉本来就是个神龙见首不见尾之人，他何时会在何地出现本来就是难以捉摸的。令江湖浪子觉得奇怪的倒是这个巴掌大的小镇短短二日便已聚了不少江湖人物。仅他所见的，便有七八拨之多。有的二人一起，有的三人一伙。皆挤在一起嘀嘀咕咕，状甚神秘。

江湖浪子不愿多管闲事，悻悻走回客栈，打算另作他想。不料刚走到离客栈尚有二十来丈远的一个拐角时，突闻有人在五丈开外的地方“咦”了一声。童超循声望去，却见木叶婆婆满面风尘地奔过来道：“这不是江湖浪子童超童少侠吗？”童超见是木叶婆婆，便揖身道：“在下正是童超，却不知木叶婆婆却为何现身于此地？”木叶婆婆道：“老身自洛阳寻独孤公子到此，一路上却未听得他任何消息，却不知童少侠可曾遇到他了吗？”

童超奇道：“独孤樵也到少林来了吗？”木叶婆婆道：“他听得那小叫花代你传的话，连夜便赶着来了，日前胡醉胡大侠还在这个小镇上遇着他呢，说独孤公子——”“什么？！”童超急急打断木叶婆婆的话道：“你见着胡醉啦！你什么时候遇着胡大哥的？胡大哥此时到了何处？！”

木叶婆婆听得他叫胡醉胡大哥，又观他一脸的急切，不禁大惑，道：“童少侠难道与胡大侠——？”童超道：“哦，我在洛阳和胡大哥结拜兄弟，眼下我有急事寻他，却不知胡大哥身在何处。”木叶婆婆道：“敢问童少侠寻胡大侠有何急事？”童超便把自己师父及雷音掌连城虎如何中黄龙令之毒，又如何被自己擒下之事告诉了木叶婆婆。

木叶婆婆哦了一声，道：“原来童少侠已知黄龙令之事了，老身干着急一场，还巴巴地赶来给你和独孤公子报信呢，路上还差点被悟性那老秃驴掌劈深壑！”“悟性？”童超道：“婆婆说的可是少林方丈悟性大师？”“正是那老秃驴！”木叶婆婆道。接着把悟性大师中毒甚深，甚至连胡醉也不知如何解法，以及自己只差一线便被悟性劈死，幸得胡醉赶来相救之事告诉了童超。

童超道：“那我胡大哥又到何处去了？婆婆可能见告吗？”木叶婆婆道：“自无不可。胡大侠赶去救丐帮长老布袋和尚姚鹏姚大侠去啦。”“布袋和尚姚鹏？”童超道：“姚大侠侠名传播天下。一套降龙十八掌使出来甚是了得，又有谁伤得了他呢？”“是玉蝴蝶金一氓那魔头。”木叶婆婆道。又把布袋和尚已收玮云、小六为徒，如何被玉蝴蝶所伤在一山洞中，以及把山洞的位置尽数告知于童超。

童超闻言大喜道：“谢婆婆相告，童超这便送家师及连老英雄去寻我大哥救治。”木叶婆婆道：“童少侠无须客气，老身本欲去看看令师的，但有那连城虎在侧，就不去了，老身一看见那连城虎心中便不舒服。咱们这便告辞吧。”

童超道：“木叶婆婆意欲何往？”木叶婆婆道：“自是这便动身前往少林

寻独孤公子啦，童少侠还有何吩咐？”童超道：“婆婆且休说什么吩咐。只是少林此时已将上山之路封了。婆婆到嵩山脚下时，只须告诉无智……”“无智却是何人？”木叶婆婆道。“乃是悟性大师之徒，一身功力恐怕不在江湖一流好手之下，婆婆自是不怕了他，但也无须惹少林麻烦，”童超道：“婆婆只须告诉他是童超要你去找悟明大师的，烦他通报一声，想是不会受阻。”木叶婆婆道：“如此便多谢童少侠了。”

童超道：“只须见了悟明大师，他断会告诉你独孤樵的下落。若婆婆寻到了独孤公子，还请婆婆将我的去向告诉他，并让他多多小心，眼下江湖局面甚是险恶。”木叶婆婆道：“老身理会得。”童超一抱拳道：“如此告辞！”木叶婆婆也道：“童少侠凡事小心了，告辞！”童超一笑，径自奔回客栈，与郃盛挟了师父楚通和连城虎，便去找胡醉救治不提。

童超离去之后，木叶婆婆自思此地离少林不过百十来里路，不过半日之程，便自进了一小饭馆，意欲吃饱喝足之后再奔少林不迟。不料木叶婆婆走进的这家小店已是人满为患，且座中竟有十来个江湖模样之人。

木叶婆婆正欲外出另寻别处，却听有人道：“那不是在洛阳伤了师叔你老人家的那个臭老婆子吗？”木叶婆婆闻言循那声音望去，却见武当灭性子和一干弟子也正在店内喝酒！此时他们竟都转向门口望着她。

灭性道长肩上被木叶婆婆所创剑伤此时已愈，见木叶婆婆刚欲出去，便打了个哈哈，道：“木叶令主为何见老道在此便欲离去，莫非是不敢一起喝杯酒吗？”木叶婆婆怒道：“灭性子，本婆婆倒还没有怕过谁来！难道是你想请我老婆子喝一杯吗？”灭性道长道：“好说好说！便请木叶令主赏光，过来喝一杯如何？”木叶婆婆冷哼一声，径自走到灭性子面前站定，道：“却不知道长这杯酒要老婆子如何喝法？！”不料灭性子又是一个哈哈，让身边一弟子让出座位，道：“木叶令主请坐下说话。”

四十九

木叶婆婆暗道这可蹊跷，但人家既让出位子，则不可示了弱不敢坐了。便即坐下道：“道长有话请讲！”灭性子道：“木叶令主何须性急，咱们边喝边谈。”令弟子给木叶婆婆倒了一碗酒，端起自己的碗道：“木叶婆婆可否先饮了这杯？”木叶自思：你武当号称名门正派，想也不敢在此酒中弄鬼。便一言不发，端起酒碗一饮而尽。

木叶婆婆放下酒碗，道：“道长可以讲了吗？”灭性子道：“那晚在洛阳老道伤了令主一掌，但令主也刺了老道一剑。咱们两下扯平，就此揭过如何？”木叶婆婆大奇：以他灭性子的禀性，却如何会讲出此番话来！不禁诧异道：“道长此话之意是——？”

灭性子道：“老道日前幸遇胡大侠，方知木叶令主——”“胡醉？”木叶婆婆奇道：“你是在哪儿遇到他的？”灭性子示意木叶婆婆无须高声，然后道：“木叶令主可否借一步说话？”木叶婆婆道：“自无不可。”言罢站起身来。灭性子也站起来对一干武当弟子道：“你们且在此地喝酒，我一个时辰后便回来，切不可轻易离开。”众弟子道：“弟子谨遵师叔令谕。”

灭性子和木叶婆婆赶到一无人之所。木叶婆婆道：“道长是在何处遇到胡醉胡大侠的？”“便在离此镇不到百里之地。”灭性子道。木叶婆婆大奇，道：“胡大侠不是去救他丐帮长老布袋和尚姚鹏姚大侠性命了吗？怎会——？”“哦，”灭性子道：“胡大侠是携姚大侠病危之体去寻一极为隐秘地方救治时，偶遇老道的。”“极为隐秘之所？”木叶婆婆急道：“道长可知那地方在哪儿吗？”灭性子道：“这老道倒不知，也不好向胡大侠见问。”木叶婆婆道：“那可就糟了！”“糟了？”灭性子见状也奇道：“木叶令主此话——？”木叶婆婆打断他的话道：“你可知道目前江湖上突然出现了一个叫黄龙令的组织吗？”灭性子道：“老道也是听胡大侠所言才知道的。有人想做武林皇帝，使药物将黑白两道高手尽网落身前任其驱役，敝掌教师兄也为受害者之一，故老道——”“你知道就好，”木叶婆婆道：“我说糟了是因为童超去姚大侠受伤处找胡大侠去了。”

“童超？”灭性子道：“你说的可是那江湖浪子童超童少侠吗？”“不是他又是何人？”木叶婆婆道：“他师父无敌神掌楚通也是黄龙令第七巡察，幸好已被童少侠擒下。童少侠正携其师去找胡大侠救治！”灭性子抚掌道：“那可真是糟了！”木叶婆婆道：“你说什么？”

灭性子道：“胡大侠知童少侠已去少林，说这两日恐怕便会回转此处。胡大侠让老道转告童少侠，让他务必和独孤樵独孤公子走在一道，以防不测，因黄龙令已派出不少高手欲对童少侠和独孤公子不利。”“独孤公子？”木叶婆婆急道：“难道黄龙令也要对他不利吗？”“他们已将独孤公子列为要杀的第三号人物，”灭性子道：“胡大侠还让老道给童少侠传了话便即回我武当，因黄龙令已对少林武当采取了行动。”“但童少侠已寻胡大侠去了，”木叶婆婆道：“再说便是老婆子也尚未见到独孤公子之面。”灭性子道：“童少侠是何时去寻胡大侠的？”木叶婆婆道：“就在不到一个时辰之前。”

灭性子道：“既是如此，老道这便去追童少侠，只是——”木叶婆婆道：“只是什么？”“以童少侠的轻功，只怕老道追他不上，”灭性子道：“那布袋和尚姚鹏姚大侠受伤之处，木叶令主可能见告吗？”木叶婆婆便把那山洞的位置告诉了灭性子，然后道：“与童少侠同行的还有昆仑郜盛，想必道长无须到那山洞便可赶上了。”灭性子道：“那老道这便去追童少侠去。却不知木叶令主可有了独孤公子信息了吗？”木叶婆婆道：“道长为何知道我老婆子要寻独孤公子？”灭性子道：“也是胡大侠见告的。”

木叶婆婆一笑道：“难怪道长适才在那饭店差点让我老婆子认不出来了。”灭性子道：“胡大侠是引老道至一无人之所才对老道讲这番话的。方才武当弟子出言不逊，得罪之处还请木叶婆婆多多包涵。”木叶婆婆笑道：“我老婆子原来行事一贯凭着性子，在你武当眼中自属亦正亦邪之流，老婆子一笑置之，自是不会计较的了。时值武林危难之秋，凡我武林中人皆得出一绵薄之力，灭性道长以为然否？”灭性子肃然道：“木叶令主所言极是！”

木叶婆婆道："独孤公子此时尚在少林，这是肯定错不了的，老婆子想这便赶去少林追随独孤公子。""对啦！"灭性子突然道："听胡大侠说独孤公子是和毒手观音侯玉音走在一道？"木叶婆婆道："那便如何？"灭性子道："胡大侠说那毒手观音乃江湖数一数二的使毒大行家。既会使毒，也当会解毒才是，故独孤公子若能让她帮江湖所中毒之人解毒，只怕也能——？""但那毒手观音乃一介魔头，只怕不易说动她替白道中人解毒的。"木叶婆婆道。

灭性子道："然据胡大侠说，那毒手观音与独孤公子似是有一种特殊的关系，若是独孤公子求她，当不会推辞。"木叶婆婆奇道："特殊关系？"灭性子道："老道也不明其中道理。"木叶婆婆道："若真如此，那便当然是最好的了。独孤公子菩萨心肠，无论是何人性命，他必是都会救的。"灭性子道："这老道也有所耳闻目睹。"

木叶婆婆道："对啦，胡大侠可否说过他何时能再现江湖？"灭性子道："胡大侠神龙见首不见尾，很难说他会何时现身何地。但观姚大侠伤势，恐怕多则半月，少则一周之后吧。"木叶婆婆道："那这段时间内黄龙令恐怕就会更加猖獗了！"灭性子黯然道："这实乃我江湖之不幸。可惜昔日太阳叟东方大侠又不幸遇害，否则哪还容得有江湖狂人做那武林皇帝之梦！""甚至东方大侠连遗体也被人盗去，"木叶婆婆道："只怕那狂人也非等闲之辈。"

灭性子突然舒眉道："有江湖浪子童超和独孤公子在，那狂人的皇帝之梦恐怕也是痴心妄想！"这句话听在木叶婆婆耳里甚是舒服，便大声道："对！咱们这便分头去找童少侠、独孤公子。"灭性子道："便是这样。"木叶婆婆又道："道长追上童少侠，便把胡大侠之言告之于他，让童少侠将其师带回此镇。我老婆子去寻到独孤公子，便也回到此镇。让毒手观音为童少侠的师父楚老先生解毒之后，咱们便可与那黄龙令放手一搏了！"

灭性子道："刻不容缓，咱们这便告辞！"木叶婆婆道："告辞！"二人分头飞身而去。

第十七回

五十

独孤樵离开无智，便去追赶毒手观音师徒。不料一个时辰之后，他少说也该奔出了二三十里，却不见毒手观音和青青踪影。独孤樵大奇，自己与那无智和尚说话也不过才一盏茶工夫，以自己方才之速，早便该追上她们了。不禁心中一急：莫非是自己忙着奔跑，竟是追过头了吗？如此一想，独孤樵便又折过身，径往少林方向奔回。这一次他放慢了脚程，想再不要又迎面错过了。哪料过了一个多时辰，独孤樵已又回到嵩山脚下，却还未见毒手观音师徒。

独孤樵冲着一块巨石后面道："无智你出来吧，我有话要问你。"化装成无智和尚的松青云从巨石后转出身来，俨然似无智和尚一般无二地合十道："阿弥陀佛，施主有何事要问小僧？"独孤樵道："你可见侯前辈和青青又折回少林来吗？"松青云道："阿弥陀佛，施主所问侯前辈与青青是哪两位施主，小僧无智却是不知。但我少林业已封了嵩山，那两位施主断不会去了少林的，施主别处去问吧。"独孤樵奇道："无智你不认识侯前辈和青青这不是怪事吗？"松青云道："阿弥陀佛，天下人小僧不识者可谓多之又多，无智不识施主所说侯前辈与青青两位施主，却又何怪之有，望施主予明言。"

独孤樵让他给弄得大是莫名其妙，道："你不识别人自当说得过去，却为何不识毒手观音侯前辈与她的徒弟青青呢……"他的话尚未说完，松青云一听毒手观音之名，心中大是一惊：因黄龙令组织甚是严密，等级也格外森严。且除令主之外，上至左右护法下至黄龙十二信使，皆由人画了肖像并注明所担之职，凡下职见了比自己职位高者，都是要跪拜参见的。松青云方才说自己不识三巡察毒手观音，那是犯了不敬上之罪，按令规当打乱棍一百，故大惊之下，松青云不禁失声道：“是三巡——！”突然想到自己此时实是少林无智和尚，却非黄龙信使之七，连忙住口不言。

独孤樵见无智突然打断自己的话，却又面色一变不再多言，便大是不解。“你说什么？”独孤樵道。“阿弥陀佛，”差点泄露了自己原来身份，松青云几乎急出一身冷汗，此时见独孤樵见问，连忙口宣佛号以掩方才失态，道：“无智并没说什么。”独孤樵并未细观松青云神色变化，他只想知道毒手观音师徒下落，方才他听无智说不认识侯前辈和青青，不禁大惑不解。因而道：“你才和青青打了一架，怎么就不识她们师徒了呢？”松青云道：“阿弥陀佛，施主所说毒手观音侯玉音侯前辈与她徒弟，无智自是识得的，但她们和小僧打了一架之后，便自离去了。”“是青青和你打，”独孤樵纠正道：“侯前辈并未动手，否则你是打不过她的。”“阿弥陀佛，”松青云又是一惊，看起来自己还是少说为妙，否则言多必失，且顶着他的杆儿爬便了。因而宣了声佛号以定心神，然后道：“施主所言极是，若毒手观音侯前辈出手，便是十个无智也早没命了。”

独孤樵道：“侯前辈不会杀你的。其实侯前辈也不喜欢杀人。”松青云闻言心里暗道：侯玉音被称作毒手观音，早年她杀人如麻！哪有不喜欢杀人的呢？眼前这少年如此说，且观他寻毒手观音又似甚急，那他便不是毒手观音之徒，也定是与她颇为亲近之人，自己倒不可得罪了他，否则将来他在三巡察面前参上一本，我七信使可是担待不起。于是道，“阿弥陀佛，施主所言极是。”独孤樵一笑道：“无智一口一个施主施主地叫我，难道你也不认识我了吗？”独孤樵本是无心之言，但这话听在松青云耳里却有如五雷轰顶：莫非是德高接天才盖四世千寿无疆千岁千千岁右护法他老人家化成此少年来考查我吗？但这似不可能，右护法他老人家有急事在身，且令我十日后回龙亭复命，当不会再折道回来。那此少年又是谁呢？既然他与毒手观音似是颇为亲近，那定是常在一道的了，说不定方才他还和三巡察走在一道呢。于是道：“阿弥陀佛，施主不就是和毒手观音侯前辈走在一道的——”他故意不再说下去。

孤独樵不知无智方才所想，因而马上接口道：“对，我就是和侯前辈与青青一块儿从洛阳赶到你们少林来找童超的独孤樵。方才我劝开你和青青打架之后，又和你说了一阵话，她们师徒便先走了。那也就一盏茶还不到的工夫，我追了一个时辰却也未追到。我以为是我跑得太快错过了，就又折回来找，可又找到这儿还是没有遇着。她们没上山吗？”松青云听得他自称是独孤樵，心中又是一惊：本震古烁今千秋功业黄龙令已将此人列为第三号欲杀之人，听说此人一身神功莫测却又不谙世事，不想他如此年轻！心中接着又是一喜：知道他是独孤樵那便好了，虽打不过他，但要蒙过他却是再容易不过！松青云这一惊一喜，其实只是刹那间之事。

听得独孤樵如此问，便接口道：“阿弥陀佛，小僧无智一直在此避身，防那江湖肖小值我少林多事之秋前来捣乱。独孤施主与毒手观音前辈师徒走后，并未有人再来此处。”独孤樵道：“她们没有回来吗？”无智道：“自是没有，否则小僧自不会见不到的。”独孤樵道：“那就奇了，莫非我又迎面错过了吗？”无智道：“独孤施主大约便是又错过了。”独孤樵急道：“那我便得赶快去追她们。”言罢便走。还未等无智说出话来，眼前便已没了独孤樵身影。无智大骇：独孤樵一身神功当真莫测，便是右护法他老人家恐怕也没此等轻身功夫！突然心中一震：岂能如此想德高接天才盖四世千寿无疆千岁千千岁右护法他老人家！便自己掌了三个耳光，径自转到巨石之后。

却说大约两个时辰前，独孤樵与无智和尚说话之时，毒手观音与青青不过走出一两百丈，她们慢慢地走，自是为了等独孤樵赶上来。不料刚走入一树林旁，毒手观音突闻耳边响起一细微但却无比清晰之声，与在洛阳仙客来饭庄听到的那声音一般无二。毒手观音顿即驻足。青青以为师父驻足是为了等独孤樵，便也不多问，跟着收住脚步。哪料师父有如中魔，双眼定定地看着身旁浓密树林，身形一动不动，似在倾听什么。青青道：“师父？！”毒手观音摇手示意青青不要多言，依旧定定看着树林。随即一言不发，竟缓缓走入树林。青青只好莫名其妙地跟了进去。

毒手观音在前，似是不识路在摸索一般，一步一步地往前走。每步均在一尺左右。青青大奇，也一步一尺地踏着师父的脚印跟在后面。如此走了九十七步，毒手观音茫然地往左转身，飞快地走了十四五丈，然后站住身子，全神倾听。青青见师父状似入魔，不敢多言，只是手握剑柄，紧紧跟在师父身侧。少顷，毒手观音在原地又向左转了九十度身，又是一步一尺地向前走了一百零三步，刚好到了一个绝壁之沿站定。

青青大骇：若师父再往前一步，便是万丈深渊，坠身下去，却还焉有命在！正欲伸手拉住师父，不料毒手观音往右转了九十度，顺着绝壁边缘又走了三尺，然后转过身，竟又面对万丈深渊！“师父！”青青叫了一声。毒手观音却恍似未闻。未等青青话说二句，竟一个飞身，径往绝壁跃下！

青青自四岁起便一直跟着毒手观音，师父在她眼里有若生身之母一般，此时见拉师父不及，竟不再多做他想，也惊叫一声师父，跟着跃下！青青此时心中茫然一片，只觉阴冷的山风从耳旁呼呼刮过，扫得面部生疼。不知过了多久，青青突觉一股强劲无比的风力将自己急疾下坠的身子吹向左边斜移数丈，然后那阵风力竟移向自己身下，将自己整个身子托着缓缓下降。下降四五丈之后，双脚安然着地，全身竟无丝毫损伤！青青大奇，茫然睁开眼来，只觉眼前漆黑一片。听到轻微的呼吸声，青青感觉到师父也在离自己不到二丈的地方。心中顿时大定，摸索着走过去拉住毒手观音的手，道：“师父！”毒手观音似未听到，没有作声。青青又道：“师父，这是怎么回事？！”

五十一

未等毒手观音回话，突有一苍老的声音传来：“阿弥陀佛，你为何将她也带了来？”毒手观音道：“玉音纵身下来之时，并未想到青青也会跟着跃下。”那苍老声音叹息了一声，沉默良久之后才又道：“我为你指路之时，也忘了她尚跟在你身旁。”毒手观音道：“玉音按前辈之言到此来时，也忘了青青尚在身边。但玉音苦苦等了二十年，且听前辈所言并未再乱杀无辜，今日虽小徒在侧，但青青与玉音情同手足，还望前辈无忌，将那仇人之名告诉玉音，若玉音得报此仇，便是死也无憾了。”那声音道：“你的所行所言，我自无所不知。这二十年你依老夫之言隐居玉龙雪山，未再乱杀无辜，老夫甚是欢喜，然那日在洛阳仙客来饭庄，所死那二人你又做如何解释？”

青青跟了毒手观音十数年，内功已不弱了，师父与那神秘老人对话之时，她已渐渐地能看清四周景状。这是一个方圆十四五丈的平地，地上寸草不生，离她们立身之处右边三丈远的地方有大约方圆四丈的一潭清水，便是在三丈开外，青青也能感觉到那潭水之冰寒。这地方四周均是如被刀削般的万丈绝壁。仰头上视，天仅是一线而已！青青边环视四周，边细听师父与那老者对话。她初时听那老者口宣阿弥陀佛，后又闻得他自称老夫，便不知他到底是不是和尚。但见师父对他甚是恭敬，便猜准是前辈隐居高人。

见此时师父听他说起洛阳杀人的事之后汗如雨下，说不出一句话来，便道：“老前辈不要怪我师父，那天在仙客来饭庄，是那几个家伙先无教养地吆喝，后又出口不逊，我师父才——”“青青休得多言。”毒手观音厉声打断徒弟的话，又道：“那日玉音一时糊涂，还望前辈恕罪！”那苍老声音又宣了一声阿弥陀佛，道：“妄杀人命，岂是能恕之罪么？唉——”青青到处看，却不见丝毫人影。毒手观音却已双膝跪下，道：“玉音知罪了，还念前辈看在玉音苦等了二十年的分上，将那人姓名告诉与玉音。大恩大德，玉音虽万死也不能报！若前辈仍是不肯见告，玉音便跪地不起，即使再跪二十年，玉音也无怨言。”青青见师父如此，也连忙跪在师父身旁。一声长长的叹息之后，那声音道：“也是天数使然，你们就起来吧！”毒手观音道：“前辈肯告知玉音了吗？”依旧跪地不起。

那声音道：“二十年前，老夫告诉你只要不再枉杀无辜，二十年之后便将个中缘由告知于你。救人一命，胜造七级浮屠，你可知此理吗？”毒手观音道：“二十年闭门思过，玉音此时已知前辈深意。”那声音又道：“只怕你却不知老朽另一层深意。那人便是当时，纵是你十个侯玉音也不是他之对手，你若前去报仇，那便是自投罗网……”毒手观音道：“玉音确实不解。若二十年前前辈便告知玉音。玉音正如前辈所言，自会寻上那好贼之门去报仇的。若未能报仇而身死他手，那只怪玉音学艺不精，却是虽死无憾！”那声音道：“不然！那人并不会杀了你的。你去报仇，只会身落他手，任其凌辱而已。”毒手观音骇然道：“任其凌辱？！”那声音道：“你难道竟不明白江湖上为何在二十年前你愤而滥杀无辜之后，为你取了个毒手观音之名。”毒手观音道：“恕玉音愚鲁。”那声音道：“其时无论是毒手还是观音，你都是当之无愧的，此时你当明白了吧？”毒手观音脸一红，道：“前辈如此说，玉音已明白了。”

毒手观音此时脸红绝非偶然，只她初出道时便名动江湖，倒不是因为她武功高强无匹，而是因为貌美无比。她本出身南诏，原系大理国一种茶人家之女，后被鸡足山一僧人收为义女，授其武功。那僧人实是游戏人间之异人，武功奇高却从不在江湖走动，视功名如粪土。且对武功之外的旁门五术无所不精，晚年收得侯玉音为义女，视若掌上明珠，但观义女心高气傲，便除内功之外，并不授诸如奇门阵式之类，还是在义女苦苦哀求之下，才授了她一套并不足称霸江湖的剑法。然在临终之前，怕义女今后在江湖走动吃亏，才将手书毒经大全授予义女。其余著作一概付之一炬。侯玉音厚葬义父之后，独自在玉龙雪山苦苦钻研义父所传毒经大全，终成数一数二的武林使毒高手。三年之后，侯玉音独到中原武林，其时地对武林恩怨毫无所知，也并不恃毒伤人，只是偶尔显露一两手剑法。那剑法终归是她那世外异人的义父所授，虽不足以称雄武林，但也不是江湖一二流高手所能匹敌的。只因她生于号称南蛮的大理国，加之貌美倾城，故她一在中原武林露面，便令无数豪门阔少和江湖中人倾倒，不久便得了一个“赛观音”的称号，只是后来……

毒手观音正追忆往事，到此时突然心头一黯，道：“前辈请恕玉音无理，虽玉音身落那贼人之手，但玉音却决不至于遭其凌辱，难道玉音不会自寻一死吗？”那声音道：“并不如此简单，那人自你出江湖之日起，便无时不对你垂涎三尺，只因其身份非同一般，才未敢公然——”“前辈！”毒手观音突然打断那老者的话道，“他的身份非同一般，莫非——？”那老者道：“你不要打断老朽之言，天数如此，老朽今日便把一切皆告诉了你，你们起来吧。”毒手观音才发觉自己和青青方才竟是一直跪着。闻那隐身老者之言，便道：“谢前辈大恩！”与青青一起站了起来。

那声音道：“凡我尘世中人，尽皆愚顽不化，其实有些小的劫难是可以人力回天的。”毒手观音道：“玉音谨听前辈教谕。”那声音又道：“若在二十年前老朽告之了你那人姓名，江湖便得遭受一次劫难。”毒手观音道：“恕玉音愚鲁，不知前辈之意。”那声音道：“其时那人如此做法，其意便是要你寻上其门，将你扣下，先满足其兽欲，然后囚你一辈子。”毒手观音闻言大为惊骇。“但老朽虚度百年，早知此是早已天定的一劫，”那声音道，“但我若以老朽之力，定可使江湖免遭此劫，故才在湘水之畔，敲响木鱼，并将那番话告知了你，你可还记得么？”毒手观音道：“玉音记得。”那声音道：“你这二十年不违老朽之言，也算是老朽没枉费心机了。”

毒手观音道：“却不知前辈所言江湖那一劫是何意思，若指玉音被那奸贼所囚，那似算不得江湖劫难？”那声音道：“那人囚你之后，必先喂你万心归圣散。”“万心归圣散？”毒手观音道：“那是两百年前一江湖奇人所制，秘方早已失传，在我义父所著的毒经大全中也仅存其名，甚至在他老人家所写的解法后也加了‘存疑’二字，难道那好贼竟得了那失传百年的配制秘方了吗？”“正是”，那声音道：“苦苦僧人学究天人，他所著的解法若有强劲内功做辅，便能解那万心归圣散。”“前辈！”毒手观音突然道：“你老人家怎会识我义父之名？！我义父从未在江湖走动过，且他老人家虽视我若掌上明珠，却也只在临终之前才告诉玉音他老人家自名苦苦僧人的，且告诉玉音不可与人言及！”那声音道：“五十年前老朽浪迹天涯之时，曾在洱海之滨有缘识令义尊一面，老朽与苦苦僧人虽只说了短短数语，却是得益匪浅，他早知你之劫难与江湖劫难，才让老朽在其百年之后代他点化于你的。”

毒手观音闻言又再跪下道：“前辈大恩大德，请受玉音一拜！”那声音道：“玉音你起来，先听老朽再道个中缘由。”毒手观音依言起来，垂手肃听。那声音道：“那人喂你万心归圣散之后，你便心即归他，他每日必辱你一次。一载之后，他对你便不似先前热心，改为半月辱你一次。又过半载，他已另得新欢，便已将你忘却，让你独受囚禁之苦。然那万心归圣散之效仅有三载，若三载之后不再服用，毒性自然会解。那人虽知此理，但他其时已忘了你尚在囚中。你待毒性解后，不过一月，便因胡醉偶遇使你得救——”“胡醉？”毒手观音诧异道：“前辈所说的莫非是那丐帮帮主千杯不醉胡醉胡大侠吗？”“正是，”那声音道：“那胡醉乃酒仙翁那老醉鬼之徒。对啦，老朽忘了告之于你，那酒仙翁对武功一道倒是平平，甚至与其徒胡醉相比也有所不及，但他曾与你义父苦苦僧人早年却有八拜之交。你义父学究天人，所精之道甚多，但对药物一道，却不如他拜弟酒仙翁。他二人结交，也是因为二人以药物斗法，令义父输于了酒仙翁而起的。酒仙翁专攻药物一道，终研制成万邪辟毒神丹，可解万心归圣散之毒。令义父所制的辟毒神丹也可算是解毒神丹，但他终归不敢断言能否解得万心归圣散，故加了‘存疑’二字。他二人收徒均甚晚，酒仙翁更在令义父之后，故细算下来，那胡醉尚该叫你一声师姐呢。”

听丐帮帮主乃自己师弟，毒手观音心头暗喜道：“请问前辈，那胡醉知此中情由吗？”那声音道：“令义父和那酒仙翁皆是异人，既你也是听老朽方才所讲才知，那胡醉自是不知道了。老朽甚至不知胡醉那老醉鬼师父死了没有呢。”毒手观音哦了一声。那声音道：“咱们却接着说正话。你得胡醉偶然相救之后，自会感其相救之恩，把自己三年所历之事告诉于他。胡醉性本刚直，其时他已知那人武功之强便是你二人联手也远非其敌，他便劝你另投明师，学成不世武功之后再去报仇，并以性命相求。你自然答应了。但胡醉却待你答应离去之后，独去找那人为你报仇，自是遭了毒手。你知此情后便更是悲愤欲绝，逢人便杀，并将那人姓名公诸世。于是那人迫于此情，便撕下侠义面目，肆虐横行，顿时江湖血雨腥风，无数英雄豪杰无辜地肝胆涂地。这，便是老朽所说的江湖劫难了，你此时可知老朽所说的另一层深意了吗？”

毒手观音闻言浑身冷汗直冒，听那人见问，便肃然道：“老前辈大慈大悲之心，玉音知道了。”“阿弥陀佛，”那声音又道，“如此甚好。幸而老朽依令义父苦苦僧人所言，避免了江湖一大劫难。现今已过二十年，江湖又面临一大劫难，幸而已有救江湖于涂炭之人，不用老朽再多担忧。老朽也该将你那不世之仇人告诉你了。”毒手观音心中不知是悲是喜，自己苦苦等了二十年的时机终于盼到了，她竟险些落下泪来，道：“玉音谨听前辈教谕。”那老者长叹一声，才缓缓地道：“他，便是当今的黄龙令令主！”毒手观音闻言竟痴痴的一句话也说不出来。

五十二

青青道：“师父，你怎么啦？”毒手观音恍若大梦初醒，咬着牙一字一字地道：“黄龙令主！我毒手观音侯玉音与你不共戴天！”那老者长叹一声，道：“天数！”毒手观音道：“前辈大恩，侯玉音没齿不忘！但前辈还未告诉玉音那贼人之名，不知——”她的声音被一声阿弥陀佛打断，那声音宣过佛号之后，又道：“终有一日，他的面目必将大白于天下，且他将受天下之极苦，那也是他一生多行不义的报应，但恕老朽言尽于此。此时还不是说他姓名之时，否则天下江湖必将血流成河，那老朽及令义父的一番苦心便即白费了。你难道还不明白吗？”毒手观音道：“玉音明白。”

那声音又道：“侯玉音，老朽在洛阳对你说的你的仇当因那少年得报之言，你可还记得吗？”毒手观音道：“玉音记得。自洛阳至少林千里之遥，玉音便不敢离开独孤公子一步。独孤公子恍若不似尘世中人，对世事一无所知，玉音怕他有何不测，一直陪在他身旁，只是在离少林百里的一个小镇上，独孤公子独自去寻童超，幸得人示警，玉音随即追去——”“这老朽知道了，”那声音道：“那示警之人乃是你师弟胡醉派去的。”毒手观音哦了一声。那声音又道：“三日之后，你可复遇到独孤樵，望你谨记老朽在洛阳告之于你的话。”毒手观音道：“玉音会记住前辈所言的。”那声音道：“对了，你无须等司马青青到十八岁才告知她的身世了，十二年前，便是老朽将她送至你玉龙雪山脚下的，她身上那纸条也系老朽所留。”

“司马青青？”青青大奇。她隐约记得自己四岁时被人送至一山脚放下，自己一觉醒来时，便已不再是那间永远是关着门窗的小屋，而是一甚是宽敞明亮但却寒气甚重的山洞了。她睁开眼时，却有一中年美妇正用一种奇怪的目光看着自己。那中年美妇就是后来成了她师父的毒手观音！方才她一直静听师父和那不见人影只闻其声的老者对话，知师父原来有如此深仇大恨，难怪在她幼时的记忆中师父暴怒无常，虽对自己甚是喜爱，从不得罪自己，但她有时会平白地抓些诸如野兔山羊之类的动物来，无端地一刀刀将它们的肉一片片割下来，无视那些动物的惨嚎声了。此时突听那老者说到司马青青，并说十二年就是他将司马青青送至玉龙雪山的，心中自是大奇：难道他所说的竟是自己么？不禁道：“前辈，你说的司马青青莫非是我吗？”“阿弥陀佛，”那声音道：“这全是天意使然，个中缘由，你师父自会告知你的。”

青青急道：“师父，我——”毒手观音似未听到青青所问，却对那不见踪影的老者道：“前辈，玉音尚有一事不明，当时他们并未成亲，为何——？”老者长叹一声，沉默良久才道：“造孽也！”突然改用传音入密道：“此事不可让她知晓，老朽告诉你之后，你也永不可告诉她，你能做到吗？”毒手观音也用传音入密的声音道：“前辈吩咐，玉音无不遵嘱！”青青听那老者叹息一声，又叫了一声“造孽也”便不听下言，却见师父嘴唇在动，知他们是在用传音入密之功在谈不愿让自己听到之事。虽知他们所谈之事与自己身世有关，但也是干着急，只有耐心等待，想在这之后师父定会告诉自己的。

那声音在毒手观音耳边道：“她实乃那十恶不赦的黄龙令主之女。”突闻此言，毒手观音有如五雷轰顶，喃喃地道：“这不可能！这绝不可能！”青青见师父突然脸色一片惶然，且失声喃喃自语，不禁大奇道：“师父，什么绝不可能！”毒手观音一惊：自己方才一惊失态，忘了用传音入密之功！连忙对青青道：“没什么，师父方才听老前辈说了一桩江湖上耸人听闻的旧闻而已。”

那声音又在毒手观音耳旁响起：“二十年前，施家大闺女雯雯实是被当今黄龙令主所掠去，施雯雯不会丝毫武功，自是轻而易举地就被他侮辱了。十月之后，施小姐临盆之际突然血崩，眼看性命不存，那丧尽天良的黄龙令主便将其抛身荒野，以为早已裹身狼腹，不料老朽恰好路过，将其救醒，她将自己身世及遭遇告知了我。产下青青之后，因失血过多，老朽已是回天乏力，正欲将她葬了，不料那恶贼怕她不死，竟又折身回来，老朽不愿多惹事端，挟了女婴便迅捷离去。第二日老朽再去那地方时，施大小姐已是尸骨全无。老朽便依她临终之际所托，将司马青青养到四岁，便带了她去让你收为徒。”

毒手观音道：“她怎知我会收其女为徒？”那声音道：“施大小姐尚不知其时司马伯儒已为那恶贼所杀，她还让老朽传言司马伯儒，让他娶了你，她说你们一文一武，似是天造地设一般，她本来就欲悄然离司马而去，不料突遭如此大难，她早已无颜见人，只愿你们看在司马伯儒与她相爱一场的分上，收了青青为女。收徒之言，乃是老朽所托于你的，并非施姑娘所托！”

毒手观音似是自言自语，又似是对那老者道：“施家妹妹，咱们为何这般命苦！自今往后，青青便是我玉音亲生闺女，望妹妹在天之灵安息吧！”泪水禁不住地流了下来。青青大惊失色，道：“师父你怎么啦？”毒手观音没说话，却把青青紧紧搂在怀里。

那声音道：“独孤公子身世奇特，连老朽也是不知，但老朽有一个预感，似是与那黄龙令主有关，以后你不可让青青与他太过亲近，否则——”毒手观音道：“莫非独孤公子也竟是——？”“不然，”那声音道：“老朽也仅是一种预感而已。”毒手观音道：“那往后玉音注意便是了，望前辈放心。”“如此就好，”那声音道：“老朽要走了。”毒手观音急道：“前辈且慢。前辈对玉音之大恩大德，玉音没齿不忘，只是玉音却从未得见前辈一面，虽玉音知前辈这等风尘异人，最讨厌俗世这一套的，但玉音敢请前辈现身一睹恩颜一面可否？”那声音道：“你既知我最烦不得俗世这一套，又何必强求老朽呢？便是我那记名弟子，也还从未见过我这师父一面呢。免了吧！”“记名弟子？”毒手观音奇道，“却不知——？”“便是那江湖浪子童超，你自是识得他的对吗？”哈哈一笑，道：“此处四面皆是万丈绝壁，你和青青自上面来，便从下面去可也，老朽这便走啦！”毒手观音连呼了几声“前辈！”终不见回音，知这等风尘异人说走便走，便不复多言，抚摸着青青一头秀发，柔声道：“青青，前辈已经走啦，咱们这便也走吧。”

青青轻轻替师父擦去面上的泪痕，道：“师父？”毒手观音道：“出去之后，为师便把一切都告诉你。”青青喜道：“那师父咱们这便走吧。”接着神色一黯：“走！怎么走？”是啊，这四周全是万丈绝壁，若非生有双翅，又怎能出去呢？

第十八回

五十三

木叶婆婆和灭性道长分了手，在那个小镇上匆匆吃了点东西，便急急赶往少林，去寻独孤樵和毒手观音师徒。哪料出镇不到十里，迎面便遇上了江湖浪子童超。木叶婆婆和童超二人皆是一惊。

木叶婆婆道："童少侠，怎的就你一人，令师楚老先生呢？"童超一愣，道："这位可是昔日木叶山木叶令主卢前辈吗？"木叶婆婆江湖经验何等老道，听得他如此说便疑窦顿生：童少侠与自己三个时辰前还自说话来着，此时他为何如此说话？莫非此人竟不是童少侠，而是别人化成江湖浪子模样的吗？还是童少侠正在做一桩隐秘之事，不愿泄露了身份？若是后者，以他江湖浪子童超之才智，完全可用另外一种方式，比如说易容什么的呀！不！江湖浪子何等样人！他自是不会遮了自己真面目行事的！但他为何又要装作对自己是才初识呢？若是前者——木叶婆婆一惊，马上想起一个人来：千面狐智桐！笔者写来话长，其实这些念头在木叶婆婆脑中闪现只是飞快的一瞬。

且先多与他再说几句，看他如何回话，木叶婆婆这般想，便道："老身正是昔日木叶令主。童少侠此时意欲何往？"童超道："家师失踪数月，童某这便到江湖上寻他老人家。"木叶婆婆闻言又是一惊，暗道怪也，童少侠方才不是已带了其师去寻胡醉救治了么？于是疑心更甚，道："令师无敌神掌楚老先生掌剑双绝，难道竟会——？""木叶婆婆有所不知，"童超神秘兮兮地说，"我江湖上最近突然出现一个什么黄龙会，无数黑白英雄尽被其网罗，童某家师说不定便已被他们所掠，故童某一直在暗察这个神秘组织的总会坛呢！"观其说话神态，木叶婆婆此时已敢断言眼前这位童超是为别人所扮。

他虽面目酷似江湖浪子，但江湖浪子那份“哪管人鬼当道我自浪荡江湖”之豪气，却是眼前这位“童超”所没有的。但他既敢冒充江湖浪子，那决不会是等闲之辈，或许便是那千面狐智桐。千面狐智桐在黑道四大魔头中名列第二，最近又被那神秘的黄龙令主拜为什么右护法，无论奸诈还是武功，皆是高人一筹！木叶婆婆自忖并非其敌，此时与他单独相遇，且自己已被他们定为什么黄龙十二信使之四，倒是险之又险了！且先稳住了他，伺机脱身才是。

木叶婆婆于是道：“关于黄龙令之事，老身也略有所闻。”“童超”突然厉声道：“卢若娴，你已是黄龙令之四信使，这难道还瞒得住我江湖浪子童超吗？童某这便为江湖除掉你这黄龙令之爪牙！”听得此言，木叶婆婆竟哈哈大笑起来。

童超诧异道：“你笑什么？”木叶婆婆道：“亏你江湖浪子童超被江湖中人誉为才智武功双绝，老身是笑你不过是浪得虚名耳！”童超道：“此话怎讲？”木叶婆婆道：“那黄龙令将江湖上凡有些名头的尽列门下，虽似老身这等在你白道中人眼中属亦正亦邪之流自有人甘当其爪牙，但似堂堂少林方丈、武当掌教那等非凡人物为何竟也甘受其驱，你可知其中缘由吗？”童超道：“难道他们竟被那黄龙令强服了诸如归心散之类的药物不成？！”木叶婆婆道：“正是如此！难道以你江湖浪子的眼力，竟还看不出来老身并未中那等奇毒吗？”“童超”道：“此言当真？”木叶婆婆一语双关地道：“那些并未中毒却甘当黄龙令爪牙的人，在老身眼里简直连猪狗也不如！老身自是不耻什么黄龙四信使了，这倒请你江湖浪子放心。”

这童超实为千面狐智桐所扮，他听得木叶婆婆如此说，自是恨得将牙咬得咯咯直响，但他此时身为童超，却不可勃然大怒。便哈哈一笑道：“好说好说！”木叶婆婆一笑道：“老身尚有要事在身，却是不可久留，童少侠，咱们这就告辞。”一抱拳，正欲离去，千面狐智桐突然道：“慢着，卢若娴，你方才虽讲得好听，但在我江湖浪子眼中，似你这等邪人，总有一日会做那黄龙令爪牙的，故我童超这便废了你，以除江湖后患，你准备接招吧！”将双掌缓缓提起。木叶婆婆知今日难逃一场恶战，暗运真力于全身又哈哈大笑起来。

智桐道："卢若娴，你死到临头了却还笑什么？！"木叶婆婆道："且先不说是谁死到临头，你看那边是谁来了！"言罢往少林方向一指。木叶婆婆本意，是叫智桐分散心神，只需他头往后转得一转，她便猝起发难。此举虽不怎么光明正大，但千面狐智桐武功高出自己甚多，木叶婆婆此举，也是迫于眉急之下策。但千面狐智桐何等奸诈之人！他哪不知木叶婆婆此意，岂是那等轻易上当之辈，闻言大笑道："我江湖浪子童超岂会上你的当，卢若娴，你认命吧！"双掌正欲击出，不料身后却真的传来了声音："童超！原来你在这里，你还没被人杀掉吗？！"

智桐和木叶婆婆二人皆是大惊！木叶婆婆知今日难免一战，且此战凶多吉少，若届时不敌，便即自绝经脉一死而已，决不为那黄龙令之爪牙。她既死意已决，便不再多做他想，只等对方发招，她便尽全力与其一搏，并不指望会有人来救的。突然听到那熟悉的声音，木叶婆婆一惊之下，竟不知是喜是悲了！

智桐却是想，便是木叶令主以死相拼，他也有把握在三百招内将她擒下。若将她擒归总令，倒不失大功一件，难说令主一高兴，还会赐授一两招，那却是终生受用不尽了。不料后面真的传来了人声，且是叫"自己"名字的，看起来还是童超的朋友，这却有些麻烦！只得将运满真力的双掌放下。

独孤樵乍见童超，甚是高兴，一脸至诚的笑容，伸手便去抓"童超"的手。智桐见他猝向自己伸出手来，心中暗自一惊，连忙闪开。他闪得快，独孤樵那看似慢腾腾的手却更快，一把便抓了个正着！独孤樵全未觉察，只将他的双手轻轻握着，高兴地道："童超，总算找着你啦。你还没被人杀掉太好了。我高兴得很。人高兴是要喝酒的，咱们这便喝酒去吧。对啦，在洛阳你就说要在茂源酒楼请我喝酒，我还没有得喝成呢。咱们这便去找酒喝吧！"

方才独孤樵的轻功令智桐大吃一惊。独孤樵轻易抓住了自己双手又让他吃了一惊。二度惊骇之下，智桐尽管奸诈狡黠，也自怔了好一会儿才反应过来：此人除了本令要杀的第三号人物独孤樵还会是谁！不禁暗思：此人武功莫测却又如此愚笨，此时倒是杀了他的最好时机。若是得杀了他，便对本令有了莫大功劳。那左护法之位——哼！

黄龙令左护法为千佛手任空行，比他千面狐智桐这右护法竟自高了半级，智桐早就想取而代之了。然任空行虽无他智桐之狡黠，但武功确实比他高出一筹，且千佛手那一身鬼神皆叹的药道功夫，更是令智桐自低三分。但若令主万岁一声令下，管你什么千佛手万佛手，也得将左护法之位乖乖让给我右护法！因而智桐暗自将全身功力尽数运于双腕，打算突然挣脱，猝起发难。任你独孤樵武功再高，近在身旁，我智桐这一掌击出，你却还有什么命在！至于卢若娴那死老婆子，待击毙了你独孤樵之后，谅她也逃不出我的手心！

但竟未挣开！独孤樵双手软绵绵的，浑似柔弱无力，但智桐双腕一挣，自己运于腕上的毕生真力却不知所往！智桐这才大大的被震骇住了！但智桐之奸诈在江湖上可谓罕见。震骇虽剧，但待独孤樵说完话后，他竟哈哈一笑道："独孤兄弟你这般拉着我的手，咱们却怎么去喝酒呢？"独孤樵不知智桐之意，但木叶婆婆却岂有不知！故智桐话音才落，木叶婆婆便连忙道："独孤公子，不要松开他的手。"又对智桐道："智桐你这魔头，竟是不敢以真面目示人之辈吗？"

独孤樵一来便拉着童超的手，看着他嘀嘀不休地说话，根本没看站在童超对面的是谁。陡闻木叶婆婆的声音，不禁转过头奇道："怎么木叶婆婆你也在这儿？"见木叶婆婆并未回答他的话，却看着童超说什么智桐，独孤樵不禁大奇，看了看童超，又看了看童超身后，见并无别人在场，便诧异地转过头望着木叶婆婆道："木叶婆婆，你说的那智桐在哪儿？"

独孤樵看他时，智桐也往自己身后看了看，听得独孤樵如此问，也紧接着道："是啊！木叶婆婆你说的那智桐在哪儿？"

木叶婆婆怒道："智桐你虽号称千面狐，但却瞒老身不过，你此时装扮成童超童少侠模样，到底是有何图谋？说！"木叶婆婆的话听得独孤樵大奇，不禁上上下下地看了童超一番，道："童超，你是别人装扮的吗？"智桐哈哈一笑，道："独孤少侠，你看我童超可是别人能装的吗？"独孤樵又看了他几眼，对木叶婆婆道：“他就是我在洛阳遇着的那个童超呀？！”

木叶婆婆道：“独孤公子你上当了，他是千面狐智桐那魔头，此时他装成了童超模样。你可知道千面狐的意思吗？”独孤樵道：“我听说过千面狐智桐是黑道四大魔头之一，但我没有见过他。但童超可不是千面狐智桐呀！”木叶婆婆急道：“智桐这魔头号称千面狐，便说的是他想化装成谁便能化装成谁，他的易容之术天下无匹，此时他装成童超便是要想杀你，你千万不可松了他的手！”

智桐闻得此言大急，心想如果真让独孤樵如此握着自己双手，那便非被木叶令主所伤不可！连忙道，“独孤少侠休得信了木叶婆婆的话，咱们喝酒去吧！”

独孤樵不知听谁的好，一时看看木叶婆婆，又看看童超竟自闭上了眼睛。智桐不知独孤樵此举是何意思。但他此时恨木叶婆婆入骨，只巴望立即便杀了她！木叶婆婆也做此想：何不乘此时这魔头的双手被独孤公子握着，一剑便杀了他，为江湖除此大害！二人如此想时，独孤樵双目紧闭，突觉一阵浓浓的杀气笼罩住了自己。身子便下意识地挪动了一下，转在了木叶婆婆与智桐二人之间。

但那杀气越来越浓，独孤樵的脑海中突然幻化出一个鸡发鸡颜的老太婆和一个年约六十的精瘦老者！那老太婆竟有几分像木叶婆婆，但那精瘦老者又是谁呢！独孤樵突然啊地叫了一声，松开了童超之手，身子飘开三尺，道：“你真的不是童超！”

智桐刚得松开双手，顿即眼中闪现一丝凶光，哈哈一笑道：“独孤少侠说我不是童超却又是谁呢？”独孤樵道：“你大约有六十岁，很精瘦，我没有见过你。”智桐在江湖上走动，还从未以真面目示过人，此时听独孤樵竟说出自己的真实容颜来，惊骇得说不出话来。

木叶婆婆道：“他便是千面狐智桐那大魔头，独孤公子你快杀了他！”“原来你就是智桐。”独孤樵道。又转向木叶婆婆：“为什么他是智桐我便要杀了他呢？”千面狐自知非独孤樵之敌，更何况有一个木叶令主在旁！故他哈哈一笑道："独孤少侠，咱们后会有期。"转身欲走，木叶婆婆突然道："智桐你给我站住！"智桐收步恨恨地看着木叶婆婆，道："你还要怎样？"

木叶婆婆道："你休得再装成童超童少侠骗人！老身要你将脸上那张面具给我摘下来！"智桐怨毒地哼了一声，展开轻功，竟自飞身而去。没料他一个起落，身子刚落在十丈开外，独孤樵却如鬼魅般立在面前！智桐右掌击出！这大惊大怒之下的一掌，力道自是非比寻常。不料一掌击出之后，手腕却是一紧，被独孤樵轻松地捏了个正着。

独孤樵浑无恶意地道："木叶婆婆说得对，你再装成童超，别人会以为你真是童超的。至少侯前辈和青青会以为你是童超，那就有些不好了。总之骗人是不好的。你不要再装成童超了吧。"这时木叶婆婆已赶过来立在独孤樵身旁。智桐充满怨毒的双眼看了看木叶婆婆，又看了看独孤樵，无可奈何地用左手在面上一抹，顿时变成了一个年约二十四五的清俊书生！

昆仑管育管四侠！木叶婆婆一睹之下大为惊讶！她绝没想到享誉江湖几十载、身列黑道四大魔头之二的千面狐竟如此年轻！即便是驻颜有术，也不可能如神至斯！独孤樵却道："你这又是变成谁了？变成谁了都不好，你还是用自己的脸吧！"他这话是由心而发，但听在智桐耳里却甚不是滋味：难道我堂堂千面狐智桐竟没有脸么！

木叶婆婆听独孤樵如此说，顿即恍然大悟：原来他竟还戴着一层面具！他这千面狐之名倒也不是浪得虚名的！待独孤樵那最后一句"你还是用自己的脸吧"说出，木叶婆婆听了差不多哈哈大笑起来：这简直是最恶毒的骂人之言，只是独孤樵自己不知罢了！智桐却是气得发抖，恨恨地哼了一声，左手又在脸上一抹，终于现出了自己的真实面目。

一个年约六十，一脸精瘦的老者，一双细长的双眼。唇上几根稀稀拉拉的白须。可惜看不出他本来的脸色。此时他的脸色是白一块青一块的。"这就对啦，"独孤樵道，"你就带着这个脸走吧。"松开了智桐的手。智桐一声不吭，转身飞快而去，几个起落，便已不见身影。

木叶婆婆哈哈大笑，笑得痛快淋漓。待她笑过之后，独孤樵奇道："木叶婆婆你笑什么？”木叶婆婆道：“今日虽未除去那魔头，但那只是因为独孤公子你菩萨心肠。婆婆之所以笑，是因为恐怕我是第二个见过千面狐智桐真面目之人。”独孤樵道：“他从不带着自己的脸见人吗？”木叶婆婆笑道：“正是。江湖上只知千面狐智桐是个极不好惹的大魔头，但却从无人知其真实面目。”

独孤樵道：“他为什么不好惹？”木叶婆婆道：“他武功高自不必说，但江湖上武功比他高的也不乏其人。但谁要招惹了他，他要么装扮成那惹他之人去做恶事，让别人去找你的麻烦，要么他便装扮成你最亲近的人，趁你不注意骤下毒手。你说这岂不是不好惹吗？”独孤樵想了想，道：“这倒真的是不好惹。”

又道：“你说你算第二个见过他真面目的人，那第一个是谁呢？”“便是你独孤公子了，”木叶婆婆道，“你不是还未等他摘下面具便已知道了吗？”“对啦，”独孤樵道，“刚才我还隐约看到一个年约七旬，脸上有许多皱纹，长得很有些像木叶婆婆你的老婆婆。但刚才只有你和智桐在场，难道木叶婆婆你也戴着面具吗？”“婆婆已经七十多岁了，”木叶婆婆道，“不过是用了些驻颜术，才是现在这副模样。独孤公子方才所见模样，那便是婆婆不使驻颜术之后的真实模样了。”“原来是用了驻颜术，”独孤樵道，“婆婆并未戴着面具呀。”

木叶婆婆一怔，突然道：“但独孤公子是如何知道千面狐那魔头及婆婆原来模样的呢？”独孤樵道：“我闭着眼睛，突然感到很害怕，好像是有人要在我面前杀人。然后突然就看见你们的真实面目啦。”这话听得木叶婆婆暗自称奇不已，竟怔怔的说不出话来。

独孤樵道：“对啦木叶婆婆，你可见着侯前辈和青青了吗？”木叶婆婆道：“你说的可是毒手观音和她的徒弟？”独孤樵喜道：“就是她们，木叶婆婆你见着她们了对吗？”“她们不是和你一直走在一起的吗？”木叶婆婆道，“我刚赶到这儿，却没有见着她们。”“那就糟啦！”独孤樵道，“从洛阳到这儿我们本来是走在一路的，后来在嵩山脚下我和无智和尚多说了几句话，她们就不见啦，我——”木叶婆婆打断他的话道：“独孤公子找她们师徒俩有什么急事吗？”“是有急事，”独孤樵道，“我不认得路，我要她们带我去找童超。”“找童超童少侠吗？”木叶婆婆道，“我几个时辰前还见着他了呢。”“真的吗？！”独孤樵大喜道，“不是说刚才智桐化装的这一个吧？他现在在哪儿？”“就在前面那小镇上，”木叶婆婆一笑道，“婆婆与他说了好一会话儿呢，他自不会是假童超了。现在他去找胡醉给他师父疗毒去啦。”

独孤樵道：“原来童超已经找着他师父啦，那胡醉是谁？是个医生吗？”“胡醉胡大侠号称千杯不醉，”木叶婆婆道，“他是丐帮帮主。”“千杯不醉？”独孤樵咋舌道，“我可是喝十杯就要醉的，什么时候我高兴了，倒要看他喝一次千杯给我看。对啦，咱们这就去找童超吧？你给我带路好吗？”“就是这样，”木叶婆婆道，“走。”二人飞速赶往前方小镇。

第十九回

五十四

童超和郜盛二人分别背着无敌神掌楚通和雷音掌连城虎，径自往洛阳方向赶路。童超自思早一日赶到那山洞找到胡醉大哥替师父疗了毒，因此几乎将轻功施展到了极限。初时郜盛还勉强跟得上，一个时辰之后，郜盛早已是气喘如牛，距离渐渐拉开。奔了一程，童超只得放慢脚步等他。

待郜盛赶上来时，童超道："郜二侠将连老英雄也给了我吧。"郜盛道："童少侠，这——？"童超道："郜二侠休得客气。"不由分说接过雷音掌连城虎，挟在腋下，背负师父楚通，径自飞奔。郜盛使出全数轻功，也才堪堪能跟上身负二人的江湖浪子童超，不禁心头称慕已极：童恩公真乃神人！将晚时分，二人赶到一山丘上，童超突然立住脚步。郜盛满头大汗地跟上来，立在童超身旁，道："童少侠——？"童超道："山坳里似有人在打斗！"郜盛侧耳细听，却无任何声息，不禁奇道："不闻兵刃撞击之声啊？！"童超道："咱们且下去看看。"

二人奔下山丘，眼前顿即出现一惨烈景象：天山二怪与武当掌教灭尘道长和昆仑掌门追风剑客皇甫呈以死相拼，此时已到了立判生死之境地！但见牧羊女梅依玲左臂有一道长愈四寸的剑伤，正自汩汩流血，血将她的左半身染的通红，脸上竟也溅着斑斑点点血迹。此时她右掌伸出，正与追风剑客拼比内力！追风剑客皇甫呈右肩显然也曾受创，浸出的血已染红他斗大半个身子。此时他面色苍白，却兀自以左掌与牧羊女力斗。二人之间仅隔一丈！在牧羊女身后，牧羊童阳真子双眼紧闭，面色通红，正将双掌抵在牧羊女身上，显是在以全身功力相助于她。而武当掌教灭尘道长却面若金纸，也将双掌抵在追风剑客皇甫呈背上！头上却白雾笼罩！是四人在拼比内力！一看便道此时已到最后关头，不是四人同时力竭毙命，便是其中一方内力不继，被另一方以内力震断心脉而死！

郃盛见状大骇，惊叫了一声："师父！"但身处当场的四人却浑如未闻郃盛叫声。顾不得许多，郃盛救师心切，竟仗剑向天山二怪身后扑去。他此时若从后面一剑将天山二怪刺杀，那自是易若反掌。但随着天山二怪倒下，其师皇甫呈和灭尘道长那强劲无比的内力失去抵抗，猛击过来，纵有十个郃盛也非毙命不可！童超哪不识其中厉害，未等郃盛奔过去，童超早已将师父楚通和连城虎放在一块巨石之后，一步纵过去将郃盛抓了个正着。

"你不要命了吗！"童超厉声喝道。"童少侠休得拉我，"郃盛道，"家师眼看不幸，弟子岂能不救！"童超道："有童某在此，还怕救不了他们四位前辈吗？！"一身豪气干云！郃盛扑通跪下，却说不出话来。童超道："你快起来，到离此十丈开外的地方去！"郃盛一言不发，竟自离去十丈，一脸焦虑地看着场中五人。

只见童超竟自坐下，将双腿盘膝起来，闭紧双目，将掌合在胸前。便是在十丈开外，郃盛也能听见童超身上骨节之间发出的格格声！郃盛自是知道童超此举之意：那日他与毒手观音被那独孤少侠所迫时，童超谈笑之间便已化解了他们内力。但那也仅是二人而已，且毒手观音内力显强，但毕竟不如天山二怪之合力。童少侠虽神功盖世，但也殊无把握轻易能将他四人化解得开，故必须小心为上。郃盛不禁暗暗替江湖浪子捏了一把冷汗！但同时也希望童超真有此力，否则观其阵仗，倒是身处当场的四人同时力竭毙命的可能居多！如果师父此时死了，那他郃盛便纵是万死也莫赎其罪了！郃盛的一颗心几乎从胸腔里跳了出来。

如此过了半袋烟工夫，突闻一声暴喝，一道白影已窜入天山二怪与武当掌教和昆仑掌门四人之间。轰轰两声！之后一切归于寂静。郃盛良久不敢睁开眼来。待他睁开眼时，眼前所见的仅是浓密的尘雾。尘雾消尽之后，先前离他们二十丈外的一个土丘已荡然无存！

郜盛惊呼一声，疾奔过去，但见师父和灭尘道长仰天倒地，那边的天山二怪也是一般。血从他们四人的口角溢了出来。童超却面色苍白，竟自坐在四人中间，双目紧闭，双掌合在胸前，宛如老僧入定一般！郜盛未做他想，伸手在师父鼻下一探，感觉尚有微弱气息，心头大喜，连忙扶起师父，将双掌顶住师父背心，以自己全身功力给师父疗伤。

半晌，追风剑客缓缓转醒，并未转头看郜盛一眼，却竟自跪下道："黄龙六巡察谢令主万岁赐命圣恩！"郜盛闻言心头大震，竟自昏了过去。追风剑客皇甫呈虽未闻任何回音，但却依旧叩了三个头，才缓缓站了起来，见眼前情景不禁大为惊异！

眼前一个白衣少年兀自打坐，头上冒出氤氲白气！先前与自己和二巡察拼斗的天山二怪兀自躺在一丈开外的地方，只发出微弱的喘息。二巡察呢？莫非是被令主万岁救走了么？在追风剑客皇甫呈心中，普天之下能解方才之厄的，便只有德高齐天才盖八世万寿无疆万岁万万岁的令主千秋了！然令主万岁和二巡察为何不杀了不归本令的二、三信使呢？这里面定是大有深意，他身为六巡察，却也不敢就在此时贸然杀了二、三信使。待他转过身时，骇然见郜盛和二巡察竟在自己身后。郜盛坐着，显在运气提神，此时面色已逐渐转红。而二巡察却是仰天躺着，面若金纸，若不立即救治，可有性命之忧！

依黄龙令规矩，此时若不救二巡察，令主万岁知道后定会严惩不贷！自己昔日做昆仑掌门时，这个郜盛曾是自己徒弟，谅他转醒之后，也不会便敢对我无礼！追风剑客不再多做他想，毫不犹豫便扶起灭尘道长，不顾自己初复元气之虚弱，竟以双掌顶住其背心穴道，闭目替二巡察疗伤。

半盏茶工夫之后，童超已然转醒。他从怀里掏出一只小瓶，倒出一粒服下。他走过去，捏开天山二怪下颌，将自己刚才服用的药粒各塞一颗在他们口里，然后将天山二怪扶起。双手各顶住他们的背心穴道，以自己内力替二怪疗伤。郜盛睁开眼来，见师父在替灭尘道长疗伤，不禁大惊：他知师父此时内力虚弱已极，如何还能替人疗伤呢！再看对面，见童超也在为天山二怪疗伤，却并未似自己师父一般双目紧闭，且以目光示意邰盛过来。

邰盛走过去，道：“童少侠有何吩咐吗？”童超似是元气大伤，虚弱地道：“我左边衣袋里有一个小瓶，你且将它取出，倒出二粒药丸，去给令师及灭尘道长服下。”邰盛依言倒出二粒，又将药瓶放回童超左边衣袋。童超道：“让他们服下之后，你以内力助药力挥发，令师此时虚弱已极，此药将有所补。”邰盛并不多言，过去将药粒喂入师父及灭尘道长口中，又将双掌顶住师父背心，内力缓缓发出。既有药力相助，不到一盏茶时分，天山二怪缓缓醒来。

阳真子咦了一声，道：“喂，老婆子，这是怎么回事？”未听见牧羊女梅依玲的回音，倒是后面有一声音轻轻传来：“前辈内伤初愈，不可妄乱真气。”阳真子顿时想起适才凶险的那一幕，知是有高人相救，便依言闭目缓缓运气凝神。牧羊女梅依玲内力与丈夫相比稍有不及，故在牧羊童稍后转醒，恰好听到身后传来的话，还以为是对她说的，也依言闭目。

童超将双掌从天山二怪背上撤回。径自站了起来，走过去将双掌顶在邰盛背上。如此仅一会儿，武当掌教灭尘道长和昆仑掌门追风剑客皇甫呈已自转醒。尚来睁开眼睛便齐声道：“黄龙二、六巡察叩谢德高齐天才盖八世万寿无疆万岁万万岁令主隆恩。”闻得此言，童超连忙顺手点了二人穴道。

二人均为江湖四大门派掌门，江湖经验何等丰富，自是知道似刚才那凶险一幕，只有武功比自己高出数倍的高手才能相救。但放眼江湖，在他二人心中，便只有太阳叟东方圣和本令令主才有此等功力。那太阳叟已为人所杀，因而救自己二人性命的，除令主外还会有谁呢？二人叩谢毕，正欲站起身，不料背心一麻，已然被人点了穴道，再也站不起来。

五十五

邰盛睁开眼恰好见到童超点灭尘道长和自己授业恩师穴道，大惊道：“不可！”童超一笑道：“令师和灭尘道长中毒甚深，得罪之处还望郜二侠莫怪。”郜盛闻言未说什么，一步转到皇甫呈面前扑通跪下，连叩了三个响头。他本是性急憨直之人，乍见师父，惊喜交加，只叫得一声“师父”，竟是再也说不出话来。

皇甫呈咦了一声，大是奇怪。灭尘诧异道：“六巡察，他是何人？”皇甫呈道：“启禀二巡察。本巡察身为昆仑掌门时，此人曾是巡察第二个徒弟。”师父讲曾是自己徒弟，那便是已将自己革除门墙了。郜盛大惊失色，又连忙磕头道：“师父，弟子纵有千般不是，也望师父——”皇甫呈冷冷道：“郜盛，你胆敢欺师灭祖吗？！”郜盛道：“弟子不敢！”皇甫呈道：“哼！二巡察和本巡察身上穴道可是你点的吗？”郜盛又连连磕头，却说不出话来。他二人穴道虽非自己所点，但身为弟子，师父穴道为人所点，自己在侧却安然无事，这却也和自己亲手点师父穴道相差无几了。皇甫呈又道：“郜盛，昆仑派第一条门规是什么，你可记得吗？”郜盛顿时面若土色。欺师灭祖，人人得而诛之，这本是所有江湖门派的第一戒律，郜盛岂有不知之理。郜盛口才本来就不行，此时听得师父如此说话，吓得只说了一个“记得”，便又连连磕头。

皇甫呈冷哼一声，不再说话。“郜二侠！”灭尘道长突然道。郜盛诧异地抬起头来，道：“道长有何话要说？”方才郜盛与师父说话之时，灭尘道长已将周遭打量了一番，见对面不远的地方一个白衣少年正与天山二怪解说什么。那天山二怪与自己和六巡察拼斗时所受内伤显然已愈，只见他们先前不时凶狠地朝自己这边瞪上一眼，后脸上露出越来越奇怪的神态，似是听到了天下最奇的事情一般。再不看这边一眼，只专心听那白衣少年滔滔不绝地说话。灭尘道长暗思：自己和六巡察穴道被点，身子无法动弹，如果天山二怪过来一剑刺到，那可是不妙之极。他想那少年定知自己和六巡察穴道被点，且告诉了天山二怪无须急着过来杀人！暗自运力冲那被封穴道，却丝毫不见动静，不禁大为惊骇：那点穴之人内力之强，却还在自己之上。

灭尘道长身为武当掌教，眼前局势凶险岂有不知。他虽不知点穴之人是谁，但断不是眼前这个六巡察的弟子郜盛。为今之计，首要的是先将穴道解开了再说。一转念便有了主意。于是叫了声“郜二侠”，板紧面孔，冷冷地道：“咱们江湖中人，最要紧的是尊师重道，你身为六——你身为皇甫掌门弟子，却干出如此欺师灭祖之事，你以为令师还能饶得过你吗？便是你昆仑同门上下数百弟子，恐怕也——嘿！嘿！”郜盛道：“道长有何见教？”灭尘道长道：“为今之计，郜二侠只有将功补过，解开了令师及本巡——本老道穴道，难说令师看在你们师徒一场分上，便不予追究了，六巡——皇甫道兄，你看这可使得吗？便卖给老道一个面子如何？”既是二巡察如此说，皇甫呈岂有不应之理。闻灭尘道长见问，皇甫呈忙道：“二巡——”但只说得“二巡”两字，便见灭尘道长轻轻摇头。皇甫呈立知其意，转向郜盛道：“郜盛，既是武当掌门长灭尘道长替你求情，为师也不能不卖这个面子。你将为师及道长的穴道解了，念在你我曾师徒一场的分上，为师不再究你之过便是。”“谢师父！”郜盛大喜道，“弟子这便为师父和灭尘道长解穴。”

伸手要给师父解穴，皇甫呈忙道：“先解二巡——灭尘道长的。”“是。”郜盛道。转身伸出手，正要为灭尘道长解穴，突见童超奔了过来，急道：“郜兄不可！”郜盛愣得一愣，童超和天山二怪已然奔至。原来童超刚点了灭尘和皇甫呈穴道，抬眼见天山二怪运气早毕，正欲奔过来将灭尘和皇甫呈杀了！方才四人拼斗，使他们险些丧生，天山二怪自是将灭尘道长和追风剑客恨极。一待运气毕了，阳真子替梅依玲裹好肩上剑伤，便目露凶光，立想复仇！童超一惊，知自己刚给他四人疗伤毕，此时已元气大伤，若天山二怪怒极全力一拼，自己能否护得灭尘道长和追风剑客周全殊不可知，故一点二人穴道，就连忙过去将天山二怪引开十丈开外。初时二怪不信方才解那凶险之局的竟是这白衣少年，但他毕竟替自己二人疗过伤，天山二怪为人虽邪，但却是恩怨分明得很。故待童超一召，便暂压怒气，跟着童超过去。

童超站定道：“二位前辈没事了吧？”梅依玲道：“你是谁？为何要给我们疗伤！”童超哈哈一笑道：“哪管人鬼当道，我自浪荡江湖，本人江湖浪子童超的便是。”听得他自报家门，天山二怪一惊。二怪方才以为今番老命休矣，不料到了最后关头，却得高人相救。在二怪心中，天下能解方才之局者，定是前辈隐侠无疑。此时听得眼前少年乃是江湖浪子童超，心头不由一愣。

梅依玲道："你便是那个叫作什么江湖浪子的童超吗？"童超道："非我江湖浪子，能解方才四位险境的又有何人？"一脸疲惫却掩不了那凛然豪气！阳真子大惊："你？！"童超傲然大笑。那份凛然豪气令天山二怪不由得不信。天山二怪行事虽邪，却是恩怨甚是分明之人，听得救自己性命的便是眼前这一身傲气的江湖浪子童超，二怪不约而同地扑通跪下，道："多谢童少侠救命之恩。"童超连忙伸手去扶二人，道："二位前辈请起。"

阳真子尚有一丝不信童超真能解方才之围，暗将真力运于全身，头便磕下。他自想此人刚才替自己疗伤，便是他内力不行，自己这一头磕了下去，那也不算冤枉，只是如此一来，便知方才之围并非他解了。牧羊女梅依玲也是一般想法。于是二怪道了谢之后，竟要磕头。童超伸手去扶二人，竟是碰到两股极大真力，险些将自己伸出的手张开。顿即明白二怪心思，微微一笑道："两位前辈折杀童超了。"暗运内力，双手往上轻轻一抬。天山二怪额头离地尚有数尺，突遇一股柔和内力将自己的头轻轻抬起，那头竟未能叩下去。二怪立知方才童超所言不虚，看起来这江湖浪子真功夫尚比江湖传言还要厉害，便是自二人联手，也还差着童超老大一截。

阳真子肃然道："阳某夫妇这两条老命实为童少侠所赐，少侠若有何差遣，老夫万死不辞！"童超一笑道："二位前辈既如此说，童超倒有一事相求。"梅依玲抢先道："童少侠但请吩咐。"

五十六

童超一笑道："请二位背了灭尘道长和皇甫前辈与童某去寻人救治。"天山二怪不由自主地啊了一声，转头看了部盛他们那边一眼，心中大急，齐声道："童少侠，这事——"童超道："这中间有些误会。"于是将江湖上突然出现黄龙令、那神秘令主如何驱人为其效力等等，尽数告知了天山二怪。天山二怪越听越奇，待知道灭尘道长和昆仑掌门之所以与自己夫妇过不去原来是受那黄龙令主驱使时，心头怒气大消。牧羊童阳真子道："既是这样，咱们遵少侠吩咐便是，只是又有谁能解他们所中之毒呢？"童超道："这个两位前辈到时便知。"童超知道胡醉不愿让人知道他已显身江湖，故不就此言明。天山二怪均是老于江湖之人，也不再多问。

童超正欲与二怪过去，梅依玲突然道："看起来那太阳叟东方圣是真的死啦！"话是对牧羊童说的。阳真子道："何以见得？"梅依玲道："我们一直不信普天之下会有人杀得了太阳叟，但既出现了一个如此厉害的黄龙令主，他之所为怕是连太阳叟也未必能做，故他自然也杀得太阳叟了。"阳真子大喜道："对！对！太阳叟号称什么大侠，身为白道武林盟主，有人要做武林皇帝，他自是不愿归附了。我们两个老不死的都不愿归顺呢！那令主一气，就杀了太阳叟。对，就是这样！"二怪竟是喜不自禁的样子。

童超奇道："二位前辈与东方大侠莫非有什么难解之事吗？"二怪老脸一红，竟是不知如何回答才好。童超于是道："咱们这便过去吧。"三人刚转身过来，便见郃盛正要给灭尘道长解穴。童超武功纵强，要一丝不伤地将灭尘道长擒下，倒也要大费周章，于是连忙喝止郃盛，飞身赶了过来。灭尘道长正喜穴道将要得解，哪料半路杀出个程咬金，郃盛竟会给那白衣少年喝住。于是抬头怒道："你是谁，却也敢来管本巡察之事！"

童超笑道："灭尘道长，你不好好的做你武当掌教，却又去当什么二巡察，这岂不是大大的有失身份吗？"灭尘肃然道："蒙德高齐天才盖八世万寿无疆万岁万万岁黄龙令主隆恩，灭尘得赐二巡察之职，实乃三生有幸！武当掌教又算个什么东西了，你却休得再提起！对啦，你是谁？既知我和六巡察身份，却还胆敢来管本令之事。"童超道："我便是贵令要杀的第二号人物，人称江湖浪子童超！""你是童超？！"灭尘道长和皇甫呈同声道。童超傲然道："在下要不是童超，却还有谁是童超呢！"他的傲气使灭尘颇不愉快，哼了一声。

皇甫呈道："老夫和二巡察的穴道，便是你点的吗？"童超道："不得已而为之，见笑了！”“师父，”郜盛连忙道，“方才你老人家和灭尘道长与这二位前辈拼比内力甚是危险，便是这位童少侠给化解开了的！”灭尘道长和追风剑客皇甫呈闻言心头大震，齐声道：“真的？！”牧羊童阳真子道：“若不是童少侠来化解，一定是你们先死，只不过——嗯——”“你这老不死的有什么好吞吞吐吐的，”牧羊女梅依玲道，“只不过我们也活不成。”“对，我们也活不成，”阳真子道，“不过我们总是死在他们之后，这倒是肯定的。”这无疑是承认了方才之难确系童超所解，灭尘和皇甫呈心中大是骇异：没想此子年纪轻轻，功力却一至如斯，难怪令主万岁会将他列为第二号要杀之人。

见灭尘道长和追风剑客都不吭声，牧羊童阳真子心中大是有气，道：“你们不吭气，便是不以老夫之言为然，哼！我这便解了你们穴道，咱们重新比过！”说解便要解，童超连忙道：“不可！”一股内力急发而出。阳真子只得跃进一步，便被童超内力所阻。不禁老脸急得通红，道：“童少侠，我就是不信灭尘这臭老道会死在我们之后！你还是让我给他解了穴，咱们再重新比过！”童超还未回答，灭尘道长抢着道：“牧羊童你别多说了，谅他童超也不敢让你解了本巡察和六巡察的穴道！”“什么？”阳真子大奇，转向童超道，“他说的毫无道理，对吗？”童超一笑未答。

梅依玲道：“臭老道你太没道理，以童少侠功力，便是两个牛鼻子灭尘和两个昆仑臭掌门一起上，也不是他的对手！”“哼！”灭尘道：“那倒不见得！”灭尘道长知他二怪所言不虚，但却故意一脸不信地缓缓摇头。阳真子大急，道：“你不信我的话，那定是以为咱天山二怪太脓包！那好，咱们这便重新比过！”又要解灭尘穴道。童超道：“二位前辈，咱们赶路要紧，请二位前辈一人背一个，咱们这就上路吧。”又道：“郜二侠，咱们去将家师和连老英雄背出来。”二人转到巨石之后，将楚通和连城虎背了出来。却见天山二怪兀自和灭尘道长斗嘴。

楚通和连城虎在那巨石后躺了很久，此时哑穴已自行解开，见灭尘道长和追风剑客坐在地上，楚通大奇，咦了一声。连城虎却在郜盛背上大声道：“黄龙第十二信使参见二巡察、六巡察。”听得他二人居然哑穴已解，童超连忙挥手重又封了他们穴道。灭尘道："七巡察，你也被你徒弟给捉住了吗？"楚通苦于口不能言，心里却将童超这欺师灭祖的小奸贼，骂了几千万遍。童超一笑未理，只对天山二怪说："二位前辈，咱们这便动身吧。"

却听郃盛道："童少侠，在下想去背我师父。"童超道："正该这样，阳前辈，你来背连老英雄吧。"牧羊童阳真子连连摇头，大声道："不对呀不对！"童超奇道："阳前辈说有何不对？"阳真子道："我去背了连城虎，难道便让灭尘这臭老道爬在我们依玲背上吗？"牧羊女梅依玲老脸一红，啐了一口。童超一笑道："前辈说的是。"顺手从郃盛背上接过连城虎，道："便请前辈背了灭尘道长吧。"于是郃盛背了师父追风剑客皇甫呈，牧羊童背了武当灭尘道长，问明路径，天山二怪率先而行。

天山二怪功夫既高，童超身负二人，距离便渐渐拉开。灭尘道长在牧羊童阳真子背上装作大是得意地轻笑了数声。阳真子怒道："臭老道你得意个屁，如果不是童少侠吩咐，哼！"灭尘道："你哼什么哼，莫非是不服气吗？有本事你解了我穴道咱们重新打过！""打就打，难道我牧羊童还怕了你不成？"阳真子被激不过，大声道："依玲，你便解了这臭老道穴道。"牧羊女梅依玲也和丈夫一般，早已气极，未等牧羊童话，便从后面"啪啪"两下，灭尘道长被封穴道已然解了。童超在后面听得牧羊童声音，大急道："前辈不可！"却哪里还来得及。待童超和郃盛飞身赶到时，阳真子已然被灭尘道长制住！

天山二怪武功虽高，却是心地单纯，如此斗智，哪是武当掌教对手。只略施小计，便激得二怪解了自己穴道，灭尘原仅指望牧羊童放下自己，待解了自己穴道，便一走了之。以灭尘道主的武功心智，自是不会和天山二怪真打的，何况有一个鬼神莫测的童超在后，打是讨不了好的。不料牧羊童一气之下，竟叫牧羊女从后面解了自己穴道。灭尘道长穴道一解，立即伸掌顶住了牧羊童的后脑玉枕穴。玉枕穴乃人身六大死穴之一，灭尘道长只须内力微吐，牧羊童纵有十条老命，也非报销不可！江湖浪子纵有千般机智，观此情景，也只有怔立当场。

牧羊童阳真子破口大骂道："灭尘臭老道！难道你武当派便是如此在江湖

扬名立万的吗？！”灭尘笑道：“妙极妙极！你就将这账算在武当一干道士身上便了。本巡察绝不怪你。”牧羊女梅依玲乍见丈夫被制，性命悬于灭尘一念之间，也不敢轻举妄动。灭尘见梅依玲在一侧又急又怒，一副急欲动手的样子，自思纵是杀了阳真子，那疯婆子必定要拼命，加上有一个童超在旁，自己总是凶多吉少，故用言语先稳住他们。

梅依玲道：“臭老道，你要怎样才肯放了他？”灭尘自思：此番将二、三信使捉了归令，纵然六巡察被童超所擒，也还是功大过小。若要童超放了六巡察，只怕这鬼神莫测的江湖浪子不愿，他天山二怪本就是亦正亦邪之人，说不定江湖浪子也不如何看重他们。此番还是先离开童超再说，以防夜长梦多。于是道：“阳真子你休担心，若要老道放了你，只须叫你的依玲自点了上身穴道，跟着老道走便行。”梅依玲闻言二话没说，“啪啪”两下便点了自身穴道。阳真子急道：“那我也得和你们一起走！”灭尘一笑道：“那是自然，咱们这便走吧。”阳真子奇道：“你要我背着你走么？”灭尘道：“我身上有一处穴道尚未解开，却是从你身上下不来了。童超，咱们后会有期！”驱着天山二怪朝相反方向走去。

江湖浪子童超看着他们背影一筹莫展，待他们走远后才叹了一口气，对郘盛道：“郘二侠，咱们还是先救了令师、家师和连老英雄再说吧！”郘盛道：“也只有如此了。”想了想，又道：“没想灭尘道长贵为武当掌教，行事竟会如此卑鄙！”“那也怨不得他，”童超道，“只怪我忘了点他哑穴。咱们这便走吧。

第二十回

五十七

玮云和小六分藏在山洞口两侧，牢牢守住洞口，眼睛一眨也不敢眨，幸好无人从此路过。十二个时辰之后，小六少年心性，不耐寂寞，便悄悄来到玮云身旁，道：“师姐，这几日江湖中人都到少林那边去了，这边没人来的。”玮云道：“纵是如此，咱们也得万分小心才是，万一师父他老人家有何不测，你我便万死莫赎了！”小六道：“师姐说的是。”二人正说话时，似是眼前有一道黑影掠过。眨眨眼，却是毫无异状。

小六咦了一声，悄声道：“师姐，你看见什么了么？”玮云道：“只觉有一道黑影，但我什么也没看见。”小六道：“我也是。”玮云担忧地道：“不知现在师父怎样了，但愿胡大侠能救得了师父才好。”小六道：“师姐，我去看看好么？”玮云道：“不可，那样会分散胡大侠的心神。”小六道：“我悄悄地进去，决不惊扰胡大侠便是。”玮云没说话。小六又道：“刚才我见那一团黑影，心里总觉得有些不对。”玮云道：“我也觉得有些不对，但胡大侠吩咐的话，咱们是不可不听的。”小六道：“我悄悄地进去，又不让胡大侠觉察，我只是担心罢了。”玮云道：“那师弟你去看看也好，但切不可惊忧了胡大侠！”小六道：“这我省得。”

小六蹑手蹑脚地走到洞口边，伸头往洞内看去，却不见胡醉和他们师父布袋和尚。小六轻轻走进洞内，到山洞中间的那块有着屏风般的巨石边，探头往石后看去，依旧是空无一人，小六轻咦了一声，将整个山洞细细看了一遍，待确信无人之后，小六心中大骇，不禁啊地叫了一声。玮云窜到洞口，问道：

“师弟？”小六惊叫道：“师姐你快进来，师父他们都不见了！”玮云闻小六如此说，心头也是大急，忙入洞内，将四壁扫视一番。小六道：“师姐，咱们怎么办？”玮云脸色煞白，半晌说不出话来。小六沉吟良久，道：“胡大侠定是带咱们师父去更为隐秘的地方救治去了！如今之计，咱们只有尽快到江湖上打听胡大侠下落。”玮云点头道：“师弟说的是。”二人走出山洞，均是一副垂头丧气的样子。

玮云朝四周看看，道：“师弟，咱们往哪儿去？”他二人均无江湖阅历，突生此变，顿时便无主张。小六道：“我也不知道能在哪儿遇上胡大侠。”想了想，又道：“少林寺既是出了大事，我想那边人一定多，咱们便往那边去看看。”玮云道：“你想在那边会见到胡大侠吗？”小六道：“那就很难说了，不过说不定在那边会见着童公子和独孤公子，咱们便请他们帮忙查找师父和胡大侠的下落。”听得此言，玮云马上道：“对！师弟，咱们这便去吧！”二人朝少林方向急赶。

大约走了三个时辰，他们发现前面很远的地方出现两个巨大的身影。玮云道：“师弟，前面有人，咱们且先躲起来再说。”小六道：“咱们不是怕了他们，而是因为咱们有要事在身，不愿耽搁时间而已。大丈夫能屈能伸，躲便躲吧！”玮云一笑，二人钻入一丛甚是浓密的灌木丛中躲了起来。

四周全是万丈绝壁，凭着毒手观音的身手，倒也困她不住，但青青却无这分功力，从绝壁上爬出去那是绝无可能的。青青焦虑地道：“师父，咱们出不去了。”毒手观音道：“咱们想想办法，定能想出法子出去的。”青青道：“那位前辈也是，他既引了咱们到此，也该告诉咱们怎样出去才是。”毒手观音眼前蓦地一亮，道：“对了！那位前辈离去之时，讲了一句‘你们从上而来，便自下而去’！”“自下而去？”青青道，“难道他是叫咱们从地底下钻出去吗？”毒手观音没说什么，用脚试探地面。青青明白师父的意思，也是一步一步地用脚试探地面。半个时辰之后，青青和师父已将周遭的地面尽皆踏遍，却绝无一处松软，全是冰冷坚硬的石板。青青绝望地叹了一口气。毒手观音却皱眉沉思。细细想着那位见首不见尾的前辈的话。突然睁开眼来，看着中央那个水潭。

青青道：“师父，莫非——？”毒手观音道：“出路定是在那水潭里了。”青青将信将疑地跟着师父走到水潭边，顿时感到一阵凛冽寒意。毒手观音道：“青青，你的龟息功当能在水底待半个时辰了吧？”青青道：“是，师父。”“那便无碍了。”毒手观音道，“少时你紧紧跟着为师，切不可落下一步。”于是二人运起龟息功，跃入水潭。那水似是冰雪所化，寒冷刺骨。水潭并不很深，二三丈光景，只是水底甚是漆黑，便是睁着眼睛，也是什么也看不到，给人一种恐怖之感，青青紧紧跟着师父，不敢落下一步。

毒手观音绕着潭底边缘转了一圈，却也不见任何光亮。她恐青青有被冻僵之厄，只好扶着石壁缓缓上升。上升大约一丈，毒手观音突觉一手扶空。她飞快地将扶空处摸了一圈，发现竟有一个刚容一人穿身而过的岩洞。是这里了，毒手观音想。伸手往后拉了拉青青，整个身子便钻入洞中。那洞甚是悠长，洞中的水与潭中的水一般寒冷，游了七八丈，毒手观音正暗自替青青担忧，不料转过一道弯之后，水竟渐渐暖和起来。又游了十数丈，水也越来越暖，再转一道弯之后，毒手观音竟发现前面似有一道微弱的光线！毒手观音心头一喜，游行速度陡地加快，不料如此不到三丈，头竟重重地撞在石壁上。眼前又是一片漆黑。毒手观音大惊，退了两步，却发现那丝微弱光线是从头顶上传来的。来不及细想，毒手观音便带着青青沿着那光线浮上。

二三丈后，已然浮出水面。却是个四壁光滑的古井模样。大大地呼吸两口空气之后，毒手观音轻声道：“不知外面有何鬼怪，待为师跃上去之后，你再跟着跃上。”青青点点头。

宛若一只大鸟，毒手观音一运气，拨水而起，竟自跃出古井。尚未将周遭看清，便觉一阵浓重的酒气迎面扑来，毒手观音是使毒大行家，稍稍闻得半口酒气，便已闭住呼吸。青青已然跟着跃上。接着便咦了一声。洞中除浓浓的酒气外，尚有两个人。下面一人盘膝而坐，他的背上衣衫已然湿透。上面一人倒立着，头顶在下面坐着的人头上！一头长长白发倒泻下来，几乎将坐着那人的肩头全部盖住。这练的是什么功！

青青道："师父——？"毒手观音轻嘘一声，示意青青不得开口。她知道偷窥别人练功，乃是江湖一大忌讳，故蹑手蹑脚地打算离去。不料毒手观音师徒才离开二丈左右，后面突然砰的一声。二人回头一看，见那倒立着的白发老者已然跌落，兀自喘息不已。师徒二人正不知如何是好。后面那老者突然断断续续地道："玉……玉音慢……慢走。"

毒手观音侯玉音大奇，道："前辈何人？怎知小女子名讳？"毒手观音年纪已自不小，但听得对方直呼自己名讳。又看他年纪甚老，想是前辈隐侠，便自称小女子了。老者此时喘息稍平，道："老朽酒仙翁，曾与令师苦苦僧人有八拜之交。"毒手观音一惊之下，连忙跃进一丈跪下，道："侯玉音叩见师叔。"又连忙招呼青青道："青青还不快拜见师叔祖。"青青万没想到这怪老头竟是自己的师叔祖，心中又奇又疑。但见师父说得真切，也只得信了，便规规矩矩地跪到师父身旁叩头道："青青叩见师叔祖。"

老者道："你们起来吧。我算定你们今日该到此的。"毒手观音道："师叔神机妙算，小女子佩服之至！"酒仙翁道："此乃天数，并非老朽神算所致，要说神机妙算，倒是我那拜兄苦苦僧人——"竟黯然闭口。毒手观音道："师叔，家师二十年前便已仙逝了。"酒仙翁道："可是在三月初九？"毒手观音奇道："正是，莫非师叔早已知道了吗？"酒仙翁并不回答毒手观音的话，只喃喃道："拜兄真乃神人耳！"

毒手观音道："师叔！"酒仙翁道："老朽与令师交拜时，令师便已瞧破天机，咱们便未说什么但愿同年同月死之类之俗言。临别时，令师告诉了他和我的阳寿尽期，便是二十年前的三月初九和二十年后的七月初八。"毒手观音失声道："二十年后的七月初八！师叔，难道——？！"酒仙翁一笑道："生死寻常事，玉音你莫非还未斟破吗？"青青想了想，才知今日便是七月初八，心头也大是不安。

五十八

又闻酒仙翁道：“你师弟昨日刚走，是老朽叫他走的，你却须在此停留一日，一个对时之后，他便会醒来，到时你便运力将他体内的逆转真气逼顺，他的伤便无碍了。”毒手观音道：“他却是谁？师叔为何要以毕生修为全力救治于他？”酒仙翁道：“他便是小徒他们丐帮中的八袋长老布袋和尚姚鹏。”毒手观音道：“原来是姚大侠。”酒仙翁道：“此人游戏风尘，却是一身豪然正气，此后二十年的江湖安危，必将系于其身。老朽已将毕生修为转赠于他，待他伤愈之后，仅以功力而论，当不在小徒之下。”

毒手观音不禁奇道：“师叔，师弟他——？”酒仙翁微笑着打断她的话道：“小徒功力虽是不弱，为人也是豪荡仁侠，但他五年之内必将身蒙遭难，从此隐身江湖，到时天下武林动荡，唯有姚鹏可挽救江湖。”毒手观音道：“师叔，就此时天下武林而言，江湖浪子童超和独孤樵独孤公子，无论人品武功，皆是足可肩担武林危难之人，五年之后，他们难道便——？”酒仙翁道：“眼下武林大难，便须他二人与小徒三人联手方可得解。至于五年之后嘛，唉——”毒手观音道：“师叔！”酒仙翁沉默良久，才道：“此乃天机，却不可一语道破。”毒手观音道：“玉音省得。”

酒仙翁又道：“玉音，那个害你之人，必将遭受报应，因你也不可太过耿结于心，况且这本是一劫，你身为尘世中人，自不免遭此一难。”毒手观音低头不言。酒仙翁道：“既是如此，我也不再多言。师叔临去时，只要你答应在此待上一天，救了姚鹏出去，那老朽便心满意足了。”毒手观音道：“玉音谨遵师叔教谕。”酒仙翁一笑道：“如此就好，生死本是寻常事，无奈世人陷迷津。二十年后，当有人复到此处，我走了。”“了”字尚未出口，一个身子便倏地落入那古井中。

毒手观音何等眼明手快，见他身子略动，便伸手去拉，不料终是慢了一步，只听得喀嚓一声，那“古井”边光滑坚硬的岩石已然合拢。毒手观音师徒均是骇然，便不约而同地跪在井口边，规规矩矩地磕了三个头。然后二人坐下，黯然无声。

半晌，青青见师父仍是呆呆地望着石壁，状似老僧入定一般，便叫道：“师父！”毒手观音恍若未觉。青青连叫数声，毒手观音才长长地叹了一口气。青青道：“师父，师叔祖他老人家世外高人，早已看破生死，师父你别气坏了身子才是。”毒手观音道：“是，咱们倒也不该徒自悲伤，若是太过悲伤，倒违了师叔本意了。”青青道：“师父，先前你说咱们一出来，你便告知徒儿身世的。”毒手观音道：“青青你坐好，最好不要打断为师的话，为师这便慢慢说与你知。”青青道：“青青省得。”依言坐下，静听师父诉说自己身世。

只听毒手观音缓缓道：“很多年前，在云南大理苍山脚下，有一采茶的农家少女……”“那是我妈妈吗？”青青道。“不是。”毒手观音微微一笑，怜爱地用手摸摸青青的头发，道：“那农家很穷，但那少女长得很美，远近十几里的地方无人不知。”青青很是奇怪，想：师父是在说她自己吗？又听毒手观音道：“当时大理城内有个恶少，姓张，他家在大理很有势力。有一天，张家突然带了重礼，说要娶了那少女做妾。那少女父母自是不肯，张家留下重金，不由分说地要在半个月后来迎新人。那善良的父母视独生爱女若掌上明珠，自是不肯将这事告诉女儿。

“半月后的那天，父母早早便遣女儿上山采茶，少女总觉有些不对，中午便赶了回家，没想回家之后，见到的却是一副惨不忍睹的场面。”沉默良久，毒手观音才又缓缓地道：“那可怜的父母竟双双悬梁而死了。”青青啊了一声。毒手观音道：“那少女伏在父母背上哭昏了过去，醒过来时，却发现耳边鼓锣声声，自己竟坐在一顶大红轿子之中。她欲跃出轿子，但双手已被捆住，她于是大声哭叫，用双脚死命地蹬轿子。后来幸得一僧人相救，少女自是感恩不尽。那老僧道：‘你再不能在这儿住了，老衲能救你一次，却救不得你第二次，张家还会再来人的。’但那少女并不知所往，正自为难，却见那老僧突然闭上双目，似是入定一般，口中喃喃道：‘是，是，谨听师叔教谕。弟子能见师叔你老人家一面吗？是。’言罢竟飘然而去。那少女正自惊喜，却觉身上一麻，人便昏了过去，不知过了多久，少女悠然醒来，才发现自己竟置身于一小屋之中，面前站着一个甚老的和尚。

“少女奇道：‘这是什么地方？’那老僧道：‘阿弥陀佛，你醒来了，这是玉龙雪山。’少女知道玉龙雪山离大理有三百里之遥，怎么自己一觉醒来，便已到了玉龙雪山。正自奇异时，那老僧道：‘是老衲带你来的，老衲见你无亲无故，意欲收你为徒，你可愿意吗？’少女见老和尚满面慈祥，便连忙翻身下床，跪拜老和尚为师。自此那少女便跟着师父，在玉龙雪山住了下来。”青青听到这儿道：“那少女便是师父你啦，对吗，师父？”毒手观音点点头，缓缓道：“几年之后，为师学了你师祖的一套药物功夫和一套剑法，内功也颇有些功底——”青青道：“师父，师祖他老人家名讳是何称呼？他老人家使毒功夫一定是天下无敌！”毒手观音道：“你师祖从未在江湖走动，他老人家也不愿意自己的名讳让人得知，但他老人家学究天人，为师这点儿本事，根本还不及他老人家的百分之一。但那时为师年轻气盛，自以为了得，便下了玉龙雪山，寻找当初那救我之人。

大理虽昌隆佛教，但寺庙也并不多，仅鸡足山和大理城外皇恩寺二处，为师很容易便找到了恩人，他竟是鸡足山方丈，以排辈论，他竟是为师师兄。因为恩师乃是原鸡足山方丈的大师兄，方丈圆寂之后，遍寻我恩师不到，才将方丈之位传与大徒弟，也就是救我的那僧人的。大师兄的武功，在大理可算是一流。为师当年年轻，人心性急，熟悉之后便与大师兄印证武功，发现自己武功竟还在他之上，心下颇为得意。因此不辞而别，在大理城寻到逼死为师双亲的张家，将那恶少杀了，连夜逃出大理，不久便来到中原。”

停了一停，毒手观音才又接着道：“当时为师初入江湖，心高气傲，自觉武功超群，也很与些人交过手，倒也不曾吃亏。有些虽武功高于为师，但为师若辅于药物，往往能赢了他们。但为师那时心地并不坏，绝不用那些能致人于死之剧毒。故时日不久，便在江湖上得到了一个赛观音的绰号。”青青笑道：“师父你当时一定是江湖上的第一美人！”没想毒手观音黯然长叹一声，道：“自古红颜多薄命，唉——”青青道：“师父？”毒手观音道：“当时江湖上确实有此一说，也确实有不少江湖世家子弟仰慕为师容颜，或宣言求爱，或托人送礼，但为师一一查过他们之后，发现要么心存不善，要么浪得虚名，根本不愿多睬他们。

后来，也就是二十年前正月二十，各路江湖豪客集聚黄山，公推白道武林盟主。为师虽绝不怀夺取武林盟主之心，但因那是武林一大盛事，也自去了。那确实是武林百年难遇的盛会，各路英雄身怀绝技，谁也不服谁，最后一致商议以擂台比武的方式选出盟主。当时天下武林中，当以太阳叟东方圣武功最高，也最得人缘，因其一身凛然正气，早已做出许多侠义之事，推他为天下白道武林盟主本已是众望所归。

但江湖中人尽皆火暴脾气，一句言语不和，便即动手。为师气不过，便上台打擂。不料竟是所向披靡，无数江湖豪客与为师动手，仅是三招两式，便自甘拜下风，有些根本丝毫未沾其衣，也便自认输了。”青青道：“那定是因为师父貌美，他们不愿扫了师父面子。”毒手观音道：“正是，为师根本不知天下英雄竟都是软骨头！还自以为真的武功高强呢。待无人再上台打擂了，为师公然与太阳叟东方圣东方大侠叫阵。自然东方大侠上来，轻而易举地便胜了为师。东方大侠武功之强，实在是为师不敢想象的，但他却也该让为师输得体面点才是——至少为师当时是如此想法，然他每次都是一招二式便赢了为师。为师气羞不过，径自飞快跑下黄山，胸中甚是气闷，便跑到杭州去散心。那些时江湖传言沸腾，说什么东方大侠武功如何了得，已当上了天下武林盟主，又说什么东方大侠之所以轻而易举地当上天下武林盟主，是因为一个武功深不测、貌赛西施的江湖第一美人所向披靡，为东方大侠扫清了障碍，等等。”

五十九

“为师不听见还好，一听见了却心里甚不是滋味，羞愧难当，益加气闷。”青青奇道：“师父应该高兴才是呀？！”毒手观音道：“当时若以真实武功而论，为师顶多算个二流高手，什么所向披靡之说，那无异于挖苦讽刺。”青青哦了一声。毒手观音道：“恐怕也真是上天注定要为师遭此一难，在西子湖畔，为师偶然遇上了司马。”“司马？”青青奇道：“师父，司马是谁？”“司马仁琴，”毒手观音道，“一个秀才——”毒手观音突然停住话头，面上呈现出一派变幻莫测的表情：有欢愉、有痛苦、有漠然、有惊惶，更多的却是怜爱。

见师父不开口，青青又道：“师父，徒儿猜你当时一定是爱上了那个秀才！”毒手观音不易觉察地轻轻点了点头。青青扑哧一笑道：“师父当时号称赛观音，是公认的江湖第一美人，那个叫作司马仁琴的秀才一定是个文武全才的少年英侠，要不怎么会令师父一见倾心呢！”毒手观音道：“不，司马他只是一个秀才，并不会一丝一毫武功。”“不会武功？”青青奇道，“那师父为何——？”毒手观音道：“司马虽不谙武功，但他身上那种超凡脱俗的气质，却足可令天下少女为其倾心。”言罢脸竟微微一红。

毒手观音又缓缓道：“司马虽饱读圣贤诗书，满腹经纶，却绝无穷酸的迂腐之气，言笑谈诗，英气灼人，更显出豪荡之气，为师真的全心全意爱上了他。”青青一笑道：“但师父为何不——”毒手观音恍若未闻青青之言，打断她的话头接着道：“但司马已有了结发之妻，虽未过门，但施家大小姐早已是许给了司马相公了。他二人虽未见过面，但他们的丫鬟不知为他们传过了多少信物。况且施家大小姐也是大家闺秀，妙手丹青，诗词文赋作得极好，司马相公一颗心，早已属于施大小姐了。然为师当年心高气傲，何况情这东西最是迷惑人，为师既爱上了司马相公，自是要使出浑身本事，定要将司马之心从施大小姐那儿夺过来。好在司马相公为人甚是豪爽，他明知我已爱上他这心有所属之人，但他也并不赶我离开，他说做人只要无愧于心又何必害怕别人飞短流长。因此我与他常常把酒听他谈诗论剑。那确是为师一生最幸福的时候。司马相公把这一切都告诉了施家大小姐，施大小姐虽有些不快，但她信得过心上人，也倒不怨我怪他。那段日子又有不少江湖中人来到杭州，欲博为师之喜，其中也有不少真正英雄，但为师已是心有所属，尽皆一口回绝。有为师觉得还值一交的，便直言相告，说我已有了心上之人。因此有几个英雄结识了司马相公，言谈之下，皆被司马相公那超凡脱俗的英气所折服，悄然别去。后来——”毒手观音面色一黯，住口不言。

“后来怎样了？”青青问道。“唉！”毒手观音缓缓地道，“后来施大小姐一家在一个夜里被人尽数杀了，只有施大小姐下落不明！”“此事最值怀疑的自然是我，”毒手观音道，“司马相公恨我欲绝，骂我是心若蛇蝎的毒妇！”青青道：“这也怪不得他。”毒手观音道：“这自是怪司马相公不得，为师当时怅然离去，只想尽快找出杀人元凶，将他交给司马相公处置，一洗为师清白。不料三天之后，为师查访没有一丝线索，司马相公一家却又被人一夜之间尽数杀了！”青青惊叫了一声，吓得说不出话来。毒手观音道：“杀司马相公和施大小姐全家手法一般，自是一人所为。为师陡见司马尸首，眼中绝无一丝眼泪。只是发下毒誓：若不寻出那恶人给他两家报仇，我侯玉音枉活人世！于是厚葬了司马一家，为师便遍迹江湖，去寻那灭绝人性的凶徒。然明察暗访一月，终无一丝头绪，为师怒火难消，便再不管什么白道黑道，只要是江湖中人，逢着便杀，不分青红皂白。有些虽武功高于为师，但为师实已气极，用毒便使那种立取人命的，一时间为师杀人无数，终得了一个毒手观音之名。”

青青听得浑身打了个冷噤。见师父不说话，脸上呈现出一种追悔莫及的表情。青青又道：“师父你讲这些，莫非与徒儿身世有关吗？”毒手观音道：“后来，有一日为师到了洞庭湖边，抓住了紫鲸帮的人，逼问人家害司马相公的人是谁。可他们实是不知。后紫鲸帮的大龙头二龙头、人称阮氏双雄的阮蛟和阮龙赶来，问明原委，说他紫鲸帮只在江上混饭吃，从未有人去过杭州什么的。为师明知他们说的乃是实情，但为师几由气疯，行事不可理喻，要他们三日内给我查出那害人元凶姓名来，否则便挑了他们紫鲸帮。为师放了人，独自茫然到了湘水之畔，正自烦闷难当，欲寻人杀了解恨之时，突闻敲木鱼的哪梆声。

为师大怒，循声而去，却怎么也见不到那敲木鱼之人。后那人用传音入密告诉为师，说他知道那元凶姓名，但却不能告诉我。若我收敛凶性，并在玉龙雪山苦修二十年，他二十年之后一准告诉为师那人姓名。为给司马相公报仇，为师自然是一口答应了。于是回了云南，一待二十年，到今年期满，为师才又复至中原。”青青道：“他告诉了你吗？”毒手观音道：“在洛阳那酒楼上，他曾用传音入密告诉为师之仇，将因独孤公子得报，而独孤公子丝毫不谙世事，他让为师跟着独孤公子。”难怪师父对独孤樵那小子如此客气，青青想，然后道：“那人是谁，师父你见过他吗？”毒手观音缓缓摇头道：“似那等前辈高人，早已洞察世事，有若神龙见首不见尾，为师又怎能见他的面呢！”青青道：“但他又为何不守约，不告诉师父那害司马秀才和施大小姐一家的奸贼姓名！”

毒手观音道：“那奸贼便是今天的黄龙令主！”牙齿咬得格格响。青青道：“黄龙令主！他叫什么名字？！”毒手观音缓缓摇头，道：“前辈为天下武林苍生为念，不肯告诉为师那奸贼姓名。说若是让江湖中人得知那人姓名，他必恼羞成怒，大肆虐杀，那武林中不知又得有多少人头落地了！”青青哼了一声，毒手观音道：“前辈的话当是实情，为师也不愿我江湖中人再遭涂炭。这二十年在玉龙雪山清修，为师已渐明世事，为当初滥杀无辜好生后悔。”“这不怨师父你，”青青道，“一切都因那奸贼而起，师父你所杀之人，账也应该算在他头上。”

毒手观音苦笑道：“待为师大仇得报之时，自会还江湖英雄一个公道。”青青失声道：“师父！”毒手观音道：“那前辈还查明了，施家大小姐并未被杀，而是被那奸贼抢了去。那灭绝人性的奸徒玩弄了施大小姐，使其身上有孕，待施大小姐临分娩之时，那奸徒将她扔在荒野，以为她必死无疑。不料施大小姐临死之时，产下一个女婴，恰被方才引我们到深涧的那前辈所救。然施大小姐失血过多，回天已是乏术。她当时尚未知道司马相公也已被害，便托那前辈将那女婴送给司马相公和我。她说她不恨为师，只因她命薄无福，只求我和司马相公早日成亲，将那女婴要当作亲生女儿。”

青青听到这儿，心里不由咯噔一下，直往下沉。又听毒手观音道：“她死前的最后一句话，是将那女婴取名司马青青！”毒手观音长久地看着青青，然后一字一句地道：“你的真名便是司马青青。”“不！”青青大叫一声，一头钻在师父怀里，失声痛哭起来。“自今往后，”毒手观音缓缓道，“你便叫作司马青青。”紧紧地搂着青青，怜爱地抚摸她一头秀发。

第二十一回

六十

独孤樵在客楼里待了不到三个时辰，甚是无聊，便缓缓走出客栈，到了离镇五六里外的一片树林，突然他听到远处传来脚步声，是两个人，待走近了，他看清了原来是天山二怪。牧羊童阳真子背上背着一个面目清瘦的老道人，独孤樵奇道："你干吗要背着他，他不会走路吗？"天山二怪脸色涨得通红，张了张口，却说不出话来，显是被人点了哑穴。

阳真子背上的老道便是武当掌教灭尘道长，他陡见面前突然出现一个身着白衣，背着一柄松纹木剑，一脸天真烂漫的少年，心头也自吃惊不小，道："你是谁，却在这儿做甚？"独孤樵道："我叫独孤樵。在客栈里不好玩，我便出来这里乘凉，便见到了你们。怎么你不会走路吗？"灭尘陡闻眼前这一脸天真烂漫的少年便是本令第三号该杀的人，心中大惊，但却不在脸上表露出来。听他见问，便道："原来是独孤公子，老道脚上有所不便，故请他背老道一程。"独孤樵道："老道？谁是老道？"灭尘不知独孤樵是否在调侃自己，但看他的神色，倒不像是在调侃，便道："老道便是我，我便是老道。"独孤樵恍然大悟，道："原来你就是老道，你的脚为什么有所不便，给我看看行吗？"灭尘道长见独孤樵呆头呆脑，简直与江湖传言相比有过之而无不及，心想：今日本巡察既捉了二、三信使归令，若再乘机将这本令第三号要杀之人杀了，论起功来，那可是奇大无比。于是心头暗喜，从阳真子背上滑下来坐在地上，道：“独孤公子要看自然是行的。”独孤樵道：“老道你真可怜。”竟走过去蹲在灭尘道长脚前，细细地看他的双脚。

天山二怪大惊，但苦于口不能言手不能动，只木呆呆地立于原地。灭尘道长将全身真力凝聚于右掌，缓缓提了起来，打算一掌劈在独孤樵天灵盖上，为本令建一不世奇功。独孤樵蹲着，突然觉得一阵浓重杀气笼罩全身。他微微闭上眼睛，反倒更觉那阵杀气之浓重。独孤樵不解地睁开眼睛，抬起头来——一声暴喝，灭尘一掌已当胸拍出！灭尘道长身为武当掌教，一身功力岂是非同小可，如此近的距离，便是一座石山，还非被他雄浑的掌力击碎不可！天山二奇不忍目睹独孤樵的惨状，不由自主地闭上了眼睛。“啪”的一声！一团巨大的黑影从独孤樵眼前激射而出！“啪嗒”一声！一切归于寂静。

独孤樵只觉笼罩着自己的那浓浓杀气已烟消云散。灭尘道长一掌击出，甫觉一股凶猛无比的内力反弹回来，他尚未做出反应，偌大一个身子便被那股强大内力震得飞将出去，十来丈之后，身子才啪嗒一声落在地上。灭尘道长只觉喉头一甜，一口脓血喷了出来，眼前金花直冒，人几欲昏去。一个白色人影迎着那些飞舞的金花飘然而至。灭尘暗道，今番我命休矣！

却听独孤樵道：“喂！老道！你怎么啦？！”天山二怪听得独孤樵说话，心中大是惊诧，连忙睁开眼来，却见灭尘道长跌坐在十丈开外的地方，口角兀自挂着血丝！独孤樵蹲在灭尘面前，以背对着他们。天山二怪奔过去一看，心头大是骇异，不知独孤樵是以何手法伤了灭尘。灭尘用衣袖擦干净口角，强作一笑道：“老道脚有不便，只得如此过来。”独孤樵哦了一声，心想如此行走的方式倒也好玩，于是道：“你这样比走快多了，你能教给我吗？”灭尘道长心头一凛，以为独孤樵是在戏耍自己，心想：此时自己已身受极重内伤，须得赶快寻一地方躲起来疗伤才是，否则待时候一长，天山二怪的穴道自解之后，我二巡察便有十个脑袋也保不住了。于是对独孤樵道：“这个独孤公子要学嘛，自也不是不可——”试探地看着独孤樵。独孤樵喜道：“那老道你这便教了我吧！”灭尘道长心头暗喜道：“老道今日老命得保了。”于是道：“但老道今日另有要事在身，只要独孤公子答应不跟着老道，并让他们天山二怪也不跟着老道，待老道办完要事之后，自会来将那行走之法教给你。”独孤樵道：“那老道你说话可得算数，我就住在前面那个小镇上，你办完事之后一定要来教我！”灭尘大喜，却不喜形于色，道：“老道这便去了。”慢慢地站起来，缓缓走出林中。

天山二怪何等样人，哪有不知灭尘受了极重内伤之理，他们恨透了灭尘，不约而同地举步便要跟去。不料独孤樵连忙拦住他们，道：“老道要去办的事极为隐秘，你们不能跟着去的。”天山二怪口不能言，手不能动，被独孤樵拦住，只急得死命跺脚，泪水几欲夺目而出。

不多时突闻远处传来一声高喊：“独孤樵！独孤公子！”独孤樵道：“是木叶婆婆吗？我在这儿！”木叶婆婆急匆匆地奔了过来，看着独孤樵道：“你怎么到这儿也不告诉婆婆一声，婆婆差点急死啦，我寻遍了整个小镇也不见你！”独孤樵道：“客栈和小镇里都不好玩，我就到这儿来，见了他们和老道。他们好玩。”木叶婆婆转身看见了天山二怪，奇道：“咦？！你们天山二怪怎么到这儿了？”独孤樵道：“婆婆你问他们没用，他们不会说话的，先前老道倒会说话，但他办急事去了。”木叶婆婆道：“老道？哪个老道？”独孤樵道：“就是那个老道嘛，他说他叫老道，是他背着来的。”一手指牧羊童阳真子。木叶婆婆对阳真子道：“你们天山二怪行事比我卢若娴还要邪乎，又怎的要背一个老道到这儿来了？”牧羊童大窘，脸色又涨得通红，连连摇头。

木叶婆婆奇道：“你们可是被人点了穴道吗？”天山二怪连连点头。木叶婆婆过去啪啪两下解了牧羊女梅依玲的穴道，却没去动牧羊童阳真子。她知道二怪虽年纪甚老，但却对异性防范甚严。梅依玲感激地看了木叶婆婆一眼，过去解了阳真子穴道。阳真子穴道一解，便陡地大叫一声：“臭老道，我跟你拼了！”却又不见他动身，只站着气得呼呼直喘粗气。木叶婆婆奇道：“你要跟他拼命的那老道到底是谁？”阳真子大怒道：“还有谁？！便是武当那牛鼻子掌教灭尘臭老道！”“哦，”木叶婆婆道，“你们天山二怪的穴道便是被他点了的吗？”“哼！”阳真子道，“谅他也没那本事来点我和依玲穴道！”木叶婆婆道：“我也想，凭他一个区区灭尘老道，只怕还不能点了你天山二怪穴道。”阳真子道：“不过，我的穴道倒是他点的，依玲的穴道是她自己点的，那牛鼻子老道要是胆敢碰依玲一指头，我阳真子便把他武当上下数百弟子的十个指头全砍了下来！”

木叶婆婆道：“这到底是怎么回事？能否说得清楚一点？”“哼！”阳真子道：“他们白道中人，自命什么侠义道，却全是些卑鄙无耻之徒！可笑啊可笑！”木叶婆婆道：“我卢若娴行事也是被江湖中人看作邪怪，今日得再见你们二怪，也是有缘，若二怪不嫌，便请贤伉俪到前面小镇上，由我敬你们一杯压惊酒如何？”牧羊童道：“使得！使得！只要别碰上那帮白道上的无耻之徒，你木叶令主的酒，我们二怪是要喝的。”牧羊女却道：“你木叶令主行事与咱们天山二怪一般的邪，那是令我和真子大为钦佩的，不过如果因为你替我解了穴道，便打咱们真子的主意，那我梅依玲却不会与你干休！”木叶婆婆正色道：“咱们都是一条道上之人。俗话说盗也有道，咱们邪也有邪道。引那些正人君子一句话，朋友妻，不可欺！否则连猪狗也有所不齿。”“好！”梅依玲道，“果然是咱们天山二怪的知己！咱们这便去叨扰你的酒罢！”三人说走便走，立即赶往前方小镇。独孤樵觉得甚是好玩，也跟在他们之后走进小镇。

到酒馆坐定之后，木叶婆婆边喝酒边问，才知道二怪和灭尘及皇甫呈比武，为江湖浪子童超所救等诸般事情弄了个明白。木叶婆婆道：“哼！没想到堂堂武当掌教竟卑鄙至斯！”梅依玲道：“白道上本来就没一个好东西！”阳真子道：“黑道上也没有好东西，只是比白道上的更不令人恶心一点罢了。”木叶婆婆笑道：“对！”“不过，”木叶婆婆又道，“江湖浪子童超该算是白道呢还是黑道？我看他倒是个好东西！”“这个嘛，”梅依玲沉吟道，“真子，你说童少侠算是什么道。”阳真子道：“童少侠便是童少侠，他什么道也不算，他是咱们的救命恩人，咱们可不能背着他昧着良心把他往白道或黑道里面推！”梅依玲道：“正该如此，没想你老不死的还有点学问。”牧羊童阳真子得意地喝了一杯酒。看着独孤樵道："至于你嘛，大约该算——"独孤樵忙道："我也是白道黑道都不是！"阳真子大笑道："你自是什么白道黑道都不是，但你却是属咱们邪道。你行事简直比咱们三个自命老怪物的行事还要邪！"独孤樵奇道："我又怎么邪了？"阳真子道："就像今日的事吧，你既把那臭老道打了个半死，为何却又要放了他？你既救了我们两个老怪，为何又不为咱们解了穴道？哈哈哈！这简直邪透顶了！难怪卢若娴这木叶令主多响的名头，竟会愿意追随你后。"独孤樵急道："老道说要教我那脚不沾地的行走之法，我才让他去办急事的。我根本就没打他，他手掌向我比了一下，就像飞一般地离开了十丈多远，我真的想学他那行走之法。"三人听得一愣，随即一齐哈哈大笑，他们自是只需一想，便知灭尘是被独孤樵的内力反弹出去的。

二怪心下皆想：这独孤樵之邪，简直令我二怪甘拜下风！独孤樵奇道："你们笑什么？"木叶婆婆道："我们不笑什么，但独孤公子你得记住，臭老道的那种行走之法是学不得的。"独孤樵道："为什么？"阳真子笑道："你没见那臭老道如此行走之后，便吐出一大口血了吗？"独孤樵哦了一声，道："那倒是。"木叶婆婆道："所以那种行走之法是学不得的。"独孤樵又道："不过刚才你说什么既救了你们，却又不替你们解了穴道，这话便没道理。我几时救了你们了？我又怎么知道你们被人点了穴道——？"阳真子道："我们两个老怪物手不能动，口不能言，一看便知是被点了穴道的。""哦！"独孤樵道，"我还以为你们嫌自己的声音不好听，不愿意多说话呢。"阳真子哼了一声。独孤樵道："不过即使我知道你们被人点了穴道，我也是不会解的。"阳真子奇道："你不会解穴？"木叶婆婆道："独孤公子真的不会解穴，他从来不说假话的。"天山二怪听得啧啧称奇：独孤樵武功如此高强，连灭尘道长那等高手突施暗算也未能讨了好去，可他居然连江湖中二流好手均会的解穴功夫也不会！于是阳真子道："与你独孤公子比起来，我们天山二怪之邪简直有如儿戏一般，依我看，你才是天底下第一个邪怪之人！"

得见独孤樵脸色涨得通红，木叶婆婆道："既是这样，咱们便去追童超童少侠去，他和部盛背负有人，想来不会行得太快，咱们当该追得上才是。”牧羊童阳真子道：“童少侠才救了咱们两个老怪物，咱们转眼却又落入灭尘那臭老道之手，现在去见他，实在是有点，嗯——”梅依玲道：“你这老不死的有什么好吞吞吐吐的，你就直说咱们无脸去见童少侠不就完了。”阳真子老脸通红。木叶婆婆道：“那贤伉俪意欲何往？”梅依玲道：“咱们便上少林寺去看看到底有何古怪。”独孤樵道：“少林寺封山了，他们不让上的。”阳真子道：“区区几个和尚，难道便能挡住了我天山二怪！”木叶婆婆道：“如此也好，如果你们在少林发现有何怪异之事，便来找我们如何？”把布袋和尚姚鹏养伤的地方告诉了他们。牧羊童道：“这倒使得。”会了钞，木叶婆婆和独孤樵去追江湖浪子童超，天山二怪前往少林，四人便即分手而行。

前方那二人走近了些，小六和玮云已在灌木丛内躲好。玮云道：“师弟，你发现有何不对了吗？”小六摇摇头，睁大眼睛细看。但那两人却在五十丈外停了下来，少顷，有一干道士模样的人从后面跟上。那两人放下背负之人，果然前面那人竟背着二人。小六道：“这便没错了。”玮云问：“什么没错了？”小六道：“前面那人便是江湖浪子童超。”玮云心里格登一下：莫非是独孤哥哥他受伤了吗？小六道：“却不知那干道士打扮的人是谁，他们怎么又不走了呢。”玮云道：“师弟，咱们悄悄绕到他们左近，看看到底是怎么回事。”小六大喜，道：“好！”二人蹑手蹑脚地摸到那干人十丈开外的地方，又寻了一丛灌木掩起身来。

却不是童超又是谁！那干道士却是武当灭性子等人。只听童超道：“贵派掌教灭尘道长制住天山二怪之后，便往你们来路去了，灭性道长莫非未遇上吗？”灭性子道：“咱们急着来寻童少侠，倒未十分注意沿途之人。”童超哦了一声。灭性子又道：“老道在距少林百里左右的一个小镇上遇到木叶令主，她让我传话与童少侠。”童超道：“道长请讲。”灭性子道：“木叶令主曾为丐帮长老布袋和尚姚鹏姚大侠疗伤，知他伤得甚重，胡大侠前去为其疗伤，少则一周，多则半月，这段时间内定是无暇顾及旁人。”童超眉头紧锁，没有应声。灭性子道：“木叶令主说胡大侠似乎和毒手观音有何关联，此番毒手观音重现江湖，凶性尽敛，与二十年前的毒手观音判若两人。且有独孤樵独孤公子在侧。木叶令主的意思，是她前往少林，去将独孤公子和毒手观音带至那个小镇，等候童少侠携令师前往。”童超道：“这却又是为何？”灭性子道：“毒手观音的使毒功夫，在江湖上无人能出其右，既能使毒，当也能解毒才是。”童超道：“这一节我倒是忘了。”灭性子道：“若童少侠出言相求，那毒手观音自不会袖手不理，只是——”犹豫地看着童超。

童超道：“道长有话请讲。”灭性子道：“只怕以童少侠身份，开口求那毒手观音——”童超大笑道：“大丈夫为人立世，只求无愧于心，当屈则屈，当伸则伸，又何须如此顾及虚名，且毒手观音本是童超前辈，晚辈相求，又有何不能启齿的了！”灭性子道：“童少侠这份豪气，令老道钦慕万分！”童超：“既是胡大侠腾不出手来，咱们这便回头去求侯前辈相救，道长此刻意欲何往？”灭性子道：“既已知敝师兄下落，老道这便打算回我武当，将个中情由告知敝派上下。”童超道：“如此甚好，黄龙令已开始行动，我想他们决不会放过你们武当和少林的。道长回去之后，须得仔细查查，看是否有黄龙令之人混进武当。”灭性子道：“少侠说的是，咱们这便告辞。”童超道：“道长后会有期。”抱拳施礼。灭性道长和一干武当弟子转瞬走了个干干净净。

童超突然一笑，冲玮云和小六藏声之处高声道：“是何方朋友，难道还不肯出来一见吗？”小六大是奇怪，对玮云道：“师姐，他是说咱们吗？”玮云尚未说话，却听童超又道：“莫非是何方高人，竟不愿与我江湖浪子童超一见吗？”小六道：“师姐，咱们躲不住了，咱们出去吧。”小六于是率先走出来，笑眯眯地道：“高人说不上，低人倒是有两个。童少侠，可还记得我鬼灵子六小侠吗？”童超见走出来的竟是那洛阳城中的小叫花和玮云，心中大奇，不禁咦了一声。小六又道：“江湖浪子童少侠的威名，我倒是久仰得很，至于我鬼灵子之名，童少侠只怕从未仰过的了。”童超笑着抱拳道：“江湖上盛传鬼灵子六小侠如何年少了得，我江湖浪子也久仰得很。”小六老气横秋地道，“咱们彼此彼此。童少侠，容在下替你引见引见，这位是敝师姐玮——嗯——小观音大侠。”童超哈哈大笑，道：“柳姑娘，别来无恙么？”玮云满面绯红，瞪了小六一眼，嗯了一声。小六却道：“原来童少侠认识敝师姐呀！当然啦，似江湖浪子童少侠如此誉满天下之人，如果不识我师姐这等江湖一流高手，那才是怪事呢！”玮云瞪了小六一眼，道：“师弟休得胡说！”小六道：“师姐，我又怎么胡说了？”童超笑看看小六，没有说话。玮云急道：“你说我是什么小——小观音大侠，难道不是胡说么！”小六竟哈哈大笑：“师姐，我这鬼灵子的侠名，只怕也——哈哈哈！”玮云哼了一声，对这鬼精灵的师弟毫无办法，童超听他二人虽不停斗嘴，但师姐师弟的名分似是不假，心中微觉奇怪，便笑对小六道：“敢问尊师是——？”“哦，”小六道，“家师之名，本不是谁人都能听得的，不过你童少侠乃江湖中鼎鼎大名之人，便告诉了你也不妨。”看着玮云。玮云轻轻点点头。小六肃然道：“家师江湖中称布袋和尚姓姚单名鹏的便是。”

听得他们的师父竟是布袋和尚姚鹏，童超倒是真的肃然起敬道：“原来是姚大侠高徒，童某在洛阳时倒看走眼了，实在抱歉之至。”小六道：“你也没怎么走眼，那时家师尚未收我和师姐为徒呢。”“哦，”童超道：“听说令师姚大侠为玉蝴蝶金一氓那魔头所伤，不知——”方才小六还油腔滑调，此时听得童超问及师尊下落，突然面色一悲，怔怔地说不出话来。童超心头一凛，道：“胡大哥不是赶去救治了么，难道——？”“家师及胡大侠都失踪了。”小六嘘唏道。接着把师父如何受伤，胡醉如何赶去救治，又如何突然失踪之事，细细告诉了童超。最后道：“我和师姐一点儿办法也没有，还请童公子帮着打探为师下落。”童超道：“你们但请放心，有胡大哥在一道，令师当无大碍，你两个年纪尚小，单独在江湖上行走实在危险之极，不如咱们一道去那小镇上再做计较？”小六道：“但凭童少侠做主。”

童超把郜盛介绍给小六和玮云。郜盛道：“尊师侠名，郜盛早已久仰！”听他对师父甚是恭敬，玮云和小六都很喜欢，一齐道：“多谢郜二侠。”童超道：“咱们这便走吧。”去背师父和连城虎。郜盛自背起师父追风剑客皇甫呈，玮云咦了一声，急道："他不是我家连二叔么？"童超道："这位老英雄便是江湖上人称雷音掌的连城虎连老英雄，柳姑娘——？"玮云急道："我连二叔怎么啦？是谁伤了他？！"童超道："连老英雄中了黄龙令剧毒——"玮云道："是你点了他的穴道吗？"童超道："是。这实是迫不得已。便是家师及郜二侠师尊，我也不得不点了他们穴道。"小六道："便是这两位么？"指着童超背上的楚通和郜盛背上的皇甫呈。童超道："正是。"玮云道："童公子，你能否解开我连二叔的哑穴，我和他老人家说几句话？"童超道："这自无不可，只是连老英雄心性被那药物所迷，所说之言柳姑娘听不懂。"玮云道："那毒竟如此厉害吗？"童超道："实在厉害得很。"把那药物性能及黄龙令组织简单告诉了玮云，然后顺手解开连城虎哑穴。

刚一解开，连城虎便大声道："玮云，你休得听那童超胡言乱语，我又如何中毒来！童超本是震古烁今千秋伟业的我黄龙令第二号当杀之人。我和你爹爹蒙德高齐天才盖八世万寿无疆万岁万万岁令主千秋隆恩，被赐黄龙十一、十二信使，实是祖上积德，三生有幸……"玮云道："连二叔，我爹爹他——？"连城虎道："十一信使他目前尚未归令，据说大信使已领谕去请了，不久当会来令任职。"玮云神色一暗，对童超道："童公子，你点了连二叔哑穴吧。"连城虎急忙道："不——""可"字尚未出口，哑穴便已被童超封上。连城虎双目呲裂，愤怒地看着玮云。

玮云道："连叔叔，侄女也是迫不得已。"又对童超道："童公子，我来背连叔叔吧。"童超道："你——"玮云却不由分说，接过连城虎背在背上，率先而行，竟无一丝吃力的样子。童超奇道："柳姑娘，你的内力似是长进了很多呀？！"玮云嗯了一声，只顾走路。那日在洛阳城中，自己为寻不到独孤哥哥喝醉了酒，童超不知是怎样将自己弄回客栈的，玮云一想起来就觉心中有气。不料重新见面之时，竟是求他帮忙找回师父，纵有天大的火，也只得压住了再说。小六却抢着道："当然啦，我师父在江湖中可是大大的有名，咱们做弟子的，怎能太过脓包，给师父丢脸。"童超一笑算是做答。

第二十二回

六十一

不知过了多久，青青幽幽转醒，见天色已暗，师父正用一种怜爱的目光注视着自己，眼中兀自含着泪珠。见青青睁开眼睛，毒手观音强作一笑道："青青你醒啦。"青青道："师父。"毒手观音道："青青，刚才师父所讲的话，你都记住了吗？"青青含泪点点头。毒手观音道："后面的事你都知道了，为师不再多说。那前辈实对咱们师徒俩有莫大恩德，咱们须听他的教诲才是。"青青道："师父，那前辈说什么了？"毒手观音道："正如方才你师叔祖所言，作法者必自毙，那奸贼作恶多端，到头来必遭天谴，咱们倒也不可太过心怀怨毒之念。"青青咬牙道："那奸贼害死我妈妈一家，又害死我——反正我与他誓不两立！此仇不报，我司马青青枉自为人！"她本想说"又害死我爹爹一家"，但突然想起那司马仁琴并未与她妈妈拜堂，而自己的爹爹却是那害死妈妈全家之人，不禁神色一呆，待咬牙切齿地说完上面一番话后，泪水便簌簌地直往下落。

毒手观音自也想到此节，于是长叹一口气，喃喃道："造孽呀！"青青昂然抬头道："那奸贼害死我妈妈，便是我司马青青死敌，我决不会放过他的！"毒手观音道："他也是为师死敌！为师苦等这二十年，为的就是有朝一日亲手杀了那奸贼，不料——唉！咱们女人为何这般命苦！"泪水也是簌簌直落。青青道："师父！"毒手观音道："青青，你不会恨我吧？"青青道："青青永远是您的乖徒儿。”师徒俩抱在一起，哭成一团。

突然噗的一声，布袋和尚已然倒在地上，接着呕出一大口黑血。毒手观音大吃一惊，知十二个时辰已到，自己只顾和青青说话，竟将师叔的话给忘了！连忙过去将布袋和尚扶起！布袋和尚满面通红，双眼却是紧闭，毒手观音触手之下，竟觉如碰火炉一般。毒手观音道：“青青你在一旁替为师护法，为师这便替姚大侠疗伤。”青青应了一声。毒手观音伸掌顶住布袋和尚背心，顿觉一股杂乱但却凶猛无比的内力撞将过来，连忙运足全力，才堪堪顶住。那股凶猛杂乱的内力在布袋和尚体内四处乱窜，布袋和尚原有内力已大是消弱，如何能与之相抗。那乱窜的内力似是寻不到归所，待毒手观音一按布袋和尚背心要穴，便即撞了过来。少顷便见毒手观音头上冒出白雾。

幸好那股杂乱的凶猛内力与毒手观音内力一撞，似是知道此处也非出口，便即又另寻别处去乱冲乱撞。毒手观音只觉一松，连忙以内力去将布袋和尚的五脏正位。仅是一刻，那股凶猛内力又即撞来，毒手观音又连忙运足全力与之相抗。只一撞，那内力又即行开。毒手观音又连忙替布袋和尚五脏正位。如此十数次之后，那股内力一次比一次显弱。显然是布袋和尚的五脏一一正位之后，那杂乱的内力也随即一一找到归所，竟与他原有内力融成一体了。故毒手观音也觉得越来越轻松。到后来竟能以自己的内力牵引那所余的杂乱内力，去与布袋和尚那越来越强，但却规规矩矩地在体内七经八脉游走的内力融于一处。但布袋和尚体内的内力甚是强劲，似是不喜欢那股弱而杂乱的内力一般，毒手观音连引数次，皆是二者刚一相接，便即被弹了回来。于是那股杂乱内力又即乱神乱撞，毒手观音不得不又运自己的内力去先压服它，再牵引它去与布袋和尚的强劲内力会合。如此数次之后，毒手观音累得几欲昏死。

但师叔的话又历历在耳，不敢稍作松弛，只得苦苦撑住。青青在一旁，见师父形状，却也只是干着急而无办法。一种甚为复杂的情绪牢牢攫着青青的心，她不知该不该恨师父。自她四岁起，师父便像亲娘一样待她。她也将师父看作自己唯一的亲人。但自从知道自己身世之后，她便对师父产生了一种连她自己也说不清的感觉。她想：如果当初不是师父横插进去，那妈妈定是和那司马秀才结一段美满姻缘。妈妈和司马秀才都不是江湖中人，那些惨剧便都不会发生了，但若那样，便会有我司马青青吗？想起自己竟叫作司马青青，她的心里不禁产生一丝奇怪的念头：改名叫施青青！妈妈虽是司马仁琴的发妻，他们相爱甚笃，但毕竟尚未过门，自己也非妈妈和司马仁琴所生。但这却是妈妈临终前的嘱托，做女儿的，又怎能如此使妈妈在九泉之下不安呢？但这一切皆因师父而起，如果不是师父爱上了他妈妈的情郎，那妈妈和全家便不会惨遭横祸了！如果此时一剑杀了师父，那便算是给妈妈报仇了吗？

青青木然地手握剑柄，“不可！不可！”突然从冥冥之中传来一阵厉喝，那声音既模糊又清晰，自是在九泉之下的她妈妈的声音。那声音道：“这一切都是命。”妈妈决不怪司马相公和玉音姐姐，他们都是心怀坦荡、敢想敢爱的好人，他们没有错，也没有对不起妈妈之处。“那是谁错了呢？”青青宛若梦呓一般。那声音道：“谁都没有错，只怪妈妈命苦，只怪你爹爹太过心狠手辣……”“不！”青青惨叫一声，似是从大梦中醒来，连忙将手从剑柄上撤下来，浑身急出一片大汗。那我怎么办？！青青六神无主，竟自嘤嘤地哭了起来。

良久，陡闻师父一声大喝，人竟倒卧地上。布袋和尚身子动得一动，连喷出三大口浓黑如墨的血块。青青连忙扶起师父。毒手观音口角上挂着一线血丝，微微睁开眼来，微笑道：“好了。”原来是毒手观音久久不能将那一小股杂乱的内力归顺，心想多过一刻，自己和布袋和尚便多一分危险，便运足十二成功力，猛地将那一小股内力引向布袋和尚体内那强劲无比的内力。布袋和尚体内真力太过强盛，虽一举成功，却因毒手观音的真力并非与他的内力一致，待那一小股杂乱内力一归顺，便将毒手观音的真力尽数弹回。毒手观音猝不及防，人竟被击昏了过去。

青青焦急地道：“师父你伤得重吗？”毒手观音微弱地道：“不妨，只须调息一个时辰，便可没事了。”言罢竟自闭目调息。青青看布袋和尚，见他也自闭目调息。先前听师叔祖酒仙翁说今后之十年的江湖安危当系在此人身上，青青兀自有些不信，不由得看了他一眼，但他当时昏迷不醒，且又背对着她们。青青只觉这不过是个脏兮兮的老叫花，师叔祖的话未免有些太抬举他了。此时一看之下，虽布袋和尚仍是双目紧闭，蓬头垢面的，但却有一种说不出的令人震慑之感。这种震慑之感除敬畏之外，更多的却是信赖和亲切。青青想：看来师叔祖的话不假，这老叫花大有侠骨丹心之风范！

六十二

一个时辰之后，布袋和尚和毒手观音一前一后醒了过来。布袋和尚甫一睁开眼睛，青青便觉他目内金光似电，青青连忙道："姚大侠你醒啦。"布袋和尚看着青青，奇道："咦！这儿是什么地方？胡醉那老醉鬼呢，小姑娘你又是谁？"青青只觉得他的话里有一种令人不得不回答的力量。故待布袋和尚的话一说完，青青便道："我也不知道这是什么地方。胡——胡师叔我也并未见着，我叫青青。""胡师叔？！"布袋和尚大奇道，"你叫那老醉鬼师叔？酒仙翁竟还有别的弟子吗？""这个——"青青觉得一两句话却是说不清楚，一张小脸涨得通红。布袋和尚见她回答不出来，偏头见了毒手观音正自看着自己，大惊道："你！你不是毒手观音那魔头吗？你怎么会在这里？！"青青未等师父开口便道："师父你早已醒啦？"又对布袋和尚道："姚大侠，这是我师父，方才便是我师父救了你的。""她救了我？！"布袋和尚奇道，"江湖上四大魔头之一的毒手观音救了我老叫花，哈哈哈……"青青见他没完没了地大笑，不禁心头有气，道："哼！这有什么好笑的！"布袋和尚仍是大笑道："小姑娘觉得不好笑，我老叫花可是觉得好笑得很。玉蝴蝶那魔头打伤了我，我却又被毒手观音这魔——嗯——所救！这不是很好笑吗？！"青青头一偏，不再睬他。

待布袋和尚笑音刚落，毒手观音便不冷不热地道："姚大侠且听侯某告知个中情由如何？”布袋和尚傲然道：“老叫花命为你所救，自当听你吩咐才是，不过恐怕你也略知老叫花在江湖中的薄名，凡那伤天害理之事，老叫花是丢了命也决不做的！”毒手观音脸微一红，道：“姚大侠指教的是。”布袋和尚道：“指教不敢当，但老叫花倒真的想知你为何要救我，胡醉那老醉鬼难道没来救我吗？”毒手观音道：“胡师弟他另有要事——”“胡师弟？！”布袋和尚奇道：“恕我却不知你竟是那老醉鬼的师姐。莫非酒仙翁前辈——？”“唉，”毒手观音叹了口气，道：“莫道姚大侠要如此想，便是我自己，现在想起来也是好生后悔。”布袋和尚哦了一声。毒手观音便从自己身世讲起，将自己的师承来历、如何由情生恨，等等，一直讲到眼下如何被那前辈高人指点迷津，如何到此处见了酒仙翁师叔，以及师叔所说之话原原本本地告诉了布袋和尚。

发生在毒手观音身上的诸多惊心动魄之事令布袋和尚闻之惊心。待毒手观音讲完之后，布袋和尚竟怔怔地说不出话来。良久，布袋和尚才道：“个中情由，老叫花今日方才得知，适才言语中有得罪之处，还望勿要见怪才好。”毒手观音苦笑道：“这怎怨得姚大侠。”布袋和尚道：“救命之恩，老叫花不敢言谢，若你不见怪，老叫花定将你的身世告知江湖中白道英雄。”毒手观音道：“若江湖中不再视侯某为十恶不赦之魔头，侯某便不知如何谢姚大侠了。早年侯某自作冤孽，当会还江湖一个公道。”布袋和尚叹了一口气道：“老叫花当年甚是奇怪，为何一个赛观音眨眼便成了一个杀人魔头。杭州司马秀才之事，老叫花当年也略有耳闻，也曾暗察过一阵子，但终无头绪。且那是当年杭州两大血案，官府也在追查，老叫花也并不想多事，就此搁下了，原来却——”毒手观音道：“昔日的事，不提也罢。”

布袋和尚道：“对了，酒仙翁前辈——？”青青道：“师叔祖便是从这儿落下去的，但这井口合拢后，竟是一丝痕迹也看不出来。”布袋和尚仔细地看，果然是一丝一毫的痕迹也没有，不禁道：“一代高人，就此仙逝，实令人难受得很，老叫花便是想要报答，也是无从报答了。”规规矩矩地磕了三个响头，又黯然道：“不知胡醉可知此事？”救命恩人如此逝去，他却只是磕了三个头而已，便是悲伤，却也不显露出来，果然是大家风范，令毒手观音师徒俩心头暗自折服！

毒手观音道："我和青青到这儿时，胡师弟已然不在了，当时师叔正将自己毕生功力转赠于你。""什么？！"布袋和尚诧然道，"将毕生功力转赠于我了？"毒手观音才想起方才自己竟忘了将此节告诉他，于是道："师叔世外高人，早知自己阳寿今日将尽，故将一身功力转入你体内，一为替你疗伤，二也是为今后江湖安危着想。"布袋和尚默然良久，竟道："咱们这便走吧！"毒手观音看天色早已黑尽，稍稍犹豫，见布袋和尚已然起身离去，只得站起身来，招呼青青跟着离开。走出十数步，布袋和尚蓦然站住，转过身来，冲先前待处一抱拳，道："酒仙翁，老叫花姚鹏这便告辞了。"然后转身大步离去，毒手观音师徒也只得飞快地跟上去。

天山二怪悠哉游哉地来到嵩山脚下，见一路上并未有任何江湖中人现身，心下都是微微称奇。二怪在距通往少林寺路口二十丈远的地方站定，你看着我，我看看你，皆不做声。牧羊女道："一个人都没有，难说真有什么古怪。"牧羊童道："该不会是东方圣还没有死吧？""死啦死啦！简直死透了。"牧羊女道："要不少林寺才不会如此安静呢。"牧羊童道："我一直担心东方圣没有死。以咱们二人联手之功，竟不能在他手下走过二招，那简直是匪夷所思之事，黄龙令主又怎能杀得了他呢？难道那令主是神不成？！"牧羊女道："喂，老不死的，以你看咱们二人联手，在江湖浪子手下能走过几招？"牧羊童道："我们又不和他打。"牧羊女道："我又没说真的和他打，我只是假若罢了。"牧羊童嗫嚅道："十招左右吧。"牧羊女又道："在独孤公子手下呢？"牧羊童道："这就不知道啦，独孤公子简直比咱们还邪，鬼才知道他的真实武功到底有多厉害。不过——"牧羊女道："不过什么？"牧羊童道："以灭尘那臭老道的身手，突施暗算反自己受害来看，只怕咱们也难走过那一招。"牧羊女道："这就是啦，大约以江湖浪子和独孤樵二人联手，便可杀得东方圣，那黄龙令主自然也杀得东方圣了。"牧羊童大喜道："依玲你料事如神。东方圣定是死透啦！咱们的那事……""哼！"梅依玲脸一红，道，"阳哥你别提啦，羞也羞死人了。"阳真子也老脸一红，随便道："咱们既到了这儿，说什么也得上去看看。”“说的是，”梅依玲道，“咱们便硬闯如何？”阳真子道：“硬闯么，这倒也使得，只不过嘛——”梅依玲道：“怎么？”阳真子道：“咱们不如找个借口，就说——嗯——就说咱们徒儿丢了，他跑到少林寺去啦！”梅依玲大笑道：“咱们几时又收了徒儿来着？”阳真子道：“反正是个借口，咱们只须能上山便行，师父来找徒弟，本是天经地义之事，想必他们也不会就永远缠着咱们不放。到时咱们随便擒一个不会武功的小和尚下山来，就说他便是咱们新收的徒弟，事情不就完了吗？”梅依玲大喜道：“好，便是这样。”

二怪来到路口，阳真子大声道：“少林守着这个路口的臭和尚听着，我天山二怪的徒儿跑到你们少林去了，咱们当师父的要去抓了他下来。你们快快现身给我们让道。”见仍没有人现身，梅依玲也接着大声道：“我们老不死的已将话说明了，你们还不出来，定是觉得他的话大有道理，答应让我们上山啦！也好，反正我们两个老怪物也不喜欢看见你们。你们就好好待着吧，我们抓了徒儿就下山来。老不死的，咱们走！”举步便欲上山。

六十三

刚走得两步，一个灰影便从左侧一巨石后跃起，竟落在二怪前面，单掌合十道：“阿弥陀佛，我少林早已封山，还望二位施主快快回去的好。”阳真子奇道：“你是谁？为什么要我们快快回去的好，莫非我们上山抓了徒儿再回去就大大的不好了吗？”“阿弥陀佛，”那挡在前面的是个中年僧人，听得阳真子如此说，便又合十道，“小僧无智，在此守候已有多日，并不见有外来施主上山，只怕两位施主的徒儿并不在我少林。”牧羊女道：“你总不会已经在此守候一生了吧？”无智道：“小僧没有。”梅依玲道：“那就不错啦，我们的徒儿便是在你到此守候的前一日到你少林寺去的，不信你问我们这位老不死的我说的话可对！”无智道：“这——？”梅依玲大是得意，道：“便是你一出生就在此把守，我们的徒儿也刚好比你大了一天，他就在你出生的前一天到少林寺去啦。”“对！哈哈！”阳真子大笑道：“简直太对了！我们那徒儿确实比你大一天！哈哈哈哈！”“所以嘛，”梅依玲道：“你最好让开，我们上去抓了徒儿，马上就下来了。”无智道：“不可！”阳真子道：“依玲，这臭和尚不会讲道理，咱们上山去吧！”梅依玲道：“好！”“好”字刚一出口，阳真子便一掌拍向无智，梅依玲早已趋身而进。

这一下兔起鹰落，配合得天衣无缝。无智陡觉一股大力逼来，不敢硬拼，身子刚闪朝一边，眼前便觉两团黑影掠过，待看清时，天山二怪人早已在十丈开外了。只听得阳真子大声道：“少林秃驴，原来也稀松平常得很。”无智听了，只摇摇头，又即躲入那巨石之后。阳真子口虽如此说，但到了少林寺门外，倒也不敢过分，不说少林寺在武林中泰山北斗之尊，单眼前森严古刹宝相，便令二怪不敢造次。

二怪躲在庙门外十丈左右的地方，阳真子轻声道：“守门的那几个小秃驴是知客僧，武功定是稀松平常得很。咱们神不知鬼不觉地过去点了他们穴道，便可进去了。”梅依玲点点头，捡起一块碎石，弹向离那几个小和尚后面三丈开外的地方。她一捡碎石，阳真子早明其意。梅依玲碎石刚一弹出，阳真子便有若一只巨鹰，悠然飘至门口。那几个小和尚听得身后有响动，刚一回头去看，便觉背心一麻，已然被人点了穴道。阳真子招招手，梅依玲便也飘了过来。二怪进入寺内，自觉鬼气森森。阳真子道：“莫非秃贼们都死光了吗？”梅依玲道：“不会死光吧？！难说山脚下那秃贼已给寺内秃贼们报了信，只等着拿咱们呢。”阳真子哼了一声，道：“那咱们小心些便是了。”二怪武功既高，行事也甚是诡秘，在寺内悄然转了半日，竟未被发觉。

牧羊童轻声道：“以前咱们并未来过少林，倒不知现在这副光景是否有何异状，这却怎么办才好？”牧羊女道：“咱们去抓一个秃贼来，一问就知道了。”话音刚落，突闻有脚步声传来，且以脚步声听，来的竟是一个不会武功之人。牧羊童大喜，对牧羊女眨眨眼睛，示意：便抓了这一个。待那脚步声走近，牧羊童突然飘出，那和尚只叫得半声“啊！”便被阳真子点了穴道，软塌塌地抱了过去。见牧羊童抓了“徒儿”回来，牧羊女大喜，顺手便解开了那僧人穴道。她自是想，有他二人在旁，谅区区一个和尚也不敢玩出什么花样。不料穴道甫一解开，那僧便“啊哟”大叫一声。听声音显是内力充足，无疑一流高手，奇怪的是似这等高手，竟会被人轻松地给点了穴道。他这一声大叫，早已惊动寺内僧众，数百僧众突然涌出。“乖乖不得了，捅了马蜂窝啦！”阳真子大叫道，“依玲咱们快走！”二人挟着那僧人，飞快地逃往寺外。

大门口那几个知客僧穴道虽已然自解，无奈武功太低，又怎能挡得住他天山二怪！见天山二怪冲出，那几个知客僧便大吼大叫，悟明大师早率无根等僧众追至。“阿弥陀佛！”悟明大师高宣一声佛号，道，“二位施主可是从天山来的吗？”虽口中说话，脚下却丝毫不慢，这份功力确实颇为了得。天山二怪也是丝毫不敢怠慢，梅依玲道：“我们天山二怪的便是。到你少林寺来，不过是抓回一个徒儿而已，你们不追也罢。”闻得他二人便是天山二怪，悟明大师不由心头一凛，天山二怪之名，早在五十年前便已名动江湖，后多年隐居天山，不踏中原一步，不知今日怎的会到少林寺来寻事了！然他二怪行事虽邪，在江湖上倒也没有什么恶名，不过人人皆觉他们邪怪罢了。却不知他们竟一邪至斯，竟到少林寺来抓什么徒儿！

悟明大师又高宣一声佛号，道：“二位抓自己徒儿，原是你师门中事，老衲也不便多管，但这无慧自小出家，在我少林长大，生平未踏出少林半步，只怕二位施主认错人了！”天山二怪没有做声。悟明又道：“阿弥陀佛，只要二位施主放了老衲师侄，我少林也不为己甚，便让二位施主下山如何？”只听梅依玲道：“老和尚你说这小和尚自幼出家，那本来也没错，但你可知道他的亲生父亲是谁吗？”悟明一愣，道：“这个老衲倒也不知，却不知施主问此何意？”梅依玲道：“他爹叫——嗯——”阳真子道：“叫无数。”他听得这被掳的和尚叫无慧，自以为他爹定也姓无，便胡乱说了个名字。“对！还是咱们老不死的记性好！”梅依玲大喜道，“这小和尚的爹爹无数本是咱们之徒弟，不料他逃下天山，私自养了这小和尚送来少林出家，他却躲了起来，咱们抓不着徒儿，便抓了这徒孙也是一样。”悟明大奇，道：“阿弥陀佛，施主此言果然当真吗？”“真！真！”梅依玲道，“真得不能再真，老和尚你们回去吧。”

他天山二怪本是来少林寻古怪的，转了半日却什么也没寻着，此时倒觉得被他们捉到的这无慧和尚倒是一个小古怪。听他那一声“啊哟”，内力显是一流高手，但阳真子抓他之时，却发现他竟不会丝毫武功。再说他们背着无慧跑了这一大段山路，放了岂不吃亏，故他们是说什么也不放了。“阿弥陀佛——”悟明大师刚宣得一声佛号，突然从一块巨石后转出无智，竟自挡在二怪之前。牧羊童阳真子挟着无慧走在前头，陡见先前阻拦自己上山的无智和尚又挡在自己面前，便大喝一声：“想找死么，还不快闪开！”一掌拍出。

那无智和尚却不似先前那般脓包，只闪得一闪，让过牧羊童雄劲掌风，揉身而上，竟是唰的一剑直刺而出！牧羊童咦了一声，只得闪身避过，如此阻得一阻，悟明大师等已然追至。但他们并不动手，只立在一旁观看。方才牧羊童咦那一声，既是奇怪这无智和尚的武功竟比先前强了许多，更奇怪的是这少林和尚使的竟是武当剑法！悟明大师自是武学大行家，他哪有看不出无智使的乃是武当剑法之理，故他虽然追至，却不立即上前动手。无智高叫道：“悟明师叔，不可放了这两个老怪物回去！”手脚却是丝毫不慢：唰唰唰一连刺了三剑，剑剑都是武当剑法。

他自是难为不了牧羊童阳真子，但阳真子越看越奇，不禁大声道：“喂！你这少林和尚，使的却为何是武当剑法！”原来这无智和尚其实是武当灭尘道长的首徒松青云所化。而无慧自是点苍掌门段一凡了。那日黄龙令右护法智桐令他二人隐身少林，要无慧将一包归心圣散每日加些在少林僧众的斋食之中，十日后回龙亭复命。今日方到第七日，不料天山二怪误打误撞，竟将无慧给捉下山来。要知黄龙令责罚甚是严厉，既是右护法说过无慧是不会丝毫武功，段一凡便不敢露出丝毫会武功的样子，天山二怪才能在少林寺内轻松将他捉住。否则以段一凡尊为一派掌门的武功，天山二怪纵然武功富强，只怕也不能轻易将他生擒。他只是高叫一声“啊哟”！使寺内僧众尽皆听见，好来救自己。以便再过得三日，自己和黄龙之七信使可回龙亭复命。其中道理，松青云自不会不知。若无法成事，定会受严厉惩罚，故陡见天山二怪捉了五信使下山，便无暇多想，便即使出自己真实武功阻拦。

待听得阳真子一声喝破，无智才暗道一声“糟了”！少林悟明大师何等样人，自不会看不出他无智使的是何武功！一愣之下，天山二怪已然窜出十丈有余，为今之计，也只有豁出去了。段一凡为黄龙十二信使之五，比自己这七信使尚高一级，若眼睁睁看着他被人劫去不救，定遭令规严惩。故无智来不及他想，见天山二怪去远，便叫了一声：“悟明师叔，咱们去救无慧师兄！”不等悟明回声，便即追了下去。悟明大师却依旧傻愣愣地站着。本来以悟明大师在江湖中的精明干练之名，自是不会为梅依玲那捉自己“徒孙”的鬼话蒙住。但他既服了七日归心圣散，虽尚未真正“归心”，但那药力却弄得他心神恍惚，懵懵懂懂。其实所有少林僧众都已和悟明大师一般。否则天山二怪也不可能在少林悠转半日才被发觉。

无根道：“师父，咱们追吗？”悟明却道：“无慧既是他们徒孙，便让他们去吧。咱们回寺可也！”“是！”无根应了一声。一干僧众径回少林。悟明大师走在最后，他隐约觉得今日之事有些不对。怎么无智师侄竟会使武当剑法？为什么天山二怪的徒孙会在少林寺出家？这所有的事像一锅浆糊似的在悟明大师脑中翻腾，以至于他根本不知道究竟是哪儿不对。悟明大师心头越来越乱，顿时觉得疲惫不堪，几欲睡去。一干少林僧众也和悟明大师一般心思。故人人觉得无比困乏，只想立时睡去。这一日少林寺竟连晚钟也未撞响，全寺上下，只闻一片鼾声。

第二十三回

六十四

那日待玮云和小六走出山洞之后，胡醉便即开始救治布袋和尚姚鹏。他先以自身真力护住布袋和尚心脉，发现布袋和尚所受之伤远比初觉时还要严重得多，便以自己如此强劲功力，也仅能护住那早已混乱不堪的心脉而已。为今之计，只有二大高手合力，一人护住布袋和尚心脉，一人以内力将他已震离位的五脏正位，方能救其一命且保住他一身功力。若自己全力施为，恐怕也能救得活他，但他和自己二人的一身武功，只怕要从此化为乌有了。玮云和小六二人功力太低，帮不了什么忙，但布袋和尚、胡醉纵然足智多谋，在此情景之下，已是急出一身大汗。救还是不救！胡醉一边以内力护住布袋和尚心脉，一边犹豫不定，过了不知多少时间，胡醉自思：如此下去，待自己内力耗尽，只怕凶多吉少。不由得豪气大盛，心想且先保住布袋和尚老命再说，自己一身武功纵然废了，也无愧于这侠义二字！

正欲施出毕生功力，突闻一个细微却甚是清晰的声音传入耳内："胡醉你好糊涂！难道竟然因侠义二字，便可置江湖安危于不顾吗？"胡醉只觉那声音有些熟悉，但一时却想不起是何人来，听他的话，自是叫自己不要因救布袋和尚而自废功力！不禁急出一身大汗道："胡某自知其中厉害，但姚大侠的性命，我胡醉却不能置之不理。"那声音道："好个糊涂醉鬼，我且问你，是布袋和尚姚鹏姚大侠的命重要，还是江湖安危重要？"那声音颇为苍老，但却甚是严厉。胡醉大汗淋漓而下，嗫嚅道："这……还望前辈指点迷津。"那声音道："当今天下，能救姚鹏性命者，只有一人而已。"胡醉不禁大奇，放眼当今天下武林，仅以内力修为而看，大约只有太阳叟东方圣大侠高过自己了。便是千佛手任空行，也不见得就高过了自己。但东方大侠已被人杀了，难道这位前辈竟是要叫我去求那黄龙令主救老叫花性命吗？于是道："前辈所说之人，莫非是——？"

那声音道："你别胡思乱想，黄龙令主的功力虽足可救姚鹏，但他绝不会救的。"胡醉心头大震，道："前辈怎的知道胡醉心头所想之事？"那声音道："胡醉，你一生笑傲江湖，除曾败于太阳叟之外，还从未败于别人之手，但武学之道未有止境，你自视甚高，终将为此所害。"胡醉道："胡醉谨听前辈教谕。"那声音道："一切皆为道然。老朽便是教导于你，也是无力回天之事。然据老朽所知，当今江湖之中，除那独孤樵外，无人能敌那黄龙令主。"胡醉大惊，顿时说不出话来。那声音道："你心头不服吗？"胡醉道："晚辈不敢。"那声音道："以你的功力，大约只能敌那黄龙令主一招，若你与你那拜弟江湖浪子童超联手，大约可敌黄龙令主三招，但放眼江湖，能与你和童超比肩的，实在并无第三人了。"胡醉道："那么独孤公子——？"那声音道："独孤樵根本不会武功。"

胡醉惊异莫名，道："这——恕晚辈愚鲁，不明前辈所言之意。"那声音道："武学有道，道即自然，那独孤樵已还复自然，若你不与他动手，他是一丝武功也无，但你若有了害他之意，便落入有相，以有相对他无相，便是天下第一高手，却也奈何他不得。"胡醉长长地舒了一口气。那声音又道："但与黄龙令相抗，挽救江湖苍生免于涂炭，还需你和江湖浪子童超承担。你却怎可因救姚鹏一命，便置江湖安危于不顾！"胡醉道："却不知前辈所言能救姚大侠性命之人是谁？"那声音道："令师酒仙翁。"胡醉奇道："家师！"他自想师父酒仙翁虽精于药物一道，但内力却是和自己相差无几。观布袋和尚所受之伤，只怕师父也难凭一人之力所能救。不过胡醉转念一想，师父既是天下第一识药行家，难说能因药物辅佐可救姚鹏。但师父世外高人，宛若神龙见首不见尾，自己也有五六年未能见他老人家一面，此时却又去哪儿找呢？

正踌躇间，只闻那声音道："老朽告知你路径，你可在九个时辰内找到令师。"接着把路径告听了胡醉。于是胡醉以内力护住姚鹏心脉，施开绝顶轻功，有若一只巨大鹞鹰，玮云和小六只觉眼前一道黑光闪过，胡醉便已不见了。胡醉一路不敢与人相见，只寻小道照着那声音指明的方位猛奔。到次日戌时，已到了一个人迹罕至的山脚。胡醉正举目四视，搜寻师父踪影。突听见苍老的声音在十三四丈外的一巨石后响起："醉儿你来啦！"胡醉乍闻此声，不禁一惊：这声音便是先前在山洞里给自己指明路径的声音！胡醉道："前辈！——"石块后转出一仙风道骨的老者，却不是师父酒仙翁又是谁呢！

胡醉连忙下跪道："弟子胡醉叩见师父！"酒仙翁道："徒儿起来。"胡醉起身道："师父，弟子这六年来——"酒仙翁道："你的一言一行，为师无有不知，上天注定咱们师徒尚有这一面之缘，你这便放下姚鹏，竟自去吧！"胡醉大急，道："师父，咱们——"酒仙翁道："在江湖上闯荡这些年，你却怎么还未醒悟，咱们师徒之情，难道竟比江湖安危还要重要吗？"胡醉道："弟子谨遵师父教诲。"酒仙翁道："姚鹏为师自会将他救活，且令他不失武功，你自此离去之后，当向南行。"胡醉道："弟子记住了。"酒仙翁道："劫难重重，徒儿好自为之。"胡醉道："师父，弟子何时还能见你老人家一面？"酒仙翁叹了一口气，道："你怎的还如此执迷不悟！对啦，数日之后，你当得见你师姐。"胡醉大奇，道："师姐？！"酒仙翁道："你休多问，到时一切自会知晓，姚鹏所受之伤甚重，却是耽搁不得，你这便去吧，且不要再回来了。你便是回来，也不能见着为师。"胡醉道："师父——"酒仙翁道："速速去吧，记住向南行。"胡醉又跪下磕头，道："弟子走啦，师父你老人家多多保重。"放下姚鹏，头也不回地径自朝南而去。

酒仙翁看着胡醉的背影，轻轻摇了摇头。胡醉一口气走出十里，再也没有回头，他自是知道师父世外神人，早已洞察一切，他既未说何时能见，自是再见渺茫了，心下不由有一丝怅然。胡醉心头迷惑的事情很多：听师父口气，他早已知道那黄龙令主是谁了，但他老人家却又为何不说！他还说数日之内自己当见师姐，这师姐却又是何人？为何自己自小随师父习艺，却从未知道竟还有个师姐。师父他老人家叫自己向南行走，却又是何意？许多事情头绪杂乱，弄得胡醉心神不安。心想师父说到时自知，那便不去多想它了，且由它去吧！但你不去想它，那些事情却偏要缠上你——师父说自己只能在那黄龙令主手下走上半招，便是与童兄弟联手，也只能走过三招。却不知那黄龙令主是何方神圣，竟是如此厉害。半招？胡醉心头一凛，莫非太阳叟东方圣——？他不敢再做多想，只大步朝南而行。

次日辰时，胡醉走到一条宽宽的大道上，此时天光已亮，路上尚未有人，举目一看，四周皆是一望无际的平原，胡醉顿觉精神为之一爽，胸中浊气全无，不禁噢地大吼了一声。他这一吼声竟传数里开外，倒把自己给吓了一跳。心想自己这般大吼，太过惊世骇俗了。不禁莞尔一笑。好在四周无人，胡醉微觉奇怪，自己这一夜南行，虽不甚快，但也该有一两百里了，却未遇到一个江湖中人，师父特意关照朝南而行，却不知是何意思。且不管那许多，先吃些东西再做计较。胡醉如此一想，便即在路旁坐下，掏出干粮吃了起来。

未等胡醉吃饱，突闻远处有马蹄声传来，胡醉闪身躲在路旁的一片玉米林中。不多时，一辆马车飞速而来。赶车的用顶斗笠盖在头上，看不出何等模样。但观他赶车架势，定是江湖中人无疑！一般车夫驾车，自是用鞭拍马，但这个车夫却是手腕一抖，以鞭梢去刺马臀。那马每被刺一下，便显是吃痛不轻，立即飞快奔跑。胡醉见车夫手势竟是江湖一流高手，心下想道：师父叫我朝南而行，莫非此车内有何古怪不成！再看车厢，竟是蒙得严严实实。且车篷上尚有露珠，显然是连夜行驶所至。待大车驶近，胡醉轻笑一声，一个飞身，神不知鬼不觉地攀上大车后辙，伏在车上不动。那车夫并未察觉。

胡醉轻轻将车幔捅个小洞，凑上一只眼睛看去，却见车厢内赫然躺着一人，虽有些面善，却记不起他是谁。那人显是中了迷魂香之类的毒药，正自昏昏沉睡，胡醉以指当刀，轻轻将车幔割开一大条缝，侧身进入车厢之内，先点了那人穴道，然后取出一粒万邪辟毒丹，捏开那人下颌，喂将进去。然后以自己内力助他将药力化开。

约莫一个时辰之后，那人悠悠转醒，发觉自己已被点了哑穴，且身子也是不能动弹，便以一双怨毒的目光瞪着胡醉，胡醉与他的目光刚一相接，顿即想起他是谁来了，使用传音入密道：“阁下可是昔年人称白马书生的柳逸仙柳前辈吗？”那人点点头，依旧是满目怨毒地盯着胡醉，那表情好像是在说：“是便如何？”胡醉见他点头，便道：“前辈为毒所伤，是在下以此药替你解的。”从怀里掏出一瓶万邪辟毒丹，给柳逸仙细细地看。此辟毒神丹江湖中仅丐帮帮主胡醉一人所有，乃是其师号称江湖第一名医的酒仙翁采集百种药物炼治而成。白马书生当年游侠江湖，自无有不知之理，此时一见，不禁心中大奇，迷惑不解地看着胡醉。胡醉一笑道：“在下千杯不醉胡醉，因怕柳前辈乍醒时弄出声响，故不得不先点了前辈穴道，冒犯之处，还望前辈鉴谅。”伸手便给柳逸仙解开了穴道。

白马书生柳逸仙刚欲道谢，胡醉连忙挥手止住，以传音入密神功道：“前辈不可出声，胡某攀入车内，那车夫并不得知。”柳逸仙点点头，胡醉道：“前辈可会传音入密吗？”柳逸仙羞愧地摇摇头。胡醉暗道自己多此一问，显得甚是失礼。江湖中只有一流高手才能以强劲内力辅佐，炼就传音入密神功的。况且柳逸仙若会此神功，便早已与自己说话了。见他有些尴尬，胡醉连忙道：“在下不明之处甚多，想请柳前辈指点。在下问前辈的话，若是了，前辈便点点头；若不知道，前辈便摇摇头，不知可使得吗？”柳逸仙点点头。

六十五

胡醉道：“前辈可知那赶车之人是谁？”柳逸仙摇摇头。胡醉道：“那前辈也不知这车驶向何处了？”柳逸仙点点头。胡醉道：“前辈可知黄龙令之事吗？”柳逸仙点点头，又摇摇头。胡醉道：“略有所知？”柳逸仙点点头。于是胡醉便将自己所知的关于黄龙令的一切尽数告知了他。直把柳逸仙听得惊讶不已。胡醉又道："前辈可知自身被任命为黄龙十二信使之十一了吗？"柳逸仙摇摇头。胡醉道："前辈可是在毫无提防之时突然一昏，有一个你极熟悉的声音说你已中毒，要带你去一个地方救治，便即被人搬入这大车之内的。"柳逸仙使劲点头，一脸愤怒的样子。胡醉道："那就不错了，定是此人来抓前辈归令。前辈可知在这路上行了几日吗？"柳逸仙想了想，最终还是摇摇头。胡醉道："那黄龙令办事极为隐秘，胡某在江湖上打探多日，也还未知他们总坛所在，便是他们召见信使的龙亭究竟在何处，也尚未能探出来。今日是个极好时机，在下想躲在此车厢内。摸清他们龙亭处所，但又怕连累了前辈，在下好生为难。"柳逸仙轻轻摇头。胡醉道："前辈的意思是——？"柳逸仙一脸焦虑，不知如何是好。胡醉道："黄龙令周遭定是防范严密，此行甚是危险，若有何差池，胡醉一死不足惜，但若前辈有何不测，胡醉可就万死莫赎了。"柳逸仙终于按捺不住，低声道："胡大侠也未免将我白马书生看得也太小了！铲邪除奸，实乃我武林中人人有责之事，难道我——"他的声音虽低，但那赶车之人似已有所觉察。车刚一慢下来，胡醉连忙轻声道："前辈勿动。"然后胡醉倏地窜出，宛若一条巨大游鱼，绝不弄出半点声响。

待车停下之时，胡醉早已钻至车下，似一条大壁虎般贴在车下——那赶车之人赫然竟是少林藏经阁首座悟净和尚、黄龙大信使！悟净转身掀开围幔，见车内白马书生柳逸仙仍好端端地昏睡着。悟净脸上露出一丝惊讶神情。接着他诡异地一笑，转身驱车狂奔。如此过了大约一盏茶工夫，大车一直在向前狂奔。车厢内的白马书生柳逸仙渐渐感到有一丝儿奇怪：为何胡大侠还不进来，莫非是被这辆车给甩开了吗？这不可能。柳逸仙立刻否定了自己。试想以千杯不醉胡醉的身手，区区一辆马车怎能将他摆脱。事实上也正是这样，此时胡醉正似一条巨大的壁虎，径自贴在车底。狂奔的大车颠簸不堪，胡醉却似乎很舒服。他甚至微微闭上眼睛，跟着大车颠簸的节奏，轻轻地有规律地摆动他的头。如果不是怕被悟净发觉，谁也不会相信他甚至能哼出歌声来。

这正是他的精细过人之处。他虽未看见悟净见柳逸仙独自好端端地躺在车厢里时那惊讶的神情，以及悟净将头伸出车厢后那诡异的一笑，但他相信悟净一定是怀疑车内有变。又过了大约半盏茶工夫，柳逸仙仍不见胡醉出现，正自心急如焚时，狂奔着的大车突然嘎的一声停了下来，绝没有再向前再滑半步。如此驾车之技，也只有似悟净这等武学大行家才能做到。车厢内柳逸仙的身子重重地撞在车厢内壁上。他几乎啊哟一声就叫了出来。但他终于没有叫。因为此时他还处在“昏迷”中。也幸好白马书生及时意识到了这一点，否则一切便都要被揭穿。因为，几乎在大车刚刚刹住的那一瞬间，悟净以鬼魅般的速度，已将头重又伸入车厢内。仍然只有柳逸仙好端端地在车厢内昏迷不醒。悟净仔细地看了一眼柳逸仙，暗道一声“怪哉”，自顾又去驱车前行。

只一会儿，便见胡醉的头从围幔里探进来。柳逸仙大是折服，无限仰慕地看着他。胡醉微笑着，毫不声息地滑进车厢，坐在柳逸仙对面，用传音入密对柳逸仙道：“适才我在车底。”柳逸仙不敢吱声，他拉过胡醉的手，在他掌心上写道：“少林悟净。”黄龙令大信使！胡醉一愣，道：“前辈认准了吗？”柳逸仙写道：“准。”胡醉沉默良久，最后道：“但愿此行不虚。”柳逸仙点点头。胡醉不再多言，自顾默想到龙亭后之对策。

那日被独孤樵揭开本来面目，千面狐智桐又惊又怒。惊的是独孤樵那鬼魅般的身手。他千面狐智桐能在江湖横行数十年，凭着的自不是侥幸，试想天下武林，若真放手一搏，又有几人是自己的对手！令主万岁，那自是不用说的了，事实上，在遇到独孤樵以前，他是唯一见过我千面狐真面目的人。但他根本就不是人而是神，只有神才具有他那参天造地之功。可千佛手任空行，被排名在咱们江湖四大魔头之首，且令主万岁任他为左护法，大约真实武功确实在我千面狐之上。千杯不醉胡醉，早年他游侠江湖时一直未跟他交过手，只是据千佛手说他二人武功当在伯仲之间，那么胡醉恐怕也比自己高出半筹。但他已多年不曾露面，谁知他是死是活。除此之外还能有谁？没有！至少千面狐智桐自信没有了。然而江湖上突然就出现了一个独孤樵。凭着千面狐智桐在江湖上的名头，竟在独孤樵手下走不过一招！甚至一招都不到。因为根本就没有什么招式。想起自己的手腕被独孤樵那似是柔弱无力的手捏着的情景，千面狐兀自心有余悸。

令主万岁得窥自己的真实面容，那是千面狐智桐在看到他那神功之后心甘情愿暴露出来的。但独孤樵却不是，是感觉出来的！那到底是一种什么感觉，竟如此神鬼莫测。智桐越想越气，不禁恨恨地骂出了声来。也难怪他如此惊怒，放眼当今天下武林，又有谁的易容之术能出千面狐之其右。黄龙令欲杀的第二号人物，号称江湖浪子的童超（想到童超之名时智桐心中一凛，这个在江湖中突然出名的少年，武功确实比他千面狐高出一筹）是何等身手，但他千面狐却能冒充童超的师父，从洛阳一直赶到少林嵩山而不被发觉。但这神乎其技在独孤樵眼里却有若儿戏。于是一个恶毒的念头在千面狐的心里涌现。

只见他诡秘地一笑，折进山脚的一片密林中。高乔木矮灌木，几乎将这一块地方遮掩得看不见天日。半个时辰之后，他从密林中转了出来。但他，已不再是千面狐智桐，他已变成了独孤樵！当然，如果是和独孤樵很熟的人，只要仔细地看，还是能看出他并不是独孤樵。没有一个人能全像独孤樵。独孤樵有一双和天下所有人都不相同的眼睛。他的眼睛好似一潭清澈见底的柔水，那潭水里只映照青山白云，丝毫未曾受过尘世之污染。而此时从密林中转出来的这个独孤樵，却有着一双透露出阴毒狡诈神情的眼睛。

他从怀里掏出小铜镜，仔细照看是否还有破绽。这时他突然听到离他十米开外的右边密林里，传来了脚步声。他迅速地隐身于一棵巨大杉树之后，盯着传来脚步声的那个方向。少顷，一个老道钻出密林。灭尘道长！竟然是昔日武当掌教灭尘道长，今日的黄龙令二巡察！千面狐初扮独孤樵，心中始终有些忐忑，因为他总觉得独孤樵之身有一种无法装扮的东西。如果此时出现的是未曾归顺本令的白道中棘手人物，比如说童超之类，那他也就不用在江湖上混了。此时见从密林中出来的是灭尘道长，千面狐心中一宽，从杉树后现出身来，径直朝灭尘走去。

却是日前灭尘害独孤樵不成反伤了自身，幸得独孤樵不谙世事，替他拦住天山二怪，得以脱身之后，跌跌撞撞地行了一二十里，才寻到这片绝好的隐身之所。虽花了一日一夜的时间自行运功疗伤，但因那日他偷袭独孤樵那一掌本是他毕生功力之所聚，那般凶猛的掌力尽数被弹回来，击在他自己身上，伤得实在太重。此时功力大半恢复，但也不过是平时的七成而已。想想当时情景，灭尘兀自心有余悸，此时自己功力仅恢复七成，他实不愿再与人搏斗。没想到刚一走出密林便遇上了人，并且是独孤樵！灭尘顿时被吓得目瞪口呆。但灭尘身为武当掌教，定力自也非同一般。一惊之后，随即镇静下来。于是灭尘做出笑脸，迎向独孤樵道："独孤少侠，你想学那行走之法了吗？"

千面狐却不知灭尘说的"行走之法"是什么意思，于是含糊其词地以独孤樵的口音应了一声。灭尘道长讨好地道："老道此时已办完那桩急事，若独孤少侠想学那行走之法，老道此时便教你如何？"千面狐道："那行走之法少顷再学不迟，我且先问你，你所说的急事却是何事？"灭尘道长心头一惊。想，定是梅依玲和阳真子那两个老怪物待穴道自解后将我的伤势告诉了独孤樵，且告诉了他那"行走之法"是怎么回事，他觉得上了当，于是追赶到这儿来算账了！虽然天山二怪的穴道自解，起码得在自己离开他们三个时辰之后，那时自己早已在此隐身疗伤了。但对于独孤樵来说，在他身上出现奇迹又有什么奇怪呢！

灭尘几乎急出一身冷汗，只得含混地道："那件急事是不能说的，还请独孤少侠见谅。""哦"，千面狐沉吟："灭尘道长，你那行走之法又是怎么回事？"千面狐本是随便问问，想尽量拖延时间，看灭尘是否能识破自己实乃装扮。但他的问话听在灭尘道长耳里，却变成了这个意思：明知故问！因而灭尘道长惶然道："实不瞒少侠说，老道是被少侠的掌力震飞出去的，倒并非是何行走之法，得罪处还望少侠，恕罪。""是这样吗？"千面狐道："你且将当时情景告诉我。"灭尘道长冷汗直下，颤声道："是、是老道先起害少侠之心，望少侠——"千面狐道："我要你将当时情形细细道来！""是，"灭尘道："当时天山二怪本已被老道制住，只因少侠您从中插了一手，使老道功败垂成，因此……"待灭尘道长将那日情形详细地叙述了一遍之后，却见独孤樵良久不语。灭尘的话不由得千面狐不信。千面狐的心里突然莫名其妙地产生一种奇怪的感觉：独孤樵和本令令主万岁从某种程度上有着惊人的相似，如果他二人遇上了，结果又会是怎样的！

在黄龙令整个庞大的组织中，只有左护法任空行和右护法智桐是自愿死心踏地地效忠于令主的，也只有他二人知道令主的真实身份。令主对他们来说根本就是神，仅凭他一己之力，就必将唾手可得武林天下。当智桐和任空行两人联手几次都没有在他手下走出三招，他们二人就已经没有别的选择了。当他说明自己身份和打算，且令他二人分当左右护法之后，他们立即就发誓效忠于他，并且感到莫大的幸福。在他们看来，人是不能和神作对的，人只能虔诚地归附于神，否则便是自取灭亡。但独孤樵似乎也是一个神！但他不愿相信，因为他一旦相信了就意味着他已经承认除令主万岁外还有另外一个神，这却是他无法接受的。再说灭尘道长见独孤樵久久不语，显然是在想着心事，但却又不见其面都表情有什么变化，心头不禁直犯嘀咕。“独孤少侠——？”灭尘道长嗫嚅道。

“二巡察！”千面狐突然用自己的声音道：“你可知老夫是何人吗？”灭尘道长见独孤樵突然改变声音，不禁一惊。他自然知道以这种音色和语气说话的人是谁。在整个庞大严密的黄龙令组织中，除令主外尚无一人得见右护法的真实面容，但却无人不识他的声音！莫非真是右护法他老人家大驾光临了吗？灭尘道长自见独孤樵第一眼起，心头就一直惶惶不安。乍一听见千面狐的声音，兀自尚有一丝不信。故听其见问，便道：“这个、这个嘛——”千面狐自是知道灭尘的心思，便慢慢道：“二巡察好大的胆，见了本护法不接，该当何罪！”这下听清楚了，眼前这独孤樵不是右护法却又是谁！只见灭尘扑通跪下，叩首道：“属下黄龙二巡察拜见德高接天才盖四世千岁千千岁右护法大驾！”“哼！”千面狐道：“二巡察，你可知罪吗？”灭尘又叩首，面若死灰地道：“卑职该死！”千面狐道：“你为何该死？”灭尘道：“本巡察身受德高齐天才盖八世震古烁今千秋功业万岁万万岁令主隆恩，自当万死不辞，忠于职守，无奈技不如人，被独孤樵那逆贼所伤，有辱主圣上使命——”

千面狐道：“二巡察身负是何使命？”灭尘道：“本巡察和六巡察德高接天才盖四世千岁千千岁左护法之令，前去指引二、三信使归令。”千面狐道：

“二、三信使？”灭尘道：“便是昔日人称的天山二怪牧羊童阳真子和牧羊女梅依玲。”千面狐道：“结果如何？”灭尘道：“二怪联手，端的不可小视。然托令主万岁之福，本令战无不胜，攻无不克，本巡察和六巡察正欲得手，不料突然赶来了江湖浪子童超那逆贼！”千面狐道，“于是童超将你和六巡察皇甫呈擒下了？”灭尘老脸一红，道：“启禀右护法，与天山二怪一场恶斗，本巡察和六巡察确已疲惫不堪。正如你老明鉴，本巡察和六巡察被童超那逆贼擒下了。然不久本巡察即用计得以脱身，且将二、三信使擒下了。”“哦？”千面狐似有一些不信。以灭尘身手，虽可列江湖顶尖高手，但要从江湖浪子掌握下脱逃，且赚走天山二怪，却是匪夷所思之事。灭尘见状连忙道：“启禀右护法，本巡察之言句句属实，当时的情形是这样的……”将那日自己如何用言激牧羊女梅依玲替自己解开穴道，又如何制住牧羊童阳真子，令二怪不得不跟自己走，而童超束手无策等细节详述之后，灭尘最后道：“后来不巧遇独孤樵那逆贼之情形，右护法你老人家已经知道了。”千面狐这才相信，一笑道：“二巡察真不愧曾身为武当掌教，端的机灵过人，如今天下武林，能将牧羊童阳真子当马骑的，怕是唯你莫属了。哈哈！”

右护法言语中的讥讽之意，灭尘自不会听不出来，便厚着脸皮道：“承蒙右护法谬赞。”武当掌教，白道武林中何等尊崇的人物，脸皮竟一厚之斯，倒是连千面狐这号称四大魔头之二的黑道枭雄也未曾料到的。故听灭尘如此说，千面狐倒不好再说什么了，于是将话题转开，道：“六巡察未能脱开童超掌握吗？”“启禀右护法，”灭尘道：“六巡察不幸未能。”“嗯，”千面狐道：“好，你起来吧。”灭尘叩首道：“谢右护法。”这才敢站起身来，仍低着头。千面狐道：“二巡察你抬起头来，仔细看看本护法。”灭尘道：“卑职不敢！”千面狐道：“二巡察，你竟敢违本护法之命吗？”灭尘又道：“卑职不敢！”千面狐怒道：“那本护法令你仔细看我，你却为何抗命不从！”灭尘连忙抬起头来，满脸狐疑地盯着智桐。

良久，千面狐道：“二巡察，你看本护法和那独孤樵尚有何不像之处吗？”他用的是独孤樵的说话口音。虽然惟妙惟肖，但总感觉有什么地方不一样。然而灭尘深知智桐对自己易容之术自信到了迷信的程度。于是连忙道：“启禀右护法，在本巡察看来，右护法此时活脱脱便是独孤樵。”“是吗？”千面狐智桐心里顿时甜丝丝的，道：“你再看仔细了。”灭尘又看了看，依旧觉得与独孤樵相比，智桐身上少了点什么，同时又多了点什么，他一时并不能清楚地说出来，因而道：“恕卑职愚鲁，卑职确实看不出什么不同来。”于是千面狐道：“你且先到少林嵩山脚下，与无智会合，两日后你和无慧、无智一起回龙亭复命。”“无智和无慧？”灭尘奇道：“恕卑职并不识得。”“无智守在嵩山脚下，无慧是少林火头僧，”千面狐道：“你前去与他们会合便行，没必要再多问了。”“卑职得令！”灭尘道。千面狐道：“去吧！”灭尘道：“卑职告辞。”千面狐一挥手，灭尘便飞快地向嵩山方向奔去。看着灭尘的背影，千面狐轻微地摇了摇头。不知怎么的，他的心里突然涌起一丝淡淡的忧虑。

第二十四回

六十六

却说天山二怪挟了冒充无慧和尚的点苍掌门苍山樵段一凡离开嵩山，见悟明大师和一干众和尚并不再追赶，倒是有些意外。牧羊童道：“那老秃驴愚鲁得很，竟真的相信了这笨和尚是我们的徒孙。”牧羊女道：“这却何以见得？”牧羊童道：“他们不再追来便是明证。”牧羊女道：“也许咱们这徒孙在他们少林寺并不重要。”牧羊童道：“即便不是重要角色，但自有少林以来，又有谁能到少林擒一个和尚出来而不被追赶的呢？”牧羊女道：“那说不定这小秃驴真是谁的徒弟，逃上少林的呢。”牧羊童道：“反正不是咱们的徒孙就是了。”牧羊女哼了一声道：“这难道我不知道么！”言罢闷头前行。牧羊童只得紧紧跟上。

趴在牧羊童身上的段一凡虽穴道未解，但却能听到二怪的话。段一凡又羞又气，想自己好歹也曾是一派掌门，如今更为黄龙第五信使，何等的位尊处优，眼下却无端地受这两个未曾归令的邪魔之鸟气。他差不多就要发作起来了，无奈穴道受制，浑身软绵绵的，一丝力道也使不出来。更要命的是哑穴也被点了，连骂也骂不出来。段一凡只好平心静气，暗自运劲去冲被封穴道，心想一切都待冲开穴道后再说。走在前面的梅依玲越走越快。论功力，牧羊童阳真子确比牧羊女梅依玲高出一筹，但此时他背上多负着一个人，奔走起来自是吃力得多。转过一个山坳，就不见了牧羊女的影子。

阳真子突然右手一松，将背负着的段一凡扔在地上，他自己则坐在旁边的一块石头上，呜呜地哭了起来，边哭还边道："依玲不要我了，依玲不要我了。"这般情景，若有人在旁听见，准会忍不住笑出声来！好在旁边只有一个段一凡。段一凡并没有听见。方才段一凡正自强行运劲冲穴，正到了紧要关头，哪料到阳真子会突然将他从背上扔下来！无巧不巧，段一凡被扔下地时，一块碎石正好顶在他的腰愈穴上。腰愈穴在人背心的阳关和长强二穴之间，最是背心要穴。段一凡被摔下来，腰愈穴正顶在那块碎石上。以他全身重量顶上去，力道无异于一个绝顶高手用指去点。段一凡顿时被摔了个发昏，背心一麻，脑中轰的一声，径自昏了过去。

这一切牧羊童阳真子自是不知，他只知道他的依玲跑了。他才不管段一凡是死是活，只一个劲儿地哭诉着：依玲不要我了！依玲不要我了！正哭着时，一把明晃晃的剑尖便指在了他的咽喉上，一个冷冷的声音道："她不要你了，那你就跟我走吧。"阳真子抬起泪眼，见持剑和说话之人正是在嵩山脚下以武当剑法阻拦他们下山的"无智和尚"——松青云。原来松青云见段一凡被天山二怪挟走，心下大骇，且自己与二怪拼斗一时疏忽，露出了武当剑法，因而在少林寺是无法再待下去了，于是不顾一切地追了下来。但天山二怪的功力比松青云高出何止一筹，虽他们边走边说话，但也还是越追隔得越远。松青云正心灰意冷之时，突然听见了阳真子的哭声，心中大喜：二怪功力虽高，但只要落了单，他就有办法对付了！果然，松青云悄无声息地突然出现，只一招，使用剑尖指住了阳真子咽喉！尖剑轻轻地抖动着，有如毒蛇的信子，全身要穴都已被封住，要避开是毫无可能了。

牧羊童低头看看剑尖，又抬起头来，用一双泪眼看着松青云，道："你是谁？我跟着你走有什么好？"又做出恍然大悟的样子道："噢，你是守在嵩山脚下的那个小和尚。你这小和尚奇怪得很，怎的会使得一手精妙的武当剑法？"松青云道："你少装疯卖傻，还是乖乖地去背上五信使，跟着我走为上。"突然剑尖一抖，点了阳真子的左腿环跳穴，右腿阳陵穴。阳真子双腿一麻，知自己此时已完全落在小和尚的手里了。心想：这小和尚聪明得紧，端的不易对付。初时见对方的剑尖实已封住自己全身要穴，要脱逃几乎已无可能，阳真子只得做出疯傻之状，心想先用言语与其周旋，待有机会再逃出他的剑网。没想到还未寻到机会，自己双腿便被对方点了穴道，阳真子暗道一声“苦也”，只得继续做呆傻状道：“我为什么要跟你走？你还没有告诉我你身为少林和尚，却为何会使武当剑法？！”

松青云没有睬他，转身提了段一凡，轻轻放在阳真子面前，道：“替他解了穴道！”阳真子道：“我为什么要替他解穴？”松青云将剑尖又指住阳真子咽喉道：“如果握剑尖再往前递进半尺，你将会怎样？”阳真子道：“你以为我连这点儿也不知道么，既然你的剑穿过了我的脖子，那我便会死呗！”松青云道：“你知道就好。因此你最好替五信使解了穴再说！”阳真子沉吟半晌，道：“我还是不解。”松青云冷冷地看着他。阳真子突然呜呜地又大哭起来，边哭边道：“依玲不要我了，我还活着做什么？你这就杀了我吧！”竟将脖子向剑尖撞了过来。松青云连忙收剑，但还是慢了一分，剑尖已将阳真子的左肩胛划破，渗出一片红红的血迹来。阳真子并不看自己所受剑伤，只一个劲儿地哭道：“你为何不杀了我？你为何要将剑收回！依玲不要我了，我活着还有什么滋味？呜呜——”阳真子这一手挺灵，既然他连命都不要了，倒是令松青云不知该怎么办才好了。见他一个劲儿地哭，松青云收了剑，不耐烦地道：“你别号丧了！”“是啊是啊，我号管什么用？！”阳真子突然加大声音哭诉起来：“我哭破嗓子依玲也不会回来呀！呜呜！不哭啦！”“啦”字才落，阳真子的哭声便已戛然而止。这止哭功夫也端的不凡！一时间似乎万籁俱寂，倒弄得松青云有些六神无主了。

阳真子用袖子擦干眼泪，对松青云道：“喂！小和尚，我且问你，你怎的会使武当剑法？”松青云用手在面上一阵搓揉，将覆在面上的面具取下，傲然道：“蒙德高齐天才盖八世万寿无疆令主万岁恩典，本人被赐为黄龙十二信使之七，姓松名青云的便是，并非什么和尚！”“松青云？”阳真子大吃一惊道，“你不是武当灭尘道长之徒吗？”“那是咱们愚顽未化之时的事了，”松青云道，“如今灭尘蒙令主万岁垂青，已被拜赐为二巡察了。”“哦，”阳真子道，“原来灭尘老道不当什么武当掌教，却去当了那二巡察啦。”“哼！”松青云道，“区区一个武当掌教，又岂能和二巡察之职相提并论！”阳真子道：“既然如此，你师徒俩高官厚爵，却又来找到牧羊童的麻烦做甚？”松青云道：“承蒙令主万岁垂恩，你已被授为十二信使之二。”阳真子道：“这二信使却又是个什么官？比你的官如何？”松青云道：“二信使比我高出五级。”

阳真子道：“那么我就不去当那个什么二信使了！”松青云道：“此话怎讲？”阳真子道：“既然连你都敢点我穴道，那在你们黄龙令官做得再大又有什么意思？”松青云道：“只因此时二信使尚未归顺，故本七信使不得已只好冒犯了。待二信使归令之后，本信使以下犯上之罪，自是要向二信使领的。”阳真子道：“好是好，就怕我们依玲不答应。”松青云道：“那老太婆有什么好？竟值得——”阳真子突然大怒吼道：“你敢说依玲坏话！”顺手抓起一把泥沙，撒向松青云眼睛。那虽是一把泥沙，但从牧羊童的手中撒出来，无疑是一团极厉害的暗器！松青云大惊且怒，倏的一个凤点头，唰的一剑便刺向牧羊童阳真子方才坐着的地方。阳真子穴道受制，松青云心道这一剑刺出，不在他身上捅出个透明窟窿才怪。虽他的目的是擒阳真子归令，并未获击杀，但惊怒之下，松青云却顾不得这许多了。但一剑刺出，竟然落了个空。

剑一落空，松青云就暗道一声不妙。但尚未等他回剑护住自身，便觉手上一轻，剑已被人夺去！同时松青云右腿环跳穴一麻，已然被人踢中，身子便不由自主地单腿跪了下去。定眼看时，夺剑的人却是牧羊女梅依玲！

原来当牧羊童阳真子说“反正不是我们的徒孙”这句话时，那神态好像是说她牧羊女梅依玲连这简单的道理也不知道似的。她觉得牧羊童阳真子这是在奚落她，因此一赌气便一言不发地向前飞奔。阳真子在后面叫她，她自是听到了，但她就是负气不愿停下。待她又奔了一程，见阳真子并未跟上来，于是便躲在一块巨石后面，偷偷地哭了个痛快。哭完之后，她才想起阳真子背上背着个人，自己发足力狂奔，虽他的功夫比她稍强一些，但时间一长也是跟不上的。想通这一节，她心下豁然开朗。于是她想自己在此哭了这半天，却还未见他走过，可别出了什么麻烦，或者追错了路。他二怪虽常常为一些鸡毛蒜皮的小事吵闹，但毕竟伉俪情深。如果阳真子因此有了什么不测，那她也难以独活。

于是她便沿原路返回，正看见青云用剑尖逼住阳真子。阳真子的处境极端危险，梅依玲虽心急如焚，但也不敢贸然出手。待松青云出其不意地点了阳真子穴道，梅依玲差点气疯过去。但她倒是强忍住了。她若出手无疑是要就此断送丈夫性命。俗话说知夫莫如妇，知妇莫如夫。他二人数十年的生死与共，早已是心意相通。她一来他就知道了。他有一搭没一搭地和松青云说话，她就明白他知道她已经来了。他在制造机会，她在等待机会。虽目的是拖延时间，但他的话听在她心里却是甜丝丝的。她知道他是借机在向自己表露心迹。她虽感动却未头脑发昏。当他挺颈撞向松青云的剑尖时，她差不多就要出手了，但她知道那不是机会，只得强自忍住。待到阳真子抓起一把泥沙以天女散花的手法劈面撒向松青云时，她知道机会来了。机不可失，她以闪电般的速度窜出，右手一拍，早将丈夫推后二尺，左手直插入松青云剑网，以空手入白刃功夫，劈手夺过长剑。同时右腿踢出，顺势踢中了松青云的穴道。

快到极点，妙到极点，也险到极点。直看得阳真子心旷神怡，他像是完全忘记了方才最险的其实是他。阳真子竟鼓起掌来，道："依玲，你这几手又干净又漂亮，我可是服啦！"梅依玲心里甜甜的，道："哼！还说，差不多把人家急死了，可你还欺负人家。"阳真子道："我怎么欺负你啦？依玲，凭你这身手，江湖上又有哪个不长眼的敢欺负于你！"梅依玲娇嚷道："偏偏就有一个不长眼的敢欺负我，哼，看我——！""悬枢！"阳真子突然叫道。梅依玲头也不回，反手一抄，将一粒挟着劲风的石子抄在手里，哼了一声，道："有其师必有其徒！"她此时已知松青云并非无智和尚，而是武当掌教灭尘道长之徒。她那日亲见灭尘如何暗算独孤樵不成反伤了自己，故她此时有此一说。

言罢转头对松青云道："来而不往非礼也，让你小辈也看看我的暗器功夫！"手一扬，那粒石子竟被她捏碎成大小均等的三粒，分打松青云前胸乳突穴、左腿阳陵穴和右腿风市穴。松青云右腿环跳穴方才已被梅依玲踢中，整个右腿已然麻木，再也无法腾挪闪避。只得叫声“苦也！”刚才正和阳真子说话，莫名其妙就中了他们天山二怪的道儿，松青云心头大是恼怒。又见他们竟然旁若无人地大肆自我吹嘘，尽说些肉麻的话，松青云更加气他们不过。他的右腿虽动弹不得，但他的内力却未受损，乘机俯身之便，悄悄捡起一块碎石，趁二怪骂俏之时，以暗器手法打向背对着自己的梅依玲背心悬枢穴。不料却被面向自己的阳真子喝破。真是害人不成反害己。

见梅依玲捏碎石子打来，苦于右腿不灵便，只得用手去接。第一、二枚分别打他的右腿风市穴、左腿阳陵穴。松青云伸手去抄。不料第三枚石子后发先至，正打中左胸乳突穴。顿时松青云整个左半边身子完全麻木，伸出去接打他风市穴的左手手腕倒像是故意凑上去的，神门穴给打了个正着。右手里接住了打向他阳陵穴的石子，但他此时几乎全身受制，浑身力道发不出一丝一毫来。只见他像一袋土豆，颓然倒在地上。阳真子道：“依玲，你的暗器功夫也是越来越俊了！”梅依玲道：“多亏你及时提醒，要不便中了这小贼暗算。多谢你了阳哥！”阳真子脸一红，道：“依玲，咱们还用说谢吗？”梅依玲也是老脸一红，道：“我替你解开穴道好吗？”助其推血过宫，少顷解开了阳真子双腿被封穴道。抬头见阳真子左肩淌了少量血迹渗出，梅依玲道：“你的左肩伤得重吗？”阳真子道：“一点儿也不碍事，只划破了一点儿皮，只怪这小子的手法太过慢了。”

梅依玲道：“我们现在拿这小子怎么办？”阳真子道：“杀了他们故是不妥，带在身边却又是个累赘！这倒是有些麻烦。”梅依玲指着躺在地上的段一凡说：“这秃驴害得你跟不上我，才出了如此危险的事，干脆咱们一剑杀了他吧！”松青云虽全身酸麻，但仍能开口说话，见状大声道：“喂，别杀！杀不得的！”梅依玲一愣道：“为何杀不得？！我天山二怪行事，一向是凭自己好恶而定的，刚才真子背着他，才追不上我，害得真子差点死在你手上，你说杀不得，我偏要杀给你看！你若再多嘴，我连你一起也杀了！”松青云道：“你杀了我不打紧，他你却杀不得。”“哼！”梅依玲道：“我就不信一个少林和尚有何杀不得！区区一个少林寺，我天山二怪说来便来说去便去，倒还并不怎么放在眼里……”“但他却不是少林和尚，”松青云道：“他——”梅依玲道：“那他是何人？为何杀不得？”松青云道：“他是本令第五信使，原来的点苍派掌门苍山樵段一凡，你们若杀了他，不但本令容你们不得，便是整个点苍派，恐怕也会和你们过不去呢。”

梅依玲怒道：“你以为我天山二怪会怕了你们什么狗屁黄龙令和区区一个点苍派吗？”松青云道：“你们自是不怕的，但麻烦事总是越少惹越好。”“对，依玲，”阳真子道，“这狗屁小子倒讲了一句不怎么狗屁的话。麻烦事还是少惹的好。反正咱们现在杀了他们也没有一点儿好玩热闹，所以不杀也罢。”梅依玲道：“那咱们拿他们怎么办？”“这——？”阳真子沉吟良久，突然眉头一开，道，“说不定木叶令主和独孤樵会在前面那座镇上。那天咱们分手之时，木叶令主不是说咱们若在少林寺发现什么古怪就回到那镇上告诉他们吗？我觉得这两个假和尚便有些古怪，咱们将他们带了去，交给木叶令主和独孤樵，由他们处理好了。依玲你觉得怎么样？”“好是好，”梅依玲道，“就是——”“就是什么？”阳真子忙道。梅依玲道：“就是你一口一个木叶令主，我听着有些不舒服。”“啊，”阳真子道：“我不说便是，咱们将他们交给独孤樵如何？”梅依玲道：“好！”于是阳真子点了段一凡和松青云上身穴道，再解开他们双腿被封穴道，二怪将他们夹在中间，去找木叶令主和独孤樵。

第二十五回

六十七

傍晚时分，一干人众来到一座寺庙前。这庙说大不大，说小也不小，奇怪的是此时才刚太阳落山不久，庙门却是紧闭，更不见一丝炊烟，门口也是连一个扫地的僧人也没有。整个寺庙在浓浓的暮霭中默立，着实透出几丝诡异。童超看看寺庙，嘴角露出一丝笑意，道："咱们在此借宿一宿，明日再行赶路如何？"别人还未回答，小六便抢着道："我看行。"郜盛看了看寺庙，皱着眉道："童少侠，我看这庙有些古怪。"小六道："有什么古怪，不就是庙门关得早了点么，大不了里面住着个把恶人，难道咱们这么多人还怕了他不成？！"郜盛道："咱们并非怕了谁，我只是因咱们另有要事在身，不想惹麻烦罢了。"他心中目前最重要的事当然是尽快找到胡醉或毒手观音师徒，将他师父所中之毒解去。童超又何尝不想尽快解去师父楚通所中之毒。故听郜盛如此说，他便转头问玮云道："柳姑娘你看呢？"玮云道："我看借宿一夜也无妨，只要咱们小心在意便是了。"小六道："便是这样。"连忙上前打门。

半晌，大门才开出一条缝，一个小沙弥探出头来，对小六道："小施主有何贵干？"小六道："咱们带人去找医生看病，急于赶路，不意错过了宿头，出家人普度众生，还望小师父给予方便则个？"小沙弥看了看小六，道："小施主一行几人？"小六道："连我共有七个，其中有三个是病人。"小沙弥道："如此便请进来。"言罢将门打开。小六转头道："大家都进去吧，这小师父真好心肠。”童超看看郃盛，又看看玮云，见二人微微点头，便道：“如此有劳贵宝刹了。”率先走进寺庙。小沙弥看了一眼从身旁走过的童超，似乎想说一句什么，但却没说出来。

待众人都已进入寺庙，小沙弥才关了大门，走到前面道：“各位施主请随我来。”童超道：“如此有劳小师父了。”小沙弥道：“童施主休要客气。”小沙弥说话的时候，抬眼望着童超。他怎么知道我姓童？童超心中一惊，不禁飞看了一眼小沙弥。二人的目光一相接，都觉心中一凛。童超心想：这小沙弥不过十四五岁模样，却怎么也会有如此精光似电的目光！小沙弥心想：看来江湖浪子在江湖上博得如此大的名声，倒也不是靠的侥幸，并非浪得虚名之辈，此番倒是要小心在意了。哪怕人鬼当道，我自浪荡江湖！童超突然豪气顿生，哈哈一笑，道：“请！”小沙弥道：“请！”将童超诸人领至一间看起来是寺中僧人早晚做课的屋里，小沙弥又道：“出家人身无长物，请各位施主在此将就一宿如何？”童超道：“小师父何须客气，童超等人但求一屋可也。”“如此怠慢各位施主了。”言罢便欲出门。

童超道：“小师父且请留步。”小沙弥道：“童施主尚有何话要说？”童超一笑道：“小师父似早就知道敝人姓童似的！”小沙弥道：“童施主在江湖中大名如日中天，家师略通江湖中事，小僧自是不会不知童施主尊颜了。”童超哈哈一笑，道：“施主请便。”小沙弥一合十，道：“阿弥陀佛，小僧告辞了。”言罢出门而去。

有一会儿工夫，屋中人都没吭声。小六突然道：“不对！不对！不对就是不对！”童超笑道：“有何不对？”小六道：“那小和尚处处透出古怪！”“哦？”童超道，“你说到底有些什么古怪？”“第一，”小六说，“他又不是这座庙的住持，为何有权擅自将我们带到这儿来？”童超道：“第二呢？”小六道：“他便是听他师父说过你的容貌，也不可能第一眼便认出你是江湖浪子童超。”“第三？”小六道：“方才他合十时，双掌并未合齐，一上一下，倒像是什么高明武功的招式似的。”童超点了点头，笑道：“小六兄所言极是，看来你这鬼灵子之号倒也不是浪得虚名。不过你所说的三个疑点倒是很容易解释的。”小六奇道：“很容易解释？”童超道：“因为他根本就不是什么小和尚。”小六道：“他不是和尚，那他头顶上——”童超道：“不错，他的头顶上是有戒疤，但他的后脑勺你可注意了吗？”小六道：“这倒是没有。”童超道：“一个人的头发剃得再干净，总也还有发茬的，对吗？”小六道：“我明白了，他定是戴着皮套之类的东西。”童超笑道：“鬼灵子端的机灵得紧。现在我且问你，在这做早晚课的屋子里堆一堆劈柴是什么意思？”郎盛和玮云这才注意到屋子左边角落里有一堆劈柴。小六道：“那也容易回答，主人家好心，怕咱们夜里受凉，特意准备下了让咱们在香炉内生火取暖。”童超大笑道：“对！对极了！”小六道：“生火烤蛇，正是我叫花的拿手好戏！且看我的。”自告奋勇地去取了劈柴，借着香炉内的一点儿火星，折腾一忽儿之后，竟真的让他将火弄燃了。众人取出干粮吃了，围着香炉取暖。

这时天已黑尽了，周遭万籁俱寂，有一种说不出的诡异。小六看看童超。童超摇摇头，道：“他们自会来的。”小六的意思是是否需出去探查一番。郎盛不知他们打什么哑秘，道：“童少侠，咱们如此下去，只怕——？”小六突然将食指竖在嘴前，嘘了一声，示意郎盛休要出声。然后小六像猎狗嗅野兽踪迹似的使劲嗅了嗅，然后皱起眉头，对童超道：“这庙里有女人！”郎盛道：“你师姐——”童超挥手止住郎盛，道：“你敢肯定吗？”小六点头道：“我敢肯定，并且——”未等小六的话说完，玮云突然一个飞身掠了出去。小六道得一声：“童超你留下。”话音未落，人已突然不见。

看得郎盛啧啧称奇，半晌才道：“看不出他小小年纪，轻功却也如此了得！”童超浑然无事地笑道：“布袋和尚姚大侠的弟子，自非等闲之辈。再过得十年八年，这江湖恐怕就是他鬼灵子的了。”郎盛摇头不信，道：“再过十年八年，童少侠你也还不到三十岁，莫非——”童超道：“自古英雄出少年，他现在虽武功不如我，但精明却还在我之上，在江湖上闯荡，光靠武功高强是不行的。”郎盛道：“我想我懂童少侠的意思了。”

六十八

却说那日玉蝴蝶金一氓挨了布袋和尚那拼死一击，顿时肋骨断了三根，只得强压住那口即将喷出的浓血，跌跌撞撞地逃了开去。不出数里，不见二小追来，玉蝴蝶再也忍耐不住，哇地喷出一大口污血，顿时头脑一昏，便即倒在地上人事不知，待他醒来之时，却见自己竟身在一软塌之上！他不知道发生了什么，也不知道是谁将他弄到这儿来的。

过了一会儿，一个约莫十四五岁，长得格外俊雅的少年走进屋来。少年一笑道："我知道你今日会醒过来的。"玉蝴蝶道："你是谁？这里是什么地方？是谁将我救到这儿来的？"少年道："我是谁并不重要，这里是哪儿也不重要，反正你迟早会知道的。救你到这儿来的正是我，但你却完全用不着谢。现在我且问你，是谁将你伤成这样？"玉蝴蝶道："布袋和尚姚鹏那老叫花。""布袋和尚？"少年奇道："莫非以你玉蝴蝶的身手，竟还不是他的对手吗？"玉蝴蝶愤愤地哼了一声。少年道："定是遭了暗算，但那老叫花好像不是那种突施暗算的人呀？"玉蝴蝶道："原来救我之时你已知道我是谁了，难道你不会后悔吗？""我又不是女子，我干吗会后悔？"少年调侃着笑道。接着面色一肃，又道："再说你和我们本有极大的关联，我们也不想你就此死掉。"玉蝴蝶道："你们？你们是谁？我怎么会与你们有极大关联？我玉蝴蝶金一氓浪荡江湖，除了采花盗玉并且懂得怜香惜玉之外，倒还不和谁有什么关联！"少年道："我们是谁你现在暂且用不着知道，但我敢肯定你必定会和我们有极大关联的。好啦，现在说说你自己。你与布袋和尚姚鹏那一搏到底是怎么回事？一定是精彩极了。"玉蝴蝶道："也没什么精彩的，只是那老叫花的日子恐怕也不会比我好过。""我想也是，"少年道："凭你玉蝴蝶的轻功，便是家师也不敢小觑呢。""家师？"玉蝴蝶道："你师父是——？"少年自知失言，连忙道："他先已受了伤，对吗？我说的是布袋和尚？"玉蝴蝶道："我想先知道你师父是谁？"少年神色一黯，道："家师已然被人害了。"玉蝴蝶盯着少年的眼睛，道："是否是一月以前之事？"少年也盯着玉蝴蝶，道："正是，且尸身被送到少林寺，后又失踪了。"玉蝴蝶看少年神情绝非作伪，良久才道："原先我还一直不信，江湖上居然有人能害得了东方大侠。"少年道："如今你相信了吗？"玉蝴蝶道："没有人会诅咒自己师父的。"少年道："你是怀疑我不是太阳叟东方大侠的弟子？"玉蝴蝶看着他，没有言声。

少年微微一笑，左手食指当剑，平胸缓缓刺出，右手单掌立在胸前。未等左手剑招使老，右手突然像是被折断了似的，整个小臂倒吊下来。待左手收回变掌护住周身要穴，那断了的右臂突然与枯柴相似，自下而上地打了过来。堪堪打至对方胸前，那吊着的小臂忽又改变方向，自右至左横扫过来。少年虽只是演招，但假若真的对阵，此时敌方无论如何是没有一丝闪避余地。少年收了招，微笑着看着玉蝴蝶。玉蝴蝶既惊且讶。他自是明白少年的意思。原来早年玉蝴蝶采花时，有一次不巧遇上太阳叟东方圣，被东方圣使方才少年使的这一招轻而易举地降服。但东方圣也不为己甚，教训一番之后，便将他放了。这之后玉蝴蝶数年来一直在思忖那一招的破解之法，但终不得要领，因那"断臂"出手的虚实，委实不易捉摸。此时见那少年使将出来，除力道不如当年东方圣之惊人外，招式的精纯，已不在当时的太阳叟之下了。玉蝴蝶自忖便是自己未伤之时，若与这少年对搏，方才这一招就难以化解。唯一的应付之法，便是未等少年这一招发出，自己便凭绝顶轻功逃开。故见少年收式之后微笑看着自己，玉蝴蝶便道："令师东方大侠，便是我这被人视为江湖大魔头的玉蝴蝶，也是极为仰慕的。"接着便把那日与布袋和尚姚鹏在山洞中恶斗的情形一丝不漏地告诉了那少年。

少年听罢笑道："为了区区一个女子，金兄便几乎将老命送掉，这委实有些不值。"玉蝴蝶道："我玉蝴蝶被人视为魔头，自是因为这种魔性难改。"少年笑道："这也并非什么难事。"伸手在门边的墙上一摁，玉蝴蝶金一氓连同他躺着的整个大床，突然嘎的一声便陷落下去！玉蝴蝶重伤未愈，尚未做出什么反应，头顶上的石板便已轰然合上了。玉蝴蝶眼前一黑，心中既惊且怒。忽听得那少年在上面笑着大声道："金兄多多保重，半月之后，金兄之功力当可恢复。”少年的声音并无恶意，玉蝴蝶不知他玩的到底是什么玄虚。但事已至此，也只得走一步看一步了。好在床的下落之势渐渐缓了下来。稍后不再下落，改为滑行。之后前面出现亮光。

转过一道弯之后，眼然突然出现一派旖旎风光——床！四五张宽大得足可以躺十几个人的大床！床上铺满了红红绿绿的绫罗绸缎。人！女人！十几个女人！江湖上只知道玉蝴蝶金一氓是一介采花大盗，却不知他盗花窃玉却正是武功日益精深的根本原因。凡人体皆有阴阳二气，男则阳盛，女则阴盛，是故男子练武，多走阳刚一路，女子则走阴柔一路。玉蝴蝶自幼身入魔道，本为阳刚之身，却练阴柔之功。日久则本体阴气不足，便须从女子身上采补。且人体皆有金木水火土五行，心属火，肺属金，肾属水，脾属土，肝属木。肾脾二行，最是积阴之行。玉蝴蝶所习采补之属，实是取巧之极。故其一出道，便成为一介采花魔头。那日被布袋和尚至刚至阳的掌力一击，几乎散去了他体内全部阴气。故虽救他之人将其击断的肋骨续接如初，但要恢复功力，也非采阴不成。太阳叟一代武林至尊，于武学之博杂无所不知。他的弟子自也知道玉蝴蝶疗伤之本，故将他送至此处。男女交合，最是煞费精神。玉蝴蝶深谙采补之术，交合仅为练功，倒是益见精神。那些女子，数日之后，尽皆花容失颜。端的丑陋不堪。每至行功之时，玉蝴蝶只得强忍恶心，闭目行事。

又过数日，那送饭的青衣女子待玉蝴蝶食用之后，示意他跟她走，玉蝴蝶毫不犹豫地跟在后面，沿着先前他的床滑下来的通道前行。许多石壁上都有暗门，青衣女只需在壁上一摁，他们便即穿壁而过。之后石壁又自行合拢。玉蝴蝶心中称奇，口中却一言不发，转过不知多少个弯后，他们又回到了玉蝴蝶初见救他性命的少年的那间屋子。青衣女退下之后，那少年笑吟吟地出现在玉蝴蝶面前，玉蝴蝶连忙下拜，却被那少年一拱手时发出的强劲但却柔和的内力所阻，未能拜得下去。少年笑道：“金兄何须多礼。”玉蝴蝶道：“金某这条性命，实为少侠所赐，但却——”少年打断他的话道：“今日恰好是第十日，金元的功力，当恢复七成了吧？”玉蝴蝶道：“惭愧，仅六成而已。”少年道：“本欲让金兄行功圆满后再说的，却没料到她们如此不济事，倒是令金兄失望了。”玉蝴蝶道：“少侠说什么话来，金某这条命，实为少侠所赐。但不知少侠高姓大名，日后若有差遣，金某定当万死不辞！”少年道：“我并非什么少侠。我也不知自己名字，只是人家叫我金童。”“金童？”玉蝴蝶喜道：“那倒与我是本家了，却是不敢高攀。”少年道：“金兄若是不弃，敢请金兄折节下交如何？”玉蝴蝶金一氓大喜过望，连忙道：“这如何敢当——！”却见金童已然跪下，道：“大哥在上，请受小弟一拜！”金一氓连忙还拜。二人各报了生辰八字，自是玉蝴蝶大了许多。便有青衣女端上酒菜，二人滴血饮酒，称兄道弟起来。

酒过三巡，金童突然跪地道：“小弟有一事瞒着大哥，但求大哥见谅。”金一氓连忙扶起金童，道：“大哥这条性命都是兄弟所赐，兄弟有何难隐之事，尽管道出来不妨。又何须行此大礼，岂不折杀大哥了！”金童这才起身坐下，道：“实不瞒大哥说，兄弟此身已属黄龙令了。”“黄龙令？”玉蝴蝶这一惊倒是吃惊不小，接口道：“兄弟说的可是最近江湖上突然出现，已然网落了大批黑白两道武林绝顶高手的黄龙令吗？”金童道：“正是。”金一氓道：“这又有何妨，大哥在江湖上是浪荡惯了的，除怜香惜玉之外，最不喜多管闲事，大哥以后绝不与黄龙令作对便是。”金童道：“但小弟却有一不情之请。”金一氓道：“兄弟请讲。”金童道：“小弟想请大哥加盟本令，一起创建这震古烁今之伟业。”“这——”金一氓略作沉吟，断然道：“兄弟既如此说，做大哥的答应便是！”金童喜道：“大哥此言当真？”金一氓肃然道：“我玉蝴蝶一言九鼎，绝不欺骗良家——”他本想说“良家妇女”，这是他说惯了的，但他突然发觉不对，正想改口时，却见金童已然拜下，道：“恭喜大哥！”金一氓愕然道：“大哥何喜之有？”金童道：“恭喜大哥就任震古烁今千秋伟业的黄龙令四巡察！”

六十九

金一氓道："兄弟请起。却不知兄弟所说这四巡察是何东西？"金童坐起道："大哥且听小弟细细道来：本震古烁今创千秋伟业的黄龙令，实为德高齐天才盖八世万寿无疆万岁万万岁之令主所创建。下设左右二护法、七巡察、十二信使，左护法由德高接天才盖四世千岁千千岁的千佛手任空行担任，右护法为德高接天才盖四世千岁千千岁的千面狐智桐担任。其下是七巡察，依次是悟性、灭尘子、毒手观音和大哥你，还有绝因、皇甫呈和楚通。再下的十二信使依次是悟净、阳真子、梅依玲、卢若娴、段一凡、焦烁子、松青云、姚鹏、杨坤、高峡、柳逸仙和连城虎。大哥身担四巡察之职，实为尊崇之极，仅在六人之下，却在万人之上，故小弟有恭喜一说。"金一氓想了想，发现名列在他之前的确是没有一个他所能匹敌的，于是高兴起来，道："全托兄弟提携，却不知兄弟在令中担负何职？"金童道："兄弟并无职位，只是御前二侍卫罢了。"金一氓道："御前二侍卫之一？莫非是令主万岁的吗？"金童道："正是。"金一氓道："那兄弟定是时常得见令主龙颜的了，却不知兄弟可否见告令主是谁？""不！不！"金童突然玉容变色，惶然道："大哥此言，从今以后还望休再提起。"

见金童惶急之状，金一氓也是心头一凛，道："请恕大哥愚妄，此后大哥不提便是。"金童叮嘱道："千万！"金一氓慎重地道："大哥省得。"停了停，又道："兄弟说的御前二侍卫，却不知——？"金童道："这自可告诉大哥不妨，另一位是玉女。""玉女，"金一氓沉吟道："金童玉女？噢，我明白了。"金童道："所以我方才自言没有姓名并非有意欺蒙大哥。"金一氓道："兄弟多心了。"又道："本令中不乏白道绝顶高手，比如说少林方丈悟性大师，武当掌教灭尘道长，还有峨眉掌门绝因师太……"金童道："绝因师太目前尚未归令，不过大约这几日就可办妥了，是大巡察去办理的。""大巡察？"金一氓道："是悟性大师吗？""正是？"金童道："大巡察一身般若无相神功练至四层，想必是没有问题的。”金一氓道：“似悟性大师这等身份的人，却不知本令是如何收拢的？”金童道：“大哥可曾听过归心圣散这个名字吗？”金一氓道：“隐约听过，好像是百年前一位药王研制成的一种慢性毒药，中毒后人的心性完全迷失，可任由使毒之人驱使。但据说这种药物早就失传了。”金童道：“没有失传。”金一氓道：“我明白了，他们都服了这种药物。”金童道：“更有本令左护法千岁神鬼莫测的药物相助，你想他们还能不为本令效命吗？”“你太夸奖我了。”金一氓的身后突然传来一个苍老的声音：“如果不是托令主万岁齐天洪福，我任空行区区药物，又哪能起丝毫作用！”

金一氓赫然一惊，在他毫无知觉之时，竟有人能鬼神般出现在他身后，这可是前所未有之事。若任空行突然发难，他玉蝴蝶纵有十条性命，也是无法保住的了。未等金一氓惊醒过来，金童便已拜倒下去，道：“金童拜见左护法千岁！”任空行连忙还礼道：“金兄何必多礼。”金一氓这才清醒过来，转身见面前立着一个高大老者，五十多岁，一脸宝相庄严不露而威！金一氓不由得连忙拜下，道：“金一氓拜见左护法千岁。”千佛手任空行并不还礼，只淡淡地道：“四巡察请起。”一拱手，一股强劲内力自下而上，将金一氓托了起来，金一氓见内力强劲，只得运全力抵住，免得受人仰登翻之辱。不料那股强劲内力突然消失，金一氓整个身子恰似突然失去依托，眼看便要重重地磕下头去。却见金童左袖微动，一股柔和内力已然发出，将金一氓稳当当地扶坐在凳子上，然后那内力才告消失。金一氓感激地看了一眼金童。

千佛手并不看金一氓，只对金童道：“请禀告令主万岁：胡醉仍是下落不明，大巡察尚未回来，五、七信使已落入天山二怪之手，童超擒住本令六、七巡察和十二信使，正往这个方向赶来。臣拜左护法任空行报。”金童道：“有劳左护法千岁了，我这便去禀报。”任空行一拱手道：“告辞。”言罢突然消失。自始至终未看金一氓一眼。金一氓性味索然，心想真是闻名不如见面，自己和千佛手任空行同列四魔，哪知自己竟和他差着这般老大一截！金童瞧破他的心思，道：“大哥休要再自弃，左护法一人之下万人之上，养成这等脾性不足为奇。且大哥与他同列四大魔头，武功原本也差不到哪里去，只因左护法对令主万岁忠心耿耿，令主万岁赐了他一两招，故大哥才会觉得与他相差太远。”闻此言金一氓眼睛突然一亮！

金童道：“实不瞒大哥说，在本令所有任职之人中，唯有左右二护法和大哥你未曾服用归心圣散。若大哥忠心为本令效力，难说有朝一日得受令主万岁垂青，赐给一招二式，那大哥便终生受用不尽了。”金一氓连忙跪下道：“金一氓这条性命，自今以后便尽属本令了！还望兄弟多多提携！”金童也跪拜道：“大哥折杀小弟了！快快请起！”又道：“凭大哥现已恢复的六成功力，想必自行行功并非什么难事了。方才左护法禀报的消息至关重要，兄弟须得迅速禀报令主万岁。”金一氓道：“兄弟快去吧，大哥一切自会当心行事的。”金童道：“如此告辞！”“辞”字刚落，金童已和坐椅陷落下去，那情景和那天金一氓与床陷落时一样。

之后接连几天，均未再见到金童。玉蝴蝶闲来没事，每日便出去采补行功，直至夜深人静之时才悄然回来。此时他已知这是一座从外观上看普普通通的寺庙，庙里的僧人很少，且像是又聋又哑似的，相互间从不说话，他与他们说话时，也没有一个和他答腔。他每日早出晚归，僧人们也是视而不见。如果这是在荒无人烟的深山当中，他玉蝴蝶金一氓非憋死不可。好在离寺庙不到百里的地方有个镇，凭着他早已恢复的大半功力，每日出去采补回归自是不成问题。数日之后，他自信功力已恢复了八成，这天夜里采花归来，他发现寺庙里居然有一间屋子亮着火光。这可是从未有过之事。他凭着踏雪无痕的绝顶轻功，飘过去透窗一看，正看见玮云、小六和童超一干人众。玉蝴蝶因玮云险些丢掉老命，此时一见，顿时又馋又恨，恨不得立即就窜进屋去擒了玮云出来。但其时小六正和一个清秀俊雅却浑身透出一股逼人英气的少年说话，待知这少年便是名动江湖的江湖浪子童超时，玉蝴蝶倒是被吓得不敢轻举妄动了。他虽未和童超交过手，但童超力排毒手观音与昆仑部盛，因独孤樵的缘故而身陷危局之事他是听说过的。玉蝴蝶只得屏声静气以观其变。不意小六嗅出了玉蝴蝶带着的胭脂气息！一经小六点明，玮云也立刻嗅出了玉蝴蝶身上那浓烈得与众不同的胭脂气味。一跃出门，便见玉蝴蝶的影子越出墙外。

玮云恨玉蝴蝶入骨，更不多做他想，也径自飘越出墙，小六追将出来，知师姐已追出墙外，但他没有师姐那般轻功，无法一跃而出，只得转至庙后，凭着一棵大树攀越出去。待他转至玮云越墙出去的地方时，却哪里还见得到师姐身影，不禁怔立当场。其时玉蝴蝶和玮云，早已身在一里开外了。玉蝴蝶见仅有玮云一人追来，心中大喜，心想今日遂得心愿，只因她自投罗网，须怪不得我了。但见自己已发出了此时所有的功力，玮云仍能紧紧跟上，不由得暗道奇怪：这丫头的轻功怎的陡然精进了许多？又奔出三里多，玉蝴蝶暗自惊心，玮云仍是紧跟其出，并不曾落下半步。玉蝴蝶自思：就算她轻功得蒙高人指点，但内力却是不可能在数日内陡然增强的！既如此想，玉蝴蝶干脆收住脚步，转身用甜腻得令人肉麻的声音道："柳姑娘你终于还是想通啦？本来嘛，跟着那又臭又脏的老叫花有什么好！还不如跟了我玉蝴蝶双宿双飞，逍遥快活呢——"还未等他说完，玮云便已欺进身前，一言不发，举剑便刺！

玉蝴蝶举扇格挡，突觉一股大力涌来，折扇几乎把持不住，百忙中滴溜溜一个转身，才堪堪将对方剑势避过。"第二招来了！"玮云清叱一声，未等玉蝴蝶缓过手来，她的第二招又已然出手。玉蝴蝶失了先机，只得凭借绝顶轻功苦苦应招，哪里还有还手之力。玮云早已是今非昔比了，一套木叶令主卢若娴所授的木叶剑法源源不断地使出，便把一介魔头完全笼罩在剑势之中。先前玉蝴蝶还指望玮云年纪轻轻，时间长了终会有内力不继之时，待时再行反击。哪料百招一过，玮云仍是飒爽英姿，而他自己不但未扳回一丝劣势，反而是气喘吁吁了。他哪里知道布袋和尚姚鹏当时在山洞中自知气绝将亡，早已将一身功力尽数转给了玮云。此时他与玮云拼斗，无异于与布袋和尚拼斗一般。唯一的区别仅是玮云经验尚差，不会省力取巧罢了。而玉蝴蝶自己身受布袋和尚重击，虽得金童相救，但元气已是大伤，就眼下功力也仅恢复八成而已。此消彼长，胜负之数已然判定。果然，二百招一过，玉蝴蝶也是败象毕露！玮云招招进手，逼得玉蝴蝶连连后退。待玉蝴蝶退至一巨石前，已然无路可退时，玮云怒叱一声："魔头拿命来！"一招"落英缤纷"顺势使出！这是木叶剑法中最为厉害的一招！玉蝴蝶眼睛一闭，暗道："今番此命休也！"然而叮的一声！

玮云手中长剑被击落出三尺开外。玮云招式不变，以指当剑，刺向玉蝴蝶双目！一条白练飞来，缠住玮云刺出之手。从白练上传来的巨大力道，将玮云身子硬生生拖后五尺有余！一个十四五岁的小女孩，飘然落在玮云和玉蝴蝶之间。

她俏生生地立着，正应了一句古话：此物只应天上有，人间难得几回闻。浑身雪白，给人身临雪国之感。左手持着一条白练右手持着一个玉环。击落玮云长剑的，是那玉环。将玮云身子拉开的，是那白练。玮云本已气极，但抬眼见了眼前的小女孩后，竟直愣愣地说不出话来！小女孩冲玮云一笑，道："对不起了。"声如灵鸟轻啼，音如百鸟微歌。然后转过头，脸上顿即一脸的冰霜。玉蝴蝶见她转过身来，正欲跪谢救命之恩，不料一见她娇容，竟然目瞪口呆，一个谢字也说不出来。"不长眼的东西，"小女孩道："少给我在这儿丢人现眼！"玉蝴蝶仍呆立着。女孩怒道："还不快给我滚回去！"玉蝴蝶平生阅女无数，却从未见过如此美得令人眩目的，自然连连应道："是，是，是。"脚步却不移动。小女孩柳眉一挑，冷冷地道："难道还要本姑娘送你吗？""不，不敢有劳姑娘玉步！"玉蝴蝶喃喃道。小女孩冷哼一声！玉蝴蝶这才转过神来，壮着胆子道："敢问姑娘是——是——？"

小女孩道："不长眼的东西，你难道未听金童说过我使的是何兵器吗？"玉蝴蝶结结巴巴地道："你是玉——玉女？"其实玉蝴蝶从未听金童说过玉女使的是何兵器，但见她浑身雪白，又使白练玉环，自然想到她是御前二侍卫之一的玉女了。并且当世除了她，又有谁当得起玉女之称！果然小女孩哼了一声，道，"你知道就好，还不快给我滚回去！"玉蝴蝶一言不发，转身如飞朝那座寺庙奔去，那女孩转过身来，却发现身后的玮云不知何时走了。

第二十六回

七十

布袋和尚姚鹏奔了一程，转头不见毒手观音师徒，不禁大为惊讶。虽说司马青青年轻力弱，跟不上犹可以说，但毒手观音却是名列江湖四大魔头之三，一身功力非同小可，甚至比名列第四的玉蝴蝶金一氓也还要高出一筹。布袋和尚与玉蝴蝶仅就功力而论似在伯仲之间，但若说到招式的奇妙，似尚在布袋和尚之上。他们二人拼斗一番，也只落得个两败俱伤之局。为何自己效力一奔，毒手观音竟会追不上呢？布袋和尚自己不知道，那日在山洞中，他将自身功力转给徒儿玮云，而他自身功力已然几乎丧尽，后得胡醉救护，又得胡醉之师一代隐侠酒仙翁以死相救，且将全身所聚百余年功力尽数转赠给了他。从某种意义上来说，此时的布袋和尚已非姚鹏，而是酒仙翁的替身了。

此时布袋和尚突然感慨世事变幻良多，数日前以为自己将不存人世，不料至今仍好好活着。原想自己一生仗剑行侠江湖，是专为铲除像四大魔头这般败类，没想到名列四大魔头之三的毒手观音侯玉音，身上竟有如此多的磨难，常人无法承受的磨难。还有毒手观音那徒儿司马青青，短短的十几年岁月中竟遭受如此多的灾难，如果她又变成另一个杀人如麻的“毒手观音”呢？难道你又能怪她吗？以杀止杀，历来是布袋和尚行侠江湖的信条。如今这信条突然有些动摇了。那些被杀之人，难道是真的该杀吗？有些人一辈子与世无争，仅偶尔因为某种原因，突然做了一桩人所共知的恶事，于是你就杀了他。难道他真的是死有余辜？而那些大奸大恶之人，只因为他所做的恶事不为世人所知，人们便觉得他们应该长寿，并且受人景仰。布袋和尚心乱如麻，简直理不出一丝儿头绪，唯一稍微清晰些的意识，是从今往后勿再乱杀了！

布袋和尚寻了块石头坐下，等毒手观音师徒赶来。不久，毒手观音和青青飞奔至布袋和尚前，青青兀自娇喘不已。毒手观音笑道："姚大侠好俊的身手。"布袋和尚面上一热，道："毒——"毒手观音又笑道："姚大侠便叫我毒手观音吧，反正名号都不过是一个称谓而已。"布袋和尚也一笑道："那也不错。"又道："但你倒是取笑我老叫花了，在你毒手观音方家眼里，哪还有我老叫花卖弄的地方！"毒手观音面色一变，凛然道："姚大侠如此说是何意思？"布袋和尚也一愣道："此话怎讲？"毒手观音见他不像作伪，便缓和面容道："姚大侠当真是不知道吗？"布袋和尚道："知道什么？"毒手观音道："姚大侠不妨随手使一招你得意的招式试试。"布袋和尚丈二和尚摸不着头脑，依言将气沉于丹田，并不如何作势，随手挥出一招"亢龙有悔"。"轰"的一声，黄沙弥漫，残枝飞扬。待一切都寂静之后，前面三丈远的地方已赫然平添了一个四尺见方的土坑。土坑四周的树木已被飞溅而起的泥石刷光了叶子。

目瞪口呆的布袋和尚，惊讶不已的青青。半晌，毒手观音才笑道："恭喜姚大侠。"布袋和尚喃喃道："这，这是怎么回事？"他先前虽知自己的一条老命是用酒仙翁一条命换来的，想自己已是将亡之身，酒仙翁无论怎样神通，能将他的一条老命保住，并且使他不失武功，已然是通玄的了。哪料他不但保住了全身武功，而且还更胜往昔多多！毒手观音又道："姚大侠此时功力，当不在胡醉师弟之下了。"布袋和尚朝先前过来的方向默默注视，良久才点点头，接着又摇摇头，缓缓道："这功夫全是酒仙翁前辈的。"毒手观音突然正色道："姚大侠，酒仙翁前辈的一片苦心，你自当省得，对吧？"布袋和尚凛然道："姚鹏往后行事，自当好自为之，若有违酒仙翁前辈之恙，有若此石！"一掌击出，将他先前坐的那块石头击得粉碎！毒手观音突然一笑道："如今正是江湖多事之秋，咱们却还在这里啰唆什么。况且多日未曾进食，我倒是有些饿了。咱们不如赶快去寻个地方吃些东西是正经。"

布袋和尚哈哈一笑，拉着青青的手，道：“正该如此，咱们走吧。”举步便走，毒手观音紧随其后。初时还能跟上，行程一长，毒手观音便渐渐落后。青青的手被布袋和尚那粗糙但却坚硬有力的大手牵着，有若腾云驾雾一般。每当她有气力不继之感时，她的掌心便能感觉到从那双粗糙的大手上传过来的柔和真力。初时她还尽量迈步跟上，到后来则干脆闭上双眼，任由那双大手牵引着飞腾。正像一只小船，在碧波荡漾的水面随意飘荡。布袋和尚的脚步慢了下来。他在等毒手观音。青青睁开眼，见布袋和尚正慈爱地看着她。她突然产生一种莫名其妙的情绪，眼睛有些酸酸的，一粒泪珠几乎就要忍不住落将下来。于是连忙无话找话地道：“我师父还没赶上来吗？”布袋和尚依旧看着她，道：“她马上就能赶上来的，咱们慢走着等她。”又道：“我那徒儿玮云，也和你差不多一般年纪，也不知她此时怎样了。”青青道：“姚前辈你也有徒弟吗？我怎么以前从未听说过！”布袋和尚道：“是在我被玉蝴蝶金一氓打成重伤，奄奄一息之时才收的，玮云和小六，他们虽然顽皮，却是心如金子之人，况且骨筋奇佳，尤其是小六，确是我辈中人中不可多得的练武奇才。”

青青哦了一声，心想：玮云和小六可真幸福，能有这样好的师父。布袋和尚像是知道青青心思一般，道：“青青姑娘，你师父是个苦命之人，世人都错怪她了，咱们既已知道她所遭受的灾难，就不应该责怪她。除了体谅、同情之外，还要给她更多的爱，懂吗？”青青使劲点头，突然道：“姚大侠，我——”她刚想说“我只能给她女儿对母亲的爱，但她更需要的却是男女间那种诚挚的爱，也只有这种诚挚的爱才能抚平她心灵的创痕……！”却不料师父的声音打断了她。“姚大侠，我毒手观音可是真的服了。”毒手观音面色通红地赶上来，大声道。

三人歇息了一阵，未申交泰时分，来到一座不知名的小镇上，经问本地人，才知这是河南和湖北的交界。三人走进一家小店，要了三只烧鸡，两瓶本地土烧白酒。未等上菜，布袋和尚已是差不多将一瓶酒一气灌光。他见毒手观音师徒望着他，一笑道：“好几日没喝酒，肚里的酒虫早就不耐烦了呢。”青青一笑，高声道：“店家，再上两斤好酒来！”布袋和尚感激地看了青青一眼，没说什么。待到三人面前各摆着一只烧鸡时，布袋和尚竟来不及抄起筷子，用手扯了一条鸡腿径往口里塞，看得邻桌的人直皱眉头。布袋和尚却不管这些，对看着他直乐的青青道："老叫花就是改不掉叫花脾气。"青青撕了自己面前那只烧鸡的一条腿放到他面前，道："不够咱们再要，反正我师父有的是银子。"布袋和尚乐道："看来有银子也有有银子的好处。"果然又吃了一只烧鸡。

酒足饭饱，三人会了钞，出门时，一个显而易见是江湖中人的人擦身而过。虽然只是擦身而过，且那人将帽檐压得很低，但匆匆一瞥，布袋和尚却好似觉得此人甚是面熟。果然，那人进店后大声对店家道："给十只素饼，三只素鸡。快！"布袋和尚一听这声音，立刻就想起他是谁了。"是阮蛟！"布袋和尚对毒手观音低声道。"阮蛟？"毒手观音想了想，道："可是多年前雄霸长江中上游的紫鲸帮帮主阮蛟？""正是他，"布袋和尚道："早年玉蝴蝶金一氓找他们麻烦时，我和你师弟胡醉曾给他们解过围，后来他和其弟阮龙携全部家当隐居洛阳，还开了个茂源酒楼，我在洛阳时还见过阮龙，得知阮蛟已被江湖浪子童超支去云南给点苍派报信，就说失踪多时的点苍掌门段一凡已然现身江湖。"毒手观音道："那是多少时日之前的事？"布袋和尚道："大约两个月前。"毒手观音道："那就是了，大约是他报信回来，路经此地的呢。"布袋和尚道："从时间上来看倒是差不多。但奇怪的是他早年身为紫鲸帮帮主时聚财无数，历来是过惯了大鱼大肉的生活，现在却怎的会变得只吃素食了！""这倒是有些蹊跷，"毒手观音道："咱们且到一旁候着，看他出来后到底有什么古怪。"

三人于是到离那饭店十丈远的地方等着。不一刻，只见阮蛟拎着两包东西匆匆走出饭店，朝与布袋和尚他们三人相反的方向快步走去。布袋和尚与毒手观音会意地使了一个眼色，三人便举步跟了上去。出了小镇，阮蛟突然加快脚步，飞跑起来。三人会心一笑。阮蛟在水上倒活脱脱是一条混江龙，但在陆地上，他那点鸭子般的轻功却是有限得很。三人要跟踪他简直再容易不过。跟出镇外二里许，三人在后面约三十丈远的地方看见有一辆马车。阮蛟将手里提着的两包东西递进用布帘围得严严实实的车厢，然后上了车厢前缘，驾了车径自绝尘而去。布袋和尚大惊，对毒手观音和青青道：“你们随后赶来！”“来”字刚落，人已在十丈开外。毒手观音来不及多做他想，只道一声“走！”便和青青联袂追去。

大车又行了一夜。次日清晨，身在车厢内的胡醉和柳逸仙感觉到不再是那么颠簸了。胡醉用手轻轻挑开车厢后帘，发现大车又回到了洛阳古道。这就奇了，莫非黄龙令的龙亭，竟会是在这洛阳古道上吗？这且不是一条行人最多的路，但却是江湖中人来往最为频繁的古道。黄龙令从一开始出现就藏头露尾，神神秘秘，却怎么会将龙亭设在这条古道上？胡醉想：莫非是悟净大师早已知道我在车内，故意引我入歧途吗？多年来在江湖上磨砺，使他具有一种像狗的嗅觉一般灵敏，像狼的判断一般准确的直觉。他突然想起这样一句话：大隐隐于市，小隐隐于泽。他微微地笑了。柳逸仙用询问的眼神看着他。胡醉郑重地点了点头，柳逸仙也郑重地点了点头。一切皆尽在不言之中。

于是大车偏离了古道，折向南行。行不到一里，大车戛然停了下来。远处传来击掌声：啪——啪啪，啪啪——啪。先是一长二短，后是二短一长。这边悟净也击掌回应：啪啪——啪，啪啪啪啪。先是二短一长，后是四下连短。掌声刚停，远处便传来一个少女的声音：“是大信使归令吗？”悟净连忙道：“震古烁今千秋伟业黄龙十二信使之首悟净缴令。”那少女道：“十一信使可曾带到？”悟净道：“托令主万岁洪福，大信使幸不辱命。”那少女道：“很好——很好！”道第一个“很好”时，人似尚在十丈开外，待道第二个“很好”时，赫然人已到了车边。

胡醉一惊：莫非此人便是那藏头露尾的黄龙令令主吗？难道我的直觉错了？不！听声音此人年纪尚幼，绝不可能是如此庞大的黄龙令之首！只听少女道：“十一信使何在？”悟净道：“大信使这便缴令。”像是突然刮起一阵龙卷风，围着整个车厢的布帘突然拔高而起，赫然有两个人！“你是——？”没等悟净的“谁”字出口，胡醉早一招“见龙在田”发了出去。悟净百忙中运单掌相接，像只断线的风筝，悟净被那无匹罡力震得倒飞出去达十丈之多！柳逸仙早已一跃而起，向悟净跌落处飞扑过去。胡醉一招刚刚得手，未等还手变招，只见眼前挟着劲风飞来一个白晃晃的圆圈！好个胡醉，惊而不慌，硬生生齐腰后折，使出铁板桥功夫，这才避过那白圈断头之厄！饶是如此，那白圈所挟劲风，兀自将他面皮刮得生痛！那边悟净，落地后腾腾腾退了三大步，一屁股跌坐在地，喉头一甜，哇地喷出一大口鲜血。他的整个右臂，已颓然吊着！

再说柳逸仙，一个“苍鹰扑食”，眼看便能生擒悟净，哪料距悟净尚有一丈，身在空中，突觉脚腕一紧，接着一股大力将其反拖回来，直向后摔将出去！却说笔者写来话长，其实这几下兔起鹰落，快速绝伦。胡醉掌击悟净，少女玉环打胡醉，白练缠柳逸仙，仅仅是刹那间的事！在这刹那间，胡醉虽用铁板桥功夫定住身形，尚未来得及移形换位，一个巨大的白色物体又已向他射到，是白马书生柳逸仙。那少女竟用柳逸仙的身子当作暗器，避开，那白马书生定是肝脑涂地，不避开却又如何？！好个胡醉，惊骇中不做他想，身形不变，双腿陡地弹起，与平射过来的白马书生的身体贴了个正着。巨大的惯性使两人的身体一起平射出去。好胡醉，左手抱牢白马书生，右手一招“亢龙有悔”，陡地将二人身体抬高二尺有余，头擦狼牙怪石而过，在身子擦怪石而过的瞬间，胡醉又一招“飞龙在天”，怪石纷飞。他二人的身体却立了起来，立飞一丈，胡醉一个“千斤坠”功夫，终于使两人身子停落地上。这真是险之又险，胡醉暗道一声“侥幸”！抬眼看时，哪还有那少女和悟净的影子！

胡醉甚至还没看清那少女的容貌，就被人家迫得手忙脚乱、险象环生。柳逸仙刚定过神来，道：“胡大侠——”胡醉打断他的话道：“黄龙令有如此高手，倒是有些棘手，然我胡醉又所惧何来！”最后一句以精深内力发出，声如洪钟，具有一种灼灼逼人的豪气！“哦，原来你就是胡醉，”远处传来细微但却清晰的声音，“我听人说过你的，你的功夫真的很俊呀！要真打我是打不过你的，我只是取巧而已。”“你是谁？”胡醉以内力将声音远远送出：“你为何要救悟净？”“我是玉女，”那声音道，“悟净是本令信使之首，我自是要救的。”声音渐缈。

胡醉道：“此行总算不虚，毁了他们一个龙亭。”柳逸仙道：“但他们不会只有一个龙亭——”胡醉豪迈地道：“我千杯不醉既已公然亮出招牌，他恐怕不甘寂寞了！”“他？”柳逸仙道：“胡大侠你说的‘他’是谁？”胡醉一字一句地道：“黄、龙、令、主！”柳逸仙兴奋地道：“胡大侠你已知道他是谁了吗？！”没料胡醉只淡淡地说了四个字：“直觉而已。”

第二十七回

七十一

已是子夜时分，童超早已将师父楚通、雷音掌连城虎和邰盛的师父皇甫呈点了昏睡穴。他自己则仔仔细细地将整个屋子察看了无数遍。见玮云和小六尚不见回来，童超干脆合上眼睛，舒舒服服地睡了。邰盛看了看童超，心中委实忐忑不安。他不明白在如此险恶诡异的地方，童超怎的还敢宽心睡觉。香炉内的火光渐渐暗了下去。邰盛站起身，走到堆着劈柴的那个墙角。劈柴只剩下最底下的那一层了。邰盛弯下腰，正欲将最后的几块劈柴捡了投进香炉。童超突然道："别动！"

邰盛骇然住手，满脸惶然地看着童超。童超道："你看看正中间那块。"邰盛仔细看摆在中间那块木柴，只见木柴上拴着一根细小的铜线，那铜线直插进地下的石缝里，倒像是从地底下长出来然后缠住了那块木柴似的。童超道："除那一块外，别的取了来烧倒也无妨。"邰盛依言小心翼翼地将其余几块劈柴捡了投进香炉。屋里顿时亮光大盛。"好个江湖浪子，果然是精细得很！"这声音好像是从地底下传出来的。童超依旧斜靠在墙角，连眼睛也没睁开，只淡淡地道："大家彼此彼此。"那声音道："江湖浪子的豪气倒是令人钦佩，但一个人太狂妄了，难免会犯这样那样的错误。"童超懒懒地道："哦？""比如说你现在就犯了一个错误。""是吗？可我不这样认为。""你怎样认为并不重要，重要的是有些错误是一次也不能犯的。""这我同意。""那在对这个问题的看法上咱们倒是一致的。只可惜你现在偏偏就犯了一个一次也不能犯的那种错误。”“事实上我倒不这样认为。”“你明知这里面很危险，对吗？”“不错。”“但你还是进来了，仅仅是凭着一身豪气！”“也许是正气！”“豪气也罢，正气也罢，都必须是一个活着的人才能具有的，对吗？”“这么说，你们已经将我看作死人了？”“也可以这么说吧。”“在狂荡这一点上，我们倒是惊人的相似，如果我没错的话，你就是那个小沙弥吧？”“对，但人家都叫我金童。”

“哦，金童？你自信能要了我江湖浪子的命吗？”“我自信不能。”“此话怎讲？”“你知道这座寺庙叫什么名字吗？”“好像没有名字。”“那我可以告诉你，它马上就会有名字了，叫武帝宫。”“武帝宫？这倒不像是寺庙名字。”“名字并不重要，重要的是本质。”童超左眉不易察觉地轻轻一挑，道：“我想我明白了。”“你以为你还能出得去？”“那很难说。”“你倒是挺自信的。”“当然。”“依你看，如果我和你对搏，你大约需要用多少招才能将我击败？”“大约七十招吧。”“我想也差不多，对啦，你和你拜兄胡醉相比，孰强孰弱？”“各胜擅长。”“那如果我和一个与胡醉不分轩辕的人联手对付你，你觉得结果又如何？”“你是说千佛手任空行？”“正是本令左护法千岁。”“任何事情不经试过都不能轻易下结论。”“你想试试？”“我能不试吗？”“这倒也是。”“不管怎么说，我倒是挺敬佩你们令主的。”“说下去。”“这儿离江湖中人出没最多的洛阳古道不到十里吧？”“确切地说是七里半。”“但谁也没想到你们的总令坛会在这儿。”“大隐隐于市，小隐隐于泽。”“这句古话挺有意思。”“当然，这也是令主万岁的过人之处。”“我真想知道他是谁。”“凭你江湖浪子当然有资格，如果想见令主万岁，你现在就可以办到。”

“只须将那块木柴拉起来？”“正是。”“但我现在还不想见他。”“为什么？”“再狂的人也得有自知之明，如果我见了他，那就一分机会也没有了。”“机会？”“当然得试过之后才知道。我的意思是说，假如我能活着出去，你们是不会难为郜二侠的，对吗？”“郜盛吗？他对本令毫无价值。”“哦？”“连高峡和杨坤，虽被列为本令九、十信使，但也毫无价值。”“你的意思是——”“浪得虚名之辈。”“他们现在怎样？”“已经不存在了。”“你们杀了他们？”“不，只给他们施行一种美丽的酷刑。”“美丽的酷刑？”“我们叫它‘花刑’。”“花刑？”“将他们放到一群完全赤裸的如狼似虎的女人中间，让他们自生自灭。”“这确实很残酷。”“但他们觉得很快乐。在快乐中变成了骨架、骷髅。有的时候快乐是很可怕的。”“一点儿也不错。”“那好，咱们现在回到正题上，你是要咱们动手呢？还是自缚？”“我自然不会自缚。”“你要动手？”“当然。不过在动手之前，我想问你一个问题。”“可以。”“你们打算在何时公开这个地方？”“至少在一月之后。”“如果我生出此地了呢？”“那只好马上公开了。”“我想也会是这样。现在咱们打个赌怎么样？”“打赌？这很有意思。”“你们肯定是认为我出不去了，对吗？”“我一点也不怀疑这一点。”“但我认定自己能出去。”“哦？”“咱们就以此打赌，怎么样？”“你的赌注是什么？”“如果我胜了，你们得保证家师、皇甫前辈、连老英雄和郜二侠的安全。”“如果你败了呢？”“我愿为你们做一桩你们指定的事情。”“任何事情？”“当然，但只是一桩。”“一桩就够了。如果我们叫你去杀了你拜兄胡醉呢？”“那我将他杀了，然后自杀相陪。”“好气魄！你不后悔吗？”“我江湖浪子一生从不后悔。”“那好，如果你能走出离你现在待的这间屋子五十丈远的地方，我们不但不会和你为难，而且还将与你同行的人马上送还给你。”“我该相信你的话吗？”“我现在是在代表令主万岁与你说话。”童超正想说话，一个苍老的声音突然从与金童讲话相同的地方传来：“童超，你走不掉的。”那声音虽然苍老甚至沙哑，且是从地下传来，但传到童超耳旁，却无异于一声惊雷，直撞得他耳膜轰轰作响。这使童超惊骇莫名：一个人的内功居然能练到如此通玄的境地。他不愿相信，但却又不得不信！良久，童超才定过神来，道：“你是谁？”那声音道：“黄龙令令主。”童超道：“我知道你是令主，但我问的是你究竟是谁？”那声音不再传来。

七十二

金童的声音道："童超，你现在还坚持打那个赌吗？""当然。""你为什么不把眼睛睁开，看看站在你们门口的是谁？""我不看也知道。""你知道？""千佛手任空行。""你好像有第三只眼似的。"童超依旧是双眼微闭，懒洋洋地道："你说过有的错误是一次也不能犯的，那你们现在却正好犯了一个这种错误。""是吗？""你们太低估我江湖浪子童超了。""了"字未落，童超的整个身子突然消失不见了，只见他靠着的墙壁上，现出一个与他身子一般大小的穿洞。整间屋子的墙壁，都是由二尺见方的巨石砌成的，但童超几乎在一个位置靠了半夜。

守在门口的千佛手任空行，陡见童超身子从墙壁里隐没，暗道一声"不好"，并不转身，双手轻轻在门框上一拍，整个身子便倒弹出去。同时嚓的一声，郃盛对面的石壁突然裂开一条缝，先前接他们进来的那个小沙弥飞快地窜了出来。此时是一头的秀发，却不是金童是谁。金童看也不看郃盛一眼，便也从门口追了出去，那身形之快之飘逸，直令郃盛看得目瞪口呆。

这间屋子离寺庙的院墙有十四五丈。任空行倒弹出去，两三个起落，已到了院墙边，只见他借着惯性，转手往后面墙上一拍，整个身子便拔地而起。在空中滴溜溜一个转身，却隐约看见一个黑影在离他不到五丈的地方越墙而出。任空行大急，他知道令主万岁言出如山，若让童超真的逃出离寺五十丈远的地方，那他这个左护法可是大大的丢脸了。不再多想，越墙之后便从那黑影越墙的地方追了下去。金童刚一出门，便见那黑影越墙而出。他和千佛手一般心思，也飞快地越墙追去。郃盛已被金童那匪夷所思的身形怔住，尚未清醒过来，突觉眼前一花，童超又自那墙洞里回进屋来！他只是少了一件外衣。郃盛惊道："你——？！"童超一笑道："他们追下去了，我从另一边出去。"

身形刚动，正欲出门从与任空行和金童相反的方向出去，突然一个声音似炸雷般在耳旁响起："等一等！"是黄龙令主！童超大惊失色，怔怔地竟忘了出去，也说不出一句话来。黄龙令主的声音缓和了许多，慢慢道："你已然胜了。"童超茫然道："你不留住我？"黄龙令主道："现在还不是我和你动手的时候，你也不是我的对手。再说你只是与金童和左护法打赌。"童超道："幸好我没和你打赌。"黄龙令主道："金童机灵却年幼，左护法年高却没你精明，他们当然要输。"童超道："你早知道？""我知道，"黄龙令主道，"但我还是让他们和你打这个赌，你知道为什么吗？"童超道："不知道。"黄龙令主缓缓道："你的把兄，多年来一直与我作对的胡醉，已公然在江湖现身了，还毁了我的一个龙亭。""这和我们打赌又有什么联系？""当然有联系。如果我要杀他，那他早就没命了。他这五年来隐身起来，只道没人能知他的踪迹，其实他的一举一动我全都知道。他在查证我的真实身份。""那你为何不杀了他？""杀了他我会感到寂寞的。这也许你现在还不大明白，并且也许一辈子也明白不了。'高处不胜寒'，你明白苏东坡这句词的意思吗？""我想我明白。""你只是明白它的意思，但却无法体验其中滋味。你们都认为我狂妄，但你们不知道那是因为我有资格狂妄。从古至今，功参天地的又有何人！像千佛手任空行这样的人，该算是江湖绝顶高手了吧？可我如果要他在我面前学狗叫，他就绝不敢学猫叫！不错，武林上从来就没有皇帝之说，但在嬴政之前，又有谁敢自称是整个中华大地的皇帝呢？因为他有气魄、有能力，于是他便成了始皇帝。既然什么都得有个第一，那我便也只好做做这第一了。"

"第一个武林皇帝？武林始皇？""可以这么说吧。""但你说这些和我与他们打赌又有什么关系？""还有和我不杀胡醉？""对。""如果不是尸横遍野，杀人如麻，经历大小数百次有巨大胜利也有巨大失败的战争，最后歼灭了六国，而是六国尚未开仗就自愿归顺，那嬴政始皇帝，恐怕做着，也没什么滋味吧！""你的意思是——？""走狗易找，对手难寻。""我想我明白你的意思了。""武林与凡人世界唯一有着很小区别的地方就在这儿。多少年来，除了胡醉之外，我总未能找到值得做我对手的人。""是吗？""胡醉的确有他的过人之处，也许当今整个江湖上除了我，就数他最为了不起了。”“比如说？”“耐性、韧劲、精明，还有那一身的浩然正气。”“你对他评价很高。”“否则我也不会选中他做我的对手了。当然，江湖本是卧虎藏龙之所，肯定还有别的值得做我对手的人，但要么自以为看破红尘不屑与我作对，要么沉溺于某些东西不过问江湖是非。当然，每个人都有各自不同的信念和生活准则，再说他们都是前辈高人，我倒也不会去指责他们。”“前辈高人？”“前者如你的记名师父跛和尚，后者如胡醉的师父酒仙翁。”童超大惊道：“跛和尚，我记名师父他老人家的尊讳叫跛和尚？”“哦，他没让你知道吗？他是上上辈少林方丈的师兄，如今已百岁开外了。他虽然看破红尘，不屑与我作对，但他还算好心，给我调教了一个对手。”“你是说我？”“否则我就不会让他们和你打赌了。”“你让他们和我打赌是想让我走？”“正是。目前无论是你还是胡醉，都还不是我的对手，势不均力不敌，杀了你也索然无味。便是你和胡醉联手，恐怕也难在我手下走过三招。”“三招？”“不错，但我相信凭胡醉和你江湖浪子童超的精明，定能找到能和我一搏的对手的。你看，一个月够了吗？”“一个月？足够了。”“那好吧，一月之后是重阳，到时你们再来吧，我唯一的希望是你们能给我找到些尽量好的对手。”“当然不会让你失望！”“十天之后，江湖上都将知道本令开令启坛的日子，你们也将收到请柬。就这样，你可以走了。带着你身边的走。”邰盛几疑是在梦中，听黄龙令主如此说，连忙起身就想走。

不料童超却道：“我想在这儿待到天亮再走。”黄龙令主似是没听明白，道：“你说什么？”童超道：“我天亮再走，你不会反对的，对吗？”黄龙令主道：“好！真不愧是江湖浪子！”童超道：“如果我没猜错的话，金童和千佛手早就回来了。”“就在你回那间屋子稍后，”黄龙令主道：“他们早就睡了。”“我想也是这样。”“我叫人给你们送些柴草去。”“多谢。”之后童超没再说话，那黄龙令主也不再传来声息。

少顷，一个青衣婢女抱了一大捆干柴进来放在地上，又一言不发地出去了。童超捡起几根扔进香炉里，将火挑燃，才对邰盛道：“咱们可以好好地睡一觉了。”一夜无话。次日卯辰之交，童超挟了连城虎、皇甫呈，郃盛背着楚通，走出这座寺庙，果然丝毫没有受到阻拦。站在门槛上时，童超自言自语地道了三个字：“武帝宫。”然后头也不回，便飞步而去。他知道，现在最要紧的事，便是尽快找到胡醉。一个月时间不算短，但也决不算长！

第二十八回

七十三

原野上，玮云独自茫然走着。她不能停下来。一旦停下来，她准会大哭一场。她知道从看见玉女的那一刻起，她就有了想大哭一场的那种感觉。她觉得很累很累。终于停了下来。茫然地靠着一棵大树。她能感觉到树干的冰凉，但她没有哭。夜无边无际地静，简直静得瘆人！

突然她眼睛一花，有个人立在了她的面前。独孤樵！她不相信。但站在她面前的的的确确就是独孤樵！半晌，她才颤颤巍巍地道了一声：“独孤哥哥？”独孤樵没说话，依然看着她。她又轻轻地道了一声：“独孤哥哥？你是独孤哥哥？”独孤樵默默地点了点头。怀疑、害怕、宁静、幸福、委屈……无数种感觉汹涌地袭来，她感到一阵昏眩。她知道自己已经支持不住了，她希望自己就此倒下。一双有力的大手扶住了她。她感到一种前所未有的幸福和宁静。她终于倒在他的怀里，嘤嘤地哭了起来。那双大手轻轻地搂着她，抚摸着她。她觉得委屈极了，也幸福极了。她嘤嘤地哭着，喃喃地道：“独孤哥哥，独孤哥哥，我好怕，好怕哟。”那双大手在她的背上轻轻地拍了两下。“你为什么不说话？”她哭诉道，“我是玮云，你的玮云妹妹呀……”“玮云。”独孤樵在她耳边轻轻地道。“对，对，我是玮云，是你的玮云妹妹。我好怕，好怕哟。我见了她，她是玉女，我好怕。我到处找你，找啊，找啊，就是找不到。我师父被玉蝴蝶打伤了，又不见了。我找啊，找啊，也找不到。我好累，我累极了。我现在好高兴。我真高兴，独孤哥哥，你不认识她，对吗？我要你告诉我你不认识她，我好怕，你赶快告诉我你不认识她……”“我不认识她。”独孤樵轻轻地道。“那就好，我，我太高兴了，独孤哥哥，你知道我有多高兴吗？不，你不知道的，你根本就不会知道的，对吗？……”回答她的那双大手轻轻解开了她的衣带。

一阵战栗，像是一股电流传过她的全身。她又感觉到了那种昏眩。她倒了下去。他也倒了下去，一切都像是在梦中一般。她感觉那双大手在她的全身游走。她紧紧闭着眼睛，喃喃地道：“独孤哥哥，你要我吗？你要我对吗？我给你，我全都给你，你拿去吧，你快拿去吧，快把你的玮云妹妹拿去吧，哦，哦……”她不停地讲，不停地说。她觉得这好像是在梦中。她要把自己的委屈全都倾诉出来、倾给她的独孤哥哥……她突然感到下身一阵撕裂般的疼痛。“哦！哦！”她呻吟起来。她紧紧搂着他。她想把他的身体全部融到自己的身体里去。她感觉到他在她的身体里面抽动。她战栗着、迎合着，口中一遍又一遍地喃喃道：“哦，独孤哥哥……哦，独孤哥哥……”突然，像是猛遭电击一般，她昏了过去！

在昏迷中她感觉一切都在下沉，像是一个巨大的黑洞，她沉下去、沉下去！一切都停止了。他还在她的身体里面。他静止不动了。她紧紧搂着他。她只想紧紧地搂着他，一直到永远！很久，很久。东方既白。他们相依偎着坐在一起。看着地上那一摊殷红的鲜血，玮云突然觉得脸好烫。她将头钻进他的怀里。“独孤哥哥，咱们回去吧。”玮云轻轻地道。“唔。”独孤樵应了一声。“咱们回家去。”“唔。”“咱们回家去，永远不管江湖中的事。”“唔。”“我弹琴给你听，唱歌给你听，咱们喝酒填词，我还要、还要——呣，你在听人家说吗？”“唔。”“我还要给你生好多好多孩子——嗯，你没在听人家说，人家羞也羞死了！”“我在听呢。”“我要给你生十个儿子、十个女儿。不，二十个儿子、二十个女儿。我教女儿弹琴，你教儿子——对了，你教儿子什么？”“唔。”玮云抬起头来，娇嗔道：“人家在问你呢！”独孤樵道：“你问我什么？”她突然发现他的眼睛里有一种陌生的东西。

她突然有一种恐惧的感觉，但那只是一瞬即逝的感觉。她站起身来。他也站起身来。“咱们走吧。”她道。他点点头。走出去十几丈远，她突然又折回来，抽剑挑些新土，慢慢将地上那摊已经变成褐色的血迹盖了起来。土是黄的。那堆黄土从远处看就像是一座小小的坟墓。待她站起身时，却发现在离她大约有三十丈远的地方，独孤樵已然和人打了起来！

大约追了半个时辰，布袋和尚姚鹏才追上那飞快前驰的大车。看见布袋和尚，正专心驾车的阮蛟咦了一声。布袋和尚高声道：“阮兄莫非不认识老叫花了么？”阮蛟尚未答话，布袋和尚突觉背后一股刚猛绝伦的罡风已然袭来！闪避已是来不及了，布袋和尚连忙提起右掌硬接。掌风甫一相接，布袋和尚暗道一声“要糟”，未等左掌击出，大车已然驰出二丈开外。布袋和尚的一条右臂却已颓然垂吊，那掌风还是从车厢里发出来的！正欲再追，不料大车却突然停下。

布袋和尚正觉惊奇，却见从车厢里飞出一人，尚在空中，便挥掌朝他击来。姚鹏知道厉害，不敢硬接，身子一转，一个移形换位，刚刚避开掌风，那人却已扑到身前。却是悟性大师！悟性大师身为当今少林方丈，一身神功自是非同小可！姚鹏右臂兀自垂吊，却怎敢与他硬拼，连忙左掌虚劈一招“飞龙在天”，身子陡地拔起一丈有余。悟性得理不饶人，更不打话，从腰间抽出方便铲，自下而上击来！姚鹏身在空中，变招已是不能，百忙中突使险招，一掌向悟性头顶击去。悟性若不变招，姚鹏双腿固是要被铲断，但他自己的头顶能否承受姚鹏掌力，那倒也难说得紧了。此时已然占尽上风，悟性却不想两败俱伤，只得硬生生收招左移，避了开去。姚鹏身子已落在二丈开外的大车旁。

哈哈一笑，布袋和尚道：“我道是谁有如此掌力，却原来是——”尚未等他的话说完，悟性又已挥铲扑来！姚鹏大惊，暗道怪哉，老和尚今日怎的状似玩命！更不敢分神，见招拆招，见式拆式，二人便即缠斗起直打得天昏地暗。布袋和尚强在功力较悟性略高，但却拖着一条右臂。悟性强在兵器在手。相较下来，还是悟性势优。百招刚过，姚鹏已然屡历凶险！悟性状似疯癫，一把方便铲使得水泼不进，似非将姚鹏置之死地不可！姚鹏苦苦招架，已无还手机会。

阮蛟早在一旁观战，待看清布袋和尚闪避身法后，不禁大为惊奇：他二人均为侠道英雄，却何来如此深仇大恨？难道是我看走了眼，他竟不是布袋和尚姚鹏大侠吗？悟性大师身为少林方丈，在武林中历来德高位尊，与他对敌的当然不是什么好人，况且悟性大师占尽上风，稳操胜券，也用不着我阮蛟插手。正思忖间，突见布袋和尚乘隙还了一招“亢龙有悔”！阮蛟大惊，高声道：“可是布袋和尚姚鹏大侠吗？”姚鹏却哪里还有空开口说话。阮蛟大急：他若不是姚鹏也就罢了，若真是姚大侠，那可是我阮姓一家的救命恩人，眼看着他被人杀死，那我阮蛟可是万死莫赎了！正焦急间，却见两条人影一前一后飞奔而至。

未等阮蛟看清，奔在前头那人手一扬，一把暗器已向悟性大师疾射过去。悟性大师知身后又有人来，但他此时已将姚鹏迫得手忙脚乱，不过数招，他便能将布袋和尚毙于铲下。故他明知已有人来，也是不加理会，心想一切都待毙了姚鹏再说。不料来人说打便打！陡闻一股腥味，悟性暗道不好，头一低，避开了射向后脑勺的两枚透骨钉。刚暗道侥幸，突觉左腿一麻，膝弯处已然被一枚透骨钉射中！悟性大怒，暴喝声中，一铲向布袋和尚头顶砸下。挟怒而击，自是雷霆万钧！不料未等方便铲击落，悟性已自轰然倒下。那透骨钉竟是喂了剧毒的！自然是毒手观音赶到了。

布袋和尚自无不知，但见小小一枚透骨钉上的毒性居然有如此之烈，也是心惊不已。毒手观音也不看悟性一眼，径自奔到姚鹏面前道：“你还好吗？”布袋和尚哈哈一笑，道：“你们要再晚到一刻，老叫花恐怕就不大好了。”左手握住右臂，一拉一推，已然将脱臼接上。姚鹏挥了挥右臂，笑道：“若早如此，老叫花又怎会一败涂地！”青青也赶了过来，喘着气道：“姚大侠你没事吧？”布袋和尚尚未回答，那愣愣地站在一旁的阮蛟突然道：“姚大侠？莫非你真的便是人称布袋和尚的姚大侠吗？”布袋和尚大笑道：“我若不是姚鹏，那江湖上便再没第二个叫姚鹏的老叫花了！怎么，阮兄经年不见，听说是在洛阳发财，怎的又做起马夫来了？”言罢又大笑。阮蛟突然扑通跪下，道：“阮蛟该死！”

七十四

布袋和尚连忙将他扶了起来。阮蛟站起来，满脸惶急地道：“阮蛟有眼无珠，险些坏了恩公大事！”布袋和尚道：“老叫花不是还好好的么！多年不见，阮兄认不出老叫花来，那也是自然之事，你却休要自责。”阮蛟道：“多亏得这位女侠及时援手，却不知女侠是——？”毒手观音道：“阮英雄休得客气，老身侯玉音，江湖中人称毒手观音的便是。”阮蛟啊了一声，顿即说不出话来。他自是想先前还怪姚大侠怎的会和悟性大师打在一处，原来他却是与毒手观音一道的！姚大侠在江湖上素负侠名，而毒手观音却是江湖公认的四大魔头之一！莫非姚大侠也竟是受了毒手观音的药物所迷或所挟吗？！正欲探个明白，却听布袋和尚姚鹏对毒手观音道：“糟糕！咱们只顾说话，倒差些将大事忘了。你那透骨钉上喂的是什么毒？悟性大师他还有救吗？”仅这少时工夫，悟性大师脸色已赫然完全变黑！毒手观音奇道：“你要救他？”布袋和尚道：“他还有救吗？”毒手观音道：“倒不是那种见血封喉的毒药，解药我也有的，但我却为何要救他？他先前不是想取你性命吗？！”布袋和尚笑道：“悟性大师身为当今少林方丈，怎么要取我老叫花这条命呢！他也是受了黄龙令厉害毒药所制，早已迷失心性，这却怪他不得。请你看在老叫花面上救他一救如何？”毒手观音道：“既你如此说，我救了他便是。但如果我救活了他，他却又要与你拼命呢？！”布袋和尚挥挥右臂，道：“老叫花又所惧何来！”毒手观音只得取出解药，弯腰去捏悟性大师下颌，想将解药给他喂下。哪料触手冰凉，悟性大师已然气绝多时了！

毒手观音大惊，道：“他已死啦！”布袋和尚心头一凛，连忙弯腰去探悟性鼻息，却哪里还有半分气在！布袋和尚立起身来，沉下脸盯着毒手观音。毒手观音惶然道：“我——”布袋和尚轻轻摇摇头，并没多说什么，转身对阮蛟道：“阮兄咱们走吧，你定有许多疑难要问老叫花，咱们边走边说。”言罢举步欲走。青青突然高声道：“老叫花你且慢走！”布袋和尚愕然驻足道：“姑娘有何话要说？”青青道：“你不能冤枉我师父。”布袋和尚哼了一声。

青青不再多说，弯腰从悟性尸体的膝弯处取下那颗乌黑发亮的透骨钉，然后撩起衣袖，露出雪白的左臂。毒手观音和布袋和尚齐声惊道：“青青你干什么？！”未等他们话音落下，青青早将那枚透骨钉插进自己左臂！三人均被青青的举动怔住了。刹那间青青那雪白的左臂已然变黑！青青伸出右手，对毒手观音平静地道：“师父，把那解药给我。”毒手观音连忙将一直捏在掌心、方才准备救悟性的那颗解药递给青青，道：“青青赶快服下！”青青接过解药，却未立即服下，只一笑道：“师父放心，徒儿省得。”布袋和尚已知青青之意，见状连忙道：“青青姑娘你快服下解药！”青青道：“老叫花你怎么说？”布袋和尚道：“是我错怪你师父了！”青青这才一笑，将解药服下，随即盘膝行功驱毒。毒手观音眼窝一热，差些掉下泪来，但她强自忍住。布袋和尚见毒手观音眼眶里泪花闪现，自知她心头所想，便走至她面前，抱拳施礼道：“老叫花自作聪明，错怪你了。老叫花这厢与你赔罪！”毒手观音淡淡地道：“姚大侠何须如此客气。侯玉音一介魔头，又怎敢劳姚大侠赔罪。”布袋和尚急道：“老叫花惭愧得很！”

毒手观音并不多言，俯身翻开悟性的眼皮，仔细察看一番，然后喃喃道：“没想到归心圣散竟如此霸道！”布袋和尚道：“悟性大师是因身中那黄龙令之毒致死的吗？”“悟性大师如何死法，姚大侠不是亲眼所见吗？”毒手观音依然淡淡道：“姚大侠，咱们就此别过。”布袋和尚一愣，道：“你——？”毒手观音看了青青一眼，只见此时青青面前滴了一摊黑血，她的左臂黑色已经褪尽。毒手观音道：“姚大侠好自为之。”未再多说什么，俯身抱起青青，头也不回地径自走了。望着毒手观音背影，布袋和尚想说什么，但终于没有说出来，毒手观音已走得不见踪影了，布袋和尚兀自呆呆地看着她背影消失的地方出神。

阮蛟道：“姚大侠。”布袋和尚竟未听见。阮蛟又叫了一声，布袋和尚才恍然醒悟，转眼看着阮蛟，苦笑一声道：“老叫花是什么狗屁大侠！”见阮蛟惶惑不安的样子，布袋和尚叹了一口气，道：“咱们先把悟性大师法体弄到车上，我慢慢再跟你说。”阮蛟道：“但听姚大侠吩咐。”弯腰将悟性尸体抱起向大车走去。布袋和尚兀自站在原地，苦笑着摇头。忽听阮蛟惊道：“咦！姚大侠你快过来。”布袋和尚连忙奔过去道：“出了什么事？”阮蛟抱着悟性尸体站在车门口，满面惊讶地道：“车厢里还有一个死人！”布袋和尚也是大奇，掀开车帘一看，也是大吃一惊：“是她！”车厢里躺着的赫然是当今峨眉派掌门人绝因师太！阮蛟道：“她？她是——？”布袋和尚道：“绝因师太。”阮蛟更是大奇：“绝、绝因师太？那不是峨眉派掌门人么？她怎么会死在这车厢里？！这，这到底是怎么回事？！”他哪里知道绝因师太早就被黄龙令任命为第五巡察。此时正是被大巡察悟性大师捉了前去归令的，并且她也没有死。

原来绝因师太虽一介女流，但却疾恶如仇，刚直不阿，并且性如烈火，比须眉更胜三分，历来望重武林。在黄龙令出现江湖的前几日，千杯不醉胡醉曾暗访过她一次，并把自己所疑尽数告之于她。她当即大怒，言道只要那人稍有行动，便不惜以整个峨眉派与他决一死战，后经胡醉劝阻才作罢。胡醉告辞之后，她越想越危急，便唤了掌门弟子封小眉到密室，言自己行将坐关，将全派事务嘱她代管，自己却秘密下山，与胡醉一般在江湖暗察。后黄龙令有所行动，右护法智桐化成灭尘道长前来擒她归令时，掌门弟子封小眉说师父正在坐关，智桐不信，硬闯绝因时常坐关之所，发现并无师太，便杀了几个峨眉弟子，悻悻下山（只因智桐这一化装，给武当和峨眉两派种下了怨根。此是后话。——笔者按）。峨眉派方始发现掌门失踪，先后派了几拨人下山寻找，却都没有下落。数日前绝因师太在汉水之畔，偶遇少林方丈悟性大师，绝因师太不知悟性实为黄龙令所派，大意疏忽，不料便此中了道儿，被悟性以归心圣散所迷。川楚地带，最是峨眉势力，悟性不想多惹麻烦，便雇大车将绝因师太藏于其内。正巧遇见阮蛟从云南给点苍派报信回来，便言自己有要事在身，托阮蛟代为驾车。悟性大师乃当今少林方丈，德高位尊，阮蛟不疑有他，便即应了，一路驾车到此。直到突然遇到布袋和尚姚鹏，才弄出这许多事来。

却说布袋和尚见绝因师太虽双目紧闭，但却意态安详，伸手一探鼻息，顿觉了无异状，恰似睡熟了一般。便道：“她没有死，只是中了迷药而已。”

阮蛟道："真的吗？悟性大师这法体怎么办？"布袋和尚见这大车甚宽，足可坐得下六七人，便道："先将他放入车内再说。"阮蛟依言将悟性尸身放入车厢另一侧，道："现在咱们到哪儿去？"布袋和尚想了想，道："且先将悟性大师遗体送回少林再说。"阮蛟道："但凭姚大侠吩咐。"二人驾了车，一路北上。路上布袋和尚问清阮蛟替悟性驾车缘由，便将黄龙令之事细细告诉了阮蛟。阮蛟听罢嘘唏不已。阮蛟问起毒手观音，布袋和尚便把她们师徒的来历及遭遇尽数告诉了他。阮蛟得知后良久不语，最后长叹一声，道："真没想到她们竟有如此多的曲折！初时我还怪道姚大侠你怎么会和一介魔头走在一起。"又道："千杯不醉胡大侠竟然是她师弟，若不是姚大侠你亲口说出来，打死我也不会相信的。"布袋和尚也感触良多，道："世间事本来就难测得很。"自此二人一路谈谈江湖中事，评评江湖人物，倒也颇不寂寞。

第二十九回

七十五

陡见独孤樵与人打了起来，玮云大惊。不做他想，顿即扑将过去。此时玮云身手，已然可列一流高手之林，三四个起落，便已扑到三十丈开外独孤樵与人打斗之地。更不打话，举剑便刺正与独孤樵对敌的那人背心！才刚递出半招，突见斜刺里又有人一剑刺向自己左肋。玮云先求自保，回剑一格，只听当的一声，那人手中之剑竟然把握不住，落在地上。玮云冷笑一声，转过身来，手中三尺青锋同时刺出。噗的一声，长剑已然刺穿那人左肩！玮云正想手腕一抖，挑断对方琵琶骨，废了他的武功。突然！两人都是一阵战栗！一切都已凝固不动！

被玮云长剑刺穿左肩的，是白马书生柳逸仙！柳逸仙的眼里流露出怀疑、痛苦、茫然……最后竟是慈祥的父爱！玮云一阵惊惧，一阵茫然，最后像在梦幻之中似的轻轻道了一声："爹爹？"柳逸仙微微地笑了，正像所有父亲看见久别的调皮女儿正在做一桩恶作剧那样，从他眼里流露出来的，是说不尽的喜爱之情。柳逸仙微微点头，轻声道："玮云。"玮云握着长剑的手颤抖起来。她一阵昏眩，身子便软绵绵地倒了下去。晕晕沉沉中，她只听见在很遥远的地方有个人道："胡醉，不过百招你也奈何不了我千面狐，我打不过你，但却逃得过你，恕智桐不再奉陪了！"之后她便什么也不知道了。

却说方才与独孤樵打架的，正是千杯不醉胡醉！胡醉和柳逸仙那日在黄龙令的一个龙亭打伤悟净，却被玉女救走之后，二人一合计，均觉既然胡醉已公然现身，那黄龙令令主定不会坐视，定然将在近期采取重大行动。便决定到嵩山少林会晤悟明大师，以少林的名义招贴天下英雄，择期与黄龙令决一死战。计议既定，二人便昼夜兼程赶道，不料在此遇上了独孤樵。

柳逸仙一见独孤樵，大喜道："独孤小兄弟，不认识老朽了吗？"独孤樵却似有些惊惶和茫然。柳逸仙近二十年隐身柳家堡，并不在江湖现身，难怪独孤樵并不认识他。柳逸仙见状道："独孤少侠不认识老朽了吗？我是柳逸仙呀？！"独孤樵这才道："哦，原来是白马书生柳逸仙柳老英雄。"柳逸仙被他的回答弄得丈二和尚摸不着头脑，自言自语道："这——？"胡醉见状已然起疑，便一抱拳道："独孤兄弟，别来无恙乎？"独孤樵陡见柳逸仙身旁的一个大汉向自己行礼，心中惊疑不定：看他目光精湛，显是内功高手，却不知他是谁，他怎的又会认识独孤樵了，莫非——？却说这个独孤樵，实是千面狐智桐所扮。千面狐智桐的易容之术独步天下，且当时玮云意乱神迷，这才上了他的当！

此时见胡醉抱拳施礼问讯，智桐脑中突然闪过一个念头：莫非他便是胡醉？便也一抱拳道："还好，你呢？"胡醉有意试探，便盯着他的眼睛道："咱们喝酒去。"若是独孤樵，定然会问为什么要去喝酒，因为人是要高兴了才喝酒的。但智桐却不知独孤樵喝酒会有这些讲究，便顺水推舟地道："好，咱们这便去喝个痛快！"眼里闪过一丝奸诈的笑意。独孤樵的眼睛，天下实在找不出第二双来，胡醉虽与独孤樵只那晚在酒店里有一面之缘，但那眼睛太过独特，给他留下的印象至深。智桐虽精于易容，但也仅易"容"而已，独孤樵那"神"，却是他易不出来的。胡醉见他如此说话，且眼中闪过一丝奸笑，顿即知道他是谁了。陡地欺身过去，暴喝道："千面狐你这魔头，难道竟瞒过我胡醉么？！"招随声起，凶猛内力已然发出。

智桐大惊：他果然便是胡醉，但却没料到他说打便打！百忙中双掌一错，硬接了胡醉一招，身子已被震退了一步。二人皆是心头一凉。胡醉想：这魔头并非浪得虚名之辈，功力比我竟弱不了多少！智桐想：百闻不如一见，这胡醉的功力确实比我略高一筹，今番却不能与他拼命，还是觑个机会，溜之大吉为妙！智桐既如此想，便招招只取守势，胡醉一时倒也奈何他不得。待玮云扑击过来，胡醉略一分神，竟给了智桐脱逃之机。

一个倒翻飞身，智桐已跃至五丈开外，胡醉正欲追击，却听得当的一声，柳逸仙手中长剑已被玮云击落。转身欲救柳逸仙，但已是来不及了，玮云手中长剑赫然已洞穿柳逸仙左肩！玮云只须手腕一抖，柳逸仙势必武功全废！但她持剑之手却似凝固。再看柳逸仙，却了无痛楚绝望之色。胡醉情知有异，顿即收式待变。随即得知玮云竟是白马书生的女儿，胡醉也是心头大震。转念一想：定是玮云被智桐所骗，以为他真是独孤樵，这才拼死来救，却失手伤了自己的生身之父！顿即大怒，转身再寻智桐，却见此时他已身在三十丈外，再追也追不上了。

胡醉怒道："千面狐，今日让你逃得一命，改日却休要让我再遇上了你！你该知道我千杯不醉取你性命并非难事！"智桐道："好说，好说！这点自知之明我千面狐倒是有的。不过我与你胡大侠往日无仇、近日无冤，你却为何要取我性命？"胡醉道："你装神弄鬼地害人，我胡醉便是看不惯也气不过。"智桐道："装神弄鬼倒是有的，害人倒也并不见得。难说哪日我千面狐突发誓心，竟会变成你胡大侠模样去干一两桩行侠仗义之事呢！"胡醉道："你若不害人，柳姑娘又怎会这般伤了亲身父亲？！"智桐奇道："什么？你说玮云是柳老爷子的女儿？"胡醉怒哼一声，未作答。智桐突然一阵怪笑，对肩头兀自插着长剑、弯腰抱起已昏过去的玮云的白马书生柳逸仙道："我千面狐今日倒真是有眼不识泰山了。"

胡醉惊问道："智桐你说什么？"智桐奸笑道："我说我千面狐今日倒真是有眼不识泰山大人了。""泰山"乃丈人之意，胡醉和柳逸仙哪有听不出来之理！柳逸仙心头大震，忙撩起女儿衣袖。却见玮云臂上的守宫砂已荡然无存！柳逸仙怔怔地说不出话来。却听智桐道："柳老爷子，到有了孙子时，别不让人告知我这亲生父亲一声！"胡醉暴喝道："智桐你这畜生，我——！"柳逸仙早哇地吐出一口鲜血！胡醉只得连忙将他扶住。智桐道："胡大侠请息怒，好生照看我那泰山大人，智某告辞了！”胡醉哪还有心思听他啰唆，见柳逸仙已然昏了过去，连忙掏出一颗小还阳丹塞进他口里，然后拔出兀自插在他肩头的长剑，飞快地敷上金创药，包扎停当。见他已微微睁开眼睛，胡醉对他点点头，微微一笑，这才又将一颗小还阳丹塞进玮云口里，运内力助其服下。

立起身来，却见柳逸仙在向他轻轻招手。胡醉靠过身去，只听柳逸仙道：“多承胡大侠相救，我已然没事了。”胡醉道：“柳老前辈说什么话！”又道：“柳姑娘只是一时气急，以致神志昏迷，我已给她服下一粒小还阳丹，最多再过得半个时辰，便会没事的了。”柳逸仙道：“大恩不言谢！小女遭此大难，我怕她再在江湖上会有何不测……”胡醉道：“正该带柳姑娘回去好生将息。”柳逸仙道：“柳某本欲紧随胡大侠后以效犬马之劳，不料……唉！”胡醉道：“天下事都难料得很，谁又知道会发生这样的事呢！不过柳老前辈但请放心，智桐那畜生，我迟早会取了他的首级，送到你柳家堡去的！”柳逸仙紧紧握住胡醉的手，说不出话来。胡醉又道：“柳姑娘昏迷过去之时，尚不知道与我对敌之人实是智桐而不是独孤樵，你看——？”柳逸仙道：“我正想与胡大侠讨个计较呢，若让她知道是千面狐智桐那畜生，还不知会是怎样结果呢！”胡醉道：“柳老前辈这便送柳姑娘回去，就说我想考校考校独孤兄弟武功，看看是否能带他去与黄龙令周旋。现我已将他带走了。柳前辈你看这法子可行么？”柳逸仙道：“好是好，就只怕独孤小兄弟那边——”胡醉道：“独孤兄弟那边我会去关照他的。”柳逸仙道：“如此有劳胡大侠了！”胡醉道：“柳老前辈何必客气，倒是好生照看柳姑娘要紧。”又道：“柳姑娘便要醒来了，让她看到我在这儿却有些不方便，胡某这便告辞了。”柳逸仙道：“他日有暇，还请胡大侠到我柳家堡来喝酒。”胡醉哈哈一笑，道：“那迟早总是要叨扰的。”话音未落，人影却已不见。柳逸仙抱起女儿，也自回柳家堡。不提。

七十六

毒手观音抱着青青行不到一里，青青已嘤的一声醒来。青青睁眼便道："师父，姚大侠呢？"毒手观音淡淡地道："人家一介大侠，怎会和你师父这种魔头走在一起呢？"青青急道："师父你快放我下来。我已然没事了，难道师父你竟要抱着我一辈子吗？"毒手观音一笑，将青青放下来。青青朝四周一看，不见布袋和尚踪影，又看师父，却见师父装作不知青青正在看她。青青已知端的，却故意道："嗯哼！臭叫花有何了不起，谁又稀罕跟他在一道了！师父咱们走吧，以后咱们永不见他老叫花的面也就是了！"果然听得毒手观音道："也不能怪他，是为师自己要走的。"青青道："师父你不说，我也知道定是你老人家自己要走的。"毒手观音宠爱地瞪了青青一眼，故作生气地道："你怎么又知道了。"青青道："因为姚大侠并不是那种欺负咱们妇道人家的人。"毒手观音突觉委屈，只哼了一声。青青道："并且我还知道师父你现在在想什么！"毒手观音调侃道："咱们青青今天怎么突然变得那样聪明了！"青青道："倒不是青青变聪明了，只因师父有些心虚。"毒手观音只觉面颊发烫，便装怒道："鬼丫头再说，看为师不撕你嘴！""呀！"青青突然惊叫一声！毒手观音连忙道："青青怎么啦？！"青青道："师父你的脸红得真好看呀！"言罢咯咯笑着就跑。毒手观音在后面边追边道："鬼丫头你站住，看我怎样撕你嘴！"青青却还是咯咯地笑，并不停下来。

师徒俩一前一后地跑了大约五十丈，突闻旁边有人笑道："青青姑娘什么事这么好笑呀？"青青骇然驻足，却发现右边两三丈远的地方，江湖浪子童超正站在一块巨石前笑吟吟地看着她。青青喜道："我道是谁，吓了我一跳，原来是你呀！你怎么会在这里？"童超尚未回答，毒手观音已然赶上，见了童超也是一喜，道："童少侠原来是你。"童超拱手一拜，道："侯前辈您好！"毒手观音道："童少侠何须如此多礼。"又道："童少侠怎会在这儿？"童超道："家师不幸身中黄龙令剧毒，童某欲寻胡醉大哥救治，不料日前竟撞入黄龙令总坛，便——”“黄龙令总坛？！”毒手观音大惊，打断童超的话道：“童少侠见着那黄龙令令主了吗？！”“未曾，”童超道，“但童某却和他隔着墙谈了许多话。”接着把自己所知全告诉了毒手观音。

毒手观音听罢良久不语。青青却道：“那令主说你与胡师叔联手也不是他对手，倒未免太口吹大气了！”童超道：“他并未口吹大气，我和胡大哥联手恐怕真的只敌得住他三招。”接着又奇道：“胡师叔？你叫胡醉师叔？”“胡师弟师尊酒仙翁前辈与家师曾是拜兄，”毒手观音道，“我也是日前听酒仙翁老前辈亲口说出来才知道的。”童超眼睛一亮，道：“侯前辈见着酒仙翁老前辈了吗？有他老人家主持大局，对付黄龙令便多了几成胜算啦！”哪料毒手观音神情一黯，低声道：“他老人家已然仙逝了。”“什么？”童超大惊道，“难道竟有人能害得了酒仙翁前辈么？！”见童超一副不解的样子，毒手观音便把自己近日来的奇遇原原本本地告诉了他。江湖浪子何等豪荡不羁之人，竟也被她们师徒二人身世的不幸所感动。听罢毒手观音的话，童超并不言声，只默默地看着青青。青青心头一酸，低下头去。

突见巨石后跳出一个人来，冲毒手观音师徒一拜道：“郃盛轻信江湖谣言，以至对侯前辈师徒多有冒犯，今日方知真相，郃盛陪罪了！”原来初时郃盛不愿见毒手观音师徒，和楚通、皇甫呈以及连城虎待在巨石之后，后听得毒手观音诉说生世，皇甫呈、楚通和连城虎三人虽穴道被点，口不能言，但耳朵却还是听得见的。郃盛却再也按捺不住，就此蹦了出来。在毒手观音见郃盛突然跳出来行礼赔罪，也连忙还礼道：“郃二侠太客气了，侯某也有得罪昆仑之处，还请郃二侠多多担待。”突听童超大声道：“酒仙翁前辈虽已仙逝，但却造成了个姚鹏姚大侠，这只怕黄龙令主并未料到！哈哈哈！！”众人正心头沉闷，突听得童超狂笑之声，顿觉精神一爽！似是受了童超感染，毒手观音眉毛一扬，也高声道：“对！现在却不是悲戚的时候。”

童少侠，让我看看令师所中之毒是否能解？”童超喜道：“家师和皇甫前辈、连老英雄是中了黄龙令的归心圣散，以至迷失心性，侯前辈你看尚可解么？”毒手观音道：“侯某家师所炼辟毒丹虽不似酒仙翁前辈所炼万邪辟毒神丹那般奇效，但区区归心圣散，倒也难不住我毒手观音！”言罢便即以内力辅佐药物替无敌神掌楚通、追风剑客皇甫呈和雷音掌连城虎解起毒来。郜盛和青青轮流护法，童超以内力助毒手观音，连续两天两夜之后，三人所中毒性已然驱尽！说起往事，三人又羞又愤，几欲咬碎钢牙，发誓要与黄龙令血战到底！

童超禀告了师父楚通自己又有从未见面的记名师父一事，楚通大喜过望，心下已定了童超为本派掌门弟子。客套之后，众人合计如何招贴天下英雄，在一月之后的重阳节与黄龙令决一死战。童超道：“少林乃武林泰山北斗，咱们这便速去少林，请悟明大师遍撒武林贴如何？”众人均觉有理。吃过干粮，一众人马即奔少林。

却说小六寻玮云不着，心头大是焦虑。乱走乱撞，这日竟走到离少林不足百里的这个小镇上来。此时小六身无分文，腹中饥肠却是如鼓般轰响。好在他做惯了小叫花，倒也不觉为难。只大摇大摆地走进一家饭馆，见有客人起身，端起人家吃剩的残羹便吃。正自吃得痛快，突听一个熟悉的声音高声道：“一斤牛肉，一碗鸡丝面，一斤酒。快！”小六抬眼一看，却不是独孤樵是谁？！虽只与独孤樵在洛阳见过一面，但小六此时举目无亲，偶见一个熟人，他自是心头大喜。连忙走过去，冲独孤樵嘻嘻一笑道：“你还记得我这小叫花吗？”没料独孤樵把眼一瞪，厌恶地道：“去去！！”小六没来由地受这鸟气，倒也并不生气，又嘻嘻一笑道：“哟！不认识啦，那晚小叫花在洛阳等了半夜给你传信，你说要是有银子便给我小叫花一块，此时你有了银子，却在这儿吃独食，不想理我小叫花，装作不认识啦？”独孤樵大惑不解，瞪着小六道：“你要再不滚，当心爷爷扭断你脖子！”

七十七

小六见独孤樵翻脸不认人，便一吐舌头，装作害怕的样子踱到一边去，心里盘算着怎样给他吃些苦头。小六却哪里知道，自己方才已到鬼门关走了一遭。这根本不是他在洛阳见过一面的那个独孤樵，而是那个前一晚刚刚骗害了玮云的千面狐智桐！

智桐与胡醉大战一场，逃得性命出来，又累又饿，就到这小镇上来，打算吃些东西后便回总令，启禀令主胡醉在江湖公然现身之事。若让他知道眼前这个脏兮兮的小叫花竟是布袋和尚姚鹏的弟子、玮云的师弟的话，那小六纵有十条小命，便又怎能保住！小六却哪知厉害，兀自寻思怎样给独孤樵吃些苦头。见独孤樵兀自喝酒吃肉，小六悄悄抓了一大把盐，等店小二端上鸡丝面时，小六似不注意地迎上去撞了他一下。小二怒道："小叫花你没长眼么？"小六嘻嘻一笑道："难道你又长眼了吗？"一把盐却已撒进小二手中的面碗里。

小二不想和一个小叫花争吵，咕哝一声，竟自将面端到智桐面前，媚笑道："客官还要什么只管吩咐。"智桐不睬，端碗便吃。一筷入口，顿觉咸得发苦，噗地吐了出来。怒道："他妈的！这面如何能吃！"小二一愣："这——这——"地说不出话来。却听小六在那边嘻嘻一笑，自言自语地道："可不是吗？这面如何能独吃！"智桐大怒道："原来是你这小叫花弄鬼！"一步迈过去，伸掌便往小六脸上拍去。他本想给小叫花一耳光，让他知道厉害也就是了，倒未使出内家真力。不料一掌竟未打着！

智桐咦了一声。小六孩子心性，见对方并无内力发出，且自己轻轻松松便已躲开，还以为对方也并不怎么样。便道："想打架么，让你也识得我小叫花的厉害！"一掌拍出，竟然是正宗的降龙十八掌招式！智桐接了一掌，发觉小六的掌力居然不可小觑！并不发掌相逼，待小六第二招"飞龙在天"又击出时，智桐再不疑有他。接了小六第二招，智桐冷冷地道："胡醉是你何人？！"眼里已掠过一丝杀机！他方才吃足了胡醉降龙十八掌的苦头，此时见这个小叫花居然也会此掌法，自是不会轻易放过小六了。小六却嘻嘻一笑，道："胡醉又是你何人？对啦，他若是你大爷，那我便是你小爷了！"智桐大怒，变掌为爪，抓向小六胳臂，心想先废了他一条臂膀再说。小六见来势凶猛，不敢硬架，闪身却已来不及，一条手臂眼看要废！突然，眼前白影一闪，智桐抓向小六的那只手已被另一只软绵绵似是柔弱无力的手握住，再发不出一丝内力！智桐大惊，睁眼一看，真吓了个魂飞魄丧！真个是假李逵遇着了真李逵，来的正是独孤樵！

众食客方才见智桐和小六游斗，只道一个食客教训小叫花实是常事，倒也并不在意，此时突然出现另一个一模一样的人来捏住先前那人的手，无不惊讶得说不出话来！小六早已闭上眼睛，不忍看自己的一条手臂如何在智桐手下折断。不料却不见智桐手爪落在自己臂上，睁开眼来，蓦然见眼前又多了一个独孤樵。饶是小六机灵万变，也自惊得目瞪口呆。这时木叶婆婆也跑了进来，见状笃笃两下便点了智桐穴道！然后将他提起，对独孤樵道："咱们走。"径自先出门去。

小六这才反应过来，对独孤樵道："你才是独孤少侠吧？"独孤樵道："我叫独孤樵。"小六又道："那先前那人是谁？"独孤樵道："我已经和他说过一回了，要他最好还是用自己的脸，不要带着别人的脸走路，那样不好。"小六道："他到底是谁？"独孤樵道："木叶婆婆说他叫千面狐智桐。"原来是他！小六恍然大悟，不禁为先前自己的大胆暗自心惊。随即又得意起来：我小六倒也敢惹江湖四大魔头之一的千面狐智桐哩！见独孤樵出门，小六便也连忙跟上。

到了独孤樵他们下榻的客栈，木叶婆婆早将千面狐智桐关了起来。见独孤樵和小六进来，木叶婆婆笑道："小叫花从洛阳追到这儿，莫非是想讨回婆婆许下口要给你的十两银子吗？"小六也笑道："若讨银子，独孤少侠也要给我一两呢。"独孤樵奇道："我什么时候差了你一两银子，怎么连我自己也不知道？"小六道："那晚在洛阳，童超童少侠给了我一两银子，叫我传话与你，就说他已来少林。当时你说若你有银子便也给我一两，难道独孤少侠竟忘了么？"独孤樵道："对，我现在想起来啦，我当真说过这话，只是我现在也还没有银子，这却怎么是好？"木叶婆婆笑道："小叫花若真想赚银子，你便像在洛阳那次一样，替我找回玮云来。这次我出二十两，两次加起来一共是三十两，再加上独孤少侠的一两，全部是三十一两，一次给清，婆婆我绝不食言。让你小叫花也当几天阔少，你看如何？”小六神情一黯，道：“木叶婆婆说笑了，我也正到处寻找我师姐呢。”木叶婆婆道：“师姐？你师姐他怎么啦？”小六道：“我和师姐本是与童超他们走在一道的，但——”“童超？”独孤樵突然道：“童超还没有被人杀掉吗？”小六奇道：“谁说童少侠被人杀了？”独孤樵道：“有人要杀他，我急得不得了，但就是找不着他。还是木叶婆婆说得对，童超不会被人也杀的。他在哪儿？我们这就去找他！”

木叶婆婆道：“独孤公子却无须如此慌忙，既知童超下落，咱们等会儿再去找他不迟。”又对小六道：“你师父的下落有消息了吗？”小六黯然道：“没有。”木叶婆婆道：“到底是怎么回事？”小六便把这些日子来的经历一五一十地告诉了木叶婆婆。木叶婆婆听罢道：“胡大侠还是没有音讯，这却如何是好，少林寺那帮和尚还等着他去救治呢！”小六惊问道：“怎么？少林寺的和尚也中了黄龙令的归心圣散吗？”木叶婆婆道：“是千面狐这魔头害了少林火头僧无慧，又将点苍派掌门段一凡化装成无慧模样去下的毒。幸好那段一凡下毒未满十日，便被天山二怪去误打误撞地捉了下来。少林一干和尚虽中毒不算太深，但也个个神性委顿，死气沉沉的了。”小六道：“千面狐这魔头委实可恶，咱们这便宰了他吧！”木叶婆婆道：“咱们将他送去给童少侠发落吧，独孤公子是不准杀人的。”“对对！”独孤樵道，“咱们这便去找童超，小六你领路。”“这倒简单，”小六道，“现在就走吗？”木叶婆婆道：“稍候片刻，我去叫了天山二怪一道走。”出了屋去，少顷又折回来，道：“怪哉！方才我出门去找独孤公子时他们还在呢，现在却不知他们到哪儿去了。连灭尘道长也不见了，这两个老怪物行事可真邪透顶啦！”“灭尘道长？”小六道，“他们怎么会和灭尘道长待在一起？”“也是他们捉了来的。”木叶婆婆道，“灭尘道长中毒甚深，让那两个老怪物看住他也好，咱们这就走吧。”独孤樵迫不及待地先出了门。木叶婆婆一笑，去隔壁挟了千面狐智桐，跟着独孤樵和小六去寻童超。

第三十回

七十八

胡醉大步流星赶往少林。这日申酉时分，突见前面不远处有三个人影，似是都不年轻，但却煞是古怪，其中一人骑在另一人肩上，第三人正用树枝抽赶那被骑之人。胡醉走近一看，却见那被人当马来骑的人竟赫然是武当掌教灭尘道长，那骑在灭尘道长肩上的，除牧羊童阳真子外却又还会是谁？赶人的自是牧羊女梅依玲了。

天山二怪之邪真是天下绝无仅有。只因那日灭尘道长使诡计制住他们，迫阳真子背着走了好一段路，今日待木叶婆婆和独孤樵出门之后，他们闲极无聊，便一报还一报，将灭尘道长带到镇外，当作马来骑了。"驾！驾！"灭尘道长满面怨毒之色，却苦于穴道受制，作声不得。胡醉看得又好笑又好气：人家灭尘道长堂堂武当掌教之尊，你天山二怪不知天高地厚，竟将人家当了马骑。若让武当门人看见，纵你二怪武艺高强，也非被人家碎尸万段不可！于是高声道："是天山二怪么，能否请阳前辈下来和胡醉说话？"二怪这才看见胡醉。阳真子奇道："咦？胡醉还活着吗？"胡醉大笑道："若非活着，此时又怎能与你说话？"阳真子道："就算你还活着，我却为何要下来与你说话？"胡醉道："因为灭尘道长又不是马！"阳真子怒道："莫非你是说我是马吗？"胡醉道："我几时又这样说了？"阳真子道："我今日才骑他走了一小截，你就说因为他不是马便让我下来，但那日他骑了我一大段路，你却不叫他下来，这岂不是说我是马，应当被他骑吗？"当真道理古怪之极，胡醉哈哈大笑，道："我却未见他骑着你，否则便也叫他下来的。"阳真子道："这话还稍微有几分道理，反正我也骑得够了，这就下来吧。”

言罢跳将下来，走到胡醉面前，眯着眼仔细打量了胡醉一番，才道：“你真是胡醉？”胡醉道：“假不了。”“昔日的丐帮帮主，千杯不醉胡醉真的是你？”阳真子又问道。胡醉道：“正是区区在下。”阳真子突然转身对梅依玲高声道：“依玲你快过来看，他当真便是胡醉呢！”梅依玲在后边道：“他当真是胡醉又怎么样，我为什么要过去看他？！”阳真子道：“他多年不在江湖露面，我们都只道他已死了。现在他却又活了过来，这难道不是一桩稀奇古怪的事吗？咱们天山二怪倒是白捡了个稀奇看！”这话说得无理至极，但胡醉素知天山二怪邪怪无常，不可以常理度之，故也不和他们计较。梅依玲跑了过来，也是上下打量了胡醉一番，才道：“人死了居然还会活，果然古怪！”“这倒没什么古怪，”胡醉笑道，“因为我根本就没死过。”阳真子奇道：“你没死过，那江湖中人为什么没一个见得着你？不对不对！这定然是死过了的！”胡醉道：“此言差矣！若说不被江湖中人所见便是死过了的，那你们天山二怪近二十年不在中原武林露面，也定然是死在中原了，怎的又活了过来，岂不也是一桩古怪吗？我胡醉今日倒不可不看。”

天山二怪你看看我，我看看你，最后阳真子道：“那你没有死过也就是了，反正我和依玲也是没有死过的，没有什么稀奇，你便不看也罢！”胡醉道：“好说好说。”又道：“你们本事倒也真的不小，怎么竟然将灭尘道长抓了来当马骑？”二怪于是得意起来，你一言我一语地将怎样抓了无慧和无智，又怎样发现这两个和尚的古怪，最后又怎样被他们脱逃，气不过便去翻遍少林未见两个古怪和尚踪影，却抓了灭尘回来的事通通讲了一遍。胡醉越听越惊，道：“悟明大师和一干少林和尚当真是神情委顿、死气沉沉的吗？”阳真子道：“怎么不是，我和依玲找遍了他们少林的每个房间，他们却当作没看见，睬也不睬。大约是他们怕了我们天山二怪吧！”胡醉却知悟明大师等是服了黄龙令的归心圣散之故，不再多言，径直走到灭尘道长身前，“啪啪”两下点了他的昏睡穴，然后捏开灭尘道长下颌，将一粒万邪辟毒神丹送入他口中。天山二怪跟过来，愕然地看着胡醉。

胡醉道：“他中了毒，我这是替他解毒呢。”阳真子恍然大悟，道：“原来这臭老道是中了毒，我还道抓他时他怎的没有第一次和我们打架时那般厉害了呢。胡醉你赶快将他的毒解去，然后我再和他重新打过，要不人家还笑我牧羊童胜之不武呢！”胡醉道：“那你们到二十丈外去替我护法，他中的这毒奇怪得紧，光用药是解不了的，我也是得用奇怪的办法替他解毒，我不叫你们切不可过来，如此可好？”话音未落，却见梅依玲早已跑出二十丈外，阳真子也赶忙追过去，躲在树后为胡醉护法。胡醉一笑，忙将双掌顶住灭尘道长背心，将自己雄浑掌力送将过去，助灭尘体内真力将万邪辟毒神丹药力化开。

大约过了一个时辰，灭尘道长体内毒性尽去，运气一周天，面色红润地站了起来，见面前站着一个三十多岁年纪的彪形大汉，不禁奇道：“你是谁？”胡醉一抱拳，行礼道：“在下千杯不醉胡醉，拜见灭尘道长。”心下却是大奇：难道灭尘道长所中之毒竟比崆峒掌门焦砾子和点苍掌门段一凡重得多么，前些时替他们去毒之后，他们还能认出我来，且尚知自己所行之事，此时看灭尘道长，却似对先前自己经历一无所知似的！果然听得灭尘道长回礼道：“原来是胡大侠，什么好风将你吹到我武当——咦？！这是哪儿？”胡醉觉得已没必要瞒他，便把黄龙令作恶江湖，灭尘道长已然身受其害之事细细告之于他。灭尘道长听后神色黯淡，良久不语，脑中渐渐隐约出现一些先前之事，不禁长叹一声。胡醉知他心思，故意避开话头道：“先前在下听人说少林寺一干僧众竟全中了黄龙令迷人心性的剧毒，正欲前往少林探视。少林武当历来望重武林，少林既已不幸，想必黄龙令也不会放过武当。灭尘道长不妨回去一观如何？”灭尘道长意气索然地道：“老道这便回武当去了，胡大侠多多保重。”胡醉从怀中掏出一小瓶万邪辟毒神丹，递与灭尘道长，道：“若武当有何不测，道长可将此药让众道兄服下。”灭尘接过瓶子，竟未再多说话，神情萧瑟地转身便走。

胡醉望着他的背影，轻轻摇了摇头，暗道黄龙令害人不浅！正欲叫天山二怪可以过来了，不料陡闻阳真子高声道：“兀那马车，不可过来！”远处果然有大车驶来之声。从大车上并且传来一个浑厚的声音：“为何不可过来，我老叫花可是从不绕道而行的。”好深厚的内力！牧羊童一怔：此人是谁？听其声音内力竟尚在我天山二怪之上。正不知该说什么，却见胡醉早已来到身边。只见胡醉哈哈一笑，冲大车道：“来的可是姚鹏你这假和尚吗？不知在哪里发了财，叫花子竟坐起马车来啦！”来的正是布袋和尚姚鹏和阮蛟。布袋和尚听出是胡醉，心头大喜，也哈哈大笑道：“老叫花虽没发大财，但总算没有喝了酒却付不出银子，险些被人打了一顿，幸得人家江湖浪子解囊相救！哈哈！哈哈！”哈哈声中，大车已然驶近。

不等大车停稳，布袋和尚已跃下，冲了过来。胡醉大笑迎上，道：“老叫花你还没死啊，你这把脏骨头倒也硬朗得紧了！”两双手紧紧握在一起。阳真子突然上前，冲布袋和尚咧嘴一乐，道：“你便是布袋和尚姚鹏吗？我打不过你。”梅依玲也跟上来道：“我也打不过。”布袋和尚一愣，道：“这——？”胡醉道：“这对贤伉俪便是称雄西域二十年的阳真子前辈和梅依玲前辈，人称天山二怪。”布袋和尚笑道，“原来是你们两个老怪物，多年不见，你们怎知打不过我？”“打不过便是打不过，这又没什么丢人，”牧羊童道，“你这老叫花还不错，不像别的白道中人那般假模假样，你叫我们天山二怪是两个老怪物，很好！很好！”突然又急转向胡醉道：“灭尘那臭老道呢？”胡醉道：“灭尘道长另有要事，已然走了。”阳真子不禁大叫：“可惜！可惜！”梅依玲道：“也没什么可惜的，下次再让咱们撞上，真子你再将他抓来当马骑便是。”阳真子大叫有理，却听得布袋和尚有如丈二和尚摸不着头脑，胡醉便把天山二怪方才告诉自己的事及灭尘道长去向尽数告诉了他，布袋和尚听罢也自称奇不已。

却见阮蛟提了一大袋酒过来，布袋和尚大喜，替他引见了胡醉及天山二怪，然后高声道：“今日阮兄请客，咱们便就在这里喝它个痛快！”均是大喜。坐下身来，每人先喝了一大口酒，布袋和尚忽问胡醉道：“你可遇上你师姐了？”“我师姐？”胡醉大奇道，“我哪儿来的师姐？老叫花莫非你才喝一口酒就醉了吗？”布袋和尚道：“你不知道？”见他说得慎重，胡醉更是疑惑，道：“我一点儿也不知道。”布袋和尚神情一黯，道：“咱们且别忙喝酒，待我将这段日子的所见所闻先告诉你。”于是将自己近来所见所闻和所经历的事原原本本地说了出来。连天下最邪怪最不买人账的天山二怪，都被布袋和尚所遇事情之奇和毒手观音师徒身世之不幸所吸引，居然没有插话打断布袋和尚话头。胡醉听罢沉默良久，然后突然劈手从布袋和尚手中抢过酒袋，直似灌水似的灌进口里。那袋酒足有二十几斤，却被胡醉一口气全部喝光！天山二怪看得眼睛发傻！阳真子痴呆呆地道："有这般喝酒的吗？我牧羊童倒是平生从未见过！"梅依玲道："要不人家怎会叫千杯不醉！"阳真子第一次没和梅依玲争理。

胡醉扔下酒袋，平静地对布袋和尚道："悟性大师法体和绝因师太都在车内吗？"布袋和尚点点头。胡醉道："咱们去少林。"然后转过身，走向大车。他转身的时候，布袋和尚见他不经意地用衣袖擦了一下眼角。待胡醉进了车厢，布袋和尚才站起身来，对阮蛟道："走吧。"又对天山二怪道："你们两个老怪物打算去哪儿？"阳真子道："我们也去少林。"阮蛟驾了车，布袋和尚和天山二怪跟在车后，直向少林赶去。路上胡醉救醒绝因师太，解了她所中之毒。绝因师太性如烈火，便要找人拼命。但见悟性大师已然尸体在侧，不禁唏嘘。胡醉与她谈了自己的打算，绝因师太道："正该如此。"然后胡醉才将布袋和尚和天山二怪叫上车来，引见了绝因师太，绝因师太自是谢过布袋和尚。不提。

第三十一回

七十九

小六带着独孤樵和木叶婆婆出了镇来，行不数里，迎面便遇着了童超、毒手观音、青青、楚通、皇甫呈、郜盛和连城虎一干人众。独孤樵见童超兀自好端端活着，早跑过去拉着童超的手，大喜道："你没有被人杀啊！我从洛阳赶来少林找你，你却不在，我着急得很。现在好啦，你还活着，我太高兴啦，咱们这便喝酒去！"童超笑道："好！今日喝它个痛快。那日在洛阳，我还欠着独孤兄弟一顿酒呢！"木叶婆婆上来与众人见过，又将千面狐智桐作恶少林的事说了，众人均气不过，楚通、皇甫呈和连城虎三人便欲立即杀了他，却被独孤樵阻住。童超道："好！今日大家高兴，杀了这魔头别玷污了手，咱们先将他带上，到了少林再做计较。"于是众人径往少林赶路，回到那小镇时，已是酉戌时分。寻了个饭馆，痛快地大饮了一场。独孤樵才饮两碗便自醉了，却兀自滔滔不绝地与童超说个没完。他的话说得既幼稚又不连贯，众人均觉好笑。

次日辰时上路，不过三个时辰已然赶到少林，却见无根和尚笑吟吟地出来迎接。路上木叶婆婆已将少林景况告诉了童超，此时见无根了无异状，木叶婆婆不禁奇怪，问无根道："怪哉，你们中黄龙令之毒已然解了吗？"无根合十道："阿弥陀佛，劳木叶令主见问，昨日午来，胡醉胡大侠和姚鹏姚大侠已然到此，胡大侠便将我少林所中之毒尽数解了。"童超闻言大喜，道："敢问无根大师，我胡大哥此时尚在少林吗？”无根道：“胡大侠此时正与家师在一起呢。众位英雄这便与小僧上山如何？”众人便跟了无根上少室山。早有僧人将童超、独孤樵一干人马已抵少林的消息飞报了悟明大师和胡醉。悟明大师便率少林众僧和胡醉、布袋和尚姚鹏、天山二怪、阮蛟等迎了出来。此时胡醉早已查明悟性方丈死因，确系归心圣散之奇毒与毒手观音所用之毒相激所至，且已告诉了悟明大师。故悟明大师对众人均极热情，唯独对毒手观音师徒仅一声问讯便过。毒手观音见姚鹏也在，知悟性尸体已被他送到少林了，故见悟明大师冷待自己，倒也不以为忤，心中反有一丝歉意。

正自热闹时，布袋和尚陡见木叶婆婆手中挟着的千面狐智桐，不禁大怒，眼中几欲冒出火来，高声叫道：“恶贱，你今日竟还想活命吗？”举掌便欲朝智桐当头劈下，却被胡醉止住。胡醉道：“此事等会儿再行了断不迟。”姚鹏已知玮云被智桐所害之事，故一见他面便欲施杀手，被胡醉止住后猛然醒悟：胡醉是怕他在盛怒之下将玮云的事说出，便愤愤地收了手。小六早跑出来，拉住布袋和尚的手高叫“师父”！布袋和尚慈爱地摸着小六的头，没有说话。木叶婆婆奇道：“姚大侠是与千面狐这魔头有何过节吗？我这便将他给了你如何？”布袋和尚道：“正是，姚某与这魔头不共戴天，不料老天有眼，今日竟犯在木叶令主手下，老叫花在此谢过木叶令主大恩！”木叶婆婆忙道：“是独孤公子捉下的，姚大侠却不用谢我。”布袋和尚便又谢过独孤樵。独孤樵道：“他带着别人的脸走路，这很不好。”惹得众人大笑。

笑罢胡醉才有空走到毒手观音面前，道：“师姐您好！”毒手观音也颇为感动，连忙道：“胡——胡师弟您好！”又叫青青道：“快过来见过师叔。”青青早已盈盈下拜，道：“胡师叔您好。”“好，好！”胡醉扶起青青，大笑道：“胡醉好福气，竟有这样一个美丽的师侄女。”弄得青青一个大红脸。众人又自喧谈一番，这才由悟明大师引入庙门。

晚上悟明大师和胡醉召众人计议，定于明起悟明大师以少林名誉招贴天下武林豪杰，于九月九日重阳节前汇集少林，待重阳那天与黄龙令决一死战。次日全寺僧众诵经念佛，送悟性方丈魂归极乐世界之后，僧众们便依悟明大师之命下山，分头传送武林贴。至此每日有江湖英雄陆续抵达少林。临近九月，各路江湖英雄已差不多到齐了。少林寺庙虽大，却哪里容纳得下。整个少室山上，便都密密匝匝地住满了人。胡醉每日和童超、悟明大师、绝因师太、布袋和尚和毒手观音等人关在屋里商议对付黄龙令对策。这日忽报武当灭性道长率众门人已然到了少室山。胡醉和悟明大师迎了出去，寒暄一番，互道了辛苦，胡醉问灭性道长灭尘掌教眼下如何，却见灭性道长面色一沉，道："敢劳胡大侠见问，敝掌门师兄他已然仙逝了。"众人大惊，忙问端的，才知灭尘道长回武当后，见众人果然神情委顿，便以胡醉给的那瓶万邪辟毒神丹救了众人。自己则闭关三日，零零星星地想起了自己身为黄龙令二巡察时的所言所行，不禁羞愤难当，便出关料理好武当派务，托师弟灭性暂摄掌教之职，待一切停当之后，便自绝身脉而亡了。众人虽觉灭尘道长大可不必如此自裁，但却不好多说什么。灭性道长便和胡醉等人一起进入寺内，路上将众人计议告诉了他。灭性道长说如此尚妥。

众人刚在方丈室坐定，一对绝美的少年男女突然鬼魅般跟了进来，两人均十四五岁模样。男的俊美无匹，只是神情间似乎透出一种诡异和高傲。女的俏丽绝伦，却是一派无邪清纯。那少男扫了众人一眼，最后盯住童超，道："江湖浪子，别来无恙乎？"童超一愣，道："你是金童？"金童傲然点点头，又转向胡醉道："那么你是千杯不醉了，却不知独孤樵是哪一位？"胡醉道："阁下好厉害的眼力，独孤兄弟并不在此屋中，不知阁下此来有何见教？"金童傲然道："见教不敢当，只是——"一直不开口说话的少女突然打断金童的话道："令主万岁关照我们不可多事的。"又对胡醉和童超道："我是玉女。令主万岁叫我和金童来送邀柬给你们的。"玉女声如莺啼，端的婉转柔美，众人顿时对她都有了好感。童超一笑道："你们令主倒真一信人耳！"玉女从怀里掏出邀柬，对童超道："我和金童上山时，见山上的人很多，大约这柬上所请之人尽皆来了，我们不认识每一个人，请你代我们传送如何？"童超接过邀柬道："这倒简单。"玉女粲然一笑，道："多谢！"一一扫过了众人一眼，道："悟明大师，胡醉，灭性道长，姚鹏，绝因师太，毒手观音，童超，金童玉女告辞了！”然后和金童倒纵出门，转瞬不见。

众人一愣，胡醉道：“小丫头好厉害的眼力，居然将咱们屋中之人猜了一个不差。”童超道：“他们是黄龙令主座前二侍卫，玉女不知道，金童的功夫倒与我差不了多少。”众人听了心头都是一凛，心想我方武功最强的，便是江湖浪子、胡醉和布袋和尚。连一个金童都与江湖浪子相差无几，那黄龙令倒是难对付得紧了。胡醉道：“且看着他们说了些什么？”童超便顺手抽了一张邀柬出来，却是写给胡醉的，只见上面写道：胡大侠：本令定于重阳节在武帝宫举行开典大礼，敬请观礼！未署名，只画着一条黄龙。胡醉接过笑道：“武帝宫？！好大的口气，我胡醉定去观礼！”邀柬一共十六张，除此时屋里七人每人一张外，尚有独孤樵一张，昆仑、鹰爪掌门各一张，其他江湖帮会五张，所有天下英雄合一张。“所有天下英雄？”布袋和尚道，“这黄龙令主气魄倒不小，但他招待得起吗？！”

第三十二回

八十

日月如梭，时光飞逝。转瞬便到了重阳时节。天下英雄早已从少林少室山来到先前童超与黄龙令主隔墙夜谈的那座寺庙。寺庙连日来大门紧闭。数千江湖豪客围在寺庙四周，虽是纷乱噪杂一片，但庙里却绝无动静。有性急之人早已越进庙内探查，却连一个扫地的僧人也没有，不禁大觉古怪。

好在重阳节这日终于来到了。辰巳之交时分，忽见金童玉女飘出墙来，将一块巨大的门匾安在寺庙正门上方，然后又飘入墙内。只见门匾上赫然写着金灿灿的三个大字：武帝宫。这座寺庙虽不算小，但也绝不算大，却哪里有宫殿气派！看得数千江湖英雄大哗。站在靠近庙门的胡醉等人微觉诧异，回头看时，却见远处千数之众的叫花子高唱《莲花落》，正向这边过来。丐帮来了，这倒丝毫不奇，奇的是丐帮打着的那面巨大旗帜。旗上赫然写着五个大字：丐帮帮主铁！看得布袋和尚双目暴火，骂了一声："铁镜这狗娘养的！"便欲过去废了铁镜。却被胡醉摁住。胡醉道："且看他过来怎么说。"江湖中无一人不知丐帮当今帮主是号称千杯不醉的胡醉，胡醉隐身江湖之后，帮中事务交与副帮主铁镜代管。数年来一直风平浪静，没想此时胡醉复出江湖之事也无人不知了，铁镜却突然打出帮主招。这只有两种解释：要么帮中出了重大变故，要么铁镜不耐久坐帮中第二把交椅，已公然和胡醉挑战了！但丐帮为江湖第一大帮，帮规最是严厉，如此公然以下犯上之举，却是要受万箭穿心之刑的！铁镜身为丐帮副帮主，不会不知道帮规，却公然亮出叛帮招牌，胡醉不觉暗自惊心。

少顷铁镜率丐帮众长老及千余弟子来到庙门前。铁镜见了胡醉也似早在意料当中，只淡淡地道了一句："胡醉你好。""好！好你娘个屁！"布袋和尚大骂道："铁镜你那旗子是怎么回事？！"铁镜依然平静地道："姚长老何须如此动怒，有话不妨慢慢地说。"布袋和尚高声道："我老叫花偏要动怒！喂，齐长老、陆长老、徐长老，这到底是怎么回事？！"三个和布袋和尚同样身负八袋的长老竟然不说话，只微微低下头。"好！好！"布袋和尚怒极而笑，道："你们既然要背叛帮主，老叫花说不得只好代帮主向你们讨教高招了，是哪一位先上来？"胡醉摁住姚鹏，平静地道："姚长老休要激动。"又转向铁镜道："铁副帮主，胡醉散漫惯了，这些年帮中大小事务均由你照管，便是你要做帮主，那也是应该的。胡醉我也早有让贤之意，只是最近江湖出了黄龙令这等大事，委实不克分身。但我自忖并无愧对帮中兄弟之处，你何须如此作为？丐帮尚未废去我帮主之职，你如此做，自知依帮规该当如何。但我知必定事出有因。眼下大敌当前，却不是我们处理帮务之时。待此间事了之后，咱们再回帮中分说如何？"铁镜依然平静地道："如此甚好。"

胡醉不再多言，拉了布袋和尚回到童超身侧，刚道得一声"其中定有蹊跷"，便见那紧闭多日的庙门已轰然打开。千佛手任空行高声道："众位英雄既然来了，为何还不进来！"任空行名列四大魔头之首，内力自是非比寻常。虽数千人声纷杂，但每个人都能将他的话听得清清楚楚。胡醉对童超低声道："这魔头功夫似是更进一层了。"然后率先走进庙内。姚鹏、童超、悟明、绝因、灭性和毒手观音师徒紧随其后，独孤樵在青青之后茫然跟着。进了门，才发现这座寺庙只是一道门而已，或者说只是一个过道。童超早来过这里，倒是不以为奇，别人却是倍感诧异。众人跟着千佛手任空行直往前走，是一条微有斜坡的宽宽大道。两侧灯火通明，早已深入山腹，有些凉飕飕的。然后是一个足可容纳千人以上的大厅！大厅里金碧辉煌，确是一派皇宫气势，到处雕龙。大厅上方已摆好一张巨大案台，案台用黄绸铺着，上面有一纯金方盒发出光辉，却不知里面装的是什么。

后面是宽大的黄椅。龙椅！距案台约莫一丈的下方，摆着二十一把座椅，每把座椅上都写着一个名字。左边那一排依次是：任空行、悟性、侯玉音、绝因、楚通、悟净、梅依玲、段一凡、松青云、杨坤、柳逸仙。右边一排依次是：智桐、灭尘、金一氓、皇甫呈、阳真子、卢若娴、焦砾子、姚鹏、高峡、连城虎。正是黄龙令二护法、七巡察和十二信使之位。两排座椅正中上方，有一只蒲团，大约用来启禀武皇时下跪用的。大厅两侧靠墙各摆着一排凳子，每只凳子上写着名字，左边第一只凳子写的是胡醉，右边第一只凳子上写的是童超。共有一二百只。

千佛手面无表情地道："胡大侠、童少侠、各位英雄，请各自对号入座，少时万岁便要启驾，敬请各位观礼。"胡醉笑道："你们倒想得挺周到的，居然替咱们准备了座位。"任空行道："万岁圣旨如此。"便不再多言，竟去大厅上方中间左边的第一把座椅上坐下。童超等也各自寻了写着自己名字的凳子坐下。大部分没有凳子的人，便挤在大厅下方，有七八百之数。自庙门至大厅的通道上，也自挤满了人。少顷，玉蝴蝶金一氓、少林悟净大师、点苍段一凡、武当松青云四人分别从大厅左右角出来，面有得色地走到大厅正中央的那两排座椅上。于是那两排椅子的左边一排，第一、六、八、九位上依次坐着任空行、悟净、段一凡和松青云；右边一排只第三位上坐着金一氓，其余全都空着。一切都显得既肃穆又滑稽。

少顷，已是正午时分，突闻三声礼炮轰鸣。之后，一声"武帝驾到！"便见龙椅后面的墙壁徐徐裂开，一个身穿金黄龙袍的老者在金童和玉女的伴随下慢慢踱出。那老者约莫六七十岁年纪，身形并不高大，也不是目内精光似电，但却不怒而威，给人一种沉重的压抑之感。先前还是喧嚷噪杂的大厅，一待那老者出来，顿即变得鸦雀无声。老者目不斜视，缓缓到龙椅上坐定，金童、玉女自是分立两旁。这时一个教书先生模样的腐儒出来，手里捧着一卷黄纸，立在金童下首，看着坐在龙椅上的黄袍老者。黄袍老者微微睁开眼睛，冲那腐儒点点头。那腐儒便展开黄纸，摇头晃脑地念了起来。

江湖中人大都粗豪，并不懂“九五之尊”“始皇嬴政”之类的话是什么意思。经问旁人，才大概懂得几分，大意是说武帝今日登位，自今之后武林天下莫非武帝之土，武林中人莫非武帝子民，凡子民行事，均需武帝恩准……诸如此类。直念了半个时辰，几欲使人昏昏欲睡。但谁只要稍有出言相讥之念，武帝必会微微睁开眼睛，轻轻扫一眼，那人便顿觉若有寒流穿过全身，立即噤若寒蝉。腐儒念毕，与早已立起身来的任空行等人跪呼万岁之后，又另展开一册，却是说胡醉、童超和独孤樵三人怙悛不化，着即处死！原黄龙令右护法智桐、大巡察悟性大师为武帝效忠，以身殉职，追封为武烈公。诸如此类。

众人听得要处死胡醉三人，都是大感惊讶，急欲知武帝如何处死。胡醉却平静地坐着，只在念到他和童超与独孤樵的名字时，看了童超一眼，童超微微点头。再看独孤樵，却见他似是局外人一般，只怔怔地看着坐在龙椅上的黄袍老者出神。

八十一

事实上，独孤樵今日从一开始便觉得有些不对，待那黄袍老者出来之后，他的这种感觉更是猛然强烈。他的脑海中早已茫然一片，成了一块空白。他什么也不想，他只想定定地看着那老者。偶尔老者睁开眼睛时，独孤樵便从那眼神里看到一种叫他害怕的东西。那是一双平平常常的眼睛，和任何一个平常人绝没两样，并不像一般武功高强之人的眼睛那么深沉和尖锐，但就是从这双眼睛里流露出的那种叫不出名字来的东西令独孤樵浑身禁不住一阵阵战栗！这在他来说是从未有过的。他不想再待在这里了，所有这一切对他都并不重要。他应该走，甚至应该跑，跑到那个山洞，那个和道悟待在一起的山洞，四周是空寂深山，了无人烟，过他原来过的那种生活！但他几次苦苦挣扎，却都起不了身，从黄袍老者眼里流露出来的那种叫他害怕的东西，像一条坚韧的绳索，已将他紧紧地捆上了！他依旧呆呆地看着黄袍老者出神。

布袋和尚姚鹏似未听清，轻声问身边的木叶婆婆道：“他封千面狐智桐那魔头做什么？”木叶婆婆道：“武烈公。”布袋和尚哼了一声，没说话。原来此时智桐早已被他杀了，取了首级，叫雷音掌连城虎带回柳家堡交给白马书生柳逸仙，却关照不要让玮云知道。连城虎含泪而去，只怕此时智桐之头颅也成了柳家堡的夜壶也未可知。毒手观音自黄袍老者一出现就死死盯着他，目光里火光闪现。他与她有着不共戴天的血海深仇。时隔二十年才得亲见仇人，心中那份怨毒自然可想而知。青青却是一派茫然。黄袍老者是她的杀母仇人，却又是她的生身之父，她与他虽仇深似海，但亲生父亲这个铁的事实却不容改变，他使她一出生就成为孤儿，备受凄苦，但她……她只知道一点，她恨他，但却不会杀他！她不能！

那腐儒已将圣旨念完。任空行等人三呼万岁时，胡醉却突然哈哈大笑起来。黄袍老者并不睁开眼睛，只懒懒地道：“胡醉你却有何好笑？”胡醉道：“你这出戏很精彩，但演员却似乎少了一些，对吗？”黄袍老者仍未睁开眼睛，依旧懒懒地道：“并不算少，其实三个人便可唱一出戏的，事实上开锣时这出戏的主角只有你我两个，不过咱们唱的是对台戏而已。只可惜这戏马上要收场了，观众却还未尽兴呢。”“呢”字才落，只见千佛手任空行双手微扬，站在大厅下首的近百名江湖豪客突然跪了个齐刷刷一片！黄袍老者道：“胡醉你见了吗？”然后又提高声音道：“平身！”千佛手又双手微扬，那些突觉双腿一麻便即跪下的江湖豪客才觉一轻，受制穴道已然被解，连忙跳将起来，对着任空行怒目而视。千佛手任空行被誉为天下暗器功夫第一，此时微露一手，早已震骇全场，那些被他封穴下跪又由他解了穴的江湖豪客，却也只是敢怒不敢言。而任空行自己却像是什么也没发生，似乎方才暗器并非他所发，只毕恭毕敬地立在武帝下首。

胡醉也像并未看见刚才的一切，依旧平静地对那黄袍老者道：“但这出戏咱们演了这么多年，此时也该收场了。”黄袍老者道：“我也正有此意。你已认出了我，对吗？”胡醉道：“先前只是怀疑，此时已可肯定了。”“几时开始怀疑的？”“自从你被人‘杀了’之后。”“说下去。”“天下能杀你的人只有一个。”“谁？”“你自己。”“那么此时呢？”“也只有你自己。”“但我却还不想自杀，自古以来以武帝相称的，唯我一人而已，我还想再做几年武林皇帝呢。”“这可说不定。”“我和童超说过，天下事都得有个第一，武林皇帝也是。”“不，我的意思是说你说不定想死呢。”“什么意思？”“你虽有称帝武林之力，但以威力服人，却是天下所有帝王自取灭亡之道。比如说，此时我千杯不醉便想与你一死相拼呢！”“好！算我没有找错对手。童超你呢？我可是将你也算作对手的？”童超淡淡一笑道：“仅以武力怎能服人，我童超当拼死以报天下苍生！”黄袍老者道：“好！”正欲再问独孤樵，不料独孤樵突然道：“你不是你！”黄袍老者一愣。

便听胡醉道：“东方圣，你也用不着再欺蒙天下人了！”此言一出，厅里顿时大哗。外面未能挤得进来的人纷纷打听里面发生了什么事，待知原委后无不目瞪口呆。太阳叟东方圣，这个昔日白道武林盟主，急危好义的一代大侠，怎会是十恶不赦的黄龙令主狂妄至藐视天下的武林始皇！这绝不可能！但黄袍老者只是轻笑一声，道：“胡醉你说得不错，好戏即将收场，又何必再用面具。”手掌在脸上轻轻搓揉几下，揭下一层薄膜来，随手一丢，道：“不过胡醉、童超你们虽智者千虑，但却有一点错了。”胡醉和童超尚未说话，便见天山二怪同时怪叫一声，竟从众人头上飞跃出去！

外面一阵喧嚣，随即镇静下来，显是天山二怪已然逃得远了。大厅里出奇地静，众人都怔怔地看着东方圣，没人哪怕咳嗽一声。胡醉一笑道：“却不知我和江湖浪子哪里错了，倒想使东方大侠指教。”他有意将“东方大侠”四字说得很响。东方圣倒不以为忤，反笑道：“你们怎知我做武林始皇只是以力服人？”胡醉讥道：“哦，莫非东方大侠竟是以德服人吗？那先前你的那归心圣散却又是怎么回事？”东方圣道：“自古成大器者不拘小节，这道理你竟不懂吗？”胡醉道：“但这绝不能算是什么以德服人吧？”东方圣道：“这自然不是，但你们却看好了——”只见东方圣打开案台上那黄灿灿的纯金方盒，从中取出一张略微有些发黄的纸片来，念道：“本帮突遭大难，幸得东方大侠拯救，自今之后，本帮——”未等他念完，丐帮副帮主铁镜早越众而出，跪在大厅中央，高声道：“丐帮自今之日归顺武帝，万岁！万岁！万万岁！”东方圣只淡淡地道：“你下去吧。”铁镜磕头退下，东方圣又取出一张纸来，未等开念，昆仑掌门追风剑客皇甫呈早从凳上跳起，也和铁镜一般磕头归顺！东方圣还待再从金盒中取出纸条，厅中十之七八的人早已跪下口呼万岁！最后悟明大师歉疚地看了胡醉一眼，黯然道：“对不住胡大侠了，阿弥陀佛！”竟也过去跪下三呼万岁！武当灭性子也是一般！

胡醉、童超、布袋和尚、毒手观音、绝因师太等无一不心头大震！胡醉暴喝一声，怒道：“东方圣，不管你玩的什么玄虚，我胡醉今日誓不让你称霸武林之心得逞！”东方圣轻轻摇头，一副悲天悯人的样子，道：“你们不成的。”胡醉长笑一声，与童超和布袋和尚会意地递了个眼色，三人突然跃起，直向东方圣扑去。不料千佛手任空行、玉蝴蝶金一氓、悟净大师和丐帮副帮主铁镜见胡醉、童超和姚鹏三人身形刚动，早也飞身而出，截住三人，在大厅中便即恶斗起来。

八十二

胡醉独战任空行，堪堪打个平手，双方不分轩轾，实难在百招之内决出胜负。布袋和尚独战金一氓和悟净，却仍稍占上风，他恨玉蝴蝶曾掌伤自己，自是对玉蝴蝶招招使杀手，直把玉蝴蝶吓了个冷汗直冒，好在有个悟净相助，才未被姚鹏立毙掌下。童超独战铁镜却是占尽上风，但他自思铁镜是胡醉的丐帮副帮主，他虽背叛了胡大哥，但定是事出有因，一时倒不知是否该下杀手。

这一切东方圣自不会看不出来，略微看了悟明大师和灭性道长一眼，二人便一言不发，冲入场中围着童超便打！这边绝因师太、毒手观音、青青和木叶婆婆早已按捺不住，竟不约而同地一齐扑向东方圣。金童、玉女、皇甫呈及丐帮三长老，不待她们扑近东方圣，便早迎上来接住厮杀！独孤樵却依旧怔怔地坐在凳子上看着东方圣出神！

东方圣甚是惊讶，便抬眼向独孤樵望去。但只望了一眼，东方圣便再无法将目光移开！二人目光刚一相接，东方圣心中便突然生出一丝恐惧！一种巨大的虚弱感突然笼罩住了他。虽然他是江湖近百年来最强大无敌的人，但他此时突然感觉到孤独。这对东方圣来说也是从未有过的。他从独孤樵的眼里看到了青山白云和鸟语花香。他突然感觉一切都无聊得很，包括武林皇帝这个头衔，这使他无端恐惧。他坐在龙椅上，紧紧闭着眼睛，尽量不去看独孤樵，甚至不去想。

良久，突闻江湖浪子童超一声暴喝，随之有人发出两声惨叫。丐帮徐长老和昆仑派掌门人皇甫呈已然躺在血泊中。原来童超独战铁镜、悟明和灭性三人，总是不忍立下杀手，但三人好似不知好歹，兀自缠斗不休，童超渐渐打得性起，激发了江湖浪子之豪气，突然一掌将铁镜、悟明和灭性子三人迫退，双腿飞踢而出，把旁边将青青和木叶婆婆逼得凶险横生的徐长老和皇甫呈踢得肋骨寸断，身子凌空飞起，落地时早已气绝不救了。昆仑和丐帮弟子高呼抢上，围着童超红了眼睛厮杀。童超既已性起，便招招辣手，惨叫之声不断。童超逼开围攻之人，窜到胡醉身旁，一掌击向正与胡醉拼斗掌力的千佛手任空行，任空行掌力与胡醉不相上下，此时正与胡醉以死相拼，哪还分得出力来应付童超。只听啪的一声，童超那刚猛绝伦的掌力已尽数击在任空行身上，尚未叫出一声，一代魔头便就此毙命。

胡醉压力顿失，刚道得一声“童兄休要多伤无辜！”童超却又已将此时正与青青斗剑的松青云毙于掌下。“都给我住手！”突然一个声音在所有人的耳边轰然响起。这声音并不高，甚至有些苍老苍凉，但听在每个人的耳里，却都有如警钟惊雷。是太阳叟东方圣。童超掌毙徐长老和皇甫呈之时，东方圣不得不将双眼睁开。但他却无法去看童超，他的目光已被独孤樵的目光黏住。惨叫声连连响起时，两人相接的目光中都透露出一丝茫然、一丝恐惧。很久之后，独孤樵微微闭上了眼睛。

东方圣却缓缓道：“大家都给我住手！”众人闻声停下手来。大厅里又复寂静，却平添了一种血腥味。压得人喘不过气来的寂静。所有人都静静地看着东方圣。只这一段不长的时间，东方圣像又突然老了十岁。东方圣真的老了，他挣扎着将目光从独孤樵脸上移开，静静地看着胡醉，缓缓地道：“你、童超、姚鹏三人联手，可接我十招。”胡醉点点头。他又看看童超和姚鹏。童超道：“最多十招！”东方圣也点点头：“你们杀不了我，但我可以轻松地杀了你们。”胡醉道：“没人杀得了你。这我相信。”东方圣道：“你错了。”胡醉愕然道：“我错了？”东方圣道：“我也错了。我们都犯了个错误。”所有人都不解地看着他。东方圣轻叹了一口气，道：“独孤樵杀得了我。”此言一出，大厅里每一个人都目露惊疑之色，不约而同地盯着独孤樵。

独孤樵也挣扎着将目光从东方圣脸上移开，缓缓扫了大厅一眼。每个被他目光扫过的人，此时都是心中一冷。但独孤樵的目光却依然清纯似水，只是当他看到黏在地上那些尸体身上鲜红鲜红的血迹时，他的眉毛不由自主地往上挑了一下。只有东方圣注意到独孤樵脸上这细微的变化。不知是什么力量的驱使，东方圣将手伸进怀里，随即又抽出来。独孤樵慢慢地站了起来，走到太阳叟东方圣面前，两双眼睛一刻也没有停止过对视。“我见过你。”独孤樵说。“你见过我。”东方圣也说。但事实上他们从未见过。独孤樵道：“我要杀你。”依然是平平静静的。东方圣道：“你必须杀我。”停停又道：“也只有你能杀我。”独孤樵抽出肩上斜挎着的松纹木剑，指着东方圣的左胸。东方圣看看剑尖，又看着独孤樵，神色异常平静。大厅里鸦雀无声。

独孤樵道：“你能告诉我为什么必须杀你吗？”东方圣点点头，又摇头，眼神里流露出一派茫然。独孤樵道：“你又不是一只兔子。”东方圣道：“我不是一只兔子。”独孤樵道：“我为什么必须杀你呢？”东方圣沉思良久，摇摇头，随即闭上眼睛。独孤樵也闭上了眼睛。大厅里所有人都不约而同地闭上了眼睛。这只是一瞬间的事。待众人睁开眼时，眼前的奇迹发生了，独孤樵的木剑，已赫然穿过了太阳叟东方圣的左胸。东方圣是武林皇帝，便是千杯不醉胡醉、江湖浪子童超和布袋和尚姚鹏这三个绝顶高手联手，也最多只能接下他十招！但此时独孤樵的木剑已赫然洞穿了他的胸膛！

血！殷红殷红的血，正从东方圣的胸前慢慢渗出！东方圣的脸色却依然平静，绝没有一丝痛苦之色，早已和众人一样看呆了的金童突然惊叫一声，仗剑飞越过来，一剑刺向独孤樵。但未等他飘进五尺之距，东方圣突然右手轻轻一挥。金童身在空中，恰似一只断线的风筝，被东方圣的无匹内力击得倒折飞回。砰的一声，金童落在大厅左侧，屁股坐在独孤樵先前坐的凳子上，兀自打坐调息。东方圣始终未看金童一眼。只见他慢慢地拔出插在胸前的木剑，调转剑身递给独孤樵。独孤樵接剑的同时，一股血剑从东方圣左胸激射而出，尽数洒在独孤樵身上。陡见身上鲜血，独孤樵的眉毛又飞快地挑了一下，随即目光突然黯淡。哐啷一声，木剑掉在地上。又哇的一声，只见独孤樵弯下腰去。独孤樵呕吐了起来。他不停地呕吐，他羸弱的身子猛烈地颤抖着。

啪的一声，从他的怀里掉出一个油布包来。那油布包正落在东方圣的鲜血和独孤樵的呕吐物上。东方圣已是面若金纸。他弯下腰，捡起那纸油布包，慢慢解开。里面是一张发黄的羊皮纸，便是道悟给独孤樵叫他下山来寻找父母的那张羊皮纸。东方圣微微地笑了，很虚弱，笑得也苍白。他又一次将手伸进怀里，这回他拿出一张与独孤樵一模一样的羊皮纸！此时金童已调息归一。东方圣突然轻轻地对金童招招手。金童茫然地走到东方圣面前。东方圣突然指着兀自躺在地上的独孤樵道：“他是你哥哥。”金童点点头，依旧是一派茫然神色。东方圣又指着面前的金盒道：“凡盒内有名字的，都叫他们走，走一个你烧一张。”金童又点点头，茫然拿起一张纸，念道：“丐帮副帮主铁镜。”铁镜一言不发，带着齐长老、陆长老并徐长老的尸体，走了。金童将那张纸烧了。待金童将金盒内的纸条烧完，厅里厅外之人十成中倒走了九成。“你们也走吧！”东方圣对金童和玉女道：“去吧。”金童、玉女点点头，径自走出大厅。没人阻拦他们。玉蝴蝶金一氓早已不见身影。东方圣突然高叫一声：“独孤樵！”然后哈哈大笑。就在笑声中轰然倒下。就此无声无息！

就在东方圣最后叫那一声“独孤樵”时，独孤樵突然站起，没看任何人一眼，便慢慢走出大厅。也没有一个人阻拦他。剩在大厅里的只有胡醉、童超、布袋和尚、木叶婆婆和毒手观音师徒，以及太阳叟东方圣的尸体。没有人说一句话。然后木叶婆婆默默走了。然后胡醉拱拱手，也一言不发地走了。布袋和尚跟在胡醉身后。青青抱起东方圣的尸体，也自走出大厅。毒手观音看了童超一眼。童超点点头，和毒手观音一起跟在青青身后。一切都已结束。大厅里死寂一片，走出寺庙大门五丈之后，童超突然转过身，一掌击向写着“武帝宫”三个金灿灿大字的门匾。轰隆一声！惊天动地的巨响之后，一切都消失了。那座寺庙，那个金碧辉煌的大厅……一切的一切都消失了！都消失了！

三天之后，人们在那座寺庙的废墟上看到一座新坟，上面写着：太阳叟东方圣之墓，× 年 × 月 × 日江湖浪子童超、毒手观音侯玉音、司马青青谨立。又过了三天，人们看见一个瘦弱、疲惫和憔悴不堪的少年在洛阳古道上慢慢走着。他的双眼浑浊无神，衣襟上粘满早已是褐色的血迹。有江湖中人迎面而过，便惊讶地将头转过来，看着那羸弱少年的蹒跚背影，道一声：“咦！他是独孤樵？！”